푸 富萍 핑

* 이 저서는 2013년도 전북대학교 저술 장려 경비 지원에 의하여 연구되었음.

푸 富萍 핑

왕안이 지음
김은희 옮김

어문학사

차례

1# 할머니	◆ 7
2# 주인집	◆ 26
3# 푸징	◆ 45
4# 휘펑셴	◆ 62
5# 여자중학교	◆ 80
6# 사기꾼 계집애	◆ 98
7# 치 사부	◆ 115
8# 할머니와 손자며느리	◆ 133
9# 외숙모	◆ 150
10# 쑨다량	◆ 170
11# 샤오췬	◆ 190
12# 극장	◆ 209
13# 할머니, 연극 구경 가시지요	◆ 229
14# 설날	◆ 249
15# 설을 쇤 후	◆ 269
16# 손자	◆ 287
17# 말도 없이 떠나다	◆ 306
18# 외숙과 조카	◆ 324
19# 어머니와 아들	◆ 342
20# 홍수	◆ 361
• 역자후기	◆ 378

1# 할머니

이날 오후, 푸핑(富萍)은 할머니가 더부살이로 일하는 집에 도착했다. 뒷골목에서는 계집아이 몇 명이 고무줄 놀이를 하느라, 시멘트 땅을 뛰어오르는 신발 바닥 소리가 골목 벽에 메아리쳐 울렸다. 오후 서너 시경의 햇빛이 휘황하게 비치고 있었다. 계집애의 치맛자락이 햇빛에 자못 화려해보였다. 푸핑은 할머니가 편지에 일러준 대로 골목길 끄트머리 집 대문 앞까지 왔다. 문은 열려 있었다. 푸핑이 대문에 들어서면서 빛줄기를 가로 막았다. 대문 안쪽 인도 위에 여자들 몇이 앉아 있었다. 여자들의 얼굴은 자세히 보이지 않았고, 그저 등 뒤로 비추는 빛에 윤곽만 드러날 뿐이었다. 그 가운데 한 여자가 일어나 푸핑을 향해 말했다. 왔냐? 푸핑은 곧 할머니 하고 불렀다.

할머니는 리톈화(李天華)의 할머니이다. 친할머니는 아니며, 친척의 아들인 리톈화를 양자 들여 손자로 삼았다. 당시 중매쟁이가 푸핑을 찾아와 혼사를 꺼냈을 때, 두 가지를 유독 강조했었다. 하나는 리톈화가 중학생이라는 점, 그리고 다른 하나는 리톈화의 할머니가 상하이에서 가정부 노릇을 하고 있다는 점이었다. 리톈화는 현재 동생이 주렁주렁 딸린 맏이이고, 집안 형편이 곤궁을 벗어나기 어렵기는 하지만, 그렇다고 전혀 희망이 없지는 않았다. 할머니는 일찍 남편을 여의었고 아들조차 없었다. 딸아이가 하나 있긴 하지만 딸이란 결국 남의 집 사람이니, 그저 손자 하나가 할머니의 유일한 후손인 셈이다. 손자를 중학교에 보낸 것도 할머니가 뒷바라지한 것이다. 할머니는 열여섯 살 때부터 상하이로 와서 남의 더부살이를 한 지 30년이나 되었으니, 상하이 토박이인 셈이었다. 일찍 부모를 여읜 푸핑은 작은아버지네를 따라 살았다. 그러다 보니 자신의 혼사처럼 중요한 일에도 끼어들지 못하고 그저 마음만 졸일 따름이었다. 푸핑은 자기의 혼사 이야기가 나오면 내내 고개를 숙인 채 좋다 궂다 말 한마디 하지 못했다. 사람들이 찾아오기라도 하면 푸핑은 이웃언니네 집에 틀어박혀 한사코 고개를 내밀지 않았고, 사람들이 돌아간 후에야 집으로 돌아오곤 했다. 어쩌다 혼삿말이 오가는 집에 푸핑을 데려갈라치면 한사코 가지 않으려했기에, 하는 수 없이 작은어머니 혼자 가곤 했다. 조카딸의 혼사를 머뭇거리다 남들한테 조카딸 평생이 걸린 일에 작은아버지와 작은어머니라는 사람이 신경조차 쓰지 않는다는 말을 듣고 싶지는 않았던 것이다. 집으로 돌아와 작은어머니는 푸핑에게 이것저것 조목조목 들려주었다. 노인네가 얼마나 자상한지, 동생들은 얼마나 말을 잘 듣는지, 또 큰누이는 이미 혼처가 정해졌으며 일 년 뒤에는 집을 보수할 것이라는 등. 푸핑은 여전히 좋다 궂다 말이 없었다. 리톈화에 관한 이야기가 나오면 푸핑은 슬그머니 자리를 피했다. 리톈화가 푸핑을 찾아오던 날, 집에서는 밥을 짓고 차를 끓였다. 푸핑은 내리깐 눈꺼풀 아래로 가지런히 모아진 리톈화의 검정 헝겊신을 보았다. 신발은 크지 않고 품이 약간 작으며, 다소 뾰족한 신발코에 흰색 양말을 받쳐 신고 발등이 조금 튀어 올라온 게, 농사일에 이력이 난 발은 아니었다. 넓적한 신바닥에는 진흙과 물이 엉겨 붙어 있었다. 푸핑은 그 사람이 고생하면서 먹고 사는 사람은 아니라는 걸 금방 알 수 있었다. 후에 중매쟁이가 예물을 보내왔다. 예물로는 일반적인 털실, 옷감, 색실 외에도 약간의 여비가 들어 있었는데, 그건 할머니가 푸핑더러 상하이에 한번 다녀가라는 뜻으로 보낸 것이었다. 이렇게 해서 푸핑은 할머니가 계신 이곳에 온 것이다.

 할머니는 말이 할머니이지, 겉보기에는 푸핑의 작은어머니보다 더 젊어보였다. 할머니의 머리카락은 몹시 검었고, 앞에서 보면 마치 둥지처럼 둥글게 말아놓은 듯하지만, 실은 짧은 머리카락을 귀 뒤쪽으로 가지런히 넘긴 것이었다. 몸에 걸친 웃옷은 쪽빛 베로 만든 옷깃에 기다란 단추, 깃을 오뚝하게 세운 스탠딩 칼라 차림이었다. 할머니의 얼굴빛은 도시 사람처럼 그렇게 희지도, 그렇다고 시골 사람마냥 그렇게 검지도 않은 황백색이었다. 얼굴선은 제법 풍만했고, 피부는 자못 탱탱했지만 결코 보드라운 편은 아니었다. 나이가 들기는 했지만, 기운 없어 보이지 않았고 오히려 튼실한 축에 속했다. 할머니의 손 역시 그랬다. 뼈마디는 좀 굵고 거칠었으며, 피부도 쭈글쭈글했다. 할머니의 말투는 이미 변해버려서, 완전한 시골 고향 말투도 아니고, 그렇다고 상하이 말투도 아닌, 상하이 말이 섞인 시골 사투리였다. 할머니는 길을 걸을 때면 허리와 등을 꼿꼿이 세우고, 의자에 앉아 밥을 먹거나 일을 할 때조차도 등을 똑바로 하였다. 하지만 일단 허리를 구부렸다 하면, 다리를 쩍 벌리고 쭈그려 앉는 자세가 영락없는 시골 아낙의 모습이었다. 할머니의 이목구비도 그랬다. 그다지 또렷하지 않은 성긴 눈썹과 작은 눈이 조금은 부티를 띠어, 더 이상 시골 아낙처럼 보이지는 않았다. 하지만 그녀가 말을 할 때 아랫입술이 약간 앞으로 튀어나오고 윗입술은 슬쩍 위로 치켜 올라가 그 사이로 살짝 이를 드러낼 때면, 심술 사나운 시골아낙의 모습이 슬그머니 드러나곤 했다. 오래 전에 상처를 입은 적이 있는 그녀의 한쪽 눈가에 흉터 같은 것은 없었지만, 눈꼬리 안쪽으로 움푹 패여 웅덩이 같은 게 하나 있었다. 그래서 눈을 어떤 각도로 바라볼 때면 '흘겨보는' 듯 조금은 심술 사나운 모양새를 드러내곤 했다. 요컨대 할머니는 상하이에서 30년을 살아왔지만, 결코 도시 여자가 될 수 없었고, 그렇다고 더 이상 시골아낙 같지도 않았다. 결국 반반씩이라고나 할까. 어쨌든 이 반반씩의 아낙이 합쳐져 하나의 별난 사람이 된 셈이다. 한길을 걸어가는 그녀들을 바라보면 한눈에도 가정부임을 알 수 있었다.

그녀들의 고향인 시골 양저우(揚州)에는 여자들이 예로부터 밖에 나가 가정부가 되는 전통이 있었다. 가정부로 오래도록 더부살이를 하는 이도 있었고, 때론 잠시만 하는 이도 있었다. 할머니처럼 상하이의 호적에 올라 이미 정식 주민이 된 사람들도 일부 있었다. 그녀들은 대개 젊은 시절에 과부가 되었거나, 혹은 남편이 변변치 못한 데다 방탕하여 자식조차 없었다. 바로 할머니처럼. 그녀들은 의지할 데가 없는 터라 그저 자신을 의지할 수밖에 없었다. 그녀들은 고향을 떠난 지 오래되어 고향으로 돌아오기도 쉽지 않았다. 설령 돌아오더라도 오래 머무르지 못했다. 이미 그곳의 기후나 풍토에 적응하지 못해 배탈이 나거나 몸에 두드러기가 솟곤 했다. 그러니 바로 돌아갈 수밖에. 돌아갈 때면 대개들 여자 한두 명을 데리고 상하이로 돌아가 일할 만한 주인집을 물색해 주기도 했다. 때로는 살림을 할 수 있는 누구 집 여자를 상하이로 보내 달라는 편지를 보내오기도 했다. 이렇게 해서 상하이에서 일하는 시골 아낙들의 숫자가 점점 늘어난 것이다. 게다가 그녀들은 엇비슷한 구역에서 살고 있었다. 주인과 주인끼리 서로 친척이거나 친한 사람이다 보니 자연스레 자주 만날 기회가 생겼다. 이리하여 객지에서의 생활은 쉽게 적응할 수 있었다.

할머니는 상하이에서의 30년을 주로 서쪽 지구의 번화가인 화이하이로(淮海路)에서 보냈다. 그녀 역시 번화가의 주민과 마찬가지로 변두리 지역을 황량한 시골로 여겼다. 쟈베이(閘北)나 푸퉈(普陀) 같은 변두리 지역에는 사실 그녀의 고향 사람들이 무리지어 살고 있었다. 대부분 여러 해 동안 계속된 전쟁과 재난을 피해 쑤저우허(蘇州河)* 강변을 따라 배를 저어 상하이까지 흘러들어온 뱃사람들이었다. 그들은 작은 빈터를 찾아 삿자리를 말아서 선실 모양의 판잣집을 지어 살았고, 나중에는 공장으로 찾아들어 살길을 도모했다. 상하이의 산업노동자 가운데 적어도 절반은 이런 사람들이었다. 하지만 할머니는 이 사람들과 전혀 오가는 법이 없었다. 그녀 역시 도시 한복판의 주민이라는 선입견을 지니고 있었으며, 화이하이로만이 상하이라 일컬을 만하다고 여겼다.

---

* 쑤저우허(蘇州河)는 황푸강(黃浦江)의 주요한 지류로서, 타이후(太湖)에서 발원하여 동쪽으로 흘러 상하이의 와이탄(外灘) 북단의 와이바이두교(外白渡橋)에서 황푸강과 합류한다. 우쑹강(吳淞江)이라고도 일컬으며, 전체 길이는 125km이고, 상하이 시내를 흐르는 거리는 54km이다.

상하이의 서구(西區)에서 수십 년간 남의 집 살림을 했던 할머니는 별의별 주인들을 다 겪어보았고, 경력 역시 자못 화려했다. 한 번은 그녀가 월극(越劇) 여배우 집에서 살림을 산 적이 있었는데, 이 여배우가 출연료를 제법 받는지라 수입이 꽤 쏠쏠했다. 여배우의 남편은 성형외과 의사로 개업의였다. 둘 사이에 아이는 없었고, 외국교민아파트에서 살고 있었다. 이 아파트의 수위는 인도사람으로 엘리베이터를 열 때에도 서양말을 했다. 그래서 할머니도 몇 마디 서양말을 배우게 되었는데, 이를테면 '굿모닝', '땡큐', '컴', '고우', 뭐 그런 것들이다. 그녀는 밥을 지을 필요도 없었고, 세탁을 할 필요도 없었다. 매일 하는 일이라곤 그저 가느다란 털솔로 홍목 가구에 새겨진 꽃과 자개로 상감한 장식물 위의 먼지를 털어내는 일이 고작이었다. 하지만 그녀는 일한 지 얼마 안 되어 일을 그만두고 말았다. 그녀는 할 일 없이 이렇게 시간을 보내고 사람 사는 냄새가 나지 않는 데에 익숙하지 않았던 것이다.

뒤이어 들어간 집은 화이하이로에서 약간 동쪽에 위치한 긴 골목 안쪽에 있었다. 집안 형편은 너무도 평범했다. 아이들은 제법 많았고, 남자 혼자서 돈을 벌어 가족을 부양했는데, 와이탄(外灘)에 있는 무슨 외국인 회사에서 일하는 사람이었다. 그녀는 그 집 부인과 함께 집안일을 함께하면서 아이들을 돌보았다. 그 집 부인은 안색이 초췌하고 홑옷이 늘 단정치 못해, 오히려 아랫사람 같아 보였다. 집안은 하루가 멀다

하고 먹을거리 걱정이 끊이질 않았고, 그녀의 품삯은 허구한 날 질질 끌며 미뤄지곤 했다. 얼마 후 그 집 남편이 폐병에 걸려 집에서 휴양을 해야 했다. 할머니는 그 집 부인이 울며 만류하는 걸 뿌리치고 그 집을 나와 버렸다. 마지막 한 달 치 월급을 받기는커녕, 자기 돈으로 아이들 속옷과 팬티를 사주기까지 했다. 이렇게 고달픈 삶을 그녀는 견뎌내질 못했던 것이다.

이후 그녀는 어느 중산층 가정집에서 일을 했는데, 맞벌이 부부에 아이가 넷 있는 집이었다. 부부 금슬이 유난스러웠는데, 특히 남편이 아내에게 대하는 태도는 '느끼할' 정도였다. 오로지 아내만을 위해 반 파운드의 우유를 주문하여 아침마다 그걸 데워 먹였다. 아내가 노린내를 싫어하여 먹으려 들지 않으면, 남편은 숟가락으로 그녀 입속에 떠먹여주기까지 했다. 부부사이는 이토록 다정다감했지만, 아이들에게는 차갑게 대했다. 그래서 집에 돌아온 아이들은 그녀에게만 뽀뽀를 했고, 그녀 역시 네 명의 착한 아이들을 귀여워했다. 하지만 그녀는 이 집 역시 있고 싶지 않았다. 그 남자의 메스꺼운 모양새를 눈 뜨고 봐줄 수가 없었던 것이다. 그녀는 일찍이 남편을 여의고서 줄곧 청상과부노릇을 해온 터라, 이런 꼴을 도저히 참을 수가 없었던 것이다. 다만 그 몇 명의 아이들이 눈에 밟힐 따름이었다. 아이들은 그 다음에 그녀가 살러 간 집에까지 그녀를 만나러 오곤 했다. 그녀는 새 주인집 아이들에게 그 아이들을 소개한 뒤 친구삼아 놀게 했다.

　새 주인집은 옛 주인집과 한길을 사이에 두고 있었는데, 새 주인집이 있는 골목이 두 등급 정도 고급스러운 아파트촌이었다. 새 주인은 의사 선생이었는데, 그때가 1949년 이후인지라 개인병원을 그만 두고 시립병원의 원장을 맡고 있었으며, 출퇴근 때마다 자동차가 와서 모셔가고 모셔오곤 했다. 이 원장은 엄숙하기 그지없는 남자로, 그녀와 이제껏 말 한마디 나눠보지 않았고, 그녀와 식탁에 마주앉아 식사를 해본 적도 없었다. 그런데도 그녀는 오히려 이런 남자가 맘에 들었다. 마치 품위 있는 것처럼 보였던 것이다. 그 집 여자 역시 좋은 사람이었다. 싹싹하고 대범했으며 이제껏 아이들과 그녀를 부당하게 대한 적이 없었으나, 남편에게 짜증을 내곤 했다. 이 집의 세 아이들은 너무도 철이 없고 경박했다. 큰아이는 막 중학교에 올라간 딸이었는데, 벌써 유행을 본떠 파마 머리를 하고 브래지어를 찼으며 자기 엄마의 스타킹까지 신었다. 그리고는 늘 그녀가 자기 옷을 잘못 빨아 망쳐놨다고 타박을 주면서 큰아씨 위세를 부렸다. 아래로 둘은 사내아이들이었는데, 조금 낫긴 했지만 역시 오만하긴 마찬가지였다. 옛 주인집 아이들이 찾아와 놀 때면 아는 척도 하지 않고 피아노만 쳐댔다. 그것도 날듯이 빠르게. 옛 주인집 아이들이 한쪽 구석에 움츠리고 있는 걸 보고 있노라면, 그녀는 몹시 마음이 아팠다. 하지만 아이들은 어쨌든 아이들인지라 모르는 척하는 것도 오래가지 못하고 차츰 함께 어울려 놀았다. 그러던 어느 날 그 집 남자가 퇴근하여 집으로 돌아왔다가 낯선 아이들이 집에서 노는 것을 보더니 면전에서는 뭐라 하지 않았지만, 잠시 후 자기 부인을 통해 그 아이들을 다시는 자기 집에 들이지 말라고 그녀에게 전했다. 이 일로 그녀는 몹시 불쾌한 생각이 들었고, 며칠 안 되어 꼬투리를 잡아 그 집일을 그만 두어버렸다. 그녀도 권세나 이익을 그리 따지지 않는 편은 아니지만, 자존심은 자못 살아 있는지라 이렇게 오만한 사람들을 봐주질 못했던 것이다.

그녀는 상하이에서 마음 내키는 대로 자유롭게 생활하였으며, 가정부라는 직업에 대해서도 자부심을 갖고 있었다. 일할 집은 그녀가 선택하는 것이지 남이 자기를 선택해서는 안 되었다. 또한 그녀는 서쪽 지구의 화이하이로에서만 일하기로, 그리고 상하이 사람의 집에서만 일하기로 정했다. 그래서 산둥(山東) 말을 하는 남하한 간부 집에서는 일하지 않았다. 언젠가 어떤 사람이 홍커우(虹口)에 있는 군구(軍區) 저택에 그녀를 소개한 적이 있었다. 작은 아이가 하나 딸린 사령관 댁으로, 월급도 많이 주겠다고 했다. 하지만 그녀는 한 번 가 보고서는 일하지 않겠노라 마음먹었다. 그 사령관의 집은 건물 한 동을 쓰고 있었는데, 집안에는 별다른 가구도 없고, 바닥은 광이 날 정도로 초를 먹인 데다, 벽을 따라 둥그렇게 소파를 놓은 폼이 영락없이 기관의 회의실 같았다. 주방은 넓기만 할 뿐 냄비도 말끔하고 썰렁하였으며, 물조차 끓이지 않은 채 남자 사병 몇 명이 온수실에서 끓인 물을 떠오고 있었다. 식사는 식당에 가서 먹었는데, 한 식당에서 먹는 게 아니라 사령관 따로, 사령관의 부인 역시 따로 식사를 했다. 부인도 군인이었으며, 아이들은 또 다른 곳에서 식사를 했다. 전혀 함께 사는 사람들의 모양새가 아니었다. 그녀는 도저히 그런 곳에서 생활할 수가 없었다. 군영(軍營)이라는 주위 환경도 싫었고, 사는 모양새도 맘에 들지 않았기 때문이다. 그녀는 그 집의 뜨락을 나와 텅 빈 듯한 넓은 하늘아래를 걸었다. 길 역시 넓디넓었다. 눈을 들어 멀리 바라다보니 사람 한 명, 집 한 채 보이지 않는 게 너무나 을씨년스러웠다. 여긴 귀신이 나올 것만 같은 곳이로구먼! 그녀는 속으로 욕을 했다. 고향마을에는 그래도 연못도 있고, 연못에는 오리나 거위들도 있었다. 밭에서는 밭일을 하는 사람들과 소도 눈에 띄었다. 걷노라면 마을도 나오고, 마을에서는 밥 짓는 연기가 피어오르기도 했으며, 암탉이 울어대고, 북쪽에서 날아와 둥지를 튼 제비도 있었다. 멀리 바라보노라면, 붉은 벽돌집들이 한 채 한 채 눈에 들어왔었다. 붉은 벽돌은 가마에서 한 번만 구워낸 거친 벽돌들로, 내화벽돌만큼 세밀하고 튼튼하지는 못했지만, 실처럼 휘날리는 버들 사이로 유난히 매혹적이었다. 할머니는 양저우 고향마을의 정겨운 경치를 떠올리고 있었다. 얼마나 아름다웠던가! 군용차량 한 대가 지나가면서 한

바탕 흙먼지를 불러일으켰다. 그녀의 몸과 얼굴은 온통 회색 먼지를 뒤집어썼다.

쓰촨베이로(四川北路), 하이닝로(海寧路) 일대에 이르러서야 할머니의 향수병은 조금 나아졌다. 길거리는 다시 좁아졌고, 점포와 행인, 전차와 차들이 보이기 시작했다. 골목 어귀에서 들여다보면 볕에 널어 말린 옷가지들과 개구쟁이 아이들이 보이고, 부엌의 기름 냄새도 코를 스쳤다. 그 안은 할머니가 다 잘 알고 있는 생활들이다. 하지만 홍커우의 층집들은 지나치게 엄숙하고 높았다. 붉은 벽돌담, 자그마한 검정색 쇠 난간이 달려 있는 발코니는 담벼락의 넓고 가파름을 두드러지게 했다. 골목길 역시 드넓어 제법 웅장한 느낌을 안겨주었다. 골목을 가로질러 연결되어 있는 건물도 압박감을 주었다. 사람들은 꽤나 요란스럽고, 생김새도 가지각색이었다. 가지각색이다 보니 전반적으로 용모도 말끔해 보이지 않았고, 그중에 괜찮은 사람이 몇 명 있을지라도 파묻혀 빛을 보지 못했다. 어쨌든 그녀는 이런 모습에 익숙하지 않았다.

하이닝로 다리 위를 걷노라면, 다리 아래는 탁 트인 쑤저우허이다. 멀리 밀치락달치락 빼곡히 달려오는 선박들이 보였다. 그녀는 이런 강물의 비린내를 맡고 싶어도 맡을 수가 없었다. 게다가 습기를 머금은 바람까지도. 그녀는 화이하이로로 돌아와서야 마음이 가라앉는 것을 느꼈다. 저쪽에 야트막하게 새로 난 골목의 집들과 골목 바닥이 보였다. 거리는 구불구불하고 너비는 적당하며, 가게들이 잇닿아 있다. 큰 건물이 있더라도 홍커우의 우체국 본관처럼 삼엄한 성채 같지는 않다. 건물 앞쪽에 홀이 있고, 엘리베이터가 열리고 닫히며 오르내리는 모습이 밖에서도 보인다. 엘리베이터 쪽 위의 대리석 계단이 꺾어지는 모퉁이에 모자이크 유리창이 있고, 거기를 통해 마침 햇볕이 쏟아져 들어온다. 홀의 엘리베이터 도어맨이 수위와 늘어놓는 잡담 소리가 메아리쳐, 걸어 다가가면 한두 마디쯤 들릴 것만 같다. 거리는 몹시 번화하지만 떠들썩하지는 않다. 오고 가는 대다수 사람이 이 구역 사람들인지라 가지각색으로 번잡하지 않다. 이곳의 구조는 약간 자그마할 수밖에 없다. 그런지라 피차 잘 어울려야 지낼 수 있는 곳이다. 이곳 사람들은 생김새도 그럴 듯하고 품위도 있어 보여, 홍커우 사람들처럼 거칠거나 투박하지 않았다. 또 이곳 사람들은 옷을 입을 줄도 알지만, 덮어놓고 유행을 좇지도 않았다. 유행의 세상물정을 보면서도 도리어 차분하면서도 조금은 보수적인 면을 띠고 있다.

할머니는 이곳을 걸으며 향수병을 완전히 떨쳐버릴 수 있었다. 방금 말했다시피 그녀는 이 도시 사람들의 분위기에 이미 물들어 있었고 선입견도 갖고 있었다. 어느 누가 그녀를 이곳 시민이 아니라고 말할 수 있겠는가? 그녀는 젊은이들보다 오히려 이 도시에 대해 더 잘 알고 있었다. 만약에 그녀가 들려주는 기이한 소문이나 해괴한 이야기를 들어보면, 당신은 아마 꿈에도 생각지 못한 이야기들이리라. 그것은 오로지 이 거리에서만 한 보따리 들을 수 있는 것이다. 이를테면 유괴범에 관한 이야기가 있다. 어떤 사람이 어린애 머리 위에서 손뼉을 한번 치면, 그 어린애는 방향을 잃어버린 채 눈앞에는 하나의 길만이 남겨진다. 결국 그 사람을 따라 한참을 걷다보면 어디론가 사라져 보이지 않게 된다는 것이다. 또 한밤중에 귀신이 운다는 이야기가 있는데, 이건 실제로 있었던 일이라고 한다. 어느 마을의 어떤 할머니가 밤마다 귀신소리를 들었는데, 줄곧 반년을 그러다가 끝내 죽어버렸다는 것이다. 또 주인과 하인이 정분이 나서 도망친 이야기나 남편을 죽인 이야기 등등. 게다가 그녀는 수도 없이 많은 연극이야기, 이를테면 샹린싸오[*], 왕쿠이와 쟈오구이잉[**], 량산보와 주잉타이[***],

---

[*] 샹린싸오(祥林嫂)는 루쉰(魯迅)의 단편소설 「복을 비는 제사(祝福)」에 등장하는 인물로서, 부지런하고 선량하지만 봉건 미신에 사로잡힌 농촌여성의 전형이다.
[**] '왕쿠이(王魁)와 쟈오구이잉(敫桂英)'은 청춘남녀의 사랑과 배신, 복수를 다룬 이야기이다. 왕쿠이는 기녀 쟈오구이잉과 사랑에 빠져 약혼하지만, 장원급제한 후 그녀와의 약속을 저버리고 만다. 비분을 이기지 못해 자살한 쟈오구이잉은 귀신이 되어 왕쿠이를 잡아간다. 중국에는 이 이야기를 소재로 한 소설과 희곡이 많다.
[***] '량산보(梁山伯)와 주잉타이(祝英臺)'는 청춘남녀의 이루지 못한 사랑과 순사(殉死)를 다룬 민간전설이다. 주잉타이는 남장을 한 채 공부하던 중에 량산보를 사랑하게 되지만, 량산보는 주잉타이가 여자인 줄 알지 못한다. 주잉타이가 귀향한 후에야 여자임을 알게 된 량산보는 주잉타이를 찾아가지만, 그녀가 이미 혼약하였다는 사실을 알고 절망한 끝에 세상을 뜨고 만다. 혼사를 치르는 날 량산보의 무덤 곁을 지나던 주잉타이는 무덤이 갈라지자 무덤 안으로 뛰어들어 순사한다. 이 이야기는 이후 각종 소설과 연극, 영화의 소재가 되었다.

양산계의 고소**** 등을 늘어놓을 수 있었다.

이런 연극들은 대개가 이 도시의 시민극이나 월극(越劇)에서 유래한 것들이다. 그녀는 때론 두어 소절 정도 노래를 부를 줄도 알았다. 믿지 않을지도 모르지만, 그녀는 헐리웃 영화도 본 적이 있다. 이를테면 채플린까지도 그녀는 알고 있었다. 발음도 미국식으로 '채플린(Chaplin)'이라 해가면서 말이다. 하지만 그녀가 미국영화를 그리 즐겨보는 편은 아니다. 왜냐하면 미국영화는 대개가 해피엔딩으로 끝나는데, 그녀는 비극을 좋아하기 때문이다. 그 비극적인 스토리를 꺼내기만 해도, 그녀는 눈물을 주르륵 떨군다.

그녀가 일하는 집의 아이들은 모두 그녀가 들려주는 이야기를 들어본 적이 있었다. 그녀가 들려주는 이야기는 아이들 구미에 딱 맞았는데, 이야기를 줄거리 순서에 따라 하지 않고 여기저기서 에피소드를 끄집어냈던 것이 더 극적인 분위기를 자아냈다. 그녀는 특히 두려움과 처량함을 과장하는 데에 뛰어났다. 예를 들면 샹린싸오의 경우에 '문지방을 바치'는 대목을 이야기하면서 저승에서 두 명의 남편이 한 여인을 자르는 부분을 강조했다. 왕쿠이와 쟈오구이잉에서는 쟈오구이잉의 혼이 돌아온 대목을 강조했고, 량산보와 주잉타이에

**** '양산계(楊三姐)의 고소'는 1918년에 허베이(河北)성에서 실제 일어났던 사건과 관련된 이야기로, 양산계는 남편에게 억울한 죽음을 당한 언니의 원한을 풀기 위해 갖가지 난관을 헤치고 끝내 진상을 밝혀낸다.

서는 '무덤이 갈라지는' 대목에 힘을 주었다. 그리고 양산체가 고소를 위해 온갖 고통을 감내하는 대목은 한층 처절했다. 이야기를 듣다가 새하얗게 질린 아이들은 그녀 주위를 둘러싼 채, 무서워하면서도 듣고 싶은지라 자꾸만 졸랐다. 하나만 더, 딱 하나만 더 해줘.

할머니는 어쩌다가 자기 고향의 이야기를 해주기도 했다. 이 이야기도 역시 무서운 이야기였는데, 순박한 시골티가 물씬 풍기는, 전혀 다른 분위기의 공포이야기였다. 할머니 고향의 시골 분위기는 다소 매혹적인지라 완전히 투박하지는 않았다. 이야기를 듣고 있노라면 마치 무대 위의 연극을 보는 것처럼 선명한 색채감이 느껴졌다. 그 가운데의 하나는 색시에게 장가드는 이야기이다. 울긋불긋 꾸민 신부맞이 행렬 속에 꽃가마 하나가 지나간다. 꽃가마 속에는 봉황장식의 모자를 쓰고 혼례복을 입은 신부가 앉아 있다. 그런데 신부가 우연히 스윽 고개를 들어 눈을 돌리는 순간, 하얀 이빨을 내밀면서 귀신의 본색을 드러낸다. 이렇게 해서 신부가 이 농가에 액운을 들여오게 되었다는 이야기이다. 또 꼬마귀신이 더부살이하는 이야기도 있다. 어떤 집의 부부가 아이를 낳기만 하면 아이가 요절했다. 기껏해야 한 돌을 넘기지 못하니, 이 부부는 몹시 마음이 아팠다. 나중에 신통력이 있는 이에게 그 비책을 물어보니, 다음에 아이를 낳거들랑 가위로 아이의 발가락을 잘라 문밖으로 나가지 못하게 하라 했다. 그래서 이 부부가 그의 말에 따라 가위를 갓난아이의 발가락에 끼우는 순간, 갓난아이가 갑자기 두 눈을 부릅뜨더니 어른의 눈으로 바뀌더라는 것이다. 이 대목이 가장 무서운 부분으로, 이 이야기의 클라이막스다. 또 임종을 맞이한 사람에게 염라대왕이 보낸 저승사자가 쇠사슬을 들고 잡으러 왔다는 이야기도 있다. 그 쇠사슬의 쩔렁거리는 소리와 병기의 쨍그랑거리는 소리를 할머니는 징그러우면서도 위풍스럽게 그려냈는데, 마치 무대 위의 무희(武戲)*처럼 아주 멋있었다.

　이런 이야기들은 할머니가 겪어온 풍파와 상당한 관련이 있다. 그녀는 일찍 남편을 여의었고, 두 아들도 잇달아 세상을 떠났다. 그녀는 스스로 고달프고 박복한 운명을 타고 났기에 평생 자신을 의지하는 수밖에 없다고 여겼다. 여러 해 동안 더부살이를 해 오면서 모아놓은 돈도 있었지만, 사돈의 팔촌까지 찾아와서 빌려가거나 구걸해가곤 했다. 빌려갔다는 것도 결국은 구걸해간 거나 다름없는 것으로, 조금 예의를 갖추어 표현했을 뿐이다. 빌려가 봐야 갚지도 않을 테니까. 얼마나 많은 사람이 그녀에게 의지하고 있었던가! 딸은 시댁을 들먹이면서, 사위 녀석은 고등학교에 진학해야 한다면서 그녀에게 뒷바라지를 해달라고 했다. 또 외조카 녀석은 현(縣)

---

* 무희(武戲)는 무술을 중심으로 이루어진 연극을 가리킨다. 이에 반해 문희(文戲)는 노래와 동작을 중심으로 이루어진 연극을 가리킨다.

의 극단에서 연극 수업을 받았는데, 처음 삼 년 동안은 먹고 자는 것만 제공받는지라, 입는 것을 그녀가 뒷바라지해야 했다. 그뿐인가, 여동생 남편이 급성 장염으로 수술을 해야 했을 때도 그녀의 돈이 들어갔다. 이제 손자가 장가를 들게 되자, 또 주머니를 풀어야만 했다.

그녀가 손자를 양자로 들이겠다고 했을 때, 상하이의 친한 자매들은 그녀더러 그러지 말라고 했었다. 지금이야 남들이 그녀를 의지하지만, 장차 남에게 의지해야 할 때 과연 의지할 수 있을 것 같아? 돈 잡아먹을 식구 하나 더 늘어나는 데 지나지 않아. 그녀가 지금 일하고 있는 집에서도 그녀더러 그러지 말라고 권했다. 차라리 믿음직한 돈을 꽉 움켜쥐고 있는 게 낫다는 것이었다. 그래서 그녀를 은행에 데리고 가서 통장을 개설하고 돈을 예금하도록 했다. 고향 사람들이 찾아와 돈 이야기를 꺼내면, 돈이 통장에 들어가 있어 만기가 되기 전에는 꺼내 쓰기가 힘들다고 하라는 것이었다. 그런데도 그녀는 손자를 양자로 들였다. 손자는 사실 질손으로, 그녀 큰아버지댁의 손자였다. 그 해에 곧 딸아이가 시집을 갈 터인지라, 시집만 가면 집을 그녀 큰아버지 차지로 넘기기로 하였다. 손자가 생기면, 비록 큰아버지에게 넘기더라도 그녀의 집이기도 할 터였다. 그녀가 나이 들어 거동이 불편해 고향에 돌아가게 되면 들어가 살 명분이 있는 집이었다. 그런 날을 대비해 그녀는 자기 딸을 고종사촌과 결혼하도록 궁리를 해두었으니, 사돈은 바로 그녀 오빠와 올케였다. 한 걸음 물러 생각해서, 혹시 손자가 자기를 모른 척하더라도 친정집 오빠와 올케가 자기를 거두어 주리라고 계산했던 것이다. 비록 그녀가 상하이에서 삼십 년간 일해 왔고 상하이에 호적을 올렸다고 해도, 언젠가는 일을 그만두고 고향으로 돌아갈 계획을 세워두지 않으면 안 되었다. 그녀가 이렇게 돈도 빌려주고 부쳐주는 것도 다 알고 보면, 결국 그때가 닥쳤을 때 많은 사람이 그녀와의 옛 정을 생각해서 그녀를 모른 척하지 않도록 하기 위함이었다. 언젠가 한 번은 고향마을에서 사위가 같은 반 여학생과 그렇고 그런 관계라는 소문이 들려왔다. 그녀는 남에게 편지를 써달라고 부탁하여 사위를 꾸짖었는데, 사위는 이렇게 답신을 보내왔다. "물을 마신 사람은 우물 판 사람을 잊지 못한다"라고. 어린 녀석의 말이 참 깜찍한데, 이 말이 그녀의 속마음을 이야기한 게 아닐까? 그 우물을 판 사람이 바로 할머니이지 않은가?

2# 주인집

 푸핑이 오기 전에 할머니는 주인집에 물어보았다. 손자며느리가 여기서 먹게 되면 내 월급에서 오 원을 덜 받겠노라고. 그런데 주인집은 전혀 거리낌 없이 대꾸했다. 고작 젓가락 한 벌 더 놓는 건데 돈이 들면 뭐 얼마나 들겠어요. 어쨌든 집에서 먹는 대로 같이 먹으면 되지. 할머니는 주인집이 싹싹하고 후한 편임을 알고 있었기에 그냥 꺼내본 말이긴 했다.
 주인집 부부는 두 사람 모두 기관의 간부들로 해방군 출신이다. 그러나 본적이 저쟝(浙江) 일대 인지라 산둥(山東)에서 남하한 간부들과는 약간 달랐다. 그들은 상하이 생활에 금방 적응했고, 할머니와 같은 가정부의 '지도' 아래 그들의 의식주는 금세 상하이 시민과 별반 다를 것이 없어졌다. 그들이 상하이 사람들과 조금 다른 점이 있다면, 오히려 상하이 사람들보다 개방적이며 선입견이나 고정관념이 없다는 것이다.

그래서 할머니가 하는 말이라면 뭐든 곧이들었다. 전에 할머니가 훙커우의 집에서 봤던 것처럼, 그들도 원래 공급제* 생활을 했다. 즉 관사에서 살면서 공공식당에서 식사를 하고 아이는 조직에서 파견한 가정부가 돌보는 등, 집안일은 전혀 신경을 쓸 필요가 없었다. 이제 그들은 집안일을 온통 할머니에게 맡겨놓고 마음 편한 생활을 누리고 있었다. 그런지라 할머니는 집주인과 다를 게 없었다. 할머니는 주인이 미처 신경 쓰지 못한 부분들도 너그러이 이해해주었다. 예를 들면, 사모님—할머니는 옛날 호칭대로 주인댁을 불렀는데, 처음에는 낯설어하더니 이내 적응하였다—은 속옷을 포함하여 무슨 옷이든지 다 빨아달라고 가져왔다. 이건 그녀의 규칙에 조금은 어긋나는 것이었다. 마치 출가한 여승처럼 자신의 몸을 정갈하게 돌보았던 과부 처지의 그녀는, 여자의 속옷에는 더러운 것이 묻어 있다고 여겼다. 그러면서도 그녀는 세탁을 해주었다. 그녀는 주인댁과 같은 해방군 출신의 사람들이 규칙을 잘 알지 못해 그런 것이지, 별 뜻이 있어서 그러는 건 아니라는 걸 잘 알고 있었다. 게다가 집주인 내외는 그녀를 정말로 한 가족으로 여기고 있었다! 양저우 시골에서 누군가 찾

---

* 공급제(供給制)는 중화인민공화국 수립 초기에 일부 공산당 간부에게 생활필수품을 무료로 공급했던 일종의 분배 제도이다. 무료 공급의 범위에는 개인의 의식주 및 학습에 소요되는 돈품이나 비용 외에도, 자녀의 생활비와 보육비 등도 포함되어 있었다.

아오면 사모님은 여태껏 별다른 말없이 따뜻하게 고개를 끄덕여주고 식사를 대접하는 등, 그녀의 체면을 세워 주었다. 할머니가 상하이의 여러 집에서 일해 보았지만 이렇게 대해주는 신식 주인은 처음이었다. 이런 주인이 그녀는 맘에 들었다.

새 주인이 너그럽고 개방적이라고 해서 그녀의 규칙이 느슨해지는 일은 없었다. 그녀는 예전처럼 지금의 새 주인집에서도 여전히 부지런하고 공손했다. 그녀는 매일 저녁 주인 남자에게 발 씻을 물을 가져다주었다. 그 집 바깥주인은 성실한 사람으로 말수가 많지 않았고, 사모님보다도 집안일에 더 무관심했다. 그녀가 발 씻을 물을 떠 가면, 자신도 모르게 당황해 하면서도 말리지 못한 채 그저 받아들곤 했다. 그가 다 씻으면 물을 들고 나갔다. 시간이 흐르자 바깥주인도 이내 익숙해졌다. 할머니는 주인 내외의 좋은 옷을 세탁소에 맡겨 세탁과 다림질을 하기도 하였다. 어쨌든 집안의 자물쇠를 여는 일까지도 그녀가 알아서 했다. 집에 손님이 오면 그녀는 규칙에 따라 차를 끓여 내오고서는, 규칙대로 물러가는 대신 한 쪽에 앉아 있곤 했다. 그녀는 바느질을 하면서 주인과 손님이 주고받는 이야기를 들었다. 나누는 이야기가 참으로 새롭게 느껴졌다. 듣고 있다가 너무 재미있으면 몇 마디 끼어들기도 했다. 그녀의 이런 참견에 손님들은 오히려 재미있어했다. 그들에게는 새롭고도 낯선 견해였기 때문이다. 게다가 손님들은 대부분 해방군 출신이거나 아직도 해방군에 몸을 담고 있는 사람들이어서 평등의 관념을 지니고 있었던 터라, 그녀를 결코 하녀 대하듯 하지 않았다. 그녀는 전혀 그 집의 가정부 같아 보이지 않았다. 아니 오히려 이 집안의 나이 먹도록 시집가지 못했거나 혹은 남편을 잃고 홀몸이 된 고모나 아주머니 같았다. 주인집처럼 새로 상하이 시민이 된 가정에는 고향에서 홀몸의 친척을 데려다가 집안일을 돕도록 하는 일이 많았다.

주인집은 간부 집 특유의, 소박하면서도 윤택한 생활을 했다. 그들에게 생활 기반은 없었지만, 월급이 적지 않은 데다 맞벌이를 하고 있었기 때문이다. 그들은 화이하이로 골목의 신식 집에서 살았는데, 일 층에 남향의 큰 방과 북향의 작은 방이 있었다. 큰 방에는 자그마한 꽃밭이 하나 딸려 있었는데, 이치대로 하자면 그 집만의 공간이지만 그들은 대범하게도 그 공간을 개방하였다. 그래서 이웃 사람들과 이층집 사람들까지 주인집을 들락날락 거리며 꽃밭에 들어와 빨래를 널기도 했다. 집안의 바닥은 왁스칠을 하고 창틀은 철제로 되어 있었는데, 주택 관리소에서 철마다 정기적으로 칠을 해 주었다. 반짝반짝 윤이 나고 잘 손질된 결 고운 바닥 위에는 그들의 직장에서 빌려온 백목 가구가 놓여 있었으며, 거기에는 쇠로 만든 번호판이 붙어 있었다. 침대에는 군대에서 가져온 흰색 침대 시트와 녹색 군용담요가 깔려 있었다. 큰 방의 창에는 커튼을 걸어놓지 않았지만, 북향의 작은 방은 부부의 침실인 데다 골목을 마주 보고 있는지라 꽃무늬 무명천을 커튼 삼아 걸어 놓았다. 그런 뒤 가구가 몇 가지 더 늘어났다. 하나는 이층집으로부터 구입한 장롱이었다. 원래 이층집에 사는 이가 장롱을 구입했는데, 크기가 어찌나 크던지 아무리 용을 써도 들어 올릴 수가 없었다. 각도를 이리저리 틀어보아도 계단이 꺾어지는 곳에 걸려 꼼짝하지 않았다. 그래서 하는 수 없이 일 층의 주인집과 상의하여 되팔기로 했던 것이다. 그들은 선뜻 응낙하였으며, 가격조차 물어보지 않았다. 그들은 이제껏 돈을 쓰는 데 이리저리 꼼꼼히 따져본 적이 없었다. 이 장롱은 상당히 기품 있어 보였는데, 오렌지색으로 칠한 들메나무를 앞쪽 면에 붙이고 테두리에는 깔끔하게 선을 그은, 발이 없는 서양식 스타일이었다. 여닫이식의 문에다 안쪽에는 거울을 끼워 넣었고, 한쪽은 외투 걸이 공간, 다른 한쪽은 서랍 용도로 쓰게 되어 있었다. 사실 이 장롱은 그들 집과 전혀 어울리지 않았고, 서구의 부르주아지에게나 어울릴 법한 물건이었다. 나중에 그들은 또 삼 인용 소파를 하나 샀다. 할머니는 이 소파를 보자마자 가격이 얼마나 되는지 금세 알아차렸다. 강철관에 크롬도금을 한 소파틀, 유선형으로 굽은 나무 팔걸이, 그리고 시몬스제인 방석과 쿠션. 할머니는 소파를 어루만지자마자 이내 소파 스프링이 어떤 것인지, 스프링이 얼마나 촘촘하게 박혀 있는지, 푹신하면서 조금도 움푹 꺼지지 않는 것임을 알 수 있었다. 소파 거죽은 초록색 벨벳인데, 이 벨벳은 매우 세밀하고 부드러우면서도 질겼다. 할머니는 이건 예전에 부르주아지나 쓰던 물건이라고 생각했다. 이 소파 역시 그들 집에 그다지 어울리지 않았지만, 그래도 약간은 삶의 멋을 더해주어 금방 없애버릴 것 같지는 않았다. 후에 할머니가 주방에 요리용 탁자 하나를 놓아달라고 하자, 직장에서 빌려온 식탁을 공용 주방으로 옮겨놓았다. 그렇다면 밥을 먹을 때는 어쩌란 말인가? 그래서 다시 탁자 하나를 더 샀는데, 이번에는 그들도 절약을 했다. 요령이 생겨 위탁판매점에 가서 네 개의 가죽 의자가 딸린 사각 탁자를 하나 샀던 것이다. 물건 보는 안목이 있는 할머니는 이게 호두나무로 만들어진 중고품이라는 걸 알아차렸다. 네 가장자리와 식탁 장식보에는 온통 자잘한 꽃이 새겨져 있었다. 꽃 모양은 중국식의 회(回)자 무늬였지만, 탁자의 칠과 바닥 선의 양식은 서양식이었다. 할머니는 혼잣말로 중얼거렸다. 이 가구의 전 주인은 어디에서 고생하고 있는지 모르겠지만, 재산을 몽땅 날려버린 게로구먼. 할머니의 건의로 사모님은 또 녹나무 상자 하나를 샀다. 이렇게 해서 집안의 생활기반이 잡히게 된 셈이었다.

    그들은 상하이의 시민과 어울려 사는지라 그곳의 영향을 받지 않을 수 없었고, 생활기반이 쌓이면서 오랫동안 풍족하게 지냈다. 그들의 주요 관심사는 주로 먹는 것이었고, 부부의 월급 역시 주로 먹는 데에 사용되었다. 할머니가 보기에 그들은 먹는 데에는 기꺼이 돈을 쓰려 했고 식욕도 왕성한 편이었지만, 사실 제대로 먹을 줄 아는 사람들은 아니었다. 예를 들어 그들은 사흘에 두 번 정도 외식을 했는데, 찾아다니는 식당은 몇 군데 되지 않았다. 한길 맞은편에 위치한 푸싱(復興) 레스토랑, 뤼예(綠野) 사천요릿집, 좀 멀게는 난징로에 자리 잡은 신야(新雅) 광동요릿집, 홍창싱(洪長興) 양고깃집 등이 그들이 즐겨 찾는 곳이었다. 이 음식점들이 좋지 않다는 것은 아니지만, 그들에게 안목이 있다고는 할 수 없을 것이다. 대개 명성만 듣고 한두 번 먹으러 가다 보니 서너 차례 가게 되었을 뿐이다. 먹는 것도 거의 몇 가지에 불과했는데, 주로 맛이 진하고 양이 많은 음식이었다. 이 역시 군대에서 길들여진 기풍으로, 그저 크고 많기만 하면 좋다는 식이었다.

할머니가 만들어내는 양저우 요리는 그들 입맛에 딱 맞을 뿐 아니라, 그들의 입맛을 한 단계 업그레이드해주는 것이었다. 양저우 요리는 푹 익혀 고아내고 맛이 완전히 배어들어 진한 홍갈색을 띠게 만드는데, 이건 숙련된 솜씨에 좋은 고급 재료, 그리고 약한 불이 있어야만 한다. 할머니가 만들어내는 양저우 요리는 시골 맛이 물씬 풍기는데, 재료를 듬뿍 쓰고 특히 간장을 충분히 넣은 데다 요리하는 품새도 시원시원하다. 그들이 먹어보니 천하의 진미가 아닌가! 그래서 집주인 내외는 늘 집에서 잔치를 벌여 친구들을 초대하곤 하는데,

손님 모두 할머니의 손맛에 그만 숨이 넘어가곤 했다. 그들은 친구가 많은 편이었는데, 대개는 군인 티가 줄줄 흘렀다. 호탕하고 열정적인 그들은 오자마자 바로 앉아 먹기 시작했다. 그래서 집에서는 사흘에 한 번꼴로 작은 식탁 모임이 이루어지고, 닷새에 한 번 정도 그럴듯한 잔치가 떠들썩하게 열리곤 했다.

주인집 내외가 출장을 가거나 시골에 가면, 집에는 그녀와 두 아이만 남아 고즈넉해진다. 그즈음 큰아이는 갓 초등학교 1학년에 다니고 있었고, 작은아이는 그녀가 이 집에 온 뒤로 한사코 유치원에는 가려 하지 않아 집에 데리고 있었다. 초등학교는 골목 어귀에 있었는데, 쉬는 시간만 되면 큰아이는 날듯이 집으로 돌아와 그녀에게 물 한 잔을 달라 해서 마시거나 비스킷을 한 조각 달라고 해서 먹고는 또 날듯이 교실로 돌아갔다. 하교 시간이 되면 그녀는 작은아이를 데리고 골목 어귀 교문 앞으로 가서 큰아이를 기다렸다. 골목 입구에는 널빤지로 만든 판잣집이 하나 있었는데, 그곳에는 산둥 사람이 살고 있었다. '산둥 아저씨'라고 불리는 그는 군만두 가게를 하고 있었다. 그녀와 작은아이는 여기에서 군만두 일 인분을 시켜 먹곤 했다. 고기소와 만두피는 작은아이가 먹고, 그녀는 석탄불에 까맣게 그을린 바닥 쪽만 먹었다. 그 '산둥 아저씨'는 사실 나이가 많지는 않았고, 할머니와 거의 비슷한 서른을 훌쩍 넘긴 나이였다. 하지만 옷차림새는 늙은 티가 물씬 풍겼다. 그는 시골고향에서 하던 대로 바짓가랑이를 동여매고 머리는 박박 밀었으며, 등은 약간 굽어 있었다. 그는 그녀와 아이에게 아주 잘 대해주었는데, 늘 한 켠에 서서 그들이 만두를 번갈아 베어 무는 모습을 지켜보았다. 지켜보는 눈빛은 은은한데다 몽롱하기까지 했다. 할머니를 보며 아마도 고향 집의 마누라를 생각하거나 작은아이를 보며 고향 집의 아이를 떠올릴지도 모를 일이었다. 만두를 다 먹을 즈음이면 큰아이가 나왔다. 혹 아이가 보이지 않으면, 그녀는 아무 선생님이나 붙잡고 물었다. 선생님, 우리 집 꼬마가 왜 아직도 나오질 않지요? 오후 수업을 하는 건가요? 할머니는 옛날 호칭, 이를테면 '사모님'이나 '선생님'과 같은 단어를 굳이 쓰면서도, 다른 한편으로는 새로운 어휘, 예를 들면 '꼬마 친구(小朋友)' 같은 말도 제법 잘 구사했다. 그런 다음 그녀는 작은아이를 잡아끌고 '선생님'이 가리켜준 곳을 따라 곧장 교실로 들어갔다. 사실 큰아이는 당번인지라 교실에 남아서 청소를 하고 있을 따름이었다. 몇몇 학생들이 힘껏 빗자루질을 하고 있던 터라, 교실 안은 온통 날아오른 먼지로 자욱했다. 그녀는 코를 움켜쥐고 다가가 큰아이의 손에 있는 빗자루를 빼앗고는 꾸짖었다. 어이구, 이 녀석아. 새 옷으로 갈아 입혔더니 그새 이렇게 더럽혀! 큰아이는 발을 동동 구르면서 대들다가도 곧 수그러들어 교실 밖으로 나와 할머니를 기다렸다. 할머니는 잽싸게 큰아이가 맡은 구역을 말끔히 청소하고는 걸어 나와 몸에 묻은 먼지를 탁탁 털어냈다. 그리고는 아이를 한 손에 하나씩 잡고서 집으로 향하였다.

이렇게 할머니는 골목 어귀의 초등학교를 뻔질나게 드나들었다. 선생님과 학생들도 모두 할머니를 알고 있었고, 그녀를 아무개네 이모라고 불렀다. 학생들은 고개를 돌려 말했다. 너희 이모 오셨다! 큰아이는 그녀를 보고는 늘 하듯이 발을 동동 구르면서 대들었다. 학교생활에 간섭을 받는다고 느낀 모양이다. 큰아이가 그러거나 말거나 그녀는 나 몰라라 하고서 녀석의 손에 군밤 몇 알이나 케이크 조각을 쥐여주곤 했다. 어떤 때는 큰아이가 선생님 말씀을 잘 듣는가, 혹시 말썽을 부리지는 않는가 보러 가기도 했다. 어느 날 큰아이가 집에 돌아와 으스대며 말했다. 내일 오후에 푸싱공원으로 봄 소풍을 간다고. 작은아이는 이 말을 듣자마자 울음을 터뜨렸다. 아마도 자기는 갈 수 없으니 억울하다고 생각한 모양이었다. 할머니는 말했다. 울지 마라, 우리도 내일 가자꾸나. 그녀는 마음속으로 작은아이를 좀 더 예뻐했다. 그렇다고 작은아이가 큰아이보다 뭔가 나은 점이 있는 것은 아니었다. 그저 작은아이와 아침저녁으로 늘 함께 지내기 때문일 뿐이다. 이튿날 낮잠을 자고 일어나서 그녀는 정말로 작은아이를 데리고 공원으로 갔다. 공원에서 큰아이를 찾아냈는데, 마침 친구들과 옹기종기 둘러 앉아 선생님의 지도에 따라 손수건 돌리기 놀이를 하고 있었다. 그녀와 작은아이는 큰아이 뒤에 앉아 보자기를 풀었다. 보자기 안에는 깨끗하게 씻은 사과와 비스킷, 사탕이 들어 있었다. 큰아이가 처음에는 몸을 돌려 눈을 흘기면서 저리 가라는 시늉을 하더니, 이내 손을 뻗어 보자기에 있는 것을 가져다 먹었다. 이날 오후 큰아이 반의 봄 소풍 대열에는 꼬리가 붙어 다녔다. 어른 한 명과 아이 한 명이 시종 뒤를 졸졸 따라다녔던 것이다. 때로 주인집 내외가 아이를 데리고 영화 구경을 나가거나 외식하러 나갈 때, 큰아이가 아직 학교에서 돌아오지 않으면 할머니는 바로 교실로 찾아가 선생님과 교섭을 벌여 큰아이를 데리고 나왔다. 할머니는 두 손을 마주 잡아 옷깃 앞에 늘어뜨리고서는 아주 공손하고 품위 있는 모습으로 선생님께 한마디 한마디 까닭을 설명했는데, 죄다 이치에 들어맞는 말이니 선생님도 아이를 보내주지 않을 까닭이 어디 있겠는가?

   할머니는 세상 물정에 밝았던 터라, 젊은 선생님은 이런 그녀를 조금은 두려워하기도 했다. 그녀가 그런대로 존경했던 이는 그래도 나이가 지긋한 여선생님이었는데, 지식도 있고 세상 물정도 아는 분이라고 여겼다. 그 여선생님은 할머니를 만나면 멈추어 서서 몇 마디 일상적인 이야기를 나누기도 했는데, 그 태도가 대단히 상냥하고 부드러웠다. 언젠가 한번은 큰아이가 할머니에게 발을 동동 구르며 대드는 것을 우연히 보고서, 여선생님은 바로 큰아이에게 어른께 무례하게 굴어서는 안 된다고 가르쳤다. 큰아이는 금방 고분고분해졌고, 여선생님은 작은아이의 머리를 어루만지며 몇 살이냐, 언제 학교에 가느냐, 언니 학교에 와서 공부하지 않을 거냐 등등을 물었다. 할머니는 자기와 사이가 좋았던 학교 직원 밍(明) 아저씨에게서 그 여선생님이 아직 미혼의 독신녀임을 알게 되었다. 할머니는 아는 티를 내며 그에게 물었다. 천주교회당의 수녀인가요? 밍 아저씨는 아니라고 했다. 할머니는 한숨을 푸욱 내쉬며 말했다. 이렇게 지식 있는 사람도 운명이 참 모질구만! 이후로 할머니는 이 여선생님을 더욱 가엾게 여겼는데, 여교사 노릇도 쉽지 않은 터에 결혼도 하지 않고 평생 아이들을 가르치기가 어떻겠느냐며 늘 걱정해주었다.

큰아이와 작은아이 모두 여자아이인데, 부모와 함께 있는 시간보다도 그녀와 함께하는 시간이 더 많았는지라 시간이 흘러가면서 자연 습성도 그녀를 따르게 되었다. 아이들은 산뜻하고 야들야들한 빛깔을 좋아하고 꽃을 좋아했으며, 향수 냄새를 좋아했다. 또 진주가 박힌 머리핀을 좋아하고, 월극(越劇)을 좋아했다. 월극의 화려한 머리장식과 복장, 요염한 교태, 그 노랫가락, 그리고 사랑이야기. 이 모든 것에 그들은 푹 빠져들었다. 그들의 노리개 가운데에 방울이 있었는데, 그들이 가장 좋아하는 것이었다. 완구점에서 파는 이 방울은 노리개로 유리케이스에 넣어 진열해놓았는데, 그 모양과 품질이 대단히 정교하고 아름다우며, 가격도 비싼 편이었다. 또 다른 노리개로 구슬 핸드백이나 머리장식으로 사용하는 것이 있었는데, 이건 훨씬 싼 편이었다. 대개는 성황묘에서 항아리에 넣어두고 무게로 떠서 파는 것들이다. 이런 구슬들은 좀 조잡하고 거칠었으며 빛깔과 광택도 약간 어두운 편이지만, 양만큼은 상당히 많았다. 이 두 가지 모두 그들에게 있었는데, 거친 것과 고운 것을 마구 섞어 채워 넣은 작은 연필 통이 족히 서너 통이나 되었다. 그녀들이 이 구슬들을 어떻게 가지고 노느냐고? 바늘에 실을 꿰어 구슬을 끼워 넣으면, 월극에 나오는 머리장식과 같은 것이 된다. 나중에 귓가에 달랑달랑 달아 걸고 머리카락 속에도 끼워 넣으며, 목에도 감아보고 손목에도 두르고서, 침대에 서서 월극을 연출하는 것이었다. 여름이면 침대에 모기장을 치는데, 휘장 양쪽으로 한쪽씩을 묶으면 영락없는 무대가 되었다. 침대 위에서 두 명의 앙증맞은 요정이 구슬과 비취를 걸치고서 몸을 휘감은 면타월을 덧소매 삼아 흔들면서 '잉잉, 앙앙' 월극의 노랫소리를 흉내 내곤 했다.

이 놀이는 애들 엄마 몰래 하는 것이었다. 해방군 출신으로 태도가 아주 시원시원한 애들 엄마는 교태를 부리고 아양 떠는 걸 매우 못마땅하게 여겼다. 아이들의 놀이를 보기만 해도 바로 호통을 치면서 다시는 이런 요사스러운 치장을 하지 못하게 하였다. 늘 한창 흥이 오를 즈음, 할머니가 숨죽인 목소리로 한마디 한다. 엄마 돌아오셨다! 그러면 아이들은 재빨리 무대를 정리하고 데굴데굴 침대를 굴러 내려온다. 하지만 엄마가 집 밖으로 나서기가 무섭게 아이들은 다시 분장을 하고 무대를 올린다. 할머니는 바쁜 일이 끝나 한가해지면 침대맡에 의자를 가져다 놓고 앉아 바느질을 하면서 아이들의 장난을 지켜보았다. 어디에선가 월극의 영화가 상영된다는 소식을 들으면, 할머니는 아이들을 데리고 반드시 가곤 했다. 지난번에 총천연색영화 「추어(追魚)」*를 상영한 적이 있었다. 이른 아침 매표소가 문을 열기도 전에 줄이 장사진을 이루었는데, 한 사람에게 네 장의 표밖에 팔지 않았다. 할머니는 작은아이를 데리고 가서 자리를 잡은 후, 작은아이더러 작은 걸상에 앉아 차례를 기다리라고 했다. 그리고서 자기는 집으로 돌아가 밥도 하고 옷도 빨다가, 사이사이에 아무 때나 들러서 매표가 시작되었는지, 어디까지 줄이 늘어섰는지를 살피곤 했다. 그런 다음 작은아이에게 먹을거리를 먹이고는 다시 돌아와 밥을 지었다. 작은아이도 인내심이 대단한지라 꼼짝하지 않은 채 걸상에 앉아 있다가, 매표소가 문을 열면 재빨리 일어나 걸상을 가슴에 꼭 안고서 앞에 선 어른의 뒤를 따라 한 걸음씩 발걸음을 떼었다. 표는 정오 무렵이 되어서야 살 수 있었다. 어린 주인과 가정부, 두 사람은 표 네 장을 잘

---

* 「추어(追魚)」는 1959년에 월극(越劇)의 극목을 영화화한 작품이다. 장전(張珍)은 어려서 무단(牡丹)과 정혼하였지만, 부모가 돌아가시고 집안이 기운 후 무단의 아버지의 반대로 파혼을 당한다. 장전의 순박함에 끌린 잉어 요정이 무단으로 변신하여 장전과 만나게 된 이후, 진짜와 가짜 무단을 분간하기 위한 갖가지 우여곡절을 거친 끝에 인간으로 변한 잉어 요정은 장전과 부부로 맺어진다.

헤아려보고서 흥분하여 상기된 얼굴로 집으로 향했다. 석 장은 자기 집에서 쓸 것이고, 나머지 한 장은 윗집 가정부를 위해 산 것이다. 윗집 가정부는 이 표 한 장을 얻으려고 수정만두를 사서 그들에게 보내주기도 했다. 드디어 영화를 상영하는 날이 되면, 할머니는 아이들을 한 손에 하나씩 끌고서 신바람을 내며 영화관으로 향했다. 전회의 상영이 아직 끝나지 않은 데다 이번 회를 볼 사람들로 영화관 안은 만원이었다. 모두들 가정주부이거나 유모, 또는 가정부들이었다. 특히 유모와 가정부들이 각지의 사투리로 떠들어대는 바람에 무척이나 떠들썩했다. 두 아이는 행여 놓칠세라 할머니의 손을 꼭 붙잡고서 사람들 틈에 끼어 있었는데, 아마 막판이 되어서야 사정이 조금 나아질 터였다. 마침내 영화관 안으로 떠밀려 들어가고 극장 안의 등이 꺼지고서야, 앞쪽 스크린에 화려한 그림이 빛을 내뿜었다. 이 순간 그들은 모두 행복감에 흠뻑 젖어들었다.

　시간은 너무도 즐겁게 흘러갔다. 그녀와 큰아이, 그리고 작은아이는 참으로 사이가 좋았다. 두 아이 모두가 안고 있는 약간의 문제가 있었는데, 그건 충치였다. 사탕을 너무 많이 먹은 탓인데, 이 때문에 할머니는 아이들을 데리고 늘 치과에 다녀야 했다. 이렇게 해서 그녀는 치과 의사와도 친해졌다. 이 세 사람의 외출은 곧잘 남의 이목을 끌었다. 여자는 말쑥한 데다 말솜씨도 좋았고, 두 아이는 단정한 옷차림새에 배

굶을 걱정 없는 우복한 표정, 게다가 각기 나름의 특색을 지니고 있었다. 큰아이는 영리했고, 작은아이는 좀 맹하지만 오히려 드셌다. 작은아이는 아직 어린 터라 사람들이 놀리기를 좋아했는데, 놀리는 말이라는 게 뭐 흔히 하는 말들 있잖은가? 넌 너희 엄마, 아빠가 낳은 게 아니라, 어디에선가 널 주워왔다더라 하는 식의 말이다. 큰아이도 옆에서 맞장구를 쳤다. 작은아이가 처음에는 버티어보지만 끝내 참지 못한 채 '와앙' 하고 울음을 터뜨렸다. 그러면 할머니는 얼른 작은아이를 달래면서 아이를 대신해 대꾸해주었다. 사람들은 다시 할머니에게 이런저런 이야기를 건네면서 주인집 일을 넌지시 묻곤 했다. 그녀는 입이 매우 무거운 편이지만, 그렇다고 남들의 흥을 깨지는 않았다. 치과 의사들은 대개 호탕한 기질을 지니고 있어서 그런지, 이야기를 꺼냈다 하면 한도 끝도 없었다. 속되기는 해도 그래도 재미는 있었다. 그래서 이를 치료하는 한편, 놀기도 했다. 갈 때마다 좀 더 눌러앉아 있곤 했지만, 일단 누군가 이를 뽑으러와 의사가 마취용 침통과 집게, 망치 같은 공구를 들고 나타나는 순간, 깜짝 놀란 어른 하나와 아이 둘은 연기처럼 감쪽같이 사라져버렸다.

　작은아이가 학교에 입학하자 큰아이는 4학년이 되었다. 그런데 상황이 예전과 달라졌다. 두 아이 모두 나이도 먹었고, 성깔도 까칠해졌다. 특히 작은아이는 더 이상 할머니와 그렇게 친하지도 않았고 어릴 때처럼 고분고분하지도 않았으며, 오히려 큰아이 이상으로 할머니에게 발을 동동 구르며 대들기를 좋아했다. 작은아이는 유별나게 남에게 지기를 싫어하고 학교 규칙도 지나칠 정도로 착실하게 따랐는데, 이것이 스스로에게 많은 스트레스를 안겨 주었다. 학교에 일찍 가서 책걸상을 정리하고 칠판을 닦고 아침 책 읽기를 하기 위해 기상 시간을 스스로 정해놓았다. 한 번은 늦잠을 자고 일어나더니 대성통곡을 하면서 할머니가 깨우지 않았기 때문이라며 할머니 탓을 하더니만, 밥도 먹지 않은 채 학교로 뛰어갔다. 사실 그 시간은 정식으로 수업이 시작될 시간에서 한 시간이나 여유가 있었는데도!

이 학년이 되자 소년선봉대에 들어가려고 애를 쓰더니 스스로 옷을 빨아야 한다고 고집을 부렸다. 하지만 어떻게 빠는지를 모르니 어쩔 도리가 없었다. 그래서 하는 수 없이 다음으로 찾아낸 것이 직접 손수건과 양말을 빠는 일이었다. 본래 흥이 가셔서 기분이 썩 내키지 않던 참인데, 어느 날 집에 돌아와 보니 할머니가 자기 손수건과 양말을 빨고 있는 게 아닌가! 작은 아이는 외마디 비명을 지르면서 마치 불길 속인 양 비눗물 속에서 자기 수건과 양말을 잽싸게 끄집어냈다. 그러더니 또 한바탕 대성통곡을 하는 것이었다. 그 아이는 무슨 일이든 지나칠 정도로 심각하게 생각했기 때문에, 자신뿐만 아니라 남들까지도 긴장할 수밖에 없었다. 이렇게 긴장된 정서로 아이의 얼굴은 밉살스러워져, 종일 눈살을 찌푸리고 있었다.

　그즈음 큰아이는 어땠는가? 큰아이는 말괄량이 기질을 보이더니, 옷을 부지런히 갈아입기 시작했다. 흐린 날에도 평소대로 웃옷과 바지를 갈아입었다. 또 옷과 바지는 다림질한 듯이 기어이 가지런히 개어놓아야 했다. 어려서부터 아침 식사를 할 때면 할머니가 큰아이의 머리를 두 갈래로 땋아주었는데, 꽃 모양과 머리핀, 머리띠를 할머니가 좋아하는 대로 따라 했었다. 그런데 이제는 할머니에게 불만을 터뜨리면서, 할머니가 머리를 촌스럽게 묶었다고 타박하는 것이었다. 큰아이와 작은아이 모두 어릴 때처럼 그녀를 따르지도 않았고, 산뜻하고 야들야들한 물건과 빛깔도 좋아하지 않았으며, 더 이상 월극 놀이도 하지 않았다. 그렇게도 애지중지 사 모은 구슬도 마구 흩어버리고 내버리더니 하나둘씩 다 없어지고 말았다. 물건도 쉽게 구할 수 있었기에 두 아이 모두 물건 아낄 줄도 몰랐고, 필요하지 않으면 이내 내버렸다. 타고난 경박함이 이즈음에 하나하나 드러났다. 이런 경박함이란 이처럼 떠들썩한 도시와 요란스러운 세계에서 자랐기 때문으로, 사람 마음 역시 이리저리 흔들릴 수밖에 없었던 것이다. 사실 두 아이는 뿌리라고 할 만한 것이 아무것도 없었다. 해방군 출신 부모에, 가정부와 유모의 틈바구니에 있는 데다가 소시민적인 생활에 젖어 있어서, 규범 따위를 갖기란 그리 쉽지 않았을 것이다. 할머니는 두 아이에게 때로 모멸을 당하기도 했는데, 그럴 때면 아이들 엄마를 찾아 하소연을 하였다. 사모님 얼굴만 아니라면 당장 일을 그만두겠어요! 아이들 엄마는 할머니를 다독거리고 나서 아이들을 따끔하게 나무랐다. 부르주아지 아가씨들 말투를 흉내 내서 이모에게 위세를 부리는 모양인데, 그래선 안 된다. 부르주아지가 별거야? 그 사람들은 '이모'를 '가정부'라고 부르는데, 저속하지 않니? 뭐가 '저속'한지 알지는 못했지만, 그 시대에 부르주아지와 견주는 건 경멸스러운 일이었다.

푸핑이 그들 집에 왔을 때는 그들이 이렇게 사사건건 할머니와 맞서던 즈음이었다.

3# 푸핑

  푸핑은 얼굴이 둥근 편이다. 하지만 연잎처럼 얄팍하게 둥근 게 아니라, 약간 도톰하게 둥근 얼굴이다. 그래서 일반적인 둥근 얼굴처럼 그렇게 활달하고 영리해 보이지는 않는다. 게다가 푸핑의 쌍꺼풀 없는 작은 눈은 약간 흐리멍덩해 보인다. 코와 입 역시 작고 둥근 데다 제법 통통해서 역시 흐리멍덩해 보인다. 시골에서 막 왔을 때 푸핑의 두 뺨은 불그스레하고 피부는 터서 거칠었지만, 잘 먹어서 아주 튼실했다. 낯선 데다 천성이 어눌하다 보니 말수가 거의 없었다. 하지만 남이 하는 말은 귀 기울여 잘 들었고, 두 눈으로는 상대방을 빤히 쳐다보았다. 이럴 때에 푸핑의 흐리멍덩한 표정 속에서 번득이는 예리함과 그녀의 반짝거리는 두 눈동자를 발견하게 될 것이다. 상하이에서 사는 날이 길어지다 보니 푸핑의 두 뺨의 홍조가 점점 사라져 낯빛이 하얘진 듯하지만, 사실은 황색이어서 훨씬 더 총명해 보였다. 푸핑은 귀 높이로 가지런히 머리를 잘랐다. 한쪽으로 치우치게 가르마를 타서 머리카락이 많은 쪽에 공작 깃털 모양의 플라스틱 머리핀을 찔렀다. 머리핀에는 녹색 바탕에 분홍색 작은 점이 한 바퀴 박혀 있었다. 푸핑은 할머니를 따라 하루 종일 할머니의 자그마한 반짇고리를 무릎에 올려놓고서 고개를 숙인 채 한 땀 한 땀 바느질을 했다. 할머니 옷을 꿰매기도 하고 자기 것을 바느질하기도 했는데, 할머니가 푸핑에게 사준 꽃무늬 천이었다. 때로는 주인집의 어른이나 아이의 양말을 깁거나 단추를 다는 등 자질구레한 일들을 했다. 그녀는 어려서부터 밭일을 해왔던지라, 기껏해야 대바늘로 맞바느질을 해보았을 따름이다. 할머니는 푸핑에게 여러 가지 바느질법, 이를테면 박음질, 새발뜨기, 공그르기, 긴 단추 만들기, 장식단추 만들기, 안단추 만들기 등을 가르쳐주었다. 푸핑은 할머니한테 한동안 많은 것을 배웠다. 푸핑의 손은 거칠고 짤록한 데다 살이 많은 편이었고, 소매 밖으로 드러난 팔목 역시 크고 튼튼했다. 고개를 숙이면 머리카락이 앞으로 쏠려 뒷목과 뒷등이 드러났는데, 역시 살이 있는 튼실한 등이었다. 하지만 젊고 힘이 있어 보이는 까닭에 탄탄한 근육과 단단한 골격이 썩 균형 잡혀 보였다. 할머니는 속으로 손자며느리가 꽤 눈썰미가 있는 애라고 생각하면서, 고상하고 품위 있는 손자라면 이렇게 힘센 아내를 얻어야 도움이 되리라 여겼다.

푸핑이 입고 있는 옷은 죄다 좀 작은 편이어서 약간 달라붙는 느낌이 들었다. 뒤 옷섶은 엉덩이에 매달려 있고 뒤 칼라는 뒤로 치켜 들렸으며, 옷소매는 한두 치나 팔목 위까지 올라와 있고 바지 길이도 복사뼈 위로 한두 치쯤 올라와 있었다. 발에는 인단트렌 블루로 염색되고 발등에 끈이 달린 헝겊신발을 신고 있었다. 잔뜩 긴장한 그녀에게서는 시골티가 물씬 배어났다. 그녀의 표정만큼이나 그녀의 행동도 둔하여 아주 '무감각'해 보였다. 그러나 이 '무감각'한 느낌 이면에는 활력이 스며 있었다. 푸핑의 행동은 힘차고 효율적이어서, '무감각'하게 보이지만 결코 꾸물거리지 않았다. 푸핑이 온 뒤로 쌀가게에 가서 쌀을 사오는 일은 바로 그녀에게 맡겨졌다. 그녀는 단단히 동여맨 오십 근짜리 쌀 포대를 왼쪽 어깨에 걸치고 왼손을 허리에 받친 다음, 오른손으로는 어깨 앞쪽에서 포대 주둥이를 꽉 붙들고서 가볍고도 빠르게 골목길을 빠져나갔다. 이 모습에서도 시골티가 물씬 풍겼다. 도시여자들은 이렇게 자신의 손발을 드러낼 줄도 몰랐고, 걸음걸이도 마치 무대 걸음처럼 이렇게 잰걸음으로 가볍고 민첩하게 걸을 줄도 몰랐다. 그래서 푸핑에게는 일종의 아름다움이 느껴졌다. 그 아름다움은 용모나 분위기에서 느껴지는 것이 아니라, 바로 온몸 여기저기서 발산되는 숨결에서 묻어나오는 것이었다. 이건 그녀가 살던 양저우라는 시골의 풍속과 연관이 있고, 그녀의 젊음과도 상관이 있으며, 물론 그녀가 여자라는 점과도 무관치 않았다.

　푸핑은 할머니를 경외하는 마음으로 대했는데, 그건 그녀가 리톈화의 할머니였기 때문이다. 푸핑이 리톈화를 본 건 딱 두 번뿐이었으며, 아직까지 한마디 말도 제대로 나눠보지 못했다. 리톈화가 푸핑을 대하는 태도는 낯설고 어색하기만 했다. 이제 푸핑은 할머니와 밤낮으로 함께 지낼 뿐 아니라, 밤이면 한 침대에서 머리를 나란히 한 채 잠자리에 들었다. 푸핑은 할머니의 체온도 느끼고, 할머니 몸의 머릿기름 냄새와 비누 냄새, 그리고 베니스 크림 냄새 등도 맡았다. 침대는 원래 할머니 한 사람이 자던 것이라 좀 작았다. 침대는 북쪽 벽에 붙은 채 동쪽 벽을 머리 쪽으로 하여 놓여 있고, 서쪽으로는 방문이 달려 있었다. 문과 침대 사이에는 탁자 하나가 놓여 있고, 탁자 위에는 온수 병과 냉수 병, 그리고 다반이 놓여 있었다. 남쪽 벽의 창 아래에 큰 침대 하나가 서쪽에 붙어 있고, 동쪽 옆에는 작은 화원으로 통하는 문이 나 있었다. 큰 침대에서는 두 아이가 잠을 잤다. 대각으로 놓인 두 개의 침대 사이에는 많은 물건이 자리를 차지하고 있었다. 동쪽 벽 아래의 긴 소파와 찬장, 서쪽 벽의 다섯 말짜리 뒤주와 녹나무 상자, 그리고 중간의 사각 탁자와 가죽 의자, 또 몇 개의 자그마한 걸상 등이 그것이다. 하지만 그다지 비좁아 보이지 않았고, 움직여도 부딪히지도 않았다. 두 아이는 방 절반을 사이에 두고 할머니와 말다툼을 벌였다. 아이들은 할머니의 양저우 시골말투와 세상 물정에 어두운 점을 놀려대면서 과장되게 웃고 침대에서 함께 데굴데굴 구르기도 했다. 그들은 푸핑처럼 낯선 사람이 있기에 유난히 흥분했다. 마치 손님이 오면 아이들이 떼를 쓰듯이. 할머니에게도 다소나마 이런 면이 있었다. 할머니는 순박한 데가 있어 푸핑처럼 자기들의 촌수나 항렬을 따지는 것 같지는 않았다. 할머니는 푸핑에게 자기의 상자를 자랑하듯 보여 주었다. 그 안에는 여러 해 동안 모아서 준비한 한 벌의 모피겹저고리와 몇 근의 방적사 및 낙타 털이 들어 있었다. 할머니 귀에 걸려 있는 한 쌍의 금귀걸이는 반짝반짝 빛이 났다. 푸핑은 금귀걸이가 반짝거리는 할머니의 옆얼굴을 바라보았다. 할머니의 얼굴은 무표정해 보이지만, 마음만은 활기차 보였다. 밤에 등을 끄면 커튼도 없는 창문 사이로 달빛과 나뭇가지 그림자가 비쳐 들어오고, 할머니와 두 아이의 입씨름이 귓가에 들려왔다. 그들의 말싸움은 묵계가 이루어져 있었다. 이곳에 처음 왔을 때 푸핑은 그들 사이의 재미를 도무지 이해할 수 없었다. 상하이 말을 다 알아들을 수 있는 것도 아닌지라, 그녀에게는 그저 방 사이를 오가는 생기발랄한 소리로만 들릴 따름이었다. 이 순간 푸핑의 얼굴을 보았더라면 참 좋았을 텐데. 그녀의 얼굴에는 생기가 넘쳐흘러 옅은 빛이 살포시 떠올랐다. 그녀는 옆으로 누운 채 고개를 푹 수그렸다. 머리카락이 귀 뒤로 넘겨지는 바람에 뺨이 드러났는데, 그 모습이 무척 천진난만해 보였다. 낮에 힘든 일이 별로 없었기에 푸핑은 몸이 전혀 피곤하지 않았고 정신도 초롱초롱했다. 방 안의 가구는 어둠 가운데 화사하게 은은한 빛을 내뿜었다. 마루의 나뭇결은 마치 강물의 물결처럼 선명하게 보였다. 푸핑을 '무감각'하다고 여겨서는 안 된다. 사실 그녀는 줄곧 보고 들으면서 모든 걸 이해하지는 못하지만, 표면적인 특징만큼은 잡아내고 있기 때문이다. 날마다 새로운 인상을 받거나, 예전의 인상이 새로워졌다. 푸핑은 매일 신선한 느낌을 갖게 되었던 것이다. 그녀는 자신도 모르는 사이에 단잠에 빠져들었다. 피곤하지는 않지만 젊은 몸이다 보니 자연의 이치에 따라 여전히 식욕도 왕성했고, 가볍게 코까지 골아가며 달콤하게 잠을 잤다. 옅은 나뭇가지 그림자가 그녀의 뺨에 드리워지자, 그녀는 아름다워 보이기까지 했다.

할머니는 때론 푸핑과 손자 이야기를 나누곤 했다. '손자', 할머니는 리톈화를 이렇게 불렀다. 할머니는 이렇게 말했다. 손자는 성실하고 철이 들었고, 공부도 잘해. 만약에 집안에 형제자매가 많지 않았더라면 그 애더러 집으로 돌아가 일을 하라고 했겠지만, 내가 마음에 생각한 바가 있어 몇 년 더 공부를 시키는 거야. 푸핑은 고개를 숙인 채 듣는 둥 마는 둥 아무 대꾸도 하지 않았다. 할머니가 또 말씀하셨다. 손자도 이 주인집에 다녀간 적이 있는데 사모님이 그 아이를 아주 예쁘게 보셔서 이야기도 나누고, 농촌의 일과 자신의 장래에 어떤 계획이 있는지도 물으셨다고 했다. 할머니는 손자의 좋은 점을 잔뜩 늘어놓더니, 한마디로 결론지어 훗날 자기는 손자에게 의지할 것이라고 했다. 말을 마친 할머니는 푸핑이 듣건 말건 개의치 않고 일어나 밥을 지으러 갔다. 푸핑이 어찌 할머니의 말뜻을 이해하지 못했겠는가? 다만 훗날이라는 날이 아직은 요원하니, 그 전에 무슨 일이 생길지도 모른다는 느낌이 들었다. 이것이 푸핑과 다른 시골여자아이들의 다른 점이었다. 그녀는 무슨 일이든 변할 수 있으며, 정해진 규칙 같은 것은 없다고 믿었다.

    보모 노릇을 하는 나이 든 이웃 아줌마들은 경험도 풍부하고 제법 사람을 알아보는 눈도 있는지라, 푸핑이 없는 곳에서 할머니에게 이렇게 말했다. 푸핑이 손자보다 요령이 좋을 것 같아요. 아줌마들이 보기에 푸핑의 눈에 총기가 있다는 것이다. 말하자면 자기네들 눈썰미는 속일 수가 없는데, 푸핑의 말주변 없어 보이는 그 속에 영민함이 번뜩인다는 것이었다. 이런 아줌마들은 약간씩 억지를 부리기 마련인데, 그저 남들이 자신의 똑똑함을 알아주지 않을까 봐 안달하고, 또 일 만들기를 좋아하는 사람들이다. 그렇다고 해서 아줌마들이 식견도 없는 무식한 사람이라는 말은 아니며, 다들 내력을 지닌 여자들로 그들의 이야기도 일리는 있었다. 그 아줌마들에 비해, 할머니는 그래도 점잖은 데다 귀도 얇은 편이었다. 아줌마들의 이야기는 금세 할머니의 마음속에 새겨져 속병이

들 지경이었다. 할머니는 어느 날 밤의 일을 떠올렸다. 두 아이가 떼를 쓰다가 모두 잠이 들었고, 방 안은 조용하기만 했다. 그때 푸핑이 갑자기 '흐' 하고 웃음소리를 냈다. 할머니가 물었다. 뭐가 그리 우스워? 푸핑은 대답하지 않았다. 그때는 대수롭지 않게 생각했는데, 이제 생각해보니 이 애가 요령이 참 좋은 아이야. 훗날 손자를 속이려 들지는 않을까? 할머니는 푸핑을 탐색해보려고 이야기를 꺼냈다. 너 집에 편지 안 쓰냐? 주인집 큰아이더러 대신 편지를 써달라고 해라. 걔가 얼마나 편지를 잘 쓴다구! 푸핑은 도대체 무슨 생각인지 이렇게 말했다. 우리 작은아버지와 작은어머니는 절 신경 쓰지도 않아요. 할머니가 말씀하신 '집'은 손자가 있는 집을 가리켰는데, 푸핑은 그녀가 어려서부터 줄곧 자란 작은아버지 집으로 오해했던 것이다. 할머니는 큰아이를 데려다가 손자며느리 대신 편지를 쓰도록 했다. 그리고는 푸핑에게 물었다. 하고 싶은 말 없니? 푸핑은 고개를 숙인 채 아무 말도 하지 않았다. 재차 묻자 오히려 할머니께 반문했다. 제가 무슨 할 말이 있겠어요? 큰아이는 더 이상 참지 못한 채 빨리 끝내야 놀러 갈 수 있다면서 법석을 떨었다. 할머니는 별수 없이 그냥 포기하고 말았다. 몇 번이나 탐색해 보았지만, 아무것도 알아내지 못했으니, 할머니가 푸핑에게 진 거나 마찬가지였다. 할머니가 푸핑에게 '요령'에 대해 가르침을 받은 셈이었다.

　예전에 영화를 보려면 할머니가 큰아이와 작은아이를 데

리고 갔었다. 이제는 할머니가 푸핑에게 애들을 데려가라고 시켰다. 큰아이와 작은아이는 푸핑의 말을 듣기는커녕, '떼를 쓰기'도 했다. 아이들은 푸핑이 자기들 손을 잡도록 놔두지 않았다. 그들은 푸핑이 할머니처럼 자기들을 잡으러 쫓아오기를 기대하면서 날듯이 뛰어 한길 위를 도망쳤다. 잠시 가게에 숨어들었다가 또 어느 순간에는 나무 뒤에 숨었다. 할머니와 아이들은 모두들 이런 놀이를 좋아했다. 영화를 보러 가는 이 길은 그리 길지 않지만 그들에게는 낙원이었다. 중간에 백화점과 가구점, 조제식품점, 사진관, 골목 어귀, 옷가게, 그리고 중규모의 포목점을 거친 다음 작은 길을 지나면 영화관이었다. 이 작은 길을 건너야 했기에, 주인은 반드시 할머니더러 데리고 가라면서 애들끼리만 영화 보러 가는 것을 허락하지 않았다. 어른들이 길을 건너지 못하게 하는 것을 알고 있었기에, 아이들은 한사코 건너려고만 했다. 애들이란 하나같이 이렇게 위험한 놀이를 좋아하는 법이니까. 그래서 작은 길 가까이에 이르면 애들은 마치 달리기 시합을 하는 선수가 골인 지점을 발견한 것처럼 전속력으로 달리기 시작했다. 아이들은 찢어질 듯 소리를 질러대면서 할머니의 손에서 벗어났다. 그리고서는 한 녀석은 동쪽에서, 또 한 녀석은 서쪽에서 할머니 혼을 쏙 빼놓는 것이었다. 깜짝 놀란 할머니가 허둥허둥 길을 건너고 보면, 이미 아이들은 온데간데없이 사라진 뒤였다. 다시 길 이쪽으로 건너오면 두 명의 작은 이 요정들은 순식간에 길모퉁이 가게에서 등 뒤로 숨어들어 크게 소리를 질러 할머니를 놀라게 한다. 사실 아이들끼리는 길을 건널 재간이 없었기에 그저 허세를 부리는 정도였다. 이런 놀이는 한두 번 하다 보면 요령을 터득하게 되는 법이다. 할머니도 진짜로 다급해할 필요가 없는데도 정말 다급한 척했다! 매번 발을 동동 구르며 다급해했다. 이렇게 해야 아이들이 정말로 즐거워했다. 할머니가 함께하지 않았더라면, 영화를 보는 즐거움의 반은 줄어들고 말았을 것이다! 한 번은 할머니가 급성맹장염으로 병원에 입원하는 바람에 아이들끼리 영화를 보고, 가정교사 집에 가서 영어를 배운 적이 있었다. 엄마는 아이들에게 꼭 손을 잡고 어른 뒤를 따라 길을 건너라고 했다. 그런데 너무나도 익숙한 그 경치들이 모두 낯설어지고 모습이 썰렁해지는 것이었다. 또 어느 날엔가 아이들 둘이서 집에 돌아오는 길에 갑자기 앞에 어떤 낯선 사람이 나타나 마치 솔개가 병아리를 낚아채려는 듯이 손을 벌렸다. 이때 아이들이 달려간 곳은 할머니 품이었다! 두 아이는 마주 잡은 손을 뗀 채 마구 달렸다. 얼이 빠진 작은아이는 할머니 손을 붙든 채 놓으려 하지 않았고, 큰아이는 할머니 품에 안겨 울고, 할머니도 울었다. 세 사람은 한 덩어리가 되어 부둥켜안은 채 집으로 돌아왔다.

    푸핑은 이들의 놀이를 전혀 이해하지 못했다. 아이들이 달아나는 걸 보면서도 쫓아가지 않았고, 아이들이 푸핑 뒤쪽에서 큰소리를 질러대도 놀라지 않았다. 금방 흥이 식어버린 아이들은 아예 멀찌감치 뒤처져서 느릿느릿 걸어갔다. 아이들은 서로 목을 끌어안은 채 푸핑의 뒷모습에 대해 이러쿵저러쿵 소곤거렸다. 푸핑은 아예 뒤도 돌아보지 않은 채 내버려두었다. 건널목에 이르자 아이들은 얌전하게 푸핑의 양쪽으로 걸어와 한 사람씩 푸핑의 한 손을 잡고서 길을 건넜다. 영화관에 들어가서도 우두커니 앉은 채 등이 꺼지고 영화가 상영되기를 기다렸다. 아이들이 보기에 푸핑은 너무나도 재미없는 사람이었고, 자기들과는 친해질 수 없는 사람으로 보였다. 푸핑의 얼굴은 늘 무표정하였고, 무슨 생각을 하고 있는지 도무지 알 도리가 없었다. 사실 푸핑은 정말 그다지 복잡하지 않은 사람이었다. 다만 두 요정 같은 어린 것들을 대충대충 얼버무리지 못했을 뿐이다. 이곳 사람들은 뭘 먹고 자랐는지 알 수 없지만, 그들의 눈은 그렇게도 반짝반짝하고, 말도 참 빠른 데다 반응도 정말 민첩하기 그지없었다. 그녀는 그들의 의도를 도무지 이해할 수 없었고, 무슨 뜻인지도 정말 몰랐다. 그래서 그녀는 그들의 지나치도록 총명하고 민첩한 겉모습 이면에 별다른 게 없으리라고 생각했다. 그리고 이웃 아줌마들의 눈썰미는 속임수이며, 말이야 깊은 뜻이 담겨 있는 척하지만, 그 속에는 대단한 게 뭐가 있는지 그녀는 도무지 알아차릴 수 없었다. 귀가 얇아 남의 이야기에 솔깃하는 할머니와는 달리, 푸핑은 나름의 주관을 갖고 있었다.

골목 앞 이 거리에 그녀는 점점 익숙해졌다. 할머니 심부름으로 늘 이것저것을 사러 다니고, 때론 아이들을 데리고 영화를 보러 다녔기 때문이다. 길을 걷노라면 마치 전설 속의 수정궁을 걷는 듯, 별 하나 없는데도 온통 번쩍번쩍 눈이 부실 지경이었다. 참으로 멋지긴 하지만, 자기와 아무 상관이 없다는 생각에 그녀는 서먹서먹한 거리감을 느끼곤 했다. 유행의 첨단을 달리는 남녀들이 멋지기는 멋져도, 마치 영화나 연극 속의 인물처럼 비현실적으로 비쳤다. 쇼윈도에 진열된 화려한 옷들도 그저 보기만 할 뿐 몸에 걸칠 수는 없는 비현실적인 것으로 느껴져, 몸에 걸치자마자 괴물로 변해버릴 것만 같았다. 사진관에 진열된 큰 사진은 푸핑이 비교적 즐겨 보는 것이었다. 사진은 대단히 핍진한 데다 세밀한 부분까지 그대로 다 드러나 있어, 진짜 사람이면서도 천상의 사람인 양 살아있는 듯 생생했다. 그녀가 정말로 흥미를 지니고 있는 것은 사실 다른 것, 이를테면 문 두 짝 크기의 포목점이었다. 계산대와 상품진열대 위에 한 필 한 필 늘어져 있는 베는 그녀에게 친근감을 안겨주었다. 마치 잘 아는 사람을 만난 듯한 느낌이 들었다. 때론 포목점 문 앞에서 발걸음을 멈춘 채 안을 몇 번이고 들여다봤다. 점원은 팔뚝으로 베를 잡아당겨 편 다음, 천을 하나하나 끊었다. 포목 한 필이 탁자 위에서 구르면서 '파악'하는 둔중한 소리를 낸다. 그런 뒤 가위로 마주 접은 포목 속에다 작은 구멍 하나를 뚫는다. 그러면 '좌악'하는 소리와 함께 한 토막의 천이 잘려나간다. 이어서 주판알 튕기는 소리가 '팅팅' 나더니 계산은 끝나고, 거스름돈과 영수증이 계산대 위의 쇠 클립에 끼워진다. 쇠 클립은 가느다란 철사를 따라 '수와' 소리와 함께 날듯이 계산대 너머의 점원 손으로 들어간다. 이쯤 되면 포목은 한 퉁구리로 접혀져 종이에 포장된 뒤 가느다란 종이 끈에 묶임으로써 거래는 끝이 난다. 이런 소리들은 푸핑의 가슴을 두근거리게 했고 그녀를 흥분시켰다. 그리고 한길 맞은편에 조그마한 잡화점이 하나 있는데, 이곳 역시 푸핑에게 친근감을 안겨주는 곳이었다. 가게의 여주인은 계산대에 기댄 채 남색으로 가장자리를 두른 고급 자기 그릇을 들고서 밥을 먹었다. 누가 와서 물건을 사면 얼른 젓가락을 그릇 밑에 받치고 한 손에는 밥그릇을 든 채, 나머지 한 손으로 돈을 받고 물건을 건넸다. 그러다가 아는 사람이 지나가면 얼른 불러 세워 몇 마디 한담을 나누곤 했다. 잡화점을 지나 십여 걸음을 가면 골목 어귀에 이르는데, 여기에 또 재봉가게가 있다. 이곳에는 사부와 조수 두 사람이 있었다. 사부는 나이 든 여자인데, 북방 사람으로 북방 말투가 섞인 상하이 말을 썼다. 조수는 지능이 떨어진 아가씨로, 체격이 크고 빨간 주부코를 하고 있었다. 이 아가씨는 말할 때 발음이 정확하지 않았는데, 그렇다고 재봉질을 해서 먹고사는 데 지장을 줄 정도는 아니었다. 가게는 집 옆벽에 잇대어 세 평 남짓한 천막을 친 것으로, 아주 비좁았다. 가게의 반쪽은 온통 유리창인지라 탁 트이고 환했다. 골목 어귀를 지나는 행인마다 모두 고개를 돌려 안을 들여다보곤 했다. 책상 위에는 옷감들이 쌓여 있고, 두 대의 재봉틀이 쉬지 않고 달달달달 하는 소리를 냈다. 푸핑은 수정궁처럼 화려한 거리의 이면에 노동과 밥벌이를 위한 삶이 존재하고 있음을 보았다. 이것이 그녀에게 이토록 번화한 거리에 다가서도록 해주었으며, 서먹서먹한 거리감도 말끔히 씻어주었다.

푸핑도 점점 이 거리의 사람들과 낯이 익었다. 오가는 사람들로 북적거린다고 보아서는 안 된다. 사실 늘 오가는 이들은 정해져 있었기 때문이다. 그녀도 점점 이런 얼굴들에 익숙해지기 시작했다. 그 가운데 파마를 한 말라깽이 여자가 있었다. 얼굴 모양은 그렇게 밉상이 아니었지만, 안색이 좋지 않고 늘 울상이었다. 그녀는 늘 서양 치마에 옷섶이 트인 흰색 울 셔츠 차림에 핸드백을 들었다. 얼핏 보기에 여교사 혹은 여직원 같았는데, 볼 때마다 출근했어야 할 시간에 거리를 총총히 걸어가는 것이었다. 또 얼굴이 둥글고 눈이 큰 닝보(寧波) 할머니도 길에서 자주 보는 얼굴이었다. 이 할머니는 이 거리에 아는 사람이 많아 길을 가다 인사를 나누곤 했으며, 때론 걸음을 멈춘 채 꽤나 쟁쟁 거리는 목소리로 이야기를 나누기도 했다. 손이 비어 있는 일은 거의 없었는데, 채소가 반쯤 담긴 바구니를 들거나 냄비를 들었다. 또 얼굴이 길쭉한 노인네가 있었다. 농사꾼의 생김새에 새카맣고 말랐으며, 낙타 등에 상고머리를 하였고, 허리에는 기름으로 얼룩진 낡은 앞치마를 두르고 있었다. 그는 간장, 된장 등을 파는 근처 가게의 종업원이었다. 어떤 때에는 빈 기름통을 들고 거리를 걸어가기도 하고, 또 어떤 때에는 항아리를 들고 있기도 했다. 언젠가 한 번은 조심스럽게 기름종이로 덮은 채 땅콩버터 한 그릇을 받쳐 들고 있었는데, 우는 여자아이 하나가 그 뒤를 따르고 있었다. 알고 보니, 이 아이의 거스름돈을 다른 사람이 가져가 버린지라 아이를 어른에게 돌려보내 사정 이야기를 하려던 참이었다. 또 얼굴이 누런 쌍둥이 자매가 있었다. 아마도 아이들이 엄마 뱃속에 있을 적에 부대낀 탓인지, 두 아이의 얼굴은 옷 솔기처럼 놀랄 정도로 가늘었다. 이 쌍둥이는 초등학생이었는데, 마치 어른처럼 못 견디겠다는 듯한 표정으로 핼끔 핼끔 곁눈질을 하면서 입으로는 뭔가 투덜거렸다. 또 둥베이(東北) 지역에서 온 다리 짧은 할머니가 있었다. 검은색 무명옷 차림에 검은 모자를 썼는데, 모자 앞쪽에 옥이 끼워져 있고 얼굴에는 곰보 자국이 나 있었다. 이런 할머니가 푸핑의 고향인 양저우 같은 시골에 가면 전혀 어울리지 않겠지만, 이 거리에서는 대수로울 것 없이 아주 자연스러웠고, 그녀를 괴물인 양 한 번 더 쳐다보는 사람도 없었다. 그녀의 몸에서는 마늘이나 파, 곰팡이 냄새가 짙게 풍기고 둥베이 사투리를 쓰고 있었지만, 그녀에게 말을 거는 사람이 누군가 있게 마련이었다. 이 거리는 참으로 복잡해서 별의별 사람이 다 있었다. 이런 사람들은 참으로 다양하게 생계를 꾸리고 있었으며, 이들의 이런 모습이 푸핑의 시야를 넓혀 주었다.

푸핑은 영화보다 이 거리의 삶에 훨씬 흥미가 있었다. 푸핑은 할머니처럼 극 중 인물 때문에 눈물을 흘리거나 감동할 줄을 몰랐다. 그녀는 똑똑히 알고 있었다. 그 모두가 극 중 인물이라는 것을. 아줌마나 보모들이 모여 연극에 대해 토론을 벌일 때면 푸핑은 잠자코 듣고만 있었다. 하지만 그녀는 아줌마들의 토론을 들으면서 각자의 옳고 그름에 대해 귀를 기울였으며, 적어도 이 방면에 있어서만큼은 아줌마들의 식견에 탄복하지 않을 수 없었다. 아줌마들은 아는 것이 참으로 많았기 때문이다. 이곳 사람들은 모두들 복잡한 역사를 지니고 있었으며, 집집마다 두터운 장부를 지니고 있었다. 마치 그들이 영화나 연극 속에서 연기하는 배우 같았다. 시골에서야 사람이든 일이든 몇백 년이 흘러도 변함이 없으며, 어느 집이나 거의 비슷하다. 어디 여기처럼 제각각 내력을, 그것도 파란만장한 곡절을 지니고 있겠는가. 푸핑은 처음에 상하이 사람들이 복을 타고난 사람들이라 생각했다. 그런데 이제야 비로소 무엇이 사람을 살아가기 팍팍하게 만드는지 알게 되었다. 상하이 사람들이 바로 그렇다. 하지만 이 어려움 안에도 모두가 어려운 것은 아니고, 그 안에는 득도 있고 실도 있는 법이다. 푸핑은 여인네들의 밑도 끝도 없는 말들 속에서, 누가 누구인지, 또 누가 누구와 어떤 관계인지 금방 알아냈다. 푸핑은 이제껏 질문을 던진 적이 없었으며, 그저 듣기만 했다. 상하이 말도 대충 이해하게 되었고, 속어와 입에 발린 실속 없는 말들도 어느 정도 알아듣게 되었다. 어떤 이야기는 여인네들이 귀와 입을 가린 채 말했지만, 그녀는 그들의 표정으로 어지간히 추측할 수 있었다. 여인네들은 남 흉보기도 하고, 편을 나누어 옥신각신 왈가왈부하기도 했다. 본시 여인네들 하나하나가 아주 복잡했다. 언젠가 한 번, 할머니가 두 아이를 데리고 치과에 가면서 푸핑 혼자서 집을 보고 있으라고 했다. 푸핑은 사각 탁자 앞에 앉아 등받이에 기대어 있었다. 방 문너머로 아줌마들이 복도에 모여앉아 잡담을 나누고 있었는데, 한두 마디가 그녀 귀에 들려왔다. 아줌마들이 지금 할머니 이야기를 하고 있다는 걸 알 수 있었다. 푸핑의 손이 약간 떨렸다. 화가 난 것도, 그렇다고 놀란 것도 아니었다. 그저 그녀 눈앞에 금귀걸이를 한 풍만한 할머니의 옆얼굴이 떠올랐을 따름이다. 푸핑은 그제야 할머니가 그래도 자태가 곱다는 걸 알게 되었다.

4# 뤼펑셴

동네에서 뤼펑셴(呂鳳仙)은 입이 험한 사람이다. 쑤저우(蘇州) 출신으로, 긴 눈썹에 귀밑머리, 오뚝한 코에 예쁜 눈을 가진, 단아하면서도 아름다운 여인이다. 만약에 그녀가 머리를 곱슬곱슬 길게 파마를 하고 치파오(旗袍)를 입었더라면, 아마도 예전의 달력에 실린 미인들과 같을 것이다. 다만 미인들의 온화하고도 유순한 아름다움과는 거리가 먼, 조금은 음험한 얼굴이었다. 그녀는 자기 집에서 출퇴근하는 가정부이며, 골목에 방 한 칸을 소유하고 있다. 이 방은 그녀의 옛 주인이 그녀에게 남겨준 셈이다. 그녀는 옛 주인마님의 몸종으로, 쑤저우 무두(木瀆)에서 불려 왔다. 그녀는 방에서 머리를 빗기고 바느질일만 했는데, 어쩌다가 주방에 가서 쑤저우 요리를 몇 가지 만들기도 했다. 1948년 말에 옛 주인이 홍콩으로 옮겨가면서 그녀더러 따라갈 것인지 남을 것인지를 물었다. 그녀는 부인과 헤어지는 게 섭섭했지만, '홍콩' 하면 푸저우로(福州路)처럼 길거리에서 딸각딸각 게다 같은 신발을 끌고 다니는 광둥(廣東) 여자들이 떠올랐다. 그곳의 날씨는 습하고 무더워 각기병이 유행하는데, 이를 모두들 '홍콩무좀'이라고 하지 않던가? 또 그녀는 무두의 부모님도 마음에 걸렸다. 부모님은 그녀가 집에 부쳐드린 돈으로 지전(紙錢)재료 가게를 여셨다. 언젠가는 돌아가야 할 터이고, 가게는 자기 것이니 오빠와 새언니 손에 돌아가게 할 수는 없는 일이라고 그녀는 생각했다. 그래서 그녀는 주인마님에게 떠나지 않겠다고 말씀드렸다. 그녀와 주방장, 그리고 기사, 이렇게 세 사람은 남기로 했다. 주방장은 처자식과 함께 살았고, 기사는 재빨리 자동차업계에서 일자리를 찾았다. 그녀와 주방장 일가족은 한 집에 살고 있었지만, 적막하기 그지없었다. 그녀는 주방장 가족들과 함께 식사하는 걸 탐탁지 않게 여겼기에 혼자서 밥을 지어 먹었다. 바깥세상도 그리 태평하지 못해 고향의 언니 동생들을 찾아 함께 놀 엄두가 나지 않았다. 그래서 그저 집안에서 이리저리 왔다 갔다 하는 수밖에 없었다. 처음에는 방을 열어 통풍도 시키고 먼지도 털어냈다. 나중에는 이것도 싫증 나고 그럴 기분도 들지 않자, 창문을 닫아버린 채 계단 손잡이의 먼지만 닦아냈다. 그러다가 점점 계단 손잡이에도 먼지가 소복이 쌓이게 되고, 벽 모서리에는 거미줄이 쳐졌다. 아침에는 일어나기가 귀찮아 이불 속에 누운 채 꼼지락거렸다.

그녀의 방은 서향의 골방이었다. 창문이 뒤뜰에서 앞 꽃밭으로 통하는 복도를 마주하고 있는지라, 주방장 아내가 꽃밭에서 '쓰윽, 쓰윽' 낙엽 쓰는 소리를 들을 수 있었다. 그녀는 마님을 따라 홍콩에 가지 못한 게 정말로 후회스러웠다.

    하지만 이런 적막함도 결국엔 그리 오래가지 못했다. 해방군이 성에 들어온 이후 이 집은 기관으로 몰수되었다. 주방장은 기관에 임용되어 원래 살던 집에서 계속 살았다. 하지만 그녀는 그 집을 떠나 지금 이 골목의 3층 집 다락방을 분배받았다. 이밖에 남의 집 더부살이를 하던 몇몇 역시 이 골목에서 거처를 구했다. 그즈음 그녀는 25세였다. 당시의 분위기로는 혼기를 넘긴 편이었지만, 그렇다고 기회가 없었던 것은 아니었다. 옛 주인집의 기사가 그녀를 찾아온 적이 있었다. 그는 인민복 차림에 반들반들 가르마를 타 머리를 빗어 넘기고, 신발도 번쩍번쩍 빛나는 검은색 소가죽 구두를 신고 있었다. 그 역시 정부기관에서 작은 차를 운전하고 있었는데, 그녀보다 세 살이 많고 번듯한 직업도 가지고 있으니, 이치대로라면 서로 잘 어울리는 셈이었다. 하지만 그녀는 그 사람의 입속에 박아 넣은 금니가 '불량배'처럼 보였다. 그녀는 결국 그의 청혼을 들어주지 않았다. 한편 고향 무두에도 사람이 있었다. 그녀보다 한 살 어린, 목기가게를 운영하는 젊은이였는데, 그는 그녀 부모님의 환심을 사려고 무척 애썼다. 사람이야 그녀도 본 적이 있었다. 곱상하고 모던한 사람은 아니지만, 그래도 깔끔하고 단정했다. 하지만 그 사람의 목기가게가 자기네 지전 재료 가게와 착 달라붙어 있으니, 그녀 가게를 슬쩍 넘겨다보는 마음이나 갖고 있지 않을까? 그래서 그녀는 또 망설였다. 재산이 있는 여자는 경계심이 많은 법이다. 다시 말해 그녀는 자신을 믿고 사는데 이골이 난지라, 남자 없이도 잘 살아가고 있었다. 이렇게 한 해, 두 해, 세 해를 끌어온 것이다.

다시 2년이 지났다. 공사합영(公私合營)으로 무두의 크고 작은 가게들 모두가 국가로 귀속되었다. 어떤 가게는 원래 업주가 그대로 일을 하기도 했지만, 월급도 상부에서 주고 수익도 상부에 바치는 형식이었다. 그녀의 부모가 운영하던 지전 재료 가게는 미신의 산물인지라 아예 문을 닫았다. 뤼펑셴이 자신의 미래를 위해 준비했던 퇴로는 이렇게 끊기고 말았다. 그러나 다행히도 뤼펑셴은 상하이에 호적도 갖고 있고 집도 있었으며, 지내는 것도 이미 익숙해져 있었다. 그런데 막상 돌아가려고 하자, 뭘 어떻게 해야 할지 도무지 갈피를 잡을 수 없었다. 그래서 속이야 상하지만 그래도 자기는 괜찮은 편이라고 자위하면서, 더 이상 복잡하게 생각하지 않기로 했다. 이렇게 하여 그녀는 상하이에 뿌리를 내렸다. 그녀는 무슨 일이든 남보다 뛰어난 재능을 지니고 있었다. 예전에 주인집에서는 별로 하는 일이 없었지만, 본 것은 많았던 것이다! 이런 재주를 가지고 있는지라 눈에 보이는 건 절대 잊지 않았다. 눈으로 보았던 건 뭐든 할 줄 알았던 것이다. 그녀의 옛날 주인은 어떤 사람들이었을까? 또 어떻게 살았을까? 금지옥엽처럼 생활했을까? 그녀는 사소한 걸 가지고도 보통 사람들을 설복시키곤 했다. 그래서 골목 사람들은 중요한 일만 생기면 모두들 뤼펑셴을 찾아가 의견을 물었다. 손님을 초대하는데, 생선지느러미탕을 만들까? 우유 푸딩을 만들까? 딸을 시집보내는데, 혼수의 자수 무늬나 바느질법은 어느 모양, 어떤 식으로 할까? 노인이 돌아가셨는데, 수의를 입히는 규칙이나 염하는 순서는? 아이가 홍역에 걸렸을 때 뭘 먹이고 뭘 먹이지 말아야 할지? 뤼펑셴은 이 모든 것을 가장 잘 알고 있었다. 그녀 역시 남 돕는 걸 즐겨했고, 자기 물건을 보태면 보탰지 보답 같은 건 바라지 않았다. 이곳 골목에서 누구라도 뤼펑셴의 덕을 입지 않은 사람이 없었고, 그녀에 대한 태도 역시 공경스러웠다.

뤼펑셴은 내심 이 골목을 좋아했다. 그녀는 마음이 심란하고 우울할 때면 옛 주인집에서의 생활과 지금을 비교해보곤 했다. 지금 자신이 내리막길을 걷고 있음이 분명했다. 이곳의 생활이 가난하고 평범하지만, 그래도 그녀 자신의 것이었다. 옛 주인집처럼 무엇이든 좋지는 않지만, 그건 죄다 남의 것이었다. 게다가 옛 주인집과 같은 큰 부잣집은 밖에서 보았을 때에는 좋아 보였지만, 안에 들어가서야 적은 돈 한 푼까지 일일이 따진다는 사실을 알게 되었다. 때론 경제적으로 어려움에 빠지기도 하는데, 이건 밖에서는 생각지도 못했던 일이다. 옛 주인집에서의 삶은 그녀의 밑천이 되었으며, 그녀의 신분을 높여주었다. 그녀가 비록 가정부이긴 하지만, 다른 사람들과 달랐던 점은 자기 밥을 먹었다는 것이다. 할머니네들처럼 남의 집에 더부살이하면서 남의 집 밥을 먹지는 않았다는 것이다. 그래서 뤼펑셴은 대부분의 시간을 전보다 만족스럽게 보내고 있었으며 살도 좀 쪘다. 이 골목은 대부분 형편이 좋지도, 그렇다고 나쁘지도 않아 그런대로 먹고 살만한 사람들이었으며, 사람 사는 기운이 물씬 풍기고 따끈따끈한 열기가 넘쳐흘렀다. 뤼펑셴은 이전의 그 썰렁하고 황량한 큰 집에서 이곳으로 이사를 오고 나니, 인간 세상으로 돌아온 느낌마저 들었다. 게다가 번화가를 마주하고 있는 한길에는 전차가 딩당딩당 오갔다. 아침이면 가게 문을 열기 전에 점원들이 인도에 늘어서서 방송에 맞춰 체조를 했다. 음악 소리는 길거리를 가득 넘실거린 후, 골목으로 전해졌다. 정적 속에서도 이 음악 소리의 물결은 찬란한 햇빛을 타고 떠다녔다. 밤이 되어도 휴일이면 이곳은 흥청거리고 북적댔다.

    뤼펑셴이 일했던 집 가운데에는 할머니 주인집 윗집에 살았던 사람들이 있었다. 그 집은 기관에서 일하는 부부로, 아이가 없었다. 뤼펑셴은 일부러 식구가 단출한 집을 구해 일했다. 그녀 자신이 결혼해서 아이를 낳아보지도 않은 데다가 천성 또한 까다로웠기에, 남의 집 아이를 예뻐한다는 건 아예 상상할 수 없는 일이었다. 그녀는 깨끗한 것을 좋아하고 옷도 정갈하고 단정하게 입었으며 약간은 고상하고 청결한 분위기를 띠었다. 그런지라 아이 있는 집에서는 그녀를 쓸 엄두조차 내지 못했다. 이 부부가 그녀에게 딱 어울리겠기에, 사람을 찾는다는 말이 나오자마자 사람들은 바로 그녀를 떠올렸다. 이 부부는 아침에 나갔다가 밤에 돌아왔다. 그러니 집에서는 사실 아침 한 끼와 저녁밥을 먹는 정도였다. 그리고는 두 사람의 옷을 빨고 방 한 칸을 정리하면 그만이었다. 그래서 그녀는 오전에 다른 집에 가서 점심을 준비해주기로 했다. 이곳은 번지수를 2호 건너뛰어 있는 집이었는데, 그 집 일층에 푸둥(浦東) 할머니가 혼자 살고 있었다. 속사정을 알고 있는 골목 사람들에 따르면, 할머니의 남편이 첩과 두 집 아이들을 데리고 홍콩으로 떠났는데, 할머니는 스스로 남겠노라고 했단다. 혼자이다 보니 비록 적막하긴 했지만, 조용하여 속 끓일 일도 거의 없어 아주 편안하게 살고 있었다. 뤼펑셴은 할머니를 위해 점심 한 끼를 해드리고 옷 몇 가지를 빨아드렸다. 오후가 되면 그녀는 또 골목 어귀 초등학교 근처의 어떤 집으로 가서 방 정리만 도맡아 했다. 왁스로 방바닥 세 개를 반짝반짝 윤이 나도록 닦고 나서 홍목가구에 왁스 칠을 하는 것이다. 3시쯤이 되면 그녀는 다시 그 부부 집으로 돌아와 저녁을 지었다. 그들이 식사를 마치고 나면 설거지를 한 후 곧바로 자기 집으로 돌아가 자신의 저녁 식사를 준비했다. 그녀는 괜한 의심을 받지 않으려고 이제껏 주인집 주방에서 자신의 식사를 준비한 적이 없으며, 구분을 분명히 해두었다. 그녀가 저녁을 다 준비하고 나면 어느덧 7시, 8시쯤이었다. 그녀는 혼자서 식탁 앞에 앉아 금 테두리가 가늘게 둘러진 고급 자기 그릇을 받쳐 들고서 느긋하게 밥을 먹었다. 창밖에서는 이런저런 소리가 두런두런 그녀 귀에 들려왔다. 누군가 피아노를 치고 있었다. 물론 이전 주인집 아이들만큼 잘 치지는 못했지만, 그래도 들을 만하여 익숙한 것을 떠올려주었다. 식사를 마치고 설거지와 세수를 끝내고 나면, 뤼펑셴은 서랍에서 장부를 꺼내 탁자에 펴놓고서 그날의 지출을 하나하나 적었다. 그녀는 몇 글자 정도는 쓸 줄 알았는데, 이건 지난날의 주인마님이 그녀에게 가르쳐준 것이었다. 그녀에게 물건을 사오도록 심부름시킬 때에 물건의 이름과 상표, 그리고 가격을 잘 알 수 있도록 가르쳐주었던 것이다. 뤼펑셴은 장부 기록하기를 좋아했고, 특히 해서체를 붓으로 가늘게 써서 기록하기를 즐겼다. 그녀는 바른 자세로 앉아 거침없이 써내려갔다. 파 2펀(分), 살코기 3쟈오(角), 비름 1쟈오. 그녀는 비름을 뜻하는 '미셴(米苋)'의 '셴(苋)'자를 쓸 수 있다는 게 무척 자랑스러웠다. 공부 좀 했다는 사람들조차 모두 '전셴(針線)'의 '셴(線)'으로 쓰고 있으니 말이다. 이번 달에 배급받은 '구번(固本)'표 비누 반 토막과 이번 분기의 물품구매권의 값을 더 기록한 다음, 주판으로 총액을 계산했다. 마지막으로 돈지갑 속의 돈을 헤아려 장부상의 계산과 맞는지 따져보았다. 그녀는 장부를 덮고 돈지갑을 닫았다. 마음속에 일종의 풍요로움과 안정감이 밀려왔다. 이것이야말로 노동으로 먹고사는 진정한 삶이니, 조금도 마음에 부끄러울 것이 없었다.

누군가 찾아와 문을 두드리는 때가 있다. 찾아올 만한 사람들은 많지 않아 겨우 몇 명이다. 그 가운데 한 명은 이웃집의 진(金) 사모님이고, 또 한 명은 작업반장인 우(五) 할머니다. 또 한 사람은 좀 멀리 사는데, 그녀의 옛 주인과 대대로 친분을 맺어온 보모, 아쥐(阿菊) 아줌마다. 이 집은 상하이에 남아 있지만, 하인들은 모두 흩어져버리고 아쥐 아줌마만 남았다. 이들은 모두가 식견도 갖추고 신분도 있는 사람들로, 뤼펑셴을 찾아와 문을 두드릴만한 사람들이다. 왕년에 옷을 짓고 풀솜을 뽑았던 창저우(常州) 여자가 올해도 올지 어떨지를 묻는가 하면, 혹은 그녀더러 게살 찢는 것을 좀 도와달라고 하기도 했다. 아쥐 아줌마는 때론 주인집 심부름으로 옛 주인의 소식을 뤼펑셴에게 물으러 오기도 했고, 어떤 때는 옛 주인의 소식을 전해오기도 했다.

손님이 다녀가고 나면, 남은 밤은 그리 길지 않았다. 그녀는 바느질도 좀 해야 했고, 내일 무엇을 할 것인지 생각도 해야 했다. 골목은 조용하기 그지없다. 계단에서 부스럭거리는 소리가 나는가 싶더니 이내 잠잠해졌다. 뤼펑셴은 바느질감을 정리하고 옷을 벗은 뒤 잠자리에 들었다. 불이 꺼지자 그녀는 곤한 잠에 빠져들었다.

뤼펑셴과 할머니는 서로 잘 돕는 사이이다. 뤼펑셴은 닭을 잡을 줄 몰랐다. 세상에서 뤼펑셴이 하지 못하는 일이 있다니! 하지만 할머니는 할 수 있었다. 할머니는 아주 민첩하게 닭의 두 날개를 움켜잡은 뒤, 닭 모가지를 비틀어 닭 날개와 함께 움켜쥔 채 목털을 뽑아내고서 가위로 갈랐다. 닭은 한두 번 다리를 버둥거리고 털을 곤두세우다가 푹 쳐진 채 꼼짝하지 않았다. 그런 다음 다시 뒤집어 잘라낸 닭 모가지의 피를 물이 담긴 그릇에 반쯤 채우면 순식간에 일이 끝났다. 또 단오절이 되어 쭝즈(粽子)를 빚을 때에는 할머니가 뤼펑셴을 찾는다. 걸상에 앉아 있는 뤼펑셴 앞에는 붉은 팥을 넣어 버무린 쌀 한 양푼과 간장에 담근 쌀 한 양푼, 잘 발라낸 돼지 갈빗살 한 접시, 나무 대야 맑은 물에 담겨 있는 대나무 잎이 놓여 있다. 그녀는 입으로 실을 문 채 두 손으로 삼각주머니 모양을 만들어 받쳐 든 다음, 빈손으로 쌀을 뜨는데 한 국자면 딱 좋다. 거기에 고기를 채워 넣은 뒤, 다시 쌀 한 국자를 더한다. 그런 다음 대나무 잎으로 덮어 싸면 되는데, 이때 댓잎의 꼬리를 약간 잡아당겨 놓는다. 꼭지와 모서리를 살짝 누른 다음에 묶기 시작하는데, 이때는 입도 한 몫 묶는 일을 거든다. 자세히 볼 새도 없이 어느새 모양이 단정하고 예쁜 쭝즈가 만들어져 나온다. 고기 쭝즈는 길쭉하게 생겼고, 달콤한 맛 쭝즈는 삼각형 모양이다. 흥이 나면 한 꿰미의 작은 쭝즈를 빚어 아이마다 한입에 하나씩 먹인다. 주변에서는 사람들이 그녀를 둘러싸고서 그녀의 손놀림을 구경한다. 뤼펑셴은 쑤저우에 부모님을 뵈러 가면 하루나 이틀 만에 돌아왔다. 그럴 때마다 할머니가 뤼펑셴 대신 위층 주인집의 식사와 빨래를 해주곤 했다. 할머니가 맹장염으로 며칠 병원에 입원해 있을 적에는 뤼펑셴이 할머니를 대신해서 주인집의 식사와 빨래를 해주었다. 지난번에 할머니가 작은아이를 데리고 줄을 서서 샀던 월극 「추어(追魚)」의 영화 표 가운데 한 장도 바로 뤼펑셴에게 주었다. 할머니는 매사에 뚜렷한 주장이 없는 사람이라 늘 남의 말 듣기를 좋아한다. 그러나 뤼펑셴은 주관이 분명한지라, 남이 결정 내리도록 도와주기를 좋아했다. 그러다 보니 뤼펑셴은 할머니가 늘 조언을 구하는 사람이었다. 하지만 양손자를 들이는 문제만큼은 할머니가 결국 그녀의 말에 따르지 않은 셈이었다. 할머니의 친척들이 뤼펑셴보다 더 영향력이 있었던 것이다. 게다가 할머니는 결국 뤼펑셴처럼 독립적이지 못하고 나이도 많은 데다 생각도 보수적인지라, 친척과의 관계를 딱 끊어버리지는 못했다. 뤼펑셴은 손자에 대해 가타부타 말이 없었다. 이렇게 얌전하고 온순한 사내아이 이야기만 나오면, 이내 얼굴을 붉혔다. 하지만 푸핑에 대해서는 걸핏하면 트집을 잡았다.

푸핑은 약간 도톰한 외꺼풀 눈으로 그녀를 뚫어지게 바라보았다. 우둔함 속에 예리함이 번득였다. 조그마한 아가씨가 보통이 아니겠는걸. 뤼펑셴은 생각했다. 어느 날 그녀가 자기 반찬을 반 사발쯤 담아 푸펑에게 보냈다. 할머니는 푸펑더러 어서 고맙다고 인사하라며 흥분하여 얼굴까지 붉혔다. 그런데 푸펑의 태도는 너무도 냉정했다. 그녀는 그저 입술을 달싹거리더니 고개를 숙일 따름이었다. 뤼펑셴은 이때도 푸펑이 예사롭지 않음을 눈치챌 수 있었다. 한번은 뤼펑셴이 골목 어귀의 한길을 걷던 중에 푸펑이 그 포목점 앞에 서 있는 것을 보았다. 그녀는 이미 길을 지나친 듯한데도 발길을 멈춘 채 몸을 틀어 안을 들여다보았다. 그녀의 모습은 자못 활기차 보였으며, 몸은 약간 뒤로 기울어진 채 안을 향해 있었다. 이런 모습은 그녀의 평소 무뚝뚝한 모습과는 사뭇 달랐다. 그녀는 누군가 자신을 보고 있다는 사실을 알아채지 못한 채, 한동안 이런 자세로 서 있었다. 뤼펑셴이 지나가는데도 여전히 꼼짝하지 않았다. 이 역시 뤼펑셴에게 분수를 모른다는 인상을 남겼다. 또 한 번은 뤼펑셴이 푸펑과 두 아이들이 장난을 치고 있는 걸 보았다. 아이들이 심한 말로 놀리자, 푸펑은 한동안 잠자코 있다가 아주 따끔하게 아이들을 나무랐다. 그녀의 꾸지람에 아이들은 사레가 들릴 정도로 깜짝 놀랐다. 평소에 뤼펑셴도 두 아이가 버릇이 없다고 생각했지만, 이번에는 그녀가 오히려 달래듯이 두 아이를 불렀다. 이리 와라, 펑셴 이모가 너희에게 무꽃을 깎아주마. 그러자 두 아이는 그녀 앞으로 다가왔다. 그녀는 한 사람 앞에 하나씩 무꽃을 깎아 주었다. 껍질은 붉은데 속은 하얀 작은 무꽃을 한 바퀴 휘휘 깎아낸 다음 뒤집어 꽃잎을 만들고, 속살은 몇 번 더 칼집을 내어 꽃술을 만들었다. 푸핑은 좀 어색하고 난처했을 텐데도 낯빛 하나 변하지 않은 채 태연하게 고개를 숙이고서 바느질만 하고 있었다.

 이런 일들을 쭉 눈여겨보고 나서 뤼펑셴은 할머니에게 손자보다 푸핑이 다루기 어려운 애라고 말했다. 할머니는 몹시 근심스러운 듯 말했다. 후에 손자가 밀지게 되는 건 아닐까? 양자로 맞아들인 손자이긴 하지만 아주 착한 아이였으며, 할머니는 진심으로 그 아이를 좋아했던 것이다. 손자는 너무도 착실하고 고지식해서, 지난번에 주인집 사모님이 손자에게 사과를 먹으라고 건네주자 손자는 한사코 받으려 하지 않았다. 그러자 두 아이가 억지로 손자 손가락을 펴서 그 아이 손에 사과를 쥐여주었던 일이 생각났다. 뤼펑셴이 말했다. 상하이 이곳은 사람 마음을 쉬이 들뜨게 하니, 오래 머물게 할 곳이 아니에요. 할머니가 말했다. 하지만 애가 가겠다고 말하지 않는데, 내가 가라고 말할 수야 없지. 내가 걔한테 미움을 사면 우리 손자가 억울한 꼴을 당하지 않겠어? 뤼펑셴은 할머니의 말에서 푸핑을 어느 정도 조심하고 있다는 사실을 눈치챌 수 있었다. 그녀는 한숨을 내쉬면서 마음속으로 생각했다. 난 그저 당신의 일을 도와줄 따름이지, 당신의 처신을 도와주지는 못해. 그러고는 입을 다문 채 더는 말하지 않앉다.

　뤼펑셴만큼 영리하지는 않지만, 할머니도 인간사라면 알 만큼 알고 있었다. 할머니도 이상하게 여기는 것은 푸핑이 이곳에 온 이후 한 달이 다 되도록 집 생각이 전혀 나지 않는지 단 한마디도 집에 돌아가겠다는 말을 하지 않는다는 것이었다. 할머니는 한 번 떠보려고 물어본 적이 있었다. 물건을 좀 사가지고 작은아버지 댁에 가봐야지 않겠냐? 또 어린 사촌 동생들도 있잖아? 푸핑은 한마디로 대답했다. 괜찮아요. 돌아가지 않아도 '괜찮다'는 건지, 물건을 사가지 않아도 '괜찮다'는 건지, 할머니는 정말로 푸핑의 속마음을 읽어낼 수가 없었다. 할머니는 자신도 달리 주장이 있는 게 아니어서 뤼펑셴을 찾아가 상의했다. 뤼펑셴은 묘안을 하나 생각해냈다. 손자를 상하이로 불러 푸핑을 데리고 돌아가게 합시다. 이 묘수는 확실히 괜찮은 생각이었다. 첫째로는 푸핑을 떠나보낼 수 있고, 둘째로는 손자와 푸핑의 혼인을 확실하게 해둘 수 있다. 하지만 할머니는 망설였다. 손자가 워낙 수줍음을 타는 아이라 오겠다고 할까? 손자가 온다손 치더라도 혹 푸핑이 손자와 '하지' 않겠다고 하거나, 함께 돌아가지 않겠다고 하면? 그러면 손자는 상처를 입을 것이다. 남자가 여자한테 상처를 한 번 받고 나면 다시는 고개를 들지 못할 텐데. 뤼펑셴이 할머니의 염려를 알고 있다는 듯 말했다. 손자의 능력을 보시지요. 이 말은 손자가 푸핑을 내리누르지 못한다면 후에 푸대접을 받는다 해도 할 말이 없음을 의미하였다. 할머니는 요모조모 생각해본 뒤 결국 절충적인 방법을 생각해냈다. 손자더러 상하이에 오라고 하여 며칠 같이 놀다가 함께 돌아가는 것이 어떤지 푸핑의 의견을 들어보자는 것이었다. 할머니가 푸핑에게 이 말을 하자, 푸핑은 얼굴을 붉히더니 고개를 숙인 채 짜증을 냈다. 전 '손자'를 알지도 못하는데요. 할머니 자신도 너무 서둘러 이 손자며느리를 보려고 한 것 같아 민망스럽기 그지없었다.

푸핑이 어찌 할머니의 뜻을 알아차리지 못했겠는가? 그녀는 할머니의 뜻을 알아차렸을 뿐 아니라, 할머니 생각의 대부분이 뤼펑셴의 생각일 것이라는 것도 알고 있었다. 이곳에 와 있는 동안, 푸핑은 할머니가 사실은 마음이 약한 사람인지라 남에게 속기도 하고, 뤼펑셴처럼 친한 벗도 할머니가 없는 곳에서 할머니에 대해 험담을 한다는 것도 잘 알고 있었다. 어쨌든 푸핑은 아직은 어린아이인지라 인생 경험도 많지 않고 사람 보는 눈도 그리 깊지 못했다. 푸핑은 그저 뤼펑셴을 좋아하지 않았으며, 그녀가 남의 일을 망치는 사람이라고 느낄 따름이었다. 사람들이 너도나도 그녀를 치켜세우지만, 푸핑이 보기엔 적어도 절반은 그녀를 두려워 하는 것 같았다. 푸핑은 마음속으로 그녀를 '웃음 띤 호랑이'라고 불렀다. 왜냐하면 그녀는 겉으로는 늘 온화한 척하면서 남의 장점을 추켜세우기 때문이다. 그녀가 마음속으로는 자기 것을 얼마나 아끼는지 말할 나위가 없건만, 그런데도 먹을 것과 입을 것을 보내주고, 자기에게 십자수를 놓고 양말 꿰매는 법을 가르쳐 주었다. 푸핑은 세상경험도 많지 않은 데다 어쨌든 시골 사람이다 보니 성정이 곧아 사람 성격의 우여곡절을 이해하지 못했다. 뤼펑셴 같은 여자는 아무리 강해 보여도 내심은 적적하기 그지없어 남과 더불어 지내고 싶어한다. 뤼펑셴은 확실히 남들보다 수가 높아 수작을 부리기 마련이지만, 결코 무턱대고 남과 척지려 하지는 않았다. 푸핑을 돌려보내는 문제는 한동안 더 이상 운위되지 않았는데, 뤼펑셴이 푸핑에게 일거리를 찾아다 주었다. 골목의 어느 집에서 어린아이를 낳아 기저귀를 빨아줄 사람을 찾자, 뤼펑셴이 푸핑을 생각해낸 것이다. 그녀가 푸핑에게 말했다. 자기가 용돈벌이라도 하면, 할머니도 빠듯하게 살아가시는데 일일이 할머니께 돈을 달라고 할 필요도 없을 거야. 이 말에 푸핑도 흡족하였든지 처음으로 온순하게 고개를 끄덕이면서 말했다. 펑셴 이모, 이모 고마워요. 뤼펑셴의 마음도 풀어져서 푸핑에 대해 달리 생각하게 되었다. 하지만 몸을 돌이켜 할머니에게는 이렇게 말했다. 푸핑에게 일거리를 찾아주어 면밀히 지켜보자구요. 할머니는 물론 뤼펑셴에게 몹시 고마워했다.

 그날로 푸핑은 일하러 갔다. 뤼펑셴은 산모 집으로 그녀를 보내면서 어디에 물받이와 대야가 있는지, 그 집의 가스와 물 끓이는 구리 주전자가 어디에 있는지를 알려 주었다.

또 비누칠을 처음에는 가볍게 했다가 거기에 반쯤 끓은 물을 뿌려주면 비누거품이 바로 나오고, 그리고서 두어 번 맑은 물에 헹궈주면 비눗기가 바로 가신다고도 가르쳐주었다. 그래야 비누도 절약하고 물도 절약할 수 있다는 것이다. 이곳은 시골과 달라, 시골에서야 물은 강에 있으니 맘대로 쓰면 되지만, 상하이의 물은 죄다 돈을 주고 사오는 것이었다. 푸핑은 고개를 숙인 채 그녀의 가르침을 듣고 있었지만, 마음에 조금도 반감이 일지 않았다. 기저귀를 빠는 일이야 뭐 별거 아닌 일이어서 한 달에 고작 2 위안(元)을 버는 것에 불과하지만, 상하이에서 그녀가 자기 힘으로 돈을 번다는 것은 대단한 일이었다. 푸핑이 기저귀 한 대야를 빨고 있을 때 뤼펑셴이 또 찾아왔다. 그리고는 대나무 막대기를 골목 위쪽에 걸치는 방법이라면서, 끄트머리 한쪽은 이 층 창문턱에 걸치고 다른 한쪽은 앞쪽 울타리 벽에 걸치라고 가르쳐 주었다. 뤼펑셴은 푸핑이 기저귀 빠는 것을 한 차례 살펴보고 나서야 마음이 놓인 듯 돌아갔다. 돌아가기 전에 뤼펑셴은 푸핑에게 훈계하듯 말했다. 남의 집 일은 성실하게 해야 한다. 돈은 양심적으로 벌어야 하는 거야. 이때 푸핑은 얼마간 감동을 받았다. 뤼펑셴은 역시 뤼펑셴이야. 어쩐지 모두들 그녀를 존경하더라니. 그날 밤 잠자리에서 그녀는 배시시 웃으며 할머니께 물었다. 할머니, 펑셴 이모는 어떤 사람이에요? 푸핑은 오늘따라 마음이 편안해서 무척이나 이야기를 나누고 싶었고, 말 또한 생기가 넘쳐흘렀다. 할머니는 그녀의 말을 듣고서 한숨을 포옥 내쉬더니 말했다. 사람이야 좋은 사람이지, 주장이 너무 강해서 탈이지. 푸핑이 말했다. 주장 강한 게 뭐 나쁜 건가요? 할머니가 말했다. 주장이 강한 거야 뭐가 나쁘겠냐만, 사람이 강하다고 운명까지 좋아질 줄 아니? 사람이 강하다고 운명조차 바뀌겠어? 푸핑은 지지 않고 말했다. 운명이 뭔데요? 할머니는 혼잣말을 했다. 펑셴의 운명은 나만 못하지. 자식이 없으니. 그래도 나는 딸도 있고, 손자도 있으니 말이야. 할머니가 손자이야기를 꺼내자, 푸핑은 바로 입을 다물어 버렸다. 할머니는 혼자만의 생각에 사로잡힌 듯 더 이상 말이 없었다. 할머니와 손자며느리는 몸을 붙인 채 누웠지만, 마음은 천만 리나 멀리 떨어진 채 각자 상념에 잠겨 서서히 꿈속으로 빠져들었다.

5# 여자중학교

　　푸펑이 일하는 집은 할머니가 사는 곳의 앞 골목에 있었다. 이쪽 골목은 그 앞쪽 골목과 상당히 멀리 떨어져 있었으며, 그 사이에 여자중학교 운동장이 자리하고 있었다. 그 앞쪽 골목길은 골목 어귀 동쪽의, 다른 골목 어귀에서 들어설 수 있었다. 건물 양식은 이쪽 골목에 비해 훨씬 낡고 커다란, 붉은 벽돌담의 사 층짜리였다. 앞쪽 골목은 운동장을 사이에 두고 이쪽 골목과 멀찍이 서로 마주보고 있었다. 여자중학교의 건물은 운동장 동쪽에 있었으며, 앞쪽 골목과 똑같은 양식의 건물 역시 학교건물과 골목 어귀를 함께 사용하였다. 상하이에 있는 많은 초중학교는 개인이 운영하는 것들인데, 대개 민간거주지에 교실 두 칸 정도로 시작했다. 이 여학교는 중학교로 고등학교는 없으며, 실력은 중간 정도였다. 그래서 받아들이는 학생들도 중간 수준의 학생들이었으며, 대부분이 번화가 변두리의 작은 길가에 살고 있는 평범한 집안의 여자아이들이었다. 아침 일곱 시가 되면 여학생들이 삼삼오오 짝을 지어 이 골목으로 밀려들어 왔다가, 오후 서너 시가 되면 다시 골목으로 밀려나와 한길에서 쫘악 흩어졌다. 여중생들은 약간 괴상한 면이 있었다. 혼자 혹은 두세 명씩 밖에서 다닐 때에는 특히 조심스러워, 한눈파는 법이 없이 긴장된 얼굴을 해 보였다. 그러나 일단 학교 안으로 들어서면 백팔십도 달라졌다. 큰 소리로 떠들고 시시덕거리고 욕설을 내뱉기도 하였는데, 그 시끌벅적한 소리가 학교건물을 들썩거릴 것만 같았다. 그래서 사회에서는 여중생들이 제일 '속이 없다'고 말한다. 이 '속이 없다'는 말은 '경박하다'는 것을 가리키며, 다소간 경멸의 시선이 담겨 있다. 부근에 남녀공학인 상하이시 시범중학교가 있다. 이 학교의 전신은 프랑스 미션스쿨인데, 학생들 디다수가 중산층 가정 출신이라 기질도 물론 달랐다. 이 학교의 여학생들은 넓은 허리띠가 달린 진한 남색의 짧은 스커트나 격자무늬 치마를 즐겨 입고, 흰색운동화나 발등에 끈이 달린 검정 구두를 즐겨 신었다. 짧게 땋은 머리의 끄트머리와 앞이마의 머리카락은 파마를 하여 곱슬거리게 했고, 짧은 단발머리라도 머리카락 끄트머리는 곱슬거렸다. 남학생들은 대부분 안경을 걸치고 양복바지에 구두를 신었으며, 커다란 소가죽 가방 같은 것을 들고 다녔다. 그들 중에는 적지 않은 수가 가정교사를 모셔다가 피아노를 배우거나 영어를 배웠으며, 어떤 학생들은 학교의 연극반에 들어가 활동했다. 이 연극반은 도시 전체에 이름이 나 있었고 전통도 있었는데, 셰익스피어 희극을 원어로 무대에 올린 적도 있고, 「라트라비아타」를 공연한 적도 있었다. 이 학교의 학생들은 여중생들을 전혀 안중에도 두지 않았고, 여중생들도 그들 앞에서는 저도 모르게 위축되곤 했다.

여중생들은 아주 저속해 보였다. 그녀들은 꽃 색깔의 옷을 즐겨 입었고, 책가방도 대부분 연잎 모양의 테두리를 두른 꽃무늬 가방이었다. 머리카락은 길게 땋아 꽃핀을 찔렀다. 이런 여학생들 사이에 섞여 있다 보니, 제법 얌전한 아이들조차 눈에 차지 않았다. 쉬는 시간이면 학생들은 책을 보거나 노는 것이 아니라, 코바늘이나 대바늘을 꺼내 털스웨터를 짜곤 했다. 과외 시간에는 우르르 사진관으로 몰려가 경극 복장을 하고서 손톱만 한 크기의 사진을 찍었다. 명절이나 기념일이 되면, 학생들은 무대연습을 했다. 운동장에 무대를 세우고 휘장을 두른 다음에 전등과 마이크를 끌어다 놓고서, 한 반 한 반 무대에 올라 공연했다. 대부분의 공연은 합창과 독창이었으며, 반주 없는 노래 속의 경극 동작도 끼어 있었다. 한 번은 여학생 두 명이 무대에 올라 만담을 공연하였다. 남자 배역으로 분장한 여학생은 양복 차림의 반바지를 입었는데, 천박한 여인네의 분위기를 짙게 풍겼다. 여학생들은 같은 나이 또래의 학생들보다 훨씬 성숙해 보였다. 실제로 나이가 많은 것이 아니라, 여인의 분위기를 짙게 풍겼다. 체조를 하거나 국기를 게양할 때, 또는 줄을 서거나 체육수업을 할 때, 그녀들은 열의 없는 태도와 동작으로 대충 마치곤 했다. 철봉 운동이나 뜀틀 운동처럼 동작의 폭이 제법 큰 운동을 할 때면, 그녀들은 한쪽에 움츠린 채 서로 밀치면서 '속없이' 시시덕거렸다. 체육 선생님은 남자분이셨다. 그는 여학생들에게 별로 관심이 없었으며, 하려고 하든 말든 다그치지도 않았다. 심드렁해진 여학생들이 멋쩍게 한 명씩 동작을 하면, 남자 선생님이 한쪽에서 그녀들을 붙잡아주었다. 철봉이나 뜀틀 위에서 내려올 때, 여학생들은 하나같이 얼굴을 붉혔다. 여중에서 들려오는 책 읽는 소리는 청아한 남녀공학과는 달리 질질 늘어진 채 마음에 두어 읽는 소리 같지 않았다. 마치 공부해봐야 뜨히 앞길이 열려있지도 않으며 시간만 축내고 있다는 것을 그녀들 스스로 알고 있는 것만 같았다. 남들이 보기에 그녀들의 학교생활은 행복하지 않았고, 저속하고 평범하며 희망이 없었다. 하지만 누가 알겠는가? 그녀들에게도 자기들만의 즐거움이 있을 수 있다는 것을.

여중의 운동장은 울타리 담장을 사이에 두고 이쪽의 골목과 떨어져 있었다. 울타리 담장은 높이가 이 미터쯤에 까만색이 칠해져 있는데, 기름칠 냄새와 오래 묵은 대나무 썩은 냄새를 풍겼다. 울타리 틈새로 운동장의 풍경이 대충 들여다보였으며, 이 층과 삼 층의 베란다에서는 운동장 전체를 굽어볼 수 있었다. 여중에서 이브닝파티가 열릴 때면 이쪽 골목의 앞창과 앞쪽 골목의 뒤창이 죄다 열리고, 모두들 창가에 엎드린 채 파티를 구경했다. 여중에서는 때로 영화를 상영하여 운동장에 스크린을 걸었는데, 이때에도 앞뒤 창가에는 영화를 구경하려는 사람들이 모여들었다.

운동장은 사실 그리 크지 않았지만, 수백 명의 여학생들이 운동장에 모여 있으면 제법 장관을 이루었다. 이렇게 사람이 많으면 아무 소리를 내지 않아도 웅웅거리고, 일단 제자리걸음으로 체조를 시작하면 착착착 소리가 났으니, 각자에게 소리를 지르라고 한다면 어찌 되겠는가? 아침체조가 끝나면, 운동장은 쏴하니 조용해졌다. 거의 적막함이 느껴질 정도였다. 몇 마리 참새가 빈터에서 종종거리며 모래알을 쪼았다. 푸핑이 일을 하러 오는 시간은 바로 이즈음이었다. 푸핑은 기저귀 한 대야를 받쳐 든 채 비누와 빨래판을 들고 와서 울타리 담장 아래에 앉아 빨래를 시작했다. 울타리 담장 저쪽으로는 운동기구들이 모래판에 줄지어 세워져 있었다. 울타리 담장을 따라 쭉 늘어선 모래판은 높이뛰기와 멀리뛰기를 할 수 있도록 마련해놓은 것이었다. 때로는 체육 선생님이 여학생들을 데리고 와서 모래판 옆에서 평행봉, 높이뛰기 등의 수업을 했다. 때때로 여러 소리가 울타리 담장에서 푸핑의 귀에까지 들려오곤 했다. 날카롭게 부르는 소리, 몰래 소리죽여 웃는 소리, 소곤거리는 소리, 또 어떤 때는 누군가 모래판에 떨어지는 부드럽고 묵직한 소리. 간혹 남자 선생님이 부는 호루라기 소리도 들렸다. '휘리릭'. 이 소리들은 썩 크지도, 요란스럽지도 않았지만, 활기찬 분위기를 발산하고 있었다. 푸펑이 어쩌다 몸을 돌려 울타리 틈으로 눈을 크게 뜰 때가 있었다. 또렷이 보이지 않은 채, 알록달록한 홑옷만이 언뜻언뜻 보였다.

이날 느닷없이 울타리 담장에 문이 활짝 열렸다. 원래 여기에는 울타리 문이 하나 있었는데, 평소에는 잠겨 있다가 이날 열렸던 것이다. 국기를 게양하고 아침체조를 한 뒤, 여학생들은 평소처럼 건물로 들어가 공부하는 대신, 우르르 운동장으로 뛰어 나와 골목으로 달려나갔다. 그녀들은 처음에는 네 사람이 한 줄씩 가지런히 대오를 지었지만, 몇십 미터를 뛰어가자 마구 뛰기 시작했다. 조수처럼 골목으로 밀려들오더니 골목을 꺾어 돌았다가 골목 어귀에서 한길로 뛰쳐나갔다. 학생들은 이리저리 뛰면서 대단히 재미나고 우스운 일인 듯 깔깔 웃어댔다. 평소라면 조용했을 골목이 시끌벅적해졌고, 조용한 아침의 한길 또한 소란스러워졌다. 곳곳마다 학생들의 발자국소리와 깔깔거리는 웃음소리가 가득했다. 행인들은 발걸음을 멈추고 학생들을 힐끔거리면서 생각했다. 여중생들이로구만! 속없는 꼬락서니하곤! 학생들은 더 이상 남의 시선 따위는 개의치 않았다. 학생들은 한데 뒤엉키자 한결 강해졌다. 한길을 달리는 여학생들의 대오는 이미 무너져

버렸다. 그들은 이제 아예 팔짱을 끼고 어깨를 나란히 한 채 끌고 당기면서 학교가 있는 골목 어귀로 들어섰다. 그들이 다시 운동장으로 뛰어들어왔을 때, 그야말로 우르르 물살이 넘쳐흐르는 듯한 기세였다.

푸핑은 하는 수 없이 자리에서 일어나 나무 대야와 나무 걸상을 담장 아래에 끌어다 놓은 후 담장에 바짝 몸을 붙여 섰다. 여학생들이 후다닥 앞을 지나치는 순간, 그녀는 너무도 놀라 입을 벌린 채 망연히 바라다볼 따름이었다. 이렇게 수많은 얼굴이 포개진 채로 눈앞을 스쳐 지나갔지만, 한데 섞인 바람에 똑똑히 분간할 수 있는 얼굴은 하나도 없었다. 무슨 옷을 입었는지조차도 한데 뒤섞여버렸다. 골목의 여기저기에서 창문들이 열리더니, 출근하지 않거나 학교에 가지 않는 사람들이 머리를 내밀어 뜀박질하는 여학생들을 내다보았다. 여학생들 가운데 버릇없는 몇 명이 고개를 들어 올려다보면서 외쳤다. 이보라구! 나머지 여학생들은 큰소리로 웃어댔다. 학생들이 '타다닥' 소리와 함께 지나가자, 울타리 문은 다시 잠긴 채 철사로 단단히 비끄러매졌다. 이 모든 일은 불과 반 시간에 벌어졌지만, 마치 천군만마가 휩쓸고 지나간 것만 같았다. 이제야 조용해지더니, 학교 건물에서 책 읽는 소리가 어렴풋이 들려왔다. 골목길에는 까만색 머리핀 몇 개와 꼬부라진 붉은색 유리섬유 한 토막이 떨어져 있었다.

여자중학교가 있는 골목 어귀에는 우표시장이 있었다.

그래서 늘 인파로 북적거렸는데, 그중 절반은 할 일 없는 사람들이었다. 우표시장은 오후쯤이 거래가 가장 활발한 때인지라, 하교하는 여학생들은 우표판매상들 사이를 비집고 나가야만 했다. 환경은 불결한 편이었다. 그 골목 역시 음침했으며, 높고 큰 벽돌담은 오랜 세월이 흐른 데다 햇빛도 거의 들지 않아 이끼로 가득 뒤덮여 있었다. 그건 구식 양옥 건물이었다. 집 천장은 매우 높고 칸과 칸 사이도 넓었다. 복도와 건물계단은 대리석이라 소리를 흡수하지 못해, 말하거나 걸으면 메아리가 울렸다. 안에 사는 사람들은 대부분 구식 가정들로, 집에만 틀어박힌 채 좀처럼 출입을 하지 않았다. 그래서인지 아이나 어른이나 모두 안색이 창백하고 몸도 허약하기 그지없었다. 그렇기에 여중학교의 그 운동장은 더욱 환히 빛나고 생기가 넘쳐 흘렀다. 여학생들의 자지러지게 웃는 소리가 그나마 이 골목의 음산한 기운을 몰아내 주었다. 여학생들의 소녀티 속에 섞여 있는 저속하고도 요염한 기운은 이 모던한 거리에서 촌스러워 보였지만, 그래도 무척 신선하여 이 골목의 고리타분함을 막아내는 최선의 저항인 셈이었다. 그녀들 뒤의 그 음침한 층집에는 얼마나 많은 음산한 일들이 일어나고 있는가! 밤이 깊어지면 공중전 등은 죄다 꺼지고 집의 문들도 모두 잠겼다. 현관과 복도, 계단은 손을 내뻗어도 손가락조차 보이질 않았다. 그 시각, 여자중학교에는 한 사람도 남아있지 않았으며, 학교 건물에는 전등 하나 켜져 있지 않았다. 운동장이 그렇다고 아주 캄캄한 건 아니었다. 뒤쪽 골목의 창문들이 모두 학교 쪽을 향하여 있었으니까! 앞 골목 뒤쪽 창문 안에서도 몇 줄기의 빛이 새어나왔으며, 운동장 끄트머리의, 학교 건물과 멀리 마주 보고 있는 골목 집의 옆벽에 나 있는 서쪽 창문에도 불이 밝혀진 채 누군가 있었다. 이렇게 운동장에 서 있자면 적어도 삼면에서 은은한 빛이 비추어 사람 사는 따스한 온기를 전해주었다. 운동장의 모래판 위에는 엷은 빛이 내려앉고, 여기에서는 달과 별도 볼 수 있었다. 그건 무척 따스하고 부드러워 보였으며 또 평온하게 느껴졌다.

날마다 푸핑은 앞 골목 집에 와서 일을 했다. 나무 대야를 끌어다 놓고서 울타리를 등지고 앉은 채 빨래를 하노라면, 등 뒤에서 바스락거리는 소리가 들려오기도 했다. 때로는 여학생 둘이서 울타리 저쪽에 등을 기대기도 했는데, 그럴 때면 울타리가 가볍게 흔들렸다. 여학생들은 울타리 담에 기대어 소곤소곤 속삭이다가, 슬쩍슬쩍 리듬감 있게 울타리에 몸을 비볐다. 울타리는 푸핑의 등에서 부드럽고 은근하게 들썩였다. 푸핑은 뒤도 돌아보지 않고서 고개를 숙인 채 빨래를 했다. 그러다가 울타리가 움직이지 않고 조용해지면 소곤거리던 소리도 이내 사라졌다. 푸핑은 약간의 적막감을 느꼈다. 어느 날 푸핑은 안쪽에서 누군가 부르는 소리를 들었다. 언니! 그녀는 자기를 부르리라고는 예상치 못한지라 신경도 쓰지 않았다. 불러대는 소리가 몇 차례 이어지고서야 그녀는 고개를 돌렸다. 울타리 뒤쪽에 바짝 갖다 댄 얼굴이 보였다. 옆으로 비킨 옆얼굴에 눈 한쪽이 울타리 틈으로 드러나 보였다. 그 얼굴이 또 한 차례 불렀다. 언니! 그제야 자기를 부르는 것이라는 걸 알아차린 푸핑은 자리에서 일어나, 말없이 뭐냐는 눈빛으로 그의 눈을 바라보았다. 그 눈이 말했다. 언니, 제기 좀 주워주실래요? 푸핑이 사방을 훑어보니, 골목길에 과연 제기 하나가 떨어져 있었다. 두터운 모직 천으로 동전을 감싸고, 가운데 구멍에 닭털을 꽂은 제기였다. 그녀는 다가가 허리를 굽혀 주운 뒤, 손을 들어 울타리 담으로 던졌다. 그 눈이 재빨리 울타리 틈에서 멀어지더니 몸을 돌이켰다. 푸핑의 눈에 그림자 하나가 얼핏 보였다. 길게 땋은 두 갈래 머리가 생기 넘치게 나풀거리고 있었다. 푸핑이 울타리 틈으로 들여다보니, 모래판 가에서 몇 명의 여학생들이 제기차기를 하고 있었다. 제기차기를 한다기보다는 그저 두어 번 차고는 멈춰 서서 이야기를 나누고, 또 두어 번 차다가 멈춘 채 수다를 떨었다. 더 멀리에는 운동장에서 삼삼오오 짝지어 움직이는 여학생들이 있었다. 오전 10시, 쉬는 시간이었다. 햇살이 온 운동장에 가득하여 너무도 맑고 아름다웠다. 모래땅의 연노랑 바탕색 위로 여학생들의 모습은 마치 만발하여 싱싱한 꽃과 같았다. 갑자기 벨 소리가 울렸다. 모래판 가에 있던 여학생들은 제기를 집어 들고 건물 쪽으로 뛰어갔다. 운동장에 있던 여학생들도 모두들 그쪽으로 뛰어갔다. 눈 깜짝 할 사이에 운동장은 텅 비었다. 꽃들은 모두 바람에 날려가 버렸다.

이후로 푸핑은 울타리 안쪽을 즐겨 들여다보았다. 여학생들이 체조를 하거나 구보를 하고, 또 미친 듯이 깔깔 웃어대는 것을 보았다. 그녀는 여학생들이 즐겨 찾는 장소가 모래판 쪽이라는 것도 알게 되었다. 학생들은 교무실과 사람들을 피해 멀리 외지고 조용한 이곳 구석에 와서 이야기를 나누면서 서너 명끼리의 놀이를 즐겼다. 학교가 파하면 각별히 사이좋은 학생들이 이곳에 왔다. 그들은 나란히 늘어선 철봉 꼭대기에 꽃무늬 가방을 걸어놓은 채 장난을 치곤 했다. 학생들 대부분이 떠난 뒤 운동장 한가운데에서 한두 차례 부르는 소리가 들려올 때면, 이곳은 더욱 고요하게 느껴졌다. 푸핑은 늘 이곳을 찾아오는 여학생들이 서로 다른 애들인지, 아니면 고정된 몇 명인지 지금껏 알지 못했다. 푸핑은 그 학생들의 얼굴을 정확히 보지 못했고, 그저 서로 많이 닮았다고만 느꼈다. 꽃무늬 옷에 길게 땋은 머리를 하고, 책가방도 한결같이 연잎으로 테를 두른 잔 꽃무늬 천이었다. 이곳에 오면 여학생들의 목소리는 새들의 지저귐처럼 낮아지고 가늘어졌다. 머리를 맞대고 귀엣말을 나누는 품새가 대단한 비밀을 지니고 있는 듯했다.

한 번은 여학생들이 상당히 심각한 표정으로 이야기를 나누던 중에 울타리 쪽을 쳐다보다가 문득 푸핑을 발견했다. 푸핑은 마침 울타리 틈에 기댄 채 그들을 바라보고 있던 참이었다. 여학생은 친구에게 눈짓을 하더니, 어깨동무를 하고서 이내 자리를 떠버렸다. 그들은 걸어가면서 고개를 돌려 이쪽을 바라보았다. 이후로 푸핑은 드러내놓고 학생들을 지켜보는 게 쑥스럽게 느껴졌다. 하지만 그녀는 여전히 그곳의 움직임에 주의를 기울였다. 그곳은 생동감이 넘쳤고, 푸핑의 적막함을 풀어주는 곳이었다.

이후 어느 날, 푸핑은 그녀들과 드디어 울타리 담을 사이에 두고 이야기를 나누게 되었다. 오후에 일여덟 명 정도의 조를 이룬 여학생들이 나무걸상을 이곳으로 가져와 모임을 가졌다. 그녀들은 한데 둘러앉아 한담을 나누고 있었다. 이러쿵저러쿵 이야기를 나누다가 점점 할 말이 없어지자 울타리 쪽을 바라보았다. 골목에서 빨래를 하고 있는 푸핑이 보였다. 푸핑은 갓난아이의 기저귀 외에도 산모의 옷가지와 이부자리를 빨고 있었다. 학생들이 조용해지자, 빨래판에서 빨랫감을 주무르고 비비는 소리가 무척이나 크고 맑게 들렸다. 비눗물이 옷감 사이로 방울져 삐져나오면서 '슈욱' 힘찬 소리를 냈다. 한참을 보고 있다가 마침내 푸핑에게 말을 걸었다. 이봐! 푸핑은 자기를 부른다는 걸 바로 알아차렸지만, 모르는 척하면서 속으로 생각했다. 난 '이봐!'가 아니야. 울타리 안쪽에서 아예 명령조로 부르는 소리가 들려왔다. 이리 와봐! 그녀는 가지 않았다. 그저 하던 일을 잠시 멈추고서 몸을 울타리 쪽으로 돌렸다. 네 이름이 뭐야? 안쪽에서 묻는 소리가 들려왔다. 우악하고 대담한 여학생은 울타리 담에 등을 기대고 앉은 채 몸을 틀어 푸핑에게 물었다. 푸핑은 그래도 아무 대답도 없이 멍하니 가만있었다. 의외의 일에 그 여학생도 어떻게 해야 좋을지 몰랐다. 다른 여학생들은 저마다 조잘거리며 말했다. 쟤가 널 모르는데 어떻게 이야기를 하니? 우악한 그 여학생이 말했다. 좀 물어보는 건데 어때? 그 여학생은 계속 푸핑더러 '이리 와봐'라고 했다. 푸핑은 이때 장난기가 발동했다. 한사코 가지 않았을 뿐 아니라 죽어라 대답도 하지 않았으며, 다급하게 불러대자 오히려 몸을 일으켜 떠나려고 했다. 이렇게 되자 여학생들 모두가 푸핑을 불러대면서 외쳤다. 가지 마, 도망가지 마. 거기 서라니까! 일제히 자리에서 일어난 여학생들은 울타리가로 달려들어 울타리를 밀치면서 카랑카랑한 목소리로 외쳤다. 푸핑은 터져 나오는 웃음을 참을 수 없어, 하는 수 없이 그녀들 곁으로 갔다.

이날 푸핑과 여학생들은 한쪽은 안에서, 다른 한쪽은 바깥에서 적잖은 이야기를 나누었다. 대체로 여학생들이 묻고, 그녀는 대답했다. 여학생들은 그녀에게 어디서 왔느냐, 일하는 집의 식구는 몇이냐, 무슨 일을 하느냐, 이 골목에는 어떤 사람들이 사느냐, 그 집 아이들은 어느 학교에 다니느냐 등등을 물었다. 또한, 그녀에게 이 골목에서 벌어진 사건, 즉 어느 어린아이가 쓰레기통에 버려진 사실을 알고 있느냐고도 물었다. 그녀들은 이 골목에 대해 무척 관심이 많은 것처럼 보였다. 사실인지 거짓인지 알 수 없는 전해 들은 이야기들을 듣다 보니 문제가 너무 많아, 푸핑의 이름이 뭔지 다시 물었던 일은 까맣게 잊어버렸다. 안타깝게도 푸핑은 대부분 모른다고 대답했고, 여학생들 역시 별로 실망하는 기색이 아니었다. 그들 모두 수다스러운 여자아이들이었다. 누군가, 특히 낯선 사람이 나타나 그녀들과 이야기를 나누는 것만으로도 무척이나 즐거워했다. 푸핑 역시 즐겁기는 마찬가지였다. 이렇게 낯선 도시에서 또 낯선 사람들 틈새에서 그렇지 않겠는가? 사실 할머니조차도 낯선 사람이었으니, 그녀의 마음은 늘 침울했던 것이다. 다행히 그녀는 이제껏 그다지 친하지 않은 사람들 사이에서 살아왔기에 일찌감치 우울한 분위기에 길들여져 있었다. 이날 오후 그녀 마음은 벅차오르는 느낌으로 가득 찼다. 이후 푸핑은 다시는 이 여학생들을 만나지 못했다. 아마 만났을지도 모르지만, 그 여학생들은 그녀와의 이야기에 더 이상 흥미를 느끼지 않았을 것이었다. 울타리 저쪽의 여학생들은 여전히 자기 일에 빠진 채 소곤소곤 이야기를 나누었다. 푸핑은 거기 있는 여학생들 모두가 전에 자기와 이야기를 나누었던 아이들이며, 그녀와 잘 아는 애들이라 생각했다.

 푸핑이 여학생들과 이야기를 나누는 것을 보고서 할머니께 알려준 사람이 있었던 모양이다. 할머니는 곧바로 푸핑을 불러 말했다. 그 여중생들은 정신 나간 애들이야. 규범도 모르는 아이들이니 걔들과는 어울리지 마라. 푸핑은 그제야 골목 안에서 여중생들에 대한 이야기가 나돌고 있음을 알았다. 그 이야기는 아주 듣기 거북한 것들이었다. 여중생들은 애만 뺄 줄 안다는 것이었다. 골목 어귀의 초등학교에서 일하는 밍(明)아저씨는 할머니와 알고 지내는 사이인데, 바로 여자중학교가 있는 그 골목에 살고 있었다. 원래 골목 관리원이었던 그는 나중에 초등학교의 고용인이 되었지만, 여전히 골목 어귀의 육교식 건물에 살고 있었다. 때문에 아저씨가 여중생들에 대해서 하는 이야기는 믿을 만한 것이었다. 하지만 누가 단정 지어 말할 수 있겠는가? 사람들은 한결같이 여중생들에 대해 선입견을 갖고 있었다. 푸핑은 할머니가 내뱉는 여중생들에 대한 험담을 들으면서 심기가 다소 뒤틀렸다. 할머니가 상하이에서 지낸 시간이 도대체 몇 년이나 되었다고 체통도 없이 손자며느리 앞에서 배가 불렀느니 어쨌느니 이런 말들을 한단 말인가? 푸핑은 저도 모르게 뤼펑셴네들이 할머니 없는 곳에서 떠들어대던 이야기를 떠올렸다. 여중생들을 다시 보니 뭔가 이상한 점이 느껴졌다. 그들이 울타리 아래에서 소곤소곤 주고받던 이야기가 뭔가 의미를 지니고 있는 듯했다. 푸핑도 약간은 그녀들을 경멸했다. 하지만 그녀들의 움직임이나 그녀들의 왁자지껄한 웃음소리를 듣노라면, 이내 마음이 누그러지곤 했다.

푸핑이 일하는 집의 산모가 출산을 한 지 거의 한 달이 되었다. 이젠 그녀도 더 이상 기저귀를 빨 필요가 없어졌다. 푸핑은 다시 한가해졌으며, 혹시라도 뤼펑셴이 자기를 위해 일거리를 구해줬으면 하고 바랐다. 하지만 뤼펑셴 쪽에서는 전혀 움직임이 없었고, 오히려 옆집 아줌마가 그녀에게 어린아이가 딸린 집을 소개해주었다. 그런데 할머니는 푸핑이 아이를 달랠 줄 모른다면서 거절했다. 할머니가 푸핑에게 말했다. 상하이 사람의 아이들은 모두가 금이야 옥이야 키우는지라, 행여 뜻하지 않은 사고라도 생기면 배상하고 싶어도 배상할 수가 없단다. 푸핑은 겉으로 드러내지는 않았지만 마음속으로 이렇게 말했다. 내가 떠나지 않을까 봐 그런다는 걸 다 알고 있어요. 이렇게 한 달간 일하고 나서 다시 한가로워지자, 이내 생활이 단조롭고 무미건조하게 느껴졌다. 할머니가 그녀에게 물건을 사오라고 심부름을 시키면 그녀는 게으름을 피웠다. 어떤 때는 분명히 근처에서 살 수 있는 물건도 일부러 멀리까지 가서 거리 너머에 있는 가게로 물건을 사러 갔다. 이렇게 해서 그녀는 다른 거리와 사람들도 알게 되었다. 길이 조금밖에 달라지지 않았는데도, 차이가 있었던 것이다. 특히 그 좁고 굽은 기다란 골목은 분위기마저 사뭇 달랐다. 사람들의 생김새와 옷맵시, 행동거지 등은 더 말할 나위도 없었다. 할머니도 그녀가 물건을 사오는 시간이 길어졌다는 사실을 알고서 가끔 한마디 하기도 했다. 그녀는 결코 뭐라 대꾸하진 않았지만, 그다음 번에도 오래도록 돌아다녔다. 언젠가 한 번은 그녀가 밖에서 돌아왔는데, 할머니와 뤼펑셴, 아줌마 몇 사람이 주방에서 머리를 맞대고 수군거리는 것이 보였다. 그들은 그녀가 들어오는 소리를 듣더니 화들짝 떨어져 앉았다. 자신의 이야기를 했던 게 틀림없다고 푸핑은 생각했다.

며칠 뒤 양저우 시골에서 푸핑의 시어머니 될 사람이 편지를 보내왔다. 편지는 할머니 앞으로 보낸 것이었는데, 손자가 대신 쓴 게 분명했다. 말투도 겸손하고 글도 상당히 우아했다. '어머님'의 건강을 여쭙고 '어머님'의 은덕을 칭송하고, 또 올해 작황을 이야기하다가 바로 푸핑의 일을 끄집어냈다. 며칠 전 손자가 푸핑의 작은아버지 댁을 다녀왔는데, 설을 쇠고 혼사를 치르면 어떻겠느냐면서 푸핑더러 상하이에서 옷가지를 마련하게 했으면 한다고 했다. 말이야 이렇게 했지만, 돈을 전혀 부쳐오지 않았으니, 필경 할머니에게 물건을 준비하라는 뜻이 분명했다. 아울러 말수가 없고 용하디용한 손자는 어머니가 시키는 대로 썼을 게 뻔했다. 자기와 관련된 일이니, 그래도 자존심이 좀 있어야지. 할머니가 한마디 툭 내뱉었다. 이건 그래도 네 시어머니의 말 아니냐. 푸핑이 대꾸했다. 시어머닌, 누가 제 시어머니예요? 푸핑은 말대꾸를 하고선 곧장 몸을 돌려 나가버렸다. 어느덧 해 질 녘이었다. 초겨울의 하늘에 일찌감치 어둠이 찾아왔다. 푸핑은 거리를 한 바퀴 걷다가 다시 골목으로 들어섰다. 날은 이미 캄캄해졌다. 집집마다 창문에 등이 밝혀진 채 저녁 식사를 하고 있었다. 푸핑은 배도 별로 고프지 않았고, 할머니가 계신 곳으로 가고 싶지도 않았다. 그래서 앞쪽 골목으로 접어들어 울타리 담 곁에서 바라보았다. 강의실 건물 앞에 켜진 등 하나가 근처 운동장의 모래밭을 희미하게 비추고 있었다. 이쪽 울타리 아래는 어둠에 휩싸여 있었다. 푸핑은 울타리에 등을 기댄 채 서서 고개를 치켜들었다. 이 도시의 비좁은 하늘 아래 층집들이 삐죽삐죽 솟아 있었다. 사방은 고요하기 짝이 없었다. 창문에서는 그릇과 젓가락 부딪치는 소리가 새어나왔다. 이때 갑자기 뒤에서 흑흑 흐느끼는 듯한 소리가 들려왔다. 푸핑은 몸을 돌려 울타리 틈새로 안을 들여다보았다. 어둠 속에 어렴풋이 그림자 하나가 보였는데, 울타리 밖의 동정을 느끼기라도 한 듯 소리가 잠잠해지더니 아무 소리도 내지 않았다. 이웃집의 갓난아이가 울음을 터뜨렸다. 처량하고도 섬뜩한 느낌이 엄습해왔다. 푸핑은 울타리를 밀면서 가볍게 불렀다. 얘! 아무 대답이 없었다. 잠시 정적이 흘렀다. 발걸음 소리가 바스락거리더니 멀어져갔다. 그 안에 있던 누군가가 가버린 것이었다.

6# 사기꾼 계집애

할머니 주인집의 큰아이는 초등학교 6학년 학생으로 만 12살 이고, 두 갈래로 머리를 길게 땋았다. 매일 아침 식사를 할 때면 할머니는 큰아이 뒤에 서서 머리를 땋아준다. 아침 식사를 마치고 머리까지 다 땋고 나면, 아이는 책가방을 메고 학교에 간다. 오후에 학교가 끝난 뒤 집으로 돌아올 때면 늘 여자 친구 몇 명을 데리고 와서, 숙제를 하면서 소곤소곤 이야기를 나눈다. 늘 집에 오는 여자 친구들 중에 큰아이보다 나이가 몇 살 많은 아이가 있었다. 그 애의 이름은 타오쉐핑(陶雪萍)이었다. 타오쉐핑은 두 차례나 유급을 했기 때문에, 같은 학년 학생들보다 두 살이나 나이가 많아 열다섯이었다. 이 한두 살 차이는 경계선이 될 만큼 심각했다. 경계선 이쪽이 아이들이라면, 경계선 저쪽은 이미 어른이었다. 타오쉐핑은 얼핏 보기에도 애들보다 나이가 훨씬 많았다. 키도 머리

반이나 컸고 발육도 좋아서 가슴이 벌써 풍만했으며, 뺨도 탐스럽고 피부도 상아처럼 희었다. 다른 아이들처럼 앳되어 보이지 않았던 것이다. 그 애는 동그란 눈에 눈의 간격이 꽤 넓었으며, 코끝은 약간 치켜 올라가고 입술 색깔은 생동적이었다. 예쁜 생김새라고 해야 하겠지만, 그 애에게는 뭔가 일종의 비굴하고 나약한 표정이 어려 있었다. 상황이 변하면, 더 이상 예뻐 보이지 않았다. 그 애의 옷차림새는 아주 형편없었으며, 옷마다 헝겊 조각으로 기워져 있었다. 기운 것도 제멋대로여서, 색깔도 맞지 않고 바느질도 거칠었다. 그 애의 신발은 뒤꿈치 아니건 발가락이 드러나 있었고, 책가방 역시 네 모퉁이마다 구멍이 나 있었다. 다 큰 애가 이렇게 칠칠하지 못하고 초라하다는 게 놀라울 지경이었다. 더욱이 차마 눈뜨고 보기에 민망하였던 것은 같은 반 아이들과 노는 모습이었다. 논다고 하지만 노는 게 아니라, 그저 한쪽에 비켜서서 아이들의 시중을 들 따름이었다. 여자아이들은 마작 패 넷과 오자미 하나를 가지고 마작패 놀이를 하였다. 오자미를 위로 던진 다음, 재빨리 탁자 위의 마작패를 정해진 무늬로 뒤집어놓고서 다시 오자미를 받아 쥐는 놀이었다. 그런데 오자미를 받지 못해 땅바닥에 떨어뜨리면, 타오쉐핑이 얼른 몸을 굽혀 주웠다. 집짓기나 단추 끼우기, 아니면 우렁이껍질 꿰기나 감람나무 씨 꿰기 등의 놀이에서 아이들이 경계 밖으로 내차면, 그녀는 재빨리 뛰어가 집어 들고는 간드러진 미소를 지으면서 주인의 손에 건네주었다. 다른 애들이 고무줄놀이를 할 때에도 그 애는 한 발도 끼어들지 못했다. 그저 고무줄이 끊어져 가운데를 연결하는 실패가 땅에 굴러떨어지면 얼른 달려가 주워들 뿐이었다. 아무도 그 애를 상대해주지 않으려 한다는 것을 알 수 있었다. 하지만 이 집의 큰아이는 조심성이 없는 아이로, 집에서는 사납게 굴어도 밖에 나가면 누구에게나 아주 착했다. 그러다 보니 그 애가 달라붙었다. 매일 학교가 끝나면 그 애는 큰아이와 함께 집으로 왔으며, 다른 아이들이 모두 돌아가도 돌아가지 않았다. 날이 캄캄해지도록 꾸물거린 날도 있었다.

그 애는 계모와 함께 살았다. 계모에게는 자기가 낳아 데려온 아이가 둘 있었고, 나중에 그 애의 아버지와 사이에서 또 두 명의 아이를 낳았다. 아이들 가운데 맏이였던 그 애는 천덕꾸러기 신세를 면할 수 없었으며, 그 애 또한 스스로 노력하여 남들이 자기를 무시할 수 없게 만들 만큼 패기 있는 사람도 못되었다. 그 애는 애걸하는 방식으로 다른 사람의 주의를 끌었다. 그 애는 큰아이를 쫓아 집에 돌아오면 얼굴에 애처로운 미소를 머금은 채 환심을 사려는 듯 자기 친구의 여동생이나 할머니, 심지어 이웃집 사람들을 바라보았다. 그 애의 반 친구는 숙제를 마치면 책가방을 던져놓은 채 밖으로 뛰어 나가 놀았다. 할머니가 쫓아가서 큰아이더러 책가방을 정리하라고 하면, 아이는 발을 동동 굴러댔다. 이때 타오쉐핑은 얼른 반 친구를 도와 책가방을 정리했다. 타오쉐핑은 은근히 할머니를 도와 채소를 다듬고 바늘에 실을 꿰었으며, 옷을 개켰다. 그 애는 할머니가 자신의 처량한 신세 이야기를 듣기 좋아한다는 것을 꿰뚫어보았다. 이러한 점에서 본다면, 그 애는 참으로 영악했다. 할머니가 그 애에게 엄마가 왜 새 신발을 만들어주지 않느냐고 묻자, 그 애는 자기 엄마는 친엄마가 아니라고 대답했다. 계모가 전처의 딸을 학대한다는 이야기보다 여성 청중의 심금을 울릴 만한 이야기는 없다. 그 애는 과연 할머니의 동정을 불러일으켰다. 할머니는 그 애에게 많은 것을 물어보았고, 그 애의 처지를 이웃의 아줌마들에게 들려주었다. 이렇듯 자신의 급우들이 뜰에서 장난을 치면서 놀 때, 타오쉐핑은 한 무리의 여인네들 사이에 앉아 자신의 불행한 삶을 이야기했다. 여자들은 금세 눈물을 쏟아냈다.

   타오쉐핑이 여자들에게 말한 이야기는 이러했다. 그 애의 생모는 아버지와 이혼한 후 난스(南市)의 외갓집에서 살았다. 아버지는 그 애가 엄마를 만나는 것을 허락하지 않았고, 외할머니를 만나러 가는 것도 허락지 않았다. 그 애는 어려서부터 외할머니가 키웠는데도. 언젠가 몰래 난스에 있는 외할머니 댁에 갔는데, 외삼촌은 그 애를 집안에 들여보내 주지 않았다. 외삼촌은 그 애에게 엄마를 찾아오지 말고 아버지한테 가 있으라고 했다. 이때 그 애는 자기를 탓해서야 되겠느냐고 하소연하였다. 분명히 엄마가 직접 자기에게 아빠와 함께 지내라고 말하지 않았던가. 아빠는 하는 일이 있지만, 엄마는 일이 없어 자기를 부양할 수가 없다면서. 그 애가 난스를 다녀오는 날이면 아빠는 어디를 다녀왔느냐고 추궁했다. 그러면서 그 애의 호주머니와 책가방을 뒤져 11번 버스표가 나오면, 그 애가 난스에 다녀온 사실을 알고서 밥도 주지 않은 채 그녀에게 매질을 했다. 그 애는 앞머리를 쓸어 올려 이마 위의 멍든 자국을 드러내 보이면서 말했다. 이게 바로 아빠에게 맞은 거예요. 친아버지가 이 모양이니, 계모는 말할 나위도 없었다. 그 애의 몸에 걸친 기운 누더기 조각만 봐도 얼마나 무정하고 그악한지 알 수 있었다. 할머니는 타오쉐핑의 이야기를 큰아이에게 들려주면서 훈계를 할 작정이었다. 그런데 뜻밖에도 큰아이는 이야기를 들으려 하기는커녕, 오히려 할머니에게 속지 말라고 경고하는 것이었다. 그 애는 '사기꾼'이라면서.

'사기꾼 계집애'라는 별명은 그녀의 반 친구들 사이에 조용히 퍼져 있었다. 도대체 어떤 근거로 이렇게 남을 비방할 수 있는 것인지 알 수 없었다. 아이들끼리의 일이야 정확히 꼬집어 말할 수 없는 법이다. 그녀가 그다지 성실하지 않다는 느낌만으로도 그 애를 극단적으로 '사기꾼'이라고 했을 수도 있다. 하지만 정말로 무슨 일이 발생했는지 단정적으로 말할 수는 없다. 적어도 세 학년이나 다닌 그녀의 이력에 대해 진지하게 알아본 사람이 있을까? 소문은 대부분 밑도 끝도 없는 것이기에 어물어물 넘기기 마련이다. 하지만 이미 그런 인상을 받았고, 그것도 상당히 확고한 듯했다. 솔직히 아이들의 직감은 정확했다. 타오쉐핑의 비굴하면서도 애걸하는 듯한 눈빛 속에는 정말 교활함이 자리 잡고 있었다. 그 애는 당신의 눈을 애처롭게 쳐다보면서, 실은 엿보고 탐색했던 것이다. 게다가 이렇게 다 큰 애가 뭣 때문에 늘 나이 어린 계집아이들을 따라다니면서 마치 하인인 양 이것저것 주워주겠는가. 그녀는 이 집의 큰아이를 빼놓고선 반에 친구가 한 명도 없었다. 그래서 끈질기게 큰아이를 따라다녔던 것이다. 적어도 큰아이는 다른 여자애들처럼 그녀를 모른 척하지는 않았다. 그런 큰아이도 차츰 타오쉐핑에 대해 싫증을 느끼기 시작했다. 그러나 그 집에는 다른 사람들도 있었다! 할머니와 이웃집의 아줌마, 뤼펑셴 이모 등은 그 애의 가슴 아픈 사연 듣기를 좋아했다. 한 번 듣는 것만으로는 부족하여 두 번, 세 번을 들었다. 자기들만 아는 것으로 양이 차지 않아, 잘 아는 사람들에게 이야기를 전하기도 했다.

지금 타오쉐핑은 밤늦도록 친구 집에 있었다. 친구의 부모님은 모두 사청(四淸)공작대에 계시는데, 한 분은 공장에 있다가 매주 한 번 돌아오시고, 또 한 분은 교외지구에 있다가 한 달에 한 번 돌아오셨다. 평소에는 할머니와 푸핑, 그리고 두 아이뿐이었다. 그들 네 사람이 탁자에 둘러앉아 식사를 하는 동안, 타오쉐핑은 그들 뒤에 서서 바라다보고 있었다. 그 애에게 함께 먹자고 해도, 싫다면서 뒤로 빼기만 했다. 내버려두면 천천히 앞으로 나아와 친구동생에게 우렁이 빨아 먹는 방법을 가르쳐주었다. 젓가락 끝으로 우렁이 뚜껑을 따내고 힘껏 빨아들이면 우렁이 살이 쏘옥 빨려 나왔다. 그 애는 뚝배기가 받침 위에 비뚜름히 놓여 있으면, 얼른 손을 뻗어 똑바로 해 놓았다. 심지어 누군가 밥공기를 비우면 얼른 가져가 밥을 더 담아왔다. 할머니조차 더 이상 참을 수 없었는지 대놓고 그녀에게 말했다. 우리도 밥을 먹으니, 너도 그만 집으로 돌아가 밥을 먹어라! 처음 몇 번은 이렇게 대답했다. 괜찮아요. 우리 집은 저녁을 아주 늦게 먹거든요. 아니면 이렇게도 말했다. 저는 저녁을 안 먹어요. 그러다가 나중에는 그녀도 대답을 하고서 돌아갔다.

타오쉐핑은 얼핏 어리숙하게 보이지만, 내심으로는 남의 의중을 세심하게 살폈다. 그 애는 친구 집을 나와 집으로 돌아가지 않았으며, 심지어 이 주택가를 떠나지도 않았다. 그 애는 이웃집을 서성거리며 문에 기대어 서 있었다. 이웃집 아줌마 역시 그녀의 이야기를 들어주는 청중 가운데의 한 사람이었는데, 이때 마침 아들, 며느리, 손자, 손녀를 불러들여 식탁에 둘러앉아 식사를 하고 있는 중이었다. 이 집은 식구도 많은 데다가 제법 떠들썩한 탓에, 한참이 지나서야 문 입구에 사람이 서 있는 것을 알게 되었다. 아줌마가 그 애에게 들어오라고 하자 뒷걸음질치더니, 내버려두자 되돌아와 조금

전처럼 문에 기대어선 채 방 안의 아이들이 입씨름하는 걸 들으면서 따라 웃었다. 점점 서로 익숙해지다 보니 문 안팎에서 이야기가 오가기 시작했다. 아줌마는 아들과 며느리에게 그 애의 신세를 들려주었다. 그러자 그들도 그 애를 알게 되었으며, 이후로 마주칠 때마다 예의를 차려 인사를 나누곤 했다. 겉으로 보기에 그 애는 이미 어른이었기 때문이다. 그런데 이런 횟수가 늘어나자 결국 부자연스러워졌다. 식사를 할 때 문 입구에 누군가 서서 바라보고 있고, 이야기를 할 때에도 누군가 엿듣고 있었던 것이다. 그래서 언젠가 타오쉐핑이 다시 그 집에 갔을 때, 아줌마 집은 평소와 달리 대문이 잠겨 있었다. 대문 안에서는 아이들이 떠들어대는 소리, 어른들이 꾸짖는 소리와 그릇에 젓가락 부딪치는 소리가 들려왔다. 타오쉐핑은 하는 수 없이 다음 집으로 발길을 돌렸다. 다음 집은 이 주택가를 벗어나 번지수가 다른 집이었다. 이 집에서는 식탁이 두 군데에 차려져 있었다. 어른은 방에서 식사를 하고, 보모는 주인집 아이를 데리고 부엌에서 식사를 했다. 이게 더 편했는지, 그 애는 식탁 앞의 긴 걸상 끄트머리에 앉은 채 바라보다가 말을 걸었다. 그 바람에 그 집 아이의 식사 규칙은 망가지고 말았다. 식사 시간만 되면 손님이 찾아오니 아이들이 떼를 썼던 것이다. 이렇게 한 집 한 집 거쳐 가면서 그녀는 남들과 아주 친숙해졌다. 나중에 사람들은 그 애가 처음 누구 집의 친구였는지 정확히 알 수 없게 되었다.

앞에서도 말했지만 뤼펑셴에게는 친구가 한 명 있었다. 뤼펑셴 주인집과 대대로 교분이 있는 집안의 보모로, 아쥐(阿菊) 이모라고 했다. 아쥐 이모의 본적 역시 쑤저우로이며, 뤼펑셴의 고향인 무두(木瀆)와는 길 한 구간쯤 떨어진 쉬커우전(胥口鎭) 사람이다. 그녀는 한때 결혼을 한 적이 있었다. 남편은 집에 전답이 없어 남들과 장사를 동업했다. 그녀는 상하이에서 남의집살이로 번 돈을 집에 부쳐 남편더러 운하 나루터에 어물전을 내도록 하였다. 그런데 뜻밖에 남편이 어느 배 타는 여자와 눈이 맞아 아들을 하나 낳았다. 처음에 아쥐 이모는 모르는 척하였다. 1949년 이후 〈혼인법〉이 공포되자, 정부는 첩을 들이는 것을 금지하였다. 남편은 두 여자 가운데에서 한 명을 선택해야만 했고, 아쥐 이모는 하는 수 없이 물러서고 말았다. 그 여자는 쉬커우에서 진짜 부부처럼 살아온 데다가 아이까지 두었으니, 누가 뭐라 해도 그들은 실제 부부인 반면 자신은 명목뿐이었던 것이다. 아쥐 이모는 원한이 뼈에 사무쳤다. 그녀는 뤼펑셴처럼 그렇게 성정이 강한 사람도 아니었다. 그렇지 않았더라면 이렇게 어정쩡하게 몇 년을 허송세월하지는 않았을 것이다. 그녀는 처음에는 남편을 빼앗아간 그 여자를 원망했고, 다음에는 배은망덕한 남편을 원망했다. 그리고 마지막에는 자신의 운명을 원망했다. 원망스러운 마음이 들기만 하면 눈물을 쏟았고, 눈물은 흘러 강을 이루었다. 뤼펑셴은 같은 고향 사람인 데다 옛 주인집과 대대로 교분을 맺어온 집안의 보모였기에 그녀를 달리 봐 왔었다. 다른 사람이었다면 뤼펑셴은 상대해주지도 않았을 것이다! 그녀는 참으로 맺고 끊음이 분명했으니까. 아쥐 이모는 늘 뤼펑셴을 찾아오곤 했다. 어떤 때는 밤에 뤼펑셴이 살고 있는 집으로 찾아가기도 했고, 또 어떤 때는 낮에 그녀가 일하는 주인집으로 찾아가기도 했다. 이렇게 오가는 사이에 타오쉐핑을 알게 되었다.

타오쉐핑의 이야기는 아쥐 이모 마음의 상처를 건드렸다. 그녀는 눈물을 흘리면서 듣고 또 들었다. 특히 타오쉐핑의 아버지가 타오쉐핑에게 엄마를 만나지 못하게 한 대목은 남자의 무정함과 관련되었기에 자기의 경우와 통하는 점이 있었다. 그녀도 자신의 지난 일들을 숨김없이 털어놓았다. 두 사람의 이야기는 충분히 넘치고도 남았다. 비극적인 이야기를 좋아하는 할머니, 아줌마들조차 이미 재미없다고 느낄 정도였다. 그래서 끝내는 두 사람만이 서로에게 하소연을 늘어놓을 따름이었다. 아쥐 이모는 타오쉐핑이 사실 아직은 아이라는 것을 의식하지 못했다. 타오쉐핑이 유달리 남의 마음을 잘 헤아려주었기 때문이다. 그녀는 온 마음을 다해 아쥐 이모의 하소연을 들어주고 그녀를 위해 탄식했으며, 그녀의 팔을 잡고서 집까지 바래다주기도 했다. 타오쉐핑은 차츰 같은 반 친구 집에 찾아오지 않았으며, 친구 집의 골목에도 더이상 찾아오지 않게 되었다. 사람들도 차츰 그 애를 잊었다.

하지만 그 누가 알았으리요? 그 애가 이제는 이제 아쥐 이모 댁을 뻔질나게 드나들어 그곳의 단골이 되었다는 사실을.

아쥐 이모의 주인은 이 거리 서쪽에 위치한 큰 아파트에 살고 있었다. 평소처럼 출근할 사람은 출근하고 학교 갈 사람은 학교에 가버리고, 칠십 먹은 노마님만 집에 남아 적적하기 그지없었다. 아쥐 이모가 이 꼬마 아가씨를 데리고 왔는데, 깜찍하고 순종적이며 한결같이 받들어주니, 자연스레 좋아할 수밖에 없었다. 노마님은 처음에 부엌에서 꼬마 아가씨의 이야기를 듣더니, 나중에는 방 안으로 들어오도록 하였다. 아쥐 이모가 없을 때에도 그녀는 집으로 찾아왔고, 노마님도 그녀를 집안에 들였다. 하지만 타오쉐핑은 이곳에서 훨씬 더 많이 삼가야만 했다. 그녀가 보기에 이곳의 생활은 같은 반 친구 집의 골목보다 규칙이 엄하여, 개방적이거나 제멋대로 이지도 않았다. 대리석 계단을 오를 때, 그녀는 자신의 발소리가 높다란 천장 위에서 부딪쳐 메아리치는 소리를 들을 수 있었다. 그럴 때면 삼엄한 분위기가 그녀를 휩싸곤 했다. 그녀는 이곳에서 밤늦도록 오래 있어본 적이 없었다. 언젠가 약간 늦게까지 남아 있었는데, 마침 노마님의 아들이 돌아왔다. 금테 안경에 빳빳하게 잘 다려진 인민복을 걸치고 있었다. 아들은 그 애 옆을 스쳐 가면서도 눈길 한 번 주지 않았다. 타오쉐핑은 자기도 모르게 움츠러들었다. 아파트의 수위 아저씨 역시 그 애를 보는 눈빛이 너무도 쌀쌀맞아 감히 말 몇 마디 건넬 수조차 없었다. 자신의 비극적인 이야기를 그 아저씨가 좋아하지 않으리라는 걸 알 수 있었다. 이 집의 노마님만이 변덕스럽기는 해도 그 애에게 열정적이었다. 그 애와 이야기를 많이 나누었더라도, 노마님은 다음에 만나면 낯모르는 애를 대하듯 했다. 하지만 전반적으로 볼 때, 그 애에게 노마님은 관심이 있는 편이었다.

적적했던 노마님은 아들이 무서워서 오랜 시간이 지나고서야 아들에게 일의 진상을 털어놓았다. 아쥐 이모가 데리고 온 남루한 옷차림의 꼬마 아가씨가 자기에게서 일여덟 차례 돈을 빌려 갔는데, 액수는 많지 않아 일 위안, 이 위안, 많게는 삼 위안을 빌려 가더니 한 번도 갚은 적이 없었고, 요즘에는 아예 얼굴도 비치지 않았다는 것이다. 아들은 이야기를 듣더니 불같이 화를 냈다. 돈 때문만이 아니라, 집안에 도대체 잘 알지도 못하는 사람을 들락거리게 만들어 엄격한 가풍을 더럽혔다는 것이다. 아들은 즉시 아쥐 이모에게 타오쉐핑의 이력을 알아보게 하였다. 이리저리 들추다 보니 금방 그 애의 같은 반 친구들에게도 캐묻게 되었다. 할머니 주인집 큰아이는 집에서나 사나울 뿐, 밖에서 어디 이런 일을 당해본 적이 있었겠는가? 골방에 틀어박혀 울어 눈물범벅이 되었으며, 돈을 받으러 그 애의 집에 아쥐 이모를 데리고 가기를 한사코 마다했다. 하는 수 없이 할머니가 나섰다. 저녁을 먹고 나서 할머니는 아쥐 이모를 데리고 길을 나섰다. 기세를 돋우기 위해 푸핑도 데리고서 타오쉐핑의 집으로 향했다.

타오쉐핑의 집은 이 거리의 한길 위에 있었는데, 한길은 몹시 소란스러웠다. 길가에는 판잣집들이 늘어섰고, 그 사이사이에 가게들이 있었다. 채소시장도 이곳에 있는지라, 길거리에는 배춧잎 썩는 냄새와 생선 비린내가 코를 찔렀다. 타오쉐핑의 반 친구들은 그 애의 집에 가본 적이 없었다. 그저 그 애의 집이 이쪽 한 길가에 있고 이웃에 꽈배기 노점이 있다는 말을 들었을 뿐이었다. 그들은 우선 꽈배기 노점의 왼쪽 문으로 들어갔다. 건물 아래는 비좁은 통로인데, 담을 따라 알탄 난로 몇 개가 놓여 있고 계단이 위로 뻗어 있었다. 그들은 어둠을 헤치고 더듬더듬 건물을 올라갔다. 건물 위는 문들이 죄다 닫힌 채 시커먼 어둠에 휩싸여, 문안에 사람이 있는지 없는지도 알 수 없었다. 그들은 이곳저곳의 나무판자 문을 마구 두드리면서 타오쉐핑의 이름을 외쳤다. 그들에게 대꾸해 주는 이는 한 사람도 없었다. 하는 수 없이 그들은 몸을 돌이켜 차례대로 건물을 내려갔다. 계단이 그들의 발아래에서 요란스럽게 삐걱거렸다. 문을 나와 길거리에 서서 정신을 가다듬은 다음, 꽈배기 노점의 오른쪽으로 들어섰다. 그곳의 문은 겉보기에만 닫혀 있었는지 밀자마자 바로 열렸다. 집안에는 전등이 켜져 있고, 한 사내가 등불 아래에서 술을 마시고 있었다. 사내 뒤쪽의 침대에는 한 여인이 이부자리에 앉은 채 아이를 안고 젖을 물리고 있었다. 이들 남녀는 불쑥 문을 들어서는 세 사람을 무심한 얼굴로 쳐다보았다. 이들 남녀는 그들이 타오쉐핑을 찾으러 왔다는 것, 그리고 그들이 들려주는 타오쉐핑의 못된 행적에 대해 들었다. 그들은 내키지 않은 기분으로 이야기를 마친 후 가만히 기다렸다. 집안에는 정적만이 흘렀다. 오직 젖먹이가 엄마의 젖을 빠는 소리가 쪽쪽 들릴 뿐이었다. '타오쉐핑'이라는 이름을 듣는 순간부터 여인은 머리를 떨군 채 다시는 들지 않았다. 머리카락이 그녀의 얼굴을 가리고 있는 데다가, 그녀는 어둠 속에 앉아 있었다. 그녀의 어깨 위에 걸쳐진 솜옷에는 꽃무늬가 섞여 있고, 색깔은 거무튀튀했다. 사내는 시종 쉬지 않고 술을 마시고 안주를 씹었다. 할머니가 입을 떼었다. 돈을 빌려 갔으면 갚는 게 예로부터의 도리요. 사내는 그제야 한마디 대꾸했다. 난 개한테 돈 빌려주라고 당신들에게 부탁한 적 없소. 어찌 그런 말도 안 되는 소리를 하시우! 화가 치민 할머니가 언성을 높였다. 사내는 할머니와 시비를 가리는 대신 그저 꾸역꾸역 밥만 먹었다. 할머니는 뱃심이 커졌는지 앞으로 나아가더니 탁자를 탁탁 치면서 말했다. 돈을 갚지 않으면 가만두지 않을 거요. 사내는 몸을 슬쩍 피하면서 대답했다. 난 돈이 없소. 할머니는 이렇게 막돼먹으면서도 대가 약한 사내를 만나본 적이 없었다. 할머니는 한바탕 떠들어대려다 다락방 모퉁이의 어둠 속에서 눈을 반짝이면서 조그마한 머리가 뻗어 나오는 것을 보았다. 할머니는 저도 모르게 마음이 물러지고 말았다.

결국 초등학교로 달려간 할머니는 교실에서 타오쉐핑을 붙잡아 돈을 갚으라고 윽박질렀다. 타오쉐핑은 선생님과 교장의 보증 아래 반드시 돈을 갚겠노라고 약속했다. 하지만 오늘이 내일로 미뤄지고, 모레로 미뤄지고, 나중으로 미뤄지더니 흐지부지되고 말았다. 다행히 아줘 이모 주인의 의도는 돈을 꼭 되돌려 받는 게 아니라, 앞으로 그 애를 다시는 집에 들이지 말라고 경고하는 것이었으므로, 이렇게 대충 끝이 났다. 하지만 이 일이 할머니네 쪽 골목 안에 일으킨 파란은 오래도록 가라앉지 않았으며, 여인네들은 오랫동안 이 일을 이야깃감으로 삼았다. 타오쉐핑은 그들의 이야기 속에서 음험하고 타락한 아이가 되었다. 어느 누가 생각이나 했겠는가? 그들의 규칙 바른 생활 속에 이토록 예측할 수 없는 사람과 일이 일어날 줄이야. 할머니는 사람들에게 그 애의 집, 아버지, 계모, 그리고 다락방 위의 어린 동생들을 이야기해주었다. 약간의 과장이 덧붙여지는 거야 어쩔 수 없는 일이지만, 덧붙인다고 해서 또한 어찌 당시 그 자리의 느낌에 절반이라도 미칠 수 있겠는가! 그건 보기만 해도 몸서리가 쳐지는 일이었다. 그건 궁핍함도, 고생도 아닌, 막다른 길에 다다랐다는 의욕상실 바로 그것이었다.

　　타오쉐핑의 풍파는 차츰 가라앉았다. 그 애는 같은 반 친구들을 다시는 찾아다니지 않았다. 사람들이 때로 큰아이에게 물었다. 타오쉐핑은 어찌 됐어? 큰아이는 거드름을 피운 채 모른다고 대답하고서 지나갔다. 푸핑은 딱 한 번 그 애를 거리에서 본 적이 있었다. 그 애는 한 손에 젖먹이를 안고, 다른 한 손으로는 아이스바를 들고 있었다. 입안 깊숙이 아이스바를 물고 있는지라, 아이스바의 막대만 보였다. 그 애는 이렇게 아이스바를 입에 문 채 한쪽 다리를 들어올려 젖먹이의 몸을 뒤집어엎은 뒤 기저귀를 손보았다. 마치 노련한 애 엄마 같았다. 젖먹이의 손은 줄곧 그 애의 얼굴을 더듬고 톡톡 치면서 아이스바로 내밀었다. 그 애는 고개를 돌려 아이스바가 젖먹이의 손에 닿지 않도록 했다. 나중에 그 애는 입안에서 아이스바를 꺼내 젖먹이의 입가에 대주었다. 아이스바는 벌써 홀쭉해져 있었다. 푸핑은 한길 건너편에서 이 장면을 지켜보았다. 그녀가 지켜본 것은 타오쉐핑이 아니었다. 그건 자신이었다. 작은아버지 댁의 사촌 동생들을 이끌고 다녔던 자신의 모습이었다. 그리고 자신의 미래의 모습이었다. 리톈화의 집이긴 하지만 주렁주렁 달린 동생들. 아이들이란 모두 한결같이 사람을 짜증 나게 만든다. 울고, 코 흘리고, 똥 누고, 오줌 싸고, 밥 먹다 다투고, 소란을 피우고, 티격태격 싸우기 마련이니까.

    타오쉐핑은 뜻밖에도 딱 한 번 같은 반 친구 집에 나타난 적이 있었다. 그때 그 애는 옷깃과 모자에 휘장이 달려 있지 않은 최신식 군복차림이었다. 이제껏 그 애가 제대로 옷을 갖춰 입은 걸 본 적이 없었던지라, 전혀 딴 사람처럼 보였다. 한

동안 보지 못한 사이에 훌쩍 자란 그 애는 정말로 어른이 되어 있었다. 그 애는 마치 아무 일도 없었던 것처럼 문을 밀고 들어서서 푸핑의 목을 감싸 안았으며, 할머니 손안의 솥을 빼앗아 쌀을 일었다. 큰아이와 친구들이 마침 책상에 엎드려 숙제를 하고 있었는데, 그 애는 다가가 등 뒤의 땋은 머리를 들어 머리끈을 풀더니 꽉 조여 다시 묶어주었다. 알고 보니 그 애는 신쟝(新疆)의 농촌개척단으로 가게 되어 일부러 작별인사를 하러 온 것이었다. 새 옷을 입어서인지 아니면 앞날에 살 길이 열려서인지, 그 애의 표정은 많이 밝아 보였다. 여전히 여기저기 환심을 사고 있었지만, 결코 비천해 보이지 않았다. 그 애는 사람들에게 말했다. 내일 아침에 북쪽 기차역에 가서 기차를 탈 거예요. 밤낮으로 꼬박 이레가 걸린대요. 지금 입고 있는 군용 홑옷 외에, 군용 솜옷과 외투, 겨울 내복 상의와 하의도 주고요, 솜이불, 면담요, 물 주전자, 도시락, 손전등도 준대요. 매달 월급을 주는데, 일 년에 한 번 올려줘요. 신쟝에는 하미과랑 바이란과, 포도가 많이 나서 마음껏 먹어도 된대요. 청산유수처럼 쏟아 내는 그 애의 이야기에 사람들은 모두 빨려들었다. 상하이 번화가의 이들, 보수적인 시민의 눈에 신쟝은 위험한 곳이고, 국경을 지키는 병사와 병역에 종사하는 범죄자들이나 가는 곳이었다. 그러나 이 시각 이곳에는 신기한 불빛이 환하게 피어나고 있었다. 타오쉐핑의 삶은 이로부터 희망으로 가득 차기 시작하였다.

7# 치 사부

사실 푸핑은 진즉부터 눈치채고 있었다. 주택관리소의 치(戚) 사부가 집을 수리하러 왔을 때, 할머니의 표정이 평소와는 다르다는 것을.

풍채가 좋은 중년의 치 사부는 상고머리에 짙은 남색의 작업복을 입었으며, 기다랗고 네모진 얼굴을 하고 있었다. 그는 웃고 떠드는 일이 거의 없지만, 얼굴은 대단히 선량해 보이는 과묵한 사람이었다. 이 집에서 뭐든 고장 나면, 할머니는 곧바로 그를 찾았다. 그 역시 기꺼이 달려와 만족스럽게 수리를 해놓았다. 게다가 그는 스스로 일거리를 찾아 수리해주기도 했다. 한 번은 수세식 변기를 수리하다가 바닥의 타일 몇 조각이 떨어진 것을 보고는 이를 머릿속에 기억해두었다. 낡은 집의 장식 부품은 차츰 생산되지 않기 마련이었다. 이 모자이크 타일은 육각형으로 비교적 작고 두꺼워서 이후에 생산된 모자이크 타일 규격과는 완전히 달랐다. 치 사부는 이웃의 낡은 집에서 일을 하면서도 이걸 잊지 않았다. 어느 집에서 욕실 바닥을 바꿀 때, 그는 떼어낸 모자이크 타일 몇 조각을 남겨두었다가 이곳에 가져와 맞추어보았다. 몇 차례나 맞추어보아도 맞지 않았지만, 그래도 그는 포기하지 않았다. 나중에 비슷한 조각 몇 개를 구해 끈기 있게 줄칼로 갈더니 똑같은 크기와 모양을 만들어 끝내 수리에 성공했다. 그동안 치 사부는 이곳에 올 때마다 아무 말도 하지 않은 채 호주머니에서 모자이크 조각 몇 개를 꺼낸 다음, 쪼그려 앉아 맞추어보았다. 조각이 맞지 않으면 말없이 일어나 잠시 멈춰 섰다가 자리를 떴다. 할머니는 그와 등진 채 자기 일만 하고 있었다. 마치 사람이 들어와 있는 줄 모르는 듯했다. 그러다가 치 사부가 가고 나서야 몸을 돌렸다.

언젠가 한 번은 주방의 바닥이 망가져서 치 사부가 잇달아 며칠 수리하러 왔다. 평소처럼 그는 들어와 아무 말 없이 공구가방을 바닥에 내려놓고서 몸을 숙여 일을 했다. 정오가 가까워지자 일어나 나갔다가, 오후에 다시 왔다. 할머니도 늘 하던 대로 몸을 등진 채 손과 발을 부지런히 놀리면서 일을 했지만, 이전보다 말도 많고 목청도 높았다. 사람이 훨씬 활달해진 것 같았다. 해 질 무렵, 일을 마친 치 사부가 공구를 정리하고서 작은 걸상에 앉아 담배 한 대를 천천히 피웠다. 할머니는 그 곁에서 바닥에 쌓인 톱밥과 못쓰게 된 못을 쓸었다. 이때는 분위기가 느긋하였으며, 할머니도 안정을 되찾았다. 치 사부는 여전히 아무 말 없이 천천히 담배를 피웠다. 담배를 다 피우자, 그는 자리에서 일어나 나갔다. 할머니는 손에 든 빗자루를 내려놓고서 몸을 돌려 방으로 돌아갔다. 뒷골목으로 비쳐 들어온 석양이 주방 한구석을 비추었다. 바닥에 새로 깔린 나무 조각은 나무 본래의 옅은 노란색으로, 그 위에 진회색의 둥근 못이 박혀 있는데, 새카매진 낡은 바닥 중간에 돋보인 채 한층 깨끗하고 산뜻해 보이고, 나무의 향긋한 냄새를 솔솔 풍겼다.

 치 사부는 목수 출신이었다. 푸둥(浦東) 시골 사람들 가운데에는 목공을 배운 이들이 많았으며, 어지간히 배우고 나면 바로 푸시(浦西)인 상하이로 가서 일을 했다. 치 사부의 아버지는 오랫동안 목수로 일해 왔는데, 먼저 상하이로 왔다가 나중에 그를 데려갔다. 아버지가 데려갈 때 아직 어린애였던 그는 공부를 몇 년 더 하느라 목공 기술을 달리 배우지도 못했지만, 아버지를 따라다니면서 어깨너머로 기술을 배워 익혔다. 아버지는 외국인 아파트에서 일을 했는데, 목공 외에 상수도와 난방, 전기배선 등도 거들었다. 그는 아버지를 따라다니며 이것저것 기술을 익혔다. 이 분야의 기술자들은 이렇듯 정교함을 따지기보다는 이것저것 두루 뭐든 조금씩은 할 줄 알아야만 했다. 뭐든 조금씩밖에 하지 못한다는 것이 문제라면 문제였다. 그래서 치 사부가 말은 어눌해도 눈치는 아주 빨라 아버지보다 훨씬 나았는지라, 한눈에 문제점이 무엇인지 알아낸 뒤 이에 대한 처방을 내렸다. 1949년 이후 부동산이 국유화되자, 치 사부는 곧바로 주택관리소에 들어가 수리를 담당했다. 당시 이미 노령으로 일을 그만둔 아버지는 고향으로 돌아가, 평생 쌓은 돈과 기술로 시골에 이 층짜리 집을 짓고, 홍목 가구세트도 손수 짰다. '토지개혁'으로 분배받은 땅이 몽땅 농업사(農業社)로 편입되자, 일할 수 있으면 일하러 가서 돈벌이를 하고, 일할 수 없으면 집에서 편히 쉬었다. 어쨌든 아들이 상하이에서 부쳐준 월급으로 식량을 샀다. 자유로이 경작할 수 있도록 남겨준 자류지(自留地)에는 과실수와 채소를 심어, 아무 때고 따서 먹었다. 생선이나 고기를 살 돈도 늘 있었고, 술을 사 마실 돈도 있었다. 아버지는 만년의 복을 누리면서 그저 한 가지 일만 기다렸는데, 바로 손자를 안 아보는 것이었다.

치 사부는 외아들이었다. 그가 스무 살 때 집에서 색시를 얻어주었는데, 세상에서 흔히 하는 말로 '푸둥댁'이다. 푸둥댁은 치 사부보다 네 살이 더 많았으며, 결혼을 한 뒤 치 사부를 따라 상하이로 왔다. 그제야 그의 아버지는 마음 놓고 고향에 돌아가 노후를 보냈다. 치 사부는 상하이의 바셴챠오(八仙橋)쪽에 살았다. 석고문(石庫門)*의 집으로, 서쪽 곁채 한 칸이 자기 집이었다. 본래는 전세인에게 다시 세를 들었는데, 지금은 주택관리소에 방세만 내면 되었다. 목공을 할 줄 알았기에 그는 낡은 이 집을 아주 깔끔하게 정리했다. 바닥, 문, 그리고 창 모두를 수리했다. 썩어버린 부분은 새로운 목재로 바꾸었고, 빗장, 돌쩌귀, 경첩, 열쇠 등도 새것으로 바꾸었다. 이리하여 빈틈없이 꼼꼼하고 반듯하게 손을 보았다. 게다가 유달리 정갈했던 그의 아내는 창에 흰 꽃무늬 커튼을 달고, 침대에는 흰색 침대보를 깔았다. 옷장과 탁자, 걸상과 바닥은 소다수로 빛이 나도록 닦았고, 벽은 아교를 섞은 석회수를 발라 눈이 부시도록 희었다. 들어가 보면 너무도 정갈하여, 으스스한 기운마저 느껴졌다. 자세히 들여다보면, 이처럼 지나치게 깨끗한 데에도 그럴만한 이유가 있음을 알 수 있었다. 바로 이 집에는 어린아이가 없다는 것이다. 그들은 결혼한 지 여러 해가 되었지만, 아이를 갖지 못했다. 처음 몇 년 동안은 의사도 찾아다니고 약도 구해보았으며, 온갖 민간 처방을 써보느라 벌써 7, 8년이나 흘렀지만 도무지 희망이 없었다. 아버지도 단념을 하고서 아들 내외를 위해 시골에서 아이 하나를 구했다. 말로는 아들 내외를 대신해 키운 다음 상하이로 보내겠다는 것이었다. 하지만 상하이의 아들 내외가 고향

---

* 석고문(石庫門) 혹은 석굴문(石窟門)은 상하이의 특색을 가장 잘 보여주는 민간 주거양식으로서, 석재로 문틀을 만들고 검은 옻칠을 한 두터운 나무로 두 개의 문짝을 만들며, 문틀의 가로대에는 각종 도안으로 장식한다. 가옥은 대부분 벽돌과 나무로 지은 이층 층집이며, 바깥담은 붉은 벽돌로 쌓아 두른다. 가옥 내부는 흔히 삼합원 혹은 사합원의 구조를 따르며, 양쪽에 곁채를 두고 가운데에 뜰을 배치한다.

에 가서 그 아이를 보았지만, 도무지 마음에 들지 않아 정이 가지 않았다. 아이도 그들 부부를 낯설게 여겼다. 도저히 상하이로 데려갈 수 없겠기에, 그냥 아버지 집에서 지내도록 했다. 아이가 열서너 살이 되었을 때 시골의 아버지는 그에게 목공일을 가르쳐볼 생각이었으나, 결국은 자기의 씨가 아니어서 그런지 도무지 귀가 트이지 않자 그만둘 수밖에 없었다.

다행히 상하이라는 곳은 맏아들을 중하게 여기지 않아서, 아이를 낳아 기르지 않아도 그리 심각할 게 없고 심리적 압박을 크게 느끼지도 않았다. 이 부부의 생활은 비교적 여유롭고 한가했다. 오래 지나다 보니 자식 생각도 나지 않았다. 다만 치 사부가 과묵한 데다 천성이 내성적이다 보니, 교제에 서툴러 친구가 별로 없었다. 이런 사람에게는 식구가 가장 필요한 법인데, 집안 식구라곤 그저 아내뿐이라 단출하기 그지없었다. 치 사부와 그의 아내는 그런대로 사이가 좋은 편이었으나, 그렇다고 열정적이지는 않았다. 어쨌든 할 말도 별로 없는 데다 아이조차 없으니 입씨름할 구실조차 없었다. 그리하여 참으로 우울한 세월을 보낼 수밖에 없었다. 치 사부는 그의 아버지처럼 술을 밝히지도 않았고, 별다른 취미도 없었다. 그래도 손재주에 흥미가 있는 편이라, 출근하는 날 외에도 이웃들이 뭘 좀 해달라고 부탁하면 언제든지 달려가 흡족하게 처리해주곤 했다. 그 때문인지 친구들은 없어도 인간관계는 썩 좋은 편이었고, 모두들 그를 호인이라고 평했다. 다만 이 호인의 일상은 너무도 단조롭고 덤덤했다. 매일 아침, 그는 주택관리소로 가서 출석 보고를 하고 수리목록표를 받아든 뒤 이집저집으로 다니면서 일을 했다. 그러다 정오가 되면 집에 돌아와 점심을 먹은 뒤, 침대에 모로 누워 십 분 정도 눈을 붙였다가 다시 집집을 돌며 일을 하다 날이 저물면 일을 마치고 집으로 돌아왔다.

요즘 그의 일감은 훨씬 복잡해졌다. 전에는 아파트에서 대부분 상수도관이나 전등, 창문 그리고 엘리베이터 등을 수리하는 것이 대부분이었다. 그러나 이제는 해야 할 일의 범위가 넓어졌다. 일손이 달릴 때에는 구식 골목집에 천장판이 무너지면 달려가 붙여야 했고, 하수도가 막히면 가서 뚫어야 했다. 또 판잣집들도 그들의 관할이어서, 여름 장마철만 되면 지붕에 올라가 기와를 보수해야만 했다. 그는 이제껏 일을 가려본 적이 없었다. 그저 가서 하라는 일은 무엇이든 다 했다. 그는 손재간이 있는 일만 하려는 사람들과는 달랐다. 관리소 아래 구역의 주민들 모두 그를 알고 있었고, 그를 '치 사부, 치 사부'라고 불렀다. 이럴 때면 치 사부는 가슴이 뜨거워지는 느낌을 받았으며, 미간에는 기쁨이 흘러넘쳤다. 어린애들이 어른들 손에 이끌리면서 그를 부를 때, 그는 난처해져 어찌해야 좋을지 몰랐고, 아이들이 두려운 듯 눈을 들어 얼굴조차 쳐다보지 못했다. 그는 자기가 사실 아이들을 좋아한다는 걸 깨닫지 못했다.

치 사부는 급한 일로 야간작업을 해야 하는 경우 외에는 주로 낮에 일을 했다. 집 주인집에는 대부분 노마님이나 보모, 유모가 어린아이를 돌보았다. 그는 말주변이 없는지라 곧장 일하는 곳으로 달려갔다. 그에게 어디가 고장이 났는지, 수리할 수 있는지, 또 오늘 안으로 마칠 수 있는지를 물으면, 그저 간단하게 '예'와 '아니오'로만 대답할 따름이었다. 그러면 묻는 이도 할 말이 없는지라 자리를 떠버리면, 치 사부만 남겨지곤 했다. 다시 돌아와 보면 이미 일을 마친 치 사부는 일하던 곳을 깨끗하게 정리하고 옮겼던 물건을 제자리로 가져다 놓은 뒤 자리를 떴다. 사람들은 그의 성격을 알기에 굳이 그에게 어색하게 말을 붙이지 않았으며, 그에게 온전히 일을 맡긴 채 아무 걱정도 하지 않았다. 자기들이 해야 할 일을 뭐든 하면서 거리낌 없이 이런저런 이야기로 떠들어댔다. 어쨌든 그는 과묵한 사람인지라 조금도 거치적거릴 게 없었기 때문이다. 사실 그는 그들이 떠들어대는 소리를 듣지도 않았고, 들려도 귀담아듣지 않았다.

그러던 어느 날, 뜻밖의 상황이 발생했다. 치 사부가 어느 집의 욕실에서 욕조의 배수구를 설치하는데, 욕실 밖은 뒷문으로 통하는 통로였다. 통로에 여자들 몇몇이 모여 속닥속닥 이야기를 나누고 있었다. 그런데 갑자기 흑흑 흐느끼는 소리가 그의 귓가에 들렸다. 치 사부는 신경이 쓰여 자기도 모르게 귀를 곤두세웠다. 가만히 들어보니 흐느끼는 목소리로 고충을 털어놓고 있었는데, 그녀에게 아들이 없어 친척들이 업신여긴다고 하소연하는 것이었다. 치 사부는 자신의 생활이 너무나 따분한 데다, 다른 사람들이 어떻게 사는지 사실 거의 신경도 쓰지 않았다. 사실 그는 경험이 많지 않아 좋은 일이든 슬픈 일이든 아는 게 너무나 적었다. 이때 그녀의 원망에 찬 하소연을 듣고서, 그는 자신도 모르게 인생사의 염량세태를 깨닫고서 가슴이 저렸다. 그는 배수구 공사를 마친 후 물을 틀어 물이 잘 빠지나 살펴보고, 내친김에 욕조를 한 차례 씻어낸 다음 공구를 정리해서 밖으로 나왔다. 그 여인들 곁을 지나면서 그의 눈은 여인들 가운데 울어 통통 부은 한 쌍의 눈을 찾아냈다. 그 부은 눈이 치 사부를 슬쩍 쳐다보았다. 눈가에 움푹 패인 그녀의 눈초리는 가늘고 길었다.

보름 뒤, 그는 다시 이 집에 오게 되었다. 삼 층의 바닥 모서리가 망가졌던 것이다. 그가 뒤꼍을 따라 들어가자, 뒷문 왼쪽에 북향한 부엌이 있었다. 그곳에 한 여자가 문을 등진 채 식탁 가에 서서 채소를 썰고 있었다. 채소 칼은 빠르고도 고르게 도마를 두드리면서 경쾌한 소리를 냈다. 여자가 발걸음 소리를 듣더니 몸을 돌렸다. 그 순간 그는 도마 위에 가지런히 썰어진 당근을 보았다. 여자가 몸을 돌리는 김에 손을 내밀어 당근 조각을 집어 입에 밀어 넣었다. 그녀의 귀에 매달린 금귀걸이 한 쌍이 몸을 돌리는 바람에 달랑달랑 흔들거렸다. 홍당무의 선명한 붉은색과 금귀걸이의 금빛은 여자의 검은 머리칼과 황백색의 두 턱진 얼굴을 더욱 돋보이게 하였다. 몸에 걸친 인단트렌 윗도리의 화사한 색깔이 아름답게 그의 눈에 들어왔다. 그는 그 여자를 알아보았다.

방금 말했다시피, 치 사부의 생활은 따분했다. 그가 견식이 없다고 말할 수는 없지만, 자기가 보고 들은 것은 자기와 아무 상관이 없는 것들이라 이제껏 이런 것의 속뜻을 깊이 헤아려 본 적이 없었다. 그날 그가 그 여자의 생활을 슬쩍 들여다본 것도 사실은 대단히 표면적이었다. 하지만 치 사부의 입장에서 보자면, 그것은 꽤나 깊이 들어간 것이었다. 그의 마음속에 동정심이 솟구치는 바람에 얼마간 헤어 나오지 못하고 있었던 터였다. 이번에도 여전히 치 사부는 그 여자에게 말을 걸지 않았다. 나중에 치 사부는 이 번지수의 집을 두 번이나 다녀갔지만, 그 여자와 마주치지는 않았다. 이웃 사람들의 이야기를 들어보니, 주인집 아이를 데리고 치과에 갔다고 한다. 이제 그는 다른 사람들이 늘어놓는 잡담을 주의 깊게 듣게 되었다. 그는 그 집 문을 나서며 뭔가 실망스런 느낌이 들었다. 통로를 바라보니 담벼락에 붙어 조그마한 의자가 놓여 있었다. 어린아이용이었다. 의자에는 반짇고리가 놓여 있고, 그 안에는 절반쯤 꿰맨 옷감이 들어 있었다. 짙은 남색 바탕에 자잘한 흰색 꽃들이 새겨져 있었다. 느슨하게 뭉쳐 있는 옷감은 탄탄하고 뻣뻣하며 산뜻해 보였다. 그는 막연히 그것이 그 여자의 것이리라 생각했다.

일은 너무도 갑작스럽게 일어났다. 너무 갑작스러워 치 사부는 대처할 겨를도 없었다. 일요일 오후, 치 사부가 골목 어귀에서 담배와 성냥을 사고 있는데, 뒤에서 누군가 '치 사부' 하고 부르는 소리가 들려왔다. 돌아보니 바로 그 여자였다. 그 여자가 말했다. 치 사부, 알고 보니 여기 사시네요! 치 사부가 말했다. 네, 잠시 들어오실래요? 그래서 여자는 그를 따라 골목으로 들어섰다. 여자는 느긋하게 양쪽의 석고문을 바라보고 있었다. 문은 대개 열려 있거나 반쯤 열려 있어, 단출한 앞뜰이 드러나 보였다. 곱고도 아름다운 햇빛에 옷 그림자가 나풀거렸다. 여자가 치 사부에게 말했다. 오늘은 주인집 식구들이 초대를 받아 외출하기에, 나도 고향 사람들과 놀려고 나왔어요. 고향 사람이 바로 바셴챠오(八仙橋)에서 더부살이하고 있는데, 치 사부와 이렇게 가까이 살고 있네요. 여자가 말을 이었다. 그런데 생각지도 않게 고향 사람이 외출해 버렸네요. 어디로 가야 할지 모르겠어요. 여자의 말투는 상하이 말씨가 섞인 쑤베이(蘇北) 사투리였다. 치 사부는 쑤베이 사투리와 상하이 말투의 차이를 구분할 수 없었으나, 그저 이 여자의 말투가 좀 나긋나긋하고 끝소리가 노래하는 듯하다고 느낄 따름이었다. 치 사부는 그저 듣고만 있을 뿐이었지만, 대답은 평소보다 활기찼다. 여자는 치 사부를 따라 후문으로 들어가 안마당을 지났다. 안마당 가장자리는 벽을 따라 이끼가 자라나 있고, 나란히 늘어선 두 개의 두레박 외벽에도 이끼가 피어 있었다. 시멘트 평대 위에 분재된 화초가 놓여있는데, 월계수 꽃이 활짝 피어 있었다. 햇빛이 좋아 사방의 창문턱마다 이불을 널어 말렸고, 안마당 위에도 여기저기 대나무 막대에 옷을 널어 말리고 있었다. 오후 한두 시, 안마당에는 햇빛이 가득 쏟아져 내렸다. 인적조차 끊겼다. 골목 바깥쪽 한길에서 들려오는 도시의 소음도 막을 한 겹 사이에 둔 듯 부드러워졌다. 치 사부는 여자를 앞세우고서 계단을 올라갔다. 계단은 꽤 가파른지라 여자의 발이 마치 치 사부의 머리를 밟는 것만 같았다. 그는 신발 바닥에 바느질한 꽃무늬와 신발 안쪽의 살색 양말을 보았다. 계단을 올라간 여자가 멈추어 서더니, 뭔가를 묻는 양 고개를 돌려 치 사부를 바라보았다. 그의 집에 다 왔냐는 시늉이었다. 계단 입구는 대단히 비좁았다. 치 사부는 그 여자의 몸을 비집고 지나 열쇠를 더듬어 문을 열었다. 여자의 몸 내음이 코를 찔렀다. 부드러우면서도 뜨거운, 화장품 크림의 달콤한 향기 속에 깊이 감추어진 새콤한 몸내음이었다. 드디어 그가 문을 열고 여자를 먼저 들어가게 한 뒷문을 닫았다. 스프링 자물쇠가 찰칵 부딪치는 소리를 냈다. 이 소리에 그는 소스라치게 놀랐다. 몸에서 갑자기 진땀이 났다. 그는 생각할 겨를도 없이 뒤에서 여자를 껴안았다. 여자가 몸을 돌렸다. 창틀 뒤쪽에서 한 줄기 햇빛이 여자의 한쪽 눈을 비추었다. 눈언저리의 피부가 몹시도 육감적이었다. 그 한쪽 눈이 마치 짐승의 눈처럼 빠르게 한 차례

깜빡거렸다.

　나중에 여자는 다시 치 사부 집에 갔다. 일요일, 혹은 남자의 아내가 푸둥으로 가는 날 밤이었다. 여자는 즐겨 말하곤 했다. 당신은 참 좋은 사람이에요! 그리고는 거울을 보고서 머리를 빗었다. 당시 여자는 아직도 올린 머리를 하고 있었다. 여자는 긴 머리카락을 느릅나무의 대팻밥 물로 곱게 매만져 머리에 찰싹 붙게 쓰다듬었다. 더욱 단단하게 하려고 정수리에 끈을 묶어 입으로 물었다. 가지런히 빗은 머리카락을 머리 뒤쪽으로 납작하게 비녀를 틀고 머리그물 망으로 덮고서 철핀 몇 개를 꽂은 다음 끈을 느슨하게 했다. 치 사부는 여자가 빗질하는 것을 보면 마음이 두근거렸다. 여자가 옷의 단추를 채우는 것도 그는 멍하니 바라보았다. 옷깃이 비스듬한 베 홑옷에 길쭉한 단추였다. 여자는 한쪽 팔뚝을 들어 올린 채 다른 한쪽 팔뚝을 그쪽 겨드랑이 아래로 뻗어 하나하나 채워나갔다. 목둘레에 있는 단추가 마지막으로 채울 단추였다. 여자는 두 손을 들어 목둘레의 옷깃을 바짝 조이고서 겨우 채웠다. 이렇게 해서 여자는 다시 단정하고 모범적이며 정갈하게 바뀌었다. 치 사부는 일상의 무미건조한 삶에서 마침내 달콤함을 맛보게 되었다. 하지만 얼마 지나지 않아 이 달콤함은 인생의 고달픔으로 바뀌었다.

　이날, 여자가 왔다. 바로 남자에게 가지 않고 그의 맞은편 의자에 앉았다. 두 손을 겹쳐 한데 모은 무릎 위에 놓은 모양새가 대단히 엄숙해 보였다. 그리고는 그에게 임신했다고 말했다. 남자는 이 말의 의미를 차츰 분명히 알게 되었다. 처음에 평온하던 남자는 이내 흥분하였다. 그는 손을 비비면서 방 안을 왔다 갔다 했다. 방이 비좁다 보니 자꾸만 뭔가에 부딪쳤지만, 그는 느끼지도 못한 모양이었다. 그런 남자를 보면서 여자는 그가 걱정하고 있다고 여겼지만, 의외로 그는 웃고 있었다. 웃음 띤 얼굴은 그의 얼굴에 평소 보이지 않던 주름을 그려내어, 얼굴이 변한 느낌마저 주었다. 여자는 남자가 자기 생각을 밝힐 때까지 오래도록 기다렸다. 도저히 참을 수 없게 되자 탁자를 한 번 내리쳤지만, 남자는 듣지 못했다. 여자는 울컥하여 말했다. 이 죽일 놈을 없애버릴 거야. 뜻밖에 치 사부는 아주 민첩하게 몸을 돌리더니 손을 내뻗어 가로저으면서 말했다. 안돼! 뭐가 안돼? 여자가 윽박지르듯 물었다. 치 사부는 또다시 손을 문지르기 시작했다. 여자는 치 사부의 심중을 알 길이 없었다. 사람이 낯설어 보이기조차 했다. 화가 치민 여자는 몸을 일으켜 나갔다. 계단을 밟는 소리가 탕탕탕 울렸다. 계단 입구의 문 몇 곳의 벌어진 틈새로 이 층에서 내려가는 여자의 모습이 보였다.

 두 사람의 일은 치 사부의 아내도 대충 알고 있었고, 이웃들에게도 금방 들통이 나게 될 일이었다. 그래서 치 사부는 아내에게 그 여자 몸에 그의 아이가 생겼으니 준비를 해두라고 말했다. 화가 치민 아내는 울음을 터뜨렸다. 남편과 침대를 따로 쓰기도 하고, 또 푸둥 친정집에 돌아가 있기도 했다. 그러나 마침내 이 아이를 달라고 하기로 마음먹었다. 어쨌든 반절은 내 골육이니까. 마음을 정하고 나자, 마음이 한결 가라앉았다. 본래도 여보당신하며 금실이 좋았던 사이는 아니었지만, 끼니 걱정을 함께하였던 일도 그들에게는 없었다. 그래서 원래의 상태로 돌아가는 것이 뭐 그리 어려운 일은 아니었다. 이제 아이까지 생겨 그들을 향해 손짓을 하고 있으니, 오히려 앞길에 서광이 비치는 셈이었다. 아내는 남몰래 감격스러운 기분까지 들었다. 누군가 자기들을 위해 자식을 낳아준다는 감격이었다. 그런 뒤, 치 사부가 그 여자를 찾아가 그들의 결정을 알렸다. 그들 부부가 상의한 결과, 여자를 데리고 푸둥에 가서 아이를 낳도록 하겠다. 먼 친척뻘이니 무슨 상관이 있겠느냐? 아이를 낳으면 우리에게 넘겨주고 각자 제 갈 길로 가고, 앞으로 서로 남남이니 상관하지 말자.

치 사부는 쇠창문의 손잡이를 바꾼다는 구실로 그 여자가 있는 곳에 갔다. 남자는 오후 한 시에 맞춰 갔다. 이웃들은 식사를 마치고 낮잠을 자고, 어린아이들도 오후 수업을 들으러 다시 학교에 갈 시간이었다. 지난번에 여자가 그의 집에 와서 임신한 사실을 알린 때로부터 어느덧 한 달이 흘렀다. 이번 달에 만나지 못했는데, 아주 오랫동안 떨어져 지낸 듯하였다. 그가 갔을 때, 여자는 조그마한 의자를 붙든 채, 방 앞 꽃밭의 섬돌 위에서 양은냄비를 닦고 있었다. 여자는 어디선가 삼태기 반쯤의 모래를 구해 냄비를 윤이 나도록 닦고 있었다. 머리 위에 내리쪼이는 태양 아래, 모래는 유독 선뜻하게 노란 빛깔을 비쳤다. 여자의 검은 머리카락과 쪽빛 적삼, 흰 양말 역시 유난히 산뜻하고 아름다웠다. 치 사부의 마음이 저도 모르게 두근거렸다. 그간의 많은 일들이 머리를 스쳐 갔다. 사실 이 일들이 일어난 건 그리 오래되지 않았지만, 무척 오래전의 일로만 느껴졌다. 이제 남자는 마음속으로 여자와 상의할 중요한 일을 헤아려보았다. 치 사부는 세상 이치에 밝은 사람이 아니라, 그들 부부의 결정이 여자에게 어떤 영향을 미칠지 제대로 알지 못했다. 그리하여 별로 대수롭지 않게 자기들의 계획을 송두리째 이야기했다. 고개를 숙인 채 듣고 있던 여자는 손에 거칠게 힘을 주더니, 냄비 표면을 박박 문질렀다. 남자가 하는 말을 다 듣고 난 뒤 한참 후에 여자가 웃으며 말했다. 당신들은 한마음이 되었네요! 치 사부는 여자의 뜻을 헤아리지 못했다. 다만 여자의 웃음이 처량하다고 느꼈다. 남자는 더 이상 묻지 못하고, 일을 마친 뒤 떠났다.

치 사부가 이번에 와서 이런 계획을 말하지 않았더라면, 여자는 어쩌면 이렇게 마음먹지는 않았을 것이다. 어쨌든 핏덩이가 자기 몸에서 자라고 있었으니까. 하지만 치 사부가 신난다는 듯 와서, 의기양양하게 자기 멋대로의 계획을 알려주자, 이건 사람을 속이는 거나 진배없다는 생각이 들었다. 그날 밤, 여자는 뤼펑셴에게 눈물 바람을 하였다. 나도 아들이 없는데, 지들한테 아들을 낳아 달라구? 내가 봉 노릇 할 것 같아! 그런 뒤 여자는 주인집에 맹장염이라고 거짓말을 하고서 병원에 가서 수술을 해버렸다. 뤼펑셴이 여자를 대신해서 집안일을 해주고, 병원으로 밥을 나르며 수발을 들었다. 그리고 쉬자후이(徐家匯)에 있는 먼 친척 집을 물색해 여자가 이틀간 요양하도록 해주었다. 이 일은 뤼펑셴 혼자만 아는 일이었으나, 세상에 바람 스며들지 않는 담벼락이 없듯이, 뤼펑셴의 입이 아무리 두꺼워도 일은 천천히 새나갔다.

애를 지워버리고 나자, 치 사부는 더욱 말이 없어졌다. 언젠가 푸둥집에 가서 아버지가 자기를 위해 데려온 그 아이를 보았다. 벌써 중학교를 졸업한 아이는 반 어른이 다 되어 있었다. 아이는 대단히 잘 생겼는데, 신기하게도 자기처럼 말이 없었다. 아이는 목수 일을 배우려 하지 않고 공부도 그저 그랬는데, 살아있는 생물 기르기를 좋아했다. 비둘기 몇 마리와 토끼, 고양이와 개를 길렀다. 여름철에는 온 집에 온통 구구구 하는 소리와 방울벌레 울음소리로 가득 찼다. 그래서 위아래 두 층으로 이루어진 이 집은 사람이야 많지 않았지만 상당히 떠들썩했다. 이른 아침 치 사부가 침대에 누워있노라니, 아이가 퉁탕거리며 옥상에 가서 비둘기 집을 열고 비둘기를 불러내는 소리가 들렸다. 그 발걸음 소리와 부르는 소리 모두 생기가 넘쳐흘렀다. 드디어 어느 날, 치 사부는 아이를 상하이로 데려갔다. 치 사부는 아이에게 비둘기 한 쌍과 개한 마리만 데려가도록 허락했다. 이른 아침 안개가 채 개기도 전에, 연락선 부둣가로 가는 길에 아버지와 아들 두 사람이 걸어가고 있었다. 아버지는 큰 보따리를 짊어지고, 아들은 작은 보따리를 짊어졌다. 아들의 품에는 누렁이 한 마리가 안겨 있고, 어깨에는 비둘기 한 쌍이 앉아 있었다.

8# 할머니와 손자며느리

시간이 흘러 치 사부와 그 여자 모두 나이가 들었고, 과거의 일도 담담해졌다. 어쩌다 한 번, 문득 마음이 동했는지 치 사부가 여자에게 말했다. 당신을 아내로 맞고 싶은데, 방법이 없네. 여자는 이 말을 듣자마자 화를 냈다. 당신이 나를 아내로 맞는다고? 당신이 나를 얻을 수나 있을까! 여자는 침대 머리맡의 상자 자물쇠를 따고서 상자 뚜껑을 열더니, 밑바닥에서 작은 주머니 하나를 끄집어내 침대 위에 쏟았다. 금으로 만든 반지와 골무, 황금 자물쇠, 말굽 모양의 금은덩이 두 개, 또 귀에 늘어뜨리는 귀걸이 한 쌍을 한데 내던지면서 여자가 말했다. 당신이 무엇으로 나를 취하려고요? 여자의 윗입술이 비웃음으로 인해 더욱 들추어졌다. 여자의 모습이 사나우면서도 처량해 보였다. 치 사부가 다가가 여자가 귀걸이 거는 것을 도와주려고 서툰 몸짓으로 머리카락을 어루만졌다. 여자의 머리카락은 이미 짧게 묶어 귓등에 가지런히 하였는지라 별로 많지도 않았다. 바로 그때, 푸핑이 들어왔다. 두 사람 모두 얼굴에 난처한 기색이 역력했다. 치 사부는 금귀걸이를 내려놓고 자리를 떴다.

할머니는 침대 가에 앉아 천천히 귀걸이를 달았다. 그녀는 금빛으로 반짝이는 몇 가지 물건을 바라보면서 푸핑에게 말했다. 너도 와서 보렴. 푸핑은 꼼짝도 하지 않은 채, 창문 밖의 밝은 빛에 비추어 바늘귀를 꿰었다. 할머니가 웃으며 다시 말했다. 와보라니까. 할머니가 평생 모은 걸 보렴. 할머니는 푸핑이 오든 말든 상관없이, 이 금붙이들의 순도와 디자인, 값어치에 대해 구구절절 설명을 늘어놓았다. 푸핑은 조금씩 몸을 돌렸다. 여전히 다가가지는 않았지만, 눈으로 보고 귀로는 듣고 있었다. 할머니는 물건 하나하나를 주머니에 주섬주섬 주워 넣은 후 말했다. 나는 팔자가 드세서 결국은 자신을 의지해야만 했어. 바늘 하나도 내 힘으로 얻은 거야. 할머니는 자리에서 일어나 물건을 상자에 넣은 후 다시 잘 잠그고서 말을 이었다. 네 남편감을 손자 삼은 건 내 노후를 위해서야. 너희도 손해 보는 건 아니야. 못 믿겠으면 네 시어머니한테 물어봐라. 손자에게 네 시어머니가 쓴 돈이 많은지 내가 쓴 돈이 많은지 말이다. 이 말은 몹시 귀에 거슬렸지만, 거침없이 내뱉듯 쏟아내는지라, 푸핑은 무슨 상처를 입었는지조차도 미처 느끼지 못했다. 무슨 '남편감'이니 '시어머니'

니, 이런 말들은 내버려두기는 하지만 듣고 싶지 않았다. 하지만 지금 할머니의 말에 훨씬 중요한 의미가 담겨 있으니, 그런 단어들이야 뭐 대단찮은 것들이었다. 할머니가 고개를 돌려 보니, 푸핑은 창문 앞에 멍하니 서 있었다. 푸핑에게 이곳에서의 며칠간이야 복을 누린 거라 하겠지만, 살이 붙기는커녕 오히려 약간 여위었으며 말수도 줄었다. 걱정거리가 얼마나 많이 있는지는 모르겠지만! 할머니가 한숨을 내쉬며 말했다. 손자는 성깔이 없는 애야. 걔가 널 속이거나 얕볼 리는 없다만, 너도 그 아이에게 뭘 바라지는 말아라. 너도 너 자신을 의지해야 해. 너나 나나 우리 두 사람은 같은 운명인 셈이지. 이 말은 아마 환심을 사려는 의도에서 나온 말이겠지만, 그래도 진심을 담고 있었다. 요 며칠, 할머니는 푸핑이 만만찮은 아이라는 걸 깨달았다.

 이렇게 속마음을 털어놓고 나자, 푸핑과 할머니 사이가 가까워졌다. 어쩌다 할머니가 푸핑에게 손자이야기를 꺼내면, 푸핑도 이전처럼 자리를 뜨는 일 없이 귀를 기울였다. 할머니는 손자를 둔시 아꼈다. 그녀는 머리 정수리 부분만 제외하고 빡빡머리였던 어렸을 적 손자의 모습, 그리고 책보자기를 옆구리에 끼고서 학교에 가던 모습을 떠올렸다. 훗날 성장한 손자는 상고머리로 자르고 한 타래의 앞머리를 치켜세웠다. 워낙 훤하게 잘생긴지라, 사람들은 늘 여자아이로 착각했었다. 할머니가 양자로 들일 때 손자는 막 초등학교를 졸업했는데, 손자는 해마다 우수 학생을 도맡았다. 하지만 집안이 가난하고 형제가 많아 공부를 계속할 수 없었다! 그 날, 손자는 발가락이 드러난 신발을 신은 채 할머니 앞에 서서 아무 말도 하지 않았다. 그 애 엄마가 할머니께 절하라고 아이를 떠밀었다. 절을 올리면 할머니가 중학교까지 공부시켜 줄 거라고 말했다. 아이는 꿈쩍도 하지 않았다. 방울방울 흘러내린 눈물이 땅바닥에 떨어져 내렸다. 할머니는 이렇게 그 아이를 받아들였다. 다시 한 번 할머니가 양저우 고향을 찾았을 때는 어느덧 이태가 지난 뒤였다. 손자가 부두로 할머니를 마중 나와 있었다. 키가 훌쩍 자란 아이는 허약해 보였으며, 여전히 말이 없었다. 아이는 고개를 숙인 채 할머니 짐을 한데 모으더니 멜대에 지고서 앞장섰다. 뒤따르던 할머니는 비틀비틀 짐을 지고 가는 아이를 보며, 그래도 힘은 좀 쓰는구나라고 생각했다. 어쨌든 시골아이니 몸이 아무리 허약하더라도 목숨을 내놓을 정도는 아닐 테지. 할머니의 친딸은 할머니가 손자를 양자들인 것에 대해 몹시 못마땅하게 여겼다. 자기가 할머니를 봉양할 수 있다는 것이었다. 할머니가 말했다. 네게는 시어머니가 계시잖니! 손자를 받아들인 뒤, 딸은 큰아버지 댁 육촌 오빠와 올케에 대해 늘 곱지 않은 말들을 늘어놓았다. 그들이 할머니한테 돈이나 뭔가를 요구할 꿍꿍이를 부린다는 둥, 집을 지을 때 얼마나 펑펑 써대면서 돈 아낄 줄 몰랐다는 둥, 할머니가 아들이 없어 불쌍해서 손자를 양자로 주었다고 남들에게 떠들어댄다는 둥. 이야기가 할머니의 귀에 들어가자, 결국 반응이 있기 마련이었다. 직접 자식 내외와 말다툼을 벌이지는 않았지만, 말이란 소문 나는 게 가장 무서운 일 아닌가? 한 입, 두 입 거치다 보면, 옳고 그른 것 모두 퍼져나가기 마련이다. 하지만 어떤 소문이든 손자와 관련된 일은 하나도 없었으며, 손자에게는 조금도 지장이 없는 것들이었다. 할머니 딸조차도 손자에 대해서는 부정적인 말을 하지 않았다. 손자는 착한 아이였으니까. 가만히 듣고 있노라니, 푸핑의 눈앞에 차츰 손자의 모습과 행동이 떠올랐다. 푸핑은 손자를 변변히 본 적도 없다. 내리뜬 눈에 들어온 것은 그저 나란히 모은 두 발에 흰 양말, 그리고 검정 헝겊신뿐이었다. 푸핑은 그의 목소리도 제대로 들어보지 못했다. 그날 그가 상하이로 보낼 여비 건으로 푸핑의 작은어머니와 몇 마디 말을 나눌 때, 자질구레한 몇 마디만이 귓가를 스쳐 갔을 뿐이다. 그들 고향의 사투리는 본래 섬세하고 부드러운데, 그의 사투리는 한층 더 부드럽고 섬세해서 마치 노래를 부르는 듯하였다.

    어려서부터 친부모가 아닌 사람들 속에서 살아서인지, 푸핑은 사람을 대할 때 늘 신중한 태도를 보였으며, 따라서 사람을 볼 줄도 알았다. 그녀는 한눈에 그가 정말 착하고 순한 사람이라는 걸 알았다. 착하고 순한 이 사람은 이제 할머니의 이야기를 통해 더욱 또렷해졌다. 그는 부모와 형제자매,

그리고 한 무리의 친척들과 갖가지 시시비비를 끌어안은 채 푸핑 앞에 서 있었다. 푸핑은 친척이 어떤 존재인가를, 친척이란 바로 골칫덩어리란 것을 잘 알고 있었다. 그래서 골치가 아플 미래의 모습이 푸핑의 눈앞에 그려졌다. 손자의 착하고 순한 성격은 오히려 약점이 되어, 골칫거리에 발목 잡혀 헤어나오지 못하게 할 것이다. 손자의 따스하고 부드러운 점 역시 결점이 되어, 끊어야 할 것도 끊지 못하게 될 것이다. 푸핑은 손자에게 약간 원망스러운 느낌이 들었다.

그즈음 손자가 할머니에게 편지 한 통을 보내왔다. 주인집 큰아이를 찾아 편지를 읽힌 후, 할머니는 푸핑에게 말했다. 이 편지는 네게 쓴 거로구나. 편지에는 한마디도 푸핑의 이름을 들먹이지 않았고, 구구절절 온통 할머니의 안부를 묻는 것이었다. 상하이의 날씨는 어떠냐, 유행성 질병 따위는 없느냐, 음식은 어떠냐 등을 물었다. 그리고 고향 토산품이 필요하면 할머니한테 부치겠다는 것, 지내시기에 익숙하지 않으면 곧바로 돌아오시고, 할머니의 방은 늘 깨끗하게 치워져 있다는 것, 자기가 집 마당에 몇 그루의 해바라기를 심었는데 큰 꽃받침이 바로 할머니 방 창가에 그림자를 드리우고 있다는 것, 집에서 키우는 병아리가 커서 알을 낳았는데 어머니가 새 달걀을 할머니 드시라고 남겨놓았다는 것, 오리도 아주 실해서 매일 오리 알을 한 바구니씩 거둬들이고, 돼지 또한 살이 올라 할머니가 돌아오시면 잡아먹을 수 있다는 것 등이 씌어 있었다. 할머니가 말했다. 그 아이는 내가 돌아가지 않으리라는 걸 뻔히 알고 있으니, 결국 푸핑 네가 돌아오기를 기다리는 게 아니겠냐? 이건 정이 듬뿍 담긴 편지야. 참 멋지게도 썼구나. 푸핑은 순간 저도 모르게 감동이 되어, 손자에 대한 원망이 애틋하고 그리운 마음으로 바뀌었다.

마침내 할머니는 푸핑에게 돌아갈 일에 대해 이야기를 꺼냈다. 때는 벌써 양력 연말이었다. 할머니는 푸핑이 양저우로 돌아가 설을 쇠야 마땅하다고 생각했다. 할머니가 말했다. 할머니가 너를 여기에 두지 않으려는 게 아니고, 외지에서 설을 쇨 사람이 누가 있겠느냐? 나 같은 사람이야 아직은 일할 수 있으니 주인집 식구라 할 수 있지만, 넌 나를 본받아서는 안 되지. 푸핑이 고개를 숙인 채 말이 없자, 할머니가 다시 떠보듯 말했다. 나도 네가 네 작은어머니네를 좋아하지 않는다는 걸 안다. 설에 손자와 혼례를 치르는 것도 좋지. 네 시어머니도 편지에 두 차례나 이 일을 꺼냈단다! 푸핑이 얼굴을 붉혔다. 할머니는 푸핑이 부끄러워한다고 여겼지만, 화가 나서 그런다는 걸 누가 알겠는가? 푸핑은 마음속으로 말했다. 돌아갈 집이 없어도 할머니 손자 집으로는 가지 않을 거예요. 할머니는 생각나는 대로 말을 이었다. 푸핑, 네가 필요하면 뭐든 할머니에게 말하렴. 내가 뭐든 보내주마. 푸핑이 말했다. 필요 없어요. 할머니는 그제야 푸핑이 화가 나 있음을 알아차렸다. 이날 밤, 할머니와 손자며느리 두 사람은 침대에 누워 각자 생각에 잠겼다. 주인집 두 아이는 곤한 잠에 빠져들어 조용하기 그지없었다. 시곗바늘 소리가 똑딱똑딱 들려왔다. 날은 하루하루 흘러갔다. 두 사람의 마음속에는 수심이 가득했다. 곧 설이 다가올 텐데, 도대체 가는 거야 마는 거야?

상하이의 길거리는 번화가일지라도 이 계절이 되면 몹시도 스산하고 쓸쓸하다. 한파가 닥치자, 가로수 이파리가 우수수 떨어지고, 나부끼던 푸른 잎도 순식간에 누레져 밟으면 바스락거리는 소리를 냈다. 주인집 두 아이는 유독 누렇게 마른 낙엽 밟기를 좋아했는데, 낙엽 밟는 소리에 신이 나 깡충깡충 뛰었다. 아이들의 환호성 속에서도 거리는 점점 황량해졌다. 햇빛도 빛을 잃고 음산해졌다. 행인도 줄어들었고, 간혹 있더라도 총총히 가는 길을 서둘렀다. 가게들은 전과 다름없이 문을 열었지만, 장사는 잘되지 않았다. 점원들은 옷소매에 손을 넣은 채 추위에 발을 동동 구르면서 계산대를 왔다 갔다 했다. 푸핑이 가장 좋아하는 포목점도 옷감 색깔이 약간 어두워진 듯했다. 겨울 옷감은 대부분 회색이나 남색, 검은색이고, 질감도 두터운 모직물이었다. 할머니 대신 물건을 사러 나온 푸핑은 거리를 지나면서 스산한 기분을 맛볼 때마다, 역시 돌아가야 할 때가 되었다고 느끼곤 했다. 어떻게 할까? 푸핑은 머릿속이 복잡했다. 주인집의 사모님도 자기를 대하는 게 이전처럼 다정하지 않은 것 같았다. 최근 사모님은 원래의 기관으로 돌아와 일을 하게 되면서, 매일 집에 돌아와 식사를 했다. 식사를 할 때 집주인은 이전만큼 그렇게 푸핑에게 관심을 기울이지 않았다. 푸핑도 깨달았다. 여기가 그리 오래 머물 곳은 아니라는 것을.

가만 보니 할머니 쪽에서 푸핑을 돌려보낼 준비를 하기 시작했다. 할머니는 푸핑에게 붉은 비단 솜저고리를 사주었다. 중국식 옷소매가 달린 상하이의 최신 유행 스타일이었다. 할머니가 푸핑더러 입어보라고 했지만, 푸핑은 그냥 놓아두라면서 입지 않으려고 했다. 할머니는 푸핑에게 은회색 모직물을 끊어놓고서 푸핑을 데려가 양복바지를 맞추려 하였지만, 푸핑은 다음에 보자면서 가지 않았다. 또한 할머니는 푸핑에게 비단 이불잇과 베개, 양털 담요를 사주었지만, 푸핑은 눈길 한 번 주지 않았다. 어찌해 볼 도리가 없자, 할머니는 눈물을 흘리면서 말했다. 푸핑아, 너 손자가 싫은 거냐? 푸핑은 성질이 드센 편이지만 남이 약해지는 꼴은 차마 보지 못했다. 게다가 나이가 훨씬 많은 할머니가 애원하듯 하지 않는가. 푸핑은 대답했다. 아니에요. 할머니가 말했다. 그럼, 왜 할머니가 사준 물건을 싫어하는 게냐? 푸핑이 말했다. 전 아직 어려요. 이 말을 하면서 푸핑의 눈에서도 자꾸 눈물이 나려고 했다. 할머니는 눈물을 그치고 탄식하더니, 냉정한 말투로 말했다. 아직도 손자가 싫고, 손자네 동생들이 주렁주렁 많이 달린 게 싫은 게지. 그 집에 들어가 일을 도맡아 하자니, 뭐 좋은 집도 아니고 낡은 집이어서 안 하느니만 못하지. 게다가 손자가 너무 고지식하고 순종적인 효자라서, 시아버지와 시어머니만 위할까 봐 싫지. 푸핑은 듣다 보니 자기도 모르게 멍해졌다. 할머니가 정확히 보고 있었던 것이다. 사실 정확히 보지 못할 사람이 누가 있겠는가? 뻔한 일인 것을. 푸핑은 너무 깊이 생각했나보다고 여겼지만, 몇 마디 말만으로도 금방 밝혀질 일이었다. 할머니가 마지막으로 말했다. 손자만 생각하면 원통하고 억울한 마음이 들어. 갠 집 때문에 사장된 거야. 개 인품만 본다면 푸핑 너를 찾지도 않았을 거야. 이 또한 알고 보면 분명한 사실이다. 푸핑이라고 물론 모를 리 없었겠지만, 할머니 입으로 직접 이 말을 들으니 도저히 견딜 수가 없었다. 푸핑은 눈물이 그렁그렁한 채 말했다. 애당초 제가 당신들을 찾은 게 아니잖아요!

푸핑과 할머니 사이가 서먹서먹해졌다. 푸핑은 뤼핑셴의 눈빛에 '손자에게 어울리지도 않는 게'라는 뜻이 어려 있음을 느꼈다. 이 밖에도, 주인집의 큰아이가 어느 날 갑자기 할머니에게 이렇게 말했다. 당신들이 '손자'를 망쳤어요. 주인집의 두 아이들 모두 할머니가 부르는 대로 '손자' '손자'라고 불렀다. 큰애가 말했다. 손자의 앞길이 당신들 때문에 끊겨버렸잖아요. 푸핑도 이 말을 들었다. 이웃의 아주머니들도 훨씬 매서운 표정으로 푸핑을 눈여겨보았다. 푸핑은 자기가 외톨박이가 되었다고 느꼈으며, 사실상 사람들이 자기를 무시한다고 생각했다. 푸핑은 가끔 날이 어두워지면, 앞 골목 여자중학교의 울타리 담벼락 앞에 갔다. 날이 추운지라 운동장에는 사람이 거의 없었다. 여중생들이 즐겨 찾던 운동장 모퉁이에도 인적이 끊긴 채 고요하기만 했다. 아무 소리도 들리지 않자, 푸핑은 되짚어 돌아왔다. 푸핑은 골목 어귀로 들어서서 잠시 멈추어서더니, 한쪽 방향을 택해 걸어갔다. 가게들은 대부분 문을 닫았으며, 부엌 창문 속에 아직 밝혀져 있는 형광등 불빛은 가게 앞 길바닥을 창백하게 비추고 있었다. 작은 점포 몇 군데가 아직도 문을 열어놓고 있었다. 40촉짜리 전등이 걸려 있어 그나마 따스한 사람 기운이 느껴졌다. 푸핑은 한길을 따라 걸었다. 어느 사이에 거리 모퉁이를 돌아들자, 길이 좁아지고 어두워졌다. 걷고 또 걸으면서 푸핑은 이 거리에 와본 적이 있다는 생각이 들었다. 바로 타오쉐핑의 집으로 가는 길이었다. 타오쉐핑은 신쟝으로 갔다. 지금 이 도시에 아는 사람은 아무도 없다. 푸핑이 한참 길을 걷고 있는데, 작은 골목 어귀에서 느닷없이 누군가 튀어나와 그녀를 불렀다. 아가씨, 잠깐만요! 푸핑이 흠칫 놀란 사이 어느새 앞으로 다가온 그 사람이 뻔뻔스럽게 얼굴을 들이밀었다. 보아하니 상당히 젊은 축으로 아주 유들유들하였으며, 하얀 이빨이 어둠 속에서 반짝거렸다. 그녀는 몸을 돌이켜 걸음을 빠르게 놀렸다. 그 사람은 뒤따라오는 대신, 유감스럽다는 듯 뒤에서 외쳤다. 아가씨, 무서워말라니까! 푸핑이 어떻게 무서워

하지 않을 수 있겠는가? 그녀는 덜덜 떨면서 음침하고 좁은 거리를 벗어나 약간 밝은 한길을 걸어 집으로 돌아갔다. 그녀는 가쁜 숨을 내쉬면서 뒷문에 들어섰다. 주방에는 어른, 아이 다 모여서 할머니의 귀신이야기를 듣고 있었다. 할머니 발치에는 깨끗하게 씻은 강낭콩 한 광주리가 놓여 있는데, 마침 바늘과 실로 강낭콩을 꿰어 홍사오로우(紅燒肉)* 요리용으로 말려놓았다. 잘 꿰어진 강낭콩 꿰미가 납작한 광주리에 둥글게 원을 그린 채 감겨 있었다. 아이들은 다투어 할머니를 도와 강낭콩을 전달하면서, 한편으로는 할머니 이야기에 깜짝 놀란 듯 호들갑을 떨었다. 아무도 푸핑이 들어오는 것을 눈여겨보지 않았으며, 그녀의 겁먹은 낯빛에 주의를 기울이는 사람은 더 더욱 없었다. 푸핑은 방으로 들어갔다. 주인집 사모님이 작은 방에 계셨기에 큰 방은 어두웠다. 그녀는 등도 켜지 않았다. 사실 그렇게 어둡지도 않았다. 희미한 불빛이 새어 들어와 바닥의 나뭇결을 비추고 있었다. 푸핑은 침대 가에 앉았다. 심장이 빠르게 뛰고 있었다. 가쁘게 헐떡이는 숨은 한참 뒤에도 진정되지 않았다. 마침내 그녀는 중얼거렸다. 날 떠나보내고 싶겠지만, 난 절대로 가지 않을 거야!

할머니는 꿍꿍이속이 있는 사람이 아니어서 그런지, 심

---

* 홍사오로우(紅燒肉)는 고기나 물고기 등에 기름과 설탕을 넣어 살짝 볶고 간장을 넣어 익혀 검붉은 색이 되게 하는 중국요리이다.

기가 불편하면 곧바로 얼굴에 드러났다. 그렇다면 푸핑은? 성질이 드센 아이인지라, 할머니가 말을 걸지 않으면 이야깃거리를 일부러 찾아 할머니에게 말을 걸 턱이 없었다. 할머니는 푸핑을 일하러 보내지 않았으며, 푸핑도 스스로 나서서 일거리를 달라고 하지도 않았다. 그래서 그녀는 하루 종일 말 한마디 하지 않고 일도 하지 않았다. 지난번에 놀란 일 때문에, 마음대로 한길에 나다니지도 못했다. 푸핑은 작은 걸상에 앉아 있었다. 원래도 무덤덤한데, 이렇게 말도 안 하고 일도 안 하니 더욱 멍해 보였다. 아이들이 그녀 바로 앞에서 놀이를 하고 있었다. 아이들 한 무리가 뛰면서 이렇게 노래했다. 우리 모두는 목석 같은 인간. 말해서도 안 돼, 움직여도 안 돼. 노래가 '움직여도 안 돼'라는 부분에 이르는 순간 동작을 멈춰야 했는데, 꼼짝없이 기기묘묘한 자세로 있어야 했다. 아이들 모두가 불난 집에 부채질을 하는 '무리'의 역할을 했고, 누가 재수 없이 걸리면 우르르 달려가 놀려대곤 했다. 어떤 아이는 마지막의 '움직여도 안 돼' 부분의 동작을 푸핑 코앞에서 해 보였다. 그래도 푸핑은 그저 못 본채 조금도 피하지 않았다. 특히 주인집의 큰아이와 작은아이는 할머니가 푸핑에게 냉랭하게 대하는 것을 보고는, 밥 먹을 때에도 더욱 떠들썩하게 할머니와 잡담을 나누고 미친 듯이 웃어댐으로써 푸핑의 적막을 한껏 드러나게 했다. 할머니는 입으로는 아이들과 이야기를 나누면서도 건성으로 이야기를 주고받

왔다. 할머니의 눈초리는 수시로 푸핑을 훔쳐보았다. 푸핑은 고개를 숙인 채 밥을 갈라 담처럼 깎아지르듯 만든 다음, 안으로 쭉 파고 들어갔다. 결국 참지 못한 할머니가 반찬을 젓가락질하다가 야단을 쳤다. 그렇게 밥을 갈라먹으면 재밌냐? 호강에 겨웠지 겨워! 다른 사람이었다면 할머니가 화해하려 한다는 걸 알아차렸으련만, 푸핑은 조금도 물러설 줄 모르는 성격이었다. 푸핑은 대답도 없이 고개도 들지 않은 채 하던 대로 밥을 갈라댔다.

 할머니는 차츰 우울해졌으며, 자주 눈물을 흘리고 걸핏하면 화를 냈다. 어린 두 아이와 입씨름을 하다가도 정말로 화를 내기도 했다. 뤼펑셴이 할머니를 달래자, 할머니가 말했다. 난 손자의 낯을 볼 면목이 없네. 손자가 날 탓할 게 아닌가. 푸핑은 할머니의 말을 듣고 싶지 않았던지라, 할머니의 말을 듣자마자 한길의 험악함은 생각할 겨를도 없이 밖으로 뛰쳐나갔다. 푸핑은 잔뜩 골이 난 채 거리를 배회하며 마음속으로 중얼거렸다. 대낮에 누가 날 잡아먹을까 봐! 지난번에 잔뜩 겁을 집어먹었던 일도 시간이 흐르니, 정말 그런 일이 있었나 싶었다. 대명천지에 무슨 일이 있겠냐구? 푸핑은 그때의 경험 덕분에 오히려 더 대담해졌다. 그래서 밖으로 나돌기 시작했다. 아침에 나가면 한낮에, 심지어 해거름에야 돌아왔다. 푸핑이 어디 가서 무얼 하는지 아무도 알지 못했다. 가장 늦었던 때는, 푸핑이 돌아왔을 때 온 가족이 진즉 식사를 마친 뒤였다. 푸핑이 집에 돌아오자, 할머니는 눈물을 흘리며 말했다. 푸핑아, 난 정말로 널 데리고 있지 못하겠다. 집으로 돌아가거라! 푸핑은 대답하지 않았지만, 할머니의 상심한 마음이 푸핑의 마음을 누그러뜨렸다. 푸핑은 다가가 할머니가 썻던 그릇을 받아들고 고개를 숙인 채 닦기 시작했다. 할머니는 아예 두 손으로 얼굴을 가린 채 큰 소리로 흐느껴 울기 시작했다. 잠시 가만있더니 푸핑이 코맹맹이 소리로 말했다. 집에 돌아갈게요. 할머니의 흐느낌이 천천히 잠잠해지더니 마침내 그쳤다.

이어지는 날들은 별일 없이 평온했다. 푸핑도 보아하니 마음을 다잡은 듯하였다. 푸핑은 할머니가 그녀를 위해 사온 물건을 하나하나 잘 정리했다. 또 할머니에게 함께 재봉가게에 가자고 하여 양복바지를 맞췄다. 돌아오는 길에 그 포목점을 지났다. 할머니는 푸핑을 데리고 들어가 푸핑이 좋아하는 꽃무늬 옷감을 고르라고 했다. 푸핑의 시선이 한 필 한 필 꽃무늬 옷감에 머무는데, 기색이 약간 울적해졌다. 푸핑이 한참 동안 고르더니 두 가지를 선택했다. 점원이 포목 진열대에서 천을 꺼내와 계산대 위에 내려놓더니, 팔뚝으로 천을 쭉 잡아당겼다. 베는 계산대 위에서 '파악' 소리와 함께 뒤집어졌다. 그런 다음 가위를 대자, 천은 '좌악' 하고 찢어졌다. 주판알이 이내 경쾌하게 울렸다. 돈과 영수증이 철사에 끼워져 '솨 솨' 소리를 내면서 한 차례 돌아 매매는 성사되었다. 할머니는 또 신발 두 켤레를 지을 만한 천을 떠서, 푸핑더러 손자에게 신발 두 켤레를 지어주라고 했다. 푸핑 역시 끝까지 거절하지는 않았다. 할머니와 손자며느리 두 사람은 새로 산 물건을 들고서 느릿느릿 집으로 갔다. 거리는 전에 비해 활기에 넘쳤다. 성미 급한 사람들은 벌써 설맞이 준비에 나섰다. 훈제 가게에서는 훈제한 돼지고기, 소금에 절인 돼지족발을 내걸었고, 볶은 것과 말린 것도 진열대에 올라왔다. 어른들은 아이들을 데리고 새해에 신을 신발과 양말을 샀다. 솜가게의 장사는 제법 잘 되었는데, 대개 그 해에 결혼한 신혼부부들이 이불과 요를 마련하고 있었다. 나뭇잎은 모두 떨어졌다. 하늘도 훤히 넓어지고 공기도 상쾌하게 맑아진 듯했다. 전차의 전선이 허공에서 끌려오면서, 경쾌하고도 유려한 리듬을 만들어냈다. 거리를 따라 늘어선 집들 가운데, 몇 집에서는 창턱에 기어올라 유리창을 닦고 있었다. 오후의 태양 빛이 유리창을 비추자, 흔들거리는 창에 햇빛이 반사되어 몇 차례 유난히 눈부시게 번쩍거렸다. 할머니는 푸핑에게 부탁했다. 돌아가면 시어머니에게 시골에서 인편으로 돼지 다리와 어미 닭 두 마리를 보내달라고 해라. 이건 주인집 사모님이 진즉에 말씀하신 거야. 푸핑은 바로 그러겠노라고 대답했다.

　돌아갈 날짜가 정해지자, 할머니는 주인집 큰아이에게 편지를 써달라고 부탁했다. 푸핑이 가는 날 손자에게 부두로 마중을 나오라는 내용이었다. 이웃들도 푸핑이 돌아가 혼례를 치른다는 사실을 알고, 모두들 물건을 보내왔다. 그 가운데 뤼펑셴의 선물이 가장 실했는데, 두 파운드의 엷은 다갈색의 깔깔한 털실을 손자 몫으로 주었고, 한 파운드 반의 부드러운 분홍색 털실을 푸핑에게 주었다. 사모님은 한 쌍의 베갯잇을 주었는데, 사실은 할머니에게 돈을 주어 알아서 사게 한 것이었다. 대략 열흘 정도가 남자, 푸핑도 밖에 나가지 않은 채 손자에게 줄 신발을 지었다. 신발창을 꿰매는 기다란 실이 바늘귀속으로 쏙쏙 들어갔다. 푸핑의 일생은 이렇게 정해졌다.

9# 외숙모

 이날 오후에 주인집 큰아이가 학교에 갔다가 집으로 돌아왔다. 그런데 평소와 달리 말이 없기에 이마를 만져보니 열이 있었다. 할머니가 아이를 데리고 병원에 가면서 작은아이도 데리고 가려는데, 아이가 가지 않으려 했다. 앞에서도 말하지 않았던가? 작은아이는 마침 매사에 어깃장을 놓는 나이였다고. 하는 수 없이 작은아이를 집에다 남겨두기로 했는데, 다행히 푸핑이 집에 있었다. 할머니는 푸핑더러 다섯 시에 밥을 먼저 짓고 채소를 잘 다듬어 놓으라고 시키고, 또 작은아이가 밖에 나가 천방지축으로 돌아다니지 않게 잘 돌보라고 했다. 진찰을 받고 약을 지어들고서 집으로 돌아오니, 어느덧 다섯 시 반이었다. 그런데 채소도 씻어놓지 않고 밥도 안치지 않았으며, 푸핑도 보이지 않았다. 작은아이는 오히려 얌전하게 혼자서 집을 보면서, 언제적 것인지 모를 옛날 구슬을 찾아 조용히 꿰고 있었다. 작은아이에게 푸핑이 어디 갔냐고 물어보았다. 작은아이는 푸핑의 외숙모가 데려갔다고 말했다. 할머니는 가슴이 덜컹 내려앉아 숨조차 제대로 쉬지 못하면서 입을 열었다. 외숙모라고? 푸핑에게 어디 외숙모가 있다고! 한 번도 들어보지 못했는데! 작은아이는 차분하게 대꾸했다. 뚱뚱한 여자가 쑤베이(蘇北) 사투리를 쓰던데, 푸핑이 그 여자를 외숙모라고 부르던 걸요. 그 외숙모라는 사람이 푸핑을 데려가면서 며칠 놀다가 돌려보낸다고 했어요. 할머니가 얼마 동안이나 있다가 돌아온다더냐고 다시 묻자, 작은아이는 할머니를 흘겨보더니 건성으로 대답했다. 며칠 있다가 돌아온다고 했잖아? 할머니는 몸을 돌려 푸핑의 물건을 살펴보았다. 물건은 모두 제자리에 있었다. 손자를 위해 반쯤 꿰맨 신발밑창도 반짇고리에 놓여 있었다. 마음이 조금은 진정되었다. 할머니는 그제야 서둘러 저녁을 지었다.

    할머니는 허둥지둥 식사를 준비했다. 밥은 설익고 채소를 썰다가 손가락을 베었으며, 탕에는 소금도 넣지 않았다. 이제껏 이렇다저렇다 따지지 않던 사모님도 어찌 된 일이냐고 물었다. 할머니는 큰아이를 데리고 병원에 다녀오느라 늦어져서 경황이 없었노라고 핑계를 댔다. 잠시 후 도저히 참을 수가 없어 푸핑이 외숙모를 따라간 사실을 사모님에게 알렸다. 사모님은 잠시 망설이더니 말했다. 아이야 성실한 아이이지만, 그 외숙모라는 사람이 어떤 사람인지 알 수 없으니,

원. 하지만 사모님은 어쨌든 군인 출신이라 일을 파악하는 것이 비교적 단순한 데다 좋은 쪽으로 생각하는 습관이 있어, 금세 이렇게 풀이했다. 아마 푸핑에게 진짜 외숙모가 있어서 푸핑을 데리고 한 며칠 놀러 갔을 수도 있지. 별일 아닐 거예요. 할머니도 마음이 가라앉았다. 그런데 이 일이 뤼펑셴에게 알려지자, 돌연 심각해졌다. 그녀의 긴 눈썹이 실룩거리더니 긴장된 표정으로 말했다. 어느 구석에서 외숙모가 불쑥 나타난 거야?

외숙모는 정말로 있었다. 그것도 푸핑의 친 외숙모였다. 푸핑의 외숙은 어려서 뱃사람인 큰아버지를 따라 상하이로 왔다. 뱃사람이었던 외숙모도 외숙처럼 쓰레기를 실어나르는 일을 하였으며, 후에 국가의 환경위생국에 소속되었다. 지금은 강 언덕을 거점으로 삼아 쟈베이(閘北)의 동역(東驛) 일대에 살고 있다. 푸핑이 외숙을 본 적이 있는지 어떤지는 기억나지 않지만, 작은아버지와 작은어머니가 외숙에 대해 이야기하는 걸 들어본 적은 있었다. 쑨다량(孫達亮)이라 불리는 외숙이 있는데, 상하이 쟈베이에 살고 있고 쓰레기 운반선을 몰고 있다고. 푸핑이 작은어머니의 속을 끓이면, 작은어머니는 이렇게 말하곤 했다. 여기가 싫으면 상하이로 네 외숙을 찾아가든가! 푸핑의 어머니가 세상을 떴을 때, 상하이에서 온 외숙이 누나의 장례를 치렀다. 장례를 치른 뒤, 친척들이 푸핑의 거처를 의논하였다. 당시 푸핑의 아버지는 세상을 떠난 지 벌써 3년이나 되었기에, 이 고아가 갈 곳은 두 군데밖에 없었다. 한 곳은 외숙 집이고, 다른 한 곳은 작은아버지 집이었다. 외숙이 상하이에 호적을 올리는 문제가 쉽지 않다는 핑계로 책임을 회피한 바람에, 푸핑은 작은아버지 집으로 오게 되었다. 푸핑은 사람들한테서 늘 이런 이야기만 들어왔기에, 외숙에 대해 상당히 멀고 낯선 느낌을 갖고 있었다. 여러 해 동안 외숙은 책임을 떠맡을까 봐 아예 왕래도 끊고 편지조차 없었다. 사실 푸핑도 외숙을 잊은 지 오래였다. 그런데 할머니랑 이곳에서 살게 된 이후의 고민스러운 나날이 오히려 푸핑에게 외숙을 떠올리게 해주었다.

푸핑 혼자서 죽기 살기로 거리를 걸었던 그때, 눈에 들어오는 이들은 모두 낯선 사람들뿐이었다. 처량하고 쓸쓸한 마음에 이런 생각이 들었다. 이렇게 큰 상하이에 내 한 몸 기댈 곳도, 의지할 사람도 없다니. 그러다가 푸핑의 마음에 문득 한 사람이 불쑥 뛰어들었다. 외숙! 처음에는 그렇게 작정을 하고 외숙을 찾아 나선 것은 아니었다. 그저 어쨌든 딱히 갈 곳도 없는 처지인데, 거리를 걷는 건 마찬가지이니 기차역 쪽으로 걸어가면 안 되겠나 싶었다. 푸핑은 상하이에 왔을 때 기차에서 내린 뒤에 탔던 무궤전차가 기억났다. 이제 푸핑은 전차 정거장에서 출발하여 선로를 따라 걸었다. 푸핑에게 전차를 탈 돈조차 없던 것은 아니었다. 손자가 보내온 여비 가운데에는 푸핑의 용돈도 들어 있었다. 하지만 푸핑은 손도 대지 않고 고스란히 간수하고 있었다. 또 산모를 대신해서 갓난 아이 기저귀를 빨았던 돈도 그대로 모아두었다. 평소에 할머니가 이 마오(毛)나 삼 마오씩 준 돈도 모두 모아둔 채 한 푼도 손대지 않았다. 푸핑이 전차를 타지 않은 것은 뭔가 생각을 하면서 걷고 싶어서였다. 푸핑은 앞쪽에 무엇이 자기를 기다리고 있는지 전혀 알지 못했다. 이렇게 걷다 보니, 마음속에 왠지 모를 희망이 몽롱하게 솟구쳤다. 푸핑은 두세 정거장 길을 걸어가다가 되짚어 돌아왔다. 더 이상 계속 걸어갈 엄두가 나지 않았기 때문이다. 차츰 노선에 대해 한 걸음 두 걸음 익숙해지자, 담이 커진 푸핑은 갈수록 멀리 걸었다. 푸핑은 왕왕 밥 먹는 시간을 놓치기도 하고, 심지어 날이 어두워져서야 돌아오기도 했다. 그 시각이면 골목은 이미 텅 비어 한 사람도 없었다. 푸핑이 내일은 기차역까지 쭉 가봐야겠다고 마음먹었다. 괜스레 마음이 설렜다.

　어느 날, 푸핑은 기차역까지 걸어왔다. 하지만 동역이 아니라 북역(北驛)이었다. 사람들이 알려준 말에 따르면, 동역은 훨씬 멀어 철로를 따라 동쪽으로 더 가야 한다고 했다. 그래서 이튿날 처음부터 다시 출발했다. 마침내 푸핑은 동역에 도착했다. 육교 위에 서서 다리 아래로 판자촌을 바라보면서 아득히 생각에 잠겼다. 이곳에 정말 외숙이 계실까? 기차의 기적 소리가 갑작스레 탁 트인 허공 속으로 메아리쳤다. 자욱한 흰 연기가 솟구쳐 사방에 퍼졌다가 흩어졌다. 이제 걷는 데에 익숙해진 까닭에, 쟈베이까지 걸어가는 시간은 푸핑이 예상했던 시간보다 더 짧았다. 대략 정오 12시의 경관이 눈에 들어왔다. 판자촌의 위쪽에는 한 줄기 한 줄기 실오라기 같은 연기들이 휘감아 돌고, 장작과 석탄 냄새가 진동했다. 태양이 후끈 달아 그녀의 등을 델 듯이 내리쪼였다. 그녀는 발걸음을 재게 놀리느라 땀이 솟았다. 여기가 바로 사람들이 말하던, 쟈베이, 동역, 육교 아래, 외숙이 사는 곳이다. 하지만 이렇게 넓고 다닥다닥 빼꼭한 판자촌에서 사람을 찾는다는 건 그야말로 모래밭에서 바늘을 찾는 격이다. 푸핑은 아래를 내려다보았다. 처마 사이의 좁다란 틈새로 어떤 여자가 빨래한 옷을 햇빛에 넌 뒤에 이내 사라지는 게 보였다. 눈앞은 온통 지붕의 새카만 기와지붕들이고, 그 사이사이로 시멘트 건조대가 불쑥 튀어나와 있었다. 새카만 기와가 하늘가에 쭉 잇닿아 있었.

하지만 이 판자촌은 커다란 그물처럼 서로 연결되어 있었다. 푸핑은 맨 처음 사람에게 쑨다량이라는 남자가 있는지 물었다. 맨 처음 사람은 쑨다량을 알지는 못했지만, 책임감 있게 두 번째 사람에게 푸핑을 인계하였다. 두 번째 사람은 그녀를 세 번째 사람에게 인계하였다. 그들은 자신있게 푸핑을 바통을 전하듯 넘겨주었으며, 푸핑이 틀림없이 목적지까지 전해질 수 있으리라 믿는 듯하였다. 푸핑은 자신도 모르게 한 사람, 이어 또 한 사람에게 전해졌다. 그중에는 늙은이도 있고 아녀자도 있었다. 그들은 하나같이 푸핑의 귀에 익숙한 시골 사투리를 쓰고 있었다. 푸핑은 고향마을의 동쪽 현 사투리인지 서쪽 현 사투리인지를 분별할 수도 있었다. 그들은 할머니처럼 상하이 말투가 배어 있지도 않았다. 푸핑은 자신을 데려가는 사람을 따라 좁다란 골목길로 들어섰다. 문이 열려 있는 집에서는 마침 밥을 먹고 있다가, 낯선 이가 오는 것을 보더니 곧바로 밥그릇을 받쳐 들고 나와 물었다. 누구 집을 찾는 게요? 푸핑을 데리고 간 사람이 누구네 집을 찾는다고 하자, 그들은 고개를 갸우뚱거리더니 아무개에게 물어보라고 했다. 그러더니 곧바로 함께 아무개의 집을 찾아 나섰다. 이곳 집들은 대부분 담벽을 벽돌로 쌓았으며, 간혹 대나무 울타리로 손바닥만 한 마당을 둘러싼 곳도 있었다. 손바닥만 한 마당에는 콩이나 오이 등을 재배하였는데, 덩굴이 울타리를 타고 뻗어 올라가 제법 초목과 벽돌이 어울린 분위기를 자아냈다. 여기에 상쾌한 태양 빛이 비추어 들어 한층 더 활기차 보였다. 땅은 진흙 길이었으며, 어쩌다 벽돌이 깔린 통로가 나오거나 혹은 시멘트 땅바닥 가운데에 수도꼭지가 세워져 있기도 했다. 푸핑은 차츰 이 판자촌의 한복판으로 걸어 들어갔다. 자기가 몇 번째 사람한테까지 전달되었는지, 심지어 그중 누군가의 집에서 채소국수 한 그릇을 얻어먹었다는 사실조차도 이미 정확히 기억나지 않았다. 마침내 사람들이 푸핑을 쑨다량의 집으로 데려갔다. 이미 오후 2시가 넘은 시각이었다. 일찍 하교한 아이가 쌩하니 지나갔다. 태양은 약간 기울어지고, 빛도 부드러워졌다.

외숙은 집에 계시지 않았는데, 앞에 있는 이 여자가 아마도 외숙모 같았다. 뚱뚱한 몸에 얼굴이 넓적하고, 큰 눈, 뭉툭한 콧대에 벌쭉한 입이 싱글벙글 웃는 모양새였다. 그 여자는 외숙과 한 쓰레기 운반선에서 일했다. 오늘은 쉬는 날이라 마당 가득 옷가지와 홑이불을 빨아 널었다. 쓰레기 운반선을 타는 일은 더럽고 불결한 생활이었기에, 그들은 유독 청결을 밝히는 습관이 몸에 배었다. 그들의 배를 본 적이 있는가? 그걸 보고 티끌 한 점 묻어 있지 않다고 하는 것이다. 붉은 칠을 한 침대와 옷장, 바닥, 판자벽을 매일 한 차례씩 닦고 씻었다. 뒤쪽 선실에는 쓰레기가 가득 실려 있는데, 범포로 가려놓은 채 귀퉁이와 끝 부분을 물샐 틈 없이 단단히 조여 놓았다. 쓰레기에서 풍기는 악취가 어찌나 지독한지, 파리 떼가 무리 지어 배를 따라다녔다. 하지만 앞쪽 선실과 갑판은 오히려 정갈하기 그지없다. 키 낮은 탁자와 작은 걸상은 직접 강에서 솔로 닦았다. 손발도 수시로 씻어, 신발도 신지 않은 채 맨발로 선실 안팎을 오간다. 집으로 돌아가면, 더욱 깨끗하게 씻고 햇빛에 잘 말렸다. 강 언덕 사람들은 모두 뱃사람을 싫어했다. 그들이 파리를 반찬 삼아 먹는다는 것이었다. 하지만 사실 뱃사람들은 아주 깨끗했으며, 절대로 더러운 것을 용납하지 않았다.

외숙모는 원래부터도 뱃사람이었다. 후에 외숙에게 시집오고 나서, 외숙과 함께 외숙 배를 타게 되었다. 이것은 쓰레기 운반선을 타는 뱃사람들의 가장 일반적인 혼인이다. 다른 집의 아들딸들은 흔히 쓰레기를 청소하는 뱃사람과 결혼하려고 하지 않는다. 방금 말했다시피, 그들이 파리를 반찬 삼아 밥을 먹는다는 편견 때문이다. 결혼하는 경우도 있기는 한데, 결혼하면 함께 배에서 일했다. 쓰레기를 배에 싣고 쟝쑤(江蘇)에 있는 쓰레기 하치장까지 이삼일에 한 번씩 오가기에, 부부가 함께 한 배를 타는 것이 가장 적절했다. 쓰레기 운반선의 딸들 가운데 적어도 절반 정도는 밖으로 시집가는 걸 원하지 않았다. 마치 신분 높은 사람과 교제하는 것처럼 남들 눈에 비칠까 봐 부담스러웠기 때문이다. 게다가 그녀들도 선상 생활이 몸에 배었기 때문이다. 배가 쑤저우허를 따라 나아가면, 가슴이 탁 트였다. 삼사월이면 강 양쪽 기슭에 유채꽃들이 만발하고, 하늘하늘 나비들이 떼 지어 날아다녔다. 몇 차례 봄비가 내리면, 맑고 투명해진 물에 배가 거꾸로 비치곤 했다. 정오나 저녁 무렵이 되면, 배를 기슭에 댄 채 불을 지펴 밥을 지어 먹었다. 파리가 있기는 했다. 그것도 적잖이 있었지만, 파리를 반찬 삼아 먹는 모습은 보이지 않았다. 강기슭에 배를 대고 밥을 짓는 곳은 대개 정해진 몇 군데였는데, 면식 있는 농사꾼들이 와서 아는 척을 하기도 했다. 그들에게 사달라고 부탁받은 상하이 물건을 가져다주거나, 막 뜯어온 푸성귀를 배로 보내오기도 했다. 이런 생활은 상당히 재미있고 자유롭기도 했다. 배에서 자란 아이들은 대부분 이 일에 모두 만족스러워했으며, 오히려 공장에서의 삼 교대 작업을 견뎌내기 힘든 일이라고 생각했다. 그래서 여자아이들도 뱃사람 집안으로 시집가는 것을 그리 반대하지 않았다. 그들 대다수는 본적이 쑤베이였지만, 모두가 그렇지는 않았다. 몇몇 쑤베이 출신이 아닌 이들도 그들을 따라 쑤베이 사투리를 썼다. 그들의 거주 지역으로 들어가면, 마치 시골 마을에 들어선 느낌이 든다. 그들은 시골 마을보다 한데 더 잘 뭉쳤으며, 어느 집에 일이 생기면 모두가 한마음으로 나서서 도왔다. 이곳도 그랬고, 좀 더 먼 곳도 마찬가지였다. 그들의 고향 사투리는 그들이 같은 마을에서 왔음을 나타내는 하나의 표지였다. 그들끼리의 인척 관계 또한 그들의 관계를 더욱 끈끈하고 단단하게 만들어주었다.

　외숙모는 대나무 막대 위의 침대보를 쭉 당겨 펴면서 찾아온 사람과 큰 소리로 이야기를 나누다가, 뒤따라 온 애는 누구 집 아이냐고 물었다. 외숙모는 대답을 듣기도 전에 몸을 돌려 그들을 집 안으로 안내했다. 외숙 집은 두 칸짜리 벽돌집이었다. 바깥쪽 방은 가운데를 막아 다락방을 올렸다. 다락방 위에는 창이 하나 뚫려 있어, 바로 이 층이 되었다. 문과 창의 방향은 그다지 분명하지 않았는데, 동향에 남쪽으로 약간 몰려 있는 것 같기도 했다. 이곳의 집들은 하나같이 이렇게 다닥다닥 붙은 채, 틈만 보이면 바늘을 꽂는 격으로 빽빽이 들어차 있었다. 비딱하게 틀어진 집도 있고, 비스듬히 기운 집도 있지만, 대체로 골목을 경계로 가로세로 가지런히 잘 나뉘어 있었다. 외숙 집은 변변한 가구 하나 없었지만, 제법 깔끔했다. 침대에는 침대 틀이 없고, 침대 깔판은 긴 걸상이나 벽돌 더미 위에 걸쳐져 있었다. 옷장은 화물포장용의 나무 상자로 만든 것이었다. 탁자 하나만 제대로 된 목재로 만들어졌는데, 붉은 칠에 반짝반짝 윤이 나도록 닦여 있었다. 탁자에는 귀가 달린 조잡한 자기 찻주전자가 놓여 있었다. 찻주전자 위에는 용머리로 장식된 지팡이를 짚고 있는 장수 노인 양쪽에 동자 두 명이 선도(仙桃)를 받쳐 들고 있는 그림이 그려져 있었다. 외숙모가 찻주전자를 들어 찻잔에 차를 따라 손님 앞으로 내밀었다. 푸핑에게도 찻잔을 주면서 유심히 살펴보다가 입을 열었다. 이 애 참 복스럽게 생겼네. 함께 온 이가 웃으면서 대꾸했다. 쑨다량이 복스러우니까요! 외숙모가 말했다. 무슨 허튼소리를 하시오? 그 사람이 다시 말했다. 내가 허튼소리를 하는 게 아니라, 삼대를 지나도 외가의 영향이 남아 있다는 속담이 있잖소? 아이 외숙이 복스러우니, 아이도 복스럽지 않으냔 말이요? 외숙모는 그제야 '아하' 하더니, 다시 푸핑을 뚫어져라 바라보았다.

    그녀도 언뜻 생각이 났다. 쑨다량에게 조카딸이 있는데, 양저우 시골에 살다가 어려서 부모를 여읜 바람에 자기 집에서 기르려고 한 적이 있었다는 사실을. 하지만 그때는 자기 집에도 부담되는 일이 많았다. 쑨다량 시골집의 큰어머니와 사촌 형을 자기네가 돌보아야만 했다. 또 친정의 부모님이 앓아눕는 바람에 돈을 보태야만 했다. 게다가 큰아이가 막 생겨 젖을 물린 때였다. 낡은 배 한 척이 그의 큰아버지 수중에서 쑨다량에게 전해졌지만, 낡아서 제대로 운행할 수 없을 정도였다. 대대적으로 수리할 돈이 없었기에 매일 되는대로 조금씩 수리해야만 했다. 당시 그들 선원들은 합작사(合作社)가 세워지기 전이라, 배 수리비는 몽땅 본인이 부담해야 했던 것이다. 이런 처지에 어떻게 군식구를 받아들일 수 있었겠는가? 그리하여 그 계집아이는 시골의 작은아버지네가 맡아 기르기로 하였다는 이야기를 들었다. 수년간 그들은 시골과 연락도 하지 않은 채 지냈으며, 이 아이가 자라서 어른이 되어 자기들 앞에 나타나리라고는 꿈에도 생각해본 적이 없었다. 조카딸을 바라보고 있자니, 오히려 기쁜 마음이 절로 들었다. 외숙모는 직선적이고 솔직한 사람인지라, 이것저것 연관지어 생각할 줄을 몰랐다. 그래서 여러 해 전에 조카딸을 거두지 않았던 일로 인해, 이제 와서 난처해하는 일은 전혀 없었다. 외숙모는 찻주전자를 탁자 위에 놓더니 입을 열었다. 오늘 밤에 너 나랑 함께 자자꾸나. 그런 뒤 푸핑에게 고향의 일들과 먼 친척들의 일에 대해 물었다. 푸핑을 데리고 왔던 사람까지도 덩달아 이것저것 물어보면서 함께 이야기를 들었다. 낯선 사람이 오자, 마을 사람들 모두 이 집에 친척이 왔나 보다 여기고서 들여다보았다. 같은 고향마을은 아니더라도 어쨌든 시골에서 온 소식이라, 다들 관심이 많았고 친근한 느낌이 들었던 것이다. 푸핑은 사람들에게 둘러싸인 채 여기저기서 끄집어내는 질문에 대답하였다. 푸핑이 아무리 어눌한 사람일지라도 이렇게 여기저기서 재촉하듯 물어오는 데에는 어쩔 도리가 없었다. 이번에 한 말이 상하이에 와서 지냈던 몇 달 동안 했던 말을 합친 것보다 훨씬 더 많았다. 푸핑은 자기도 모르게 활달해져 묻는 말에 또박또박 대답하였다. 푸핑에게 혼담이 오갔는지를 묻자, 그제야 잠시 입을 다물더니 할머니가 계신 곳에 가봐야겠다고 말했다. 외숙모가 여러 번 붙들었지만, 끝내 푸핑을 붙잡을 수는 없었다.

푸핑을 버스정거장까지 데려다 주는 동안, 외숙모는 별로 말이 없었다. 방금 누군가 '혼담이 오갔는지' 물었던 한마디가 푸핑과 외숙모 두 사람의 감정을 건드렸던 것이다.

날이 어두워진 지 이미 오래였다. 거리에는 퇴근하여 귀가 차량을 기다리는 사람들 몇몇이 서 있었다. 날이 추워지고, 바람은 시내보다 훨씬 맵게 느껴졌다. 푸핑은 외숙모를 따라 걸었다. 외숙모가 푸핑더러 언제 돌아갈 것이냐고 묻자, 푸핑은 십여 일 있다가 갈 거라고 대답했다. 외숙모가 왜 좀 더 머물지 않느냐고 물었다. 푸핑은 벌써 반년 가까이 지냈다고 말하는 대신, 그저 할머니가 남의집살이를 하고 있는데 오래 묵다 보니 주인집 눈치가 보여서 그렇다고 말했다. 외숙모는 그렇다면 우리 집에 와 있어도 좋다고 했다. 푸핑은 아무 대꾸도 하지 않았다. 외숙모도 더 이상 말이 없이 전차 정거장에 이른 후, 푸핑이 무궤전차를 타는 것을 보고서야 뒤돌아섰다. 푸핑은 방금 마음속에 이런 생각이 불쑥 들었다. 그때는 나를 내치더니, 이젠 나더러 오라구요. 그러나 외숙모의 약간 살진 몸이 힘겹게 사람들 틈을 비집고 나오는 것을 보는 순간, 마음에 담은 말을 꿀꺽 삼켜버렸다. 바로 이날, 푸핑이 할머니가 계신 곳에 돌아오자, 할머니는 푸핑을 마주하고서 우셨다. 이 일이 있은 뒤, 푸핑은 바로 마음을 다잡았다. 사실 마음을 다잡은 게 아니라, 더 이상 아무 생각이 없어졌다. 외숙 집은 찾아냈지만, 그렇다고 또 뭘 어쩔 것인가? 푸핑은 이어지는 일에 대해 아무런 준비가 없었다.

외숙모는 푸핑을 만나고서 무슨 생각이 들었을까? 그녀는 친정집의 조카를 떠올렸다. 올해 스물셋인데, 여태 짝이 없었다. 방금 말했다시피, 쓰레기 운반선을 모는 뱃사람의 사내아이들은 대체로 뱃사람의 딸들을 짝으로 구한다. 그런데 여자아이 가운데 절반은 뱃사람에게 시집가기를 원하지만, 나머지 절반은 밖으로 시집을 간다. 그래서 사내아이의 혼사가 아무래도 더 절박하기 마련이다. 그러다 보니 그들은 고향에서 시골 여자를 맞아들여 혼사를 치르기도 한다. 상하이에 호적을 올리기란 사실 쉬운 일이 아니지만, 이곳 사람들은 그다지 호적에 신경 쓰지 않았다. 시골 호적이면 시골 호적이지 뭐가 어떻단 말인가? 일해서 먹고사는 건 마찬가지 아닌가. 게다가 환경위생국은 이 도시에서 일꾼을 모으기가 쉽지 않았다. 상하이 시민들이 이 일에 대해 갖고 있는 고집스러운 편견 때문이었다. 그러다 보니 환경위생국은 늘 뱃사람의 자식들 가운데에서 노동력을 충원했다. 부득불 임시공으로 불러다 쓰는 때도 있었다. 이렇게 시골에서 시집온 여자들은 모두들 남자와 함께 뱃일을 하여 임시공의 임금을 받았다. 간혹 노동국에서 정원을 배분해줄 때가 되면, 운 좋게 호적에 올릴 수도 있었다. 생각이 여기에 미치자, 외숙모는 푸핑을 자기 조카에게 소개해주고 싶은 생각이 들지 않을 까닭이 없었다.

집으로 돌아가는 길에, 외숙모는 많은 생각을 했다. 생각이 단순한 사람이기는 하지만, 지난 일들이 주마등처럼 떠오르는 것을 어찌할 수 없었다. 그녀는 과거에 푸핑을 거두지 않았던 일로 혹시 푸핑이 원망을 품고 있지 않을까? 하지만 오랜 세월이 흐른 일이니 그렇지는 않을 거야. 애가 제 발로 찾아온 건 앙심을 품어서가 아니라 친척과 연락하고 싶은 마음이 들어서였겠지. 하지만 자기들에게 분풀이를 하려고 온 건 아닐까? 당신들 외숙과 외숙모가 없으면 내가 사람 구실도 못할 줄 알았느냐는 뜻으로 말이야. 외숙모는 이런저런 생각에 마음이 놓이지 않았다. 하지만 꼭 그렇지만도 않아. 아이가 왔을 때 조금도 으스대는 기색도 없고, 묻는 말에 상냥하게 또박또박 대답했지. 어린 시절에 의지할 데 없이 지낸 일을 말할 때에도 원망하는 기색은 없었어. 그렇다면 그 아이가 우릴 무슨 일로 찾아온 걸까? 이렇게 되돌이켜 생각하다 보니, 외숙모는 머리가 아플 지경이었다. 정말로 더 이상 생각을 할 수가 없었다. 그녀는 다시 방향을 달리하여 생각하기로 마음먹었다. 푸핑이 말하는 할머니는 도대체 누구지? 그 아이에게 할머니가 있다는 이야기는 들어보지 못했는데. 만약에 할머니가 있었다면, 그때 곧장 데려가지 않고 작은아버지와 외숙이 서로 떠밀도록 내버려뒀지? 외숙모는 곰곰이 생각에 잠겼다. 그렇다면 친할머니는 아닐 테고, 혹시 사촌이거나 양녀로 들였을까. 이곳은 양자 들이는 게 다반사니까. 이 문제는 금세 풀렸다. 이전의 문제도 더 이상 그녀를 골치 아프게 하지 않았다. 이렇게 외숙모는 대충 이 일을 정리했다. 그리하여 몸도 마음도 가뿐하게 집으로 돌아갔다.

집집마다 밥을 짓느라 연기들이 여기저기 피어올랐다. 밥 익는 냄새가 사방에서 피어올랐다. 특히 고기 삶는 냄새까지 한데 어우러졌다. 외숙모는 자기 집 뜰에 들어섰다. 뜰이 비좁아 한쪽 문짝은 몸을 비껴야만 겨우 들어갈 수 있었지만, 제법 구색을 갖춘 뜰이었다. 뜰은 벽돌로 담을 쌓았으며, 땅바닥을 평평하게 다지고 시멘트를 발라 반질반질 빛이 났다. 큰아이는 진즉 쌀을 일어 밥을 지어 놓았고, 막내 녀석은 작은 걸상에서 소꿉놀이를 하고 있었다. 가운데 두 아이는 바깥 어디에서 신 나게 노는지 코빼기도 보이지 않았다. 그녀는 오후에 널어놓은 빨래와 침대보를 만져보았다. 이미 바짝 마른 데다 서늘한 기운이 들어, 더 놓아두었다가는 이슬에 젖을까 싶었다. 그래서 서둘러 빨래를 걷어 개키고 나니 마당이 한결 훤해졌다. 집에 등불을 밝히자, 밤이 찾아왔다. 육교는 밤기운 속에서 어슴푸레하였다. 기차가 역에 들어서거나 나갈 때마다 한바탕 기적 소리를 뿜어냈다. 그럴 때면 땅은 온통 요동을 쳤다. 하얀 연기가 허공을 스쳐지난 뒤, 하늘은 다시 푸르러졌다. 골목에는 수시로 사람들이 지나가고 마당문은 삐꺼덕거렸으며, 누군가 목청을 높여 떠들어댔다. 그러나 가만히 들어보면 쑨다량의 발걸음 소리는 아니었다. 쑨다량은 집 짓는 일을 도우러 갔다. 친구 역시 뱃사람으로 판잣집에 살았는데, 설을 맞아 아들이 혼례를 치르면서 집을 다시 고쳐 짓게 되었다. 오늘이 상량을 하는 날이라, 집에서 쉬는 남자들은 죄다 도우러 갔던 것이다. 외숙모는 빨래를 걷은 다음, 마당을 쓸어내고서 큰아이에게 물었다. 장난꾸러기 두 녀석은 어디 갔냐? 큰아이가 막 대답하려는 참에 두 아이가 소리를 지르면서 들어왔다. 야단을 치려는 순간, 엄마의 눈에 두 아이 손에 들려 있는 석탄 덩어리 반 바구니가 보였다. 그러자 이내 말을 바꾸어 아이들더러 얼굴과 손을 씻으라고 하면서, 깨끗하게 씻지 않으면 방에 들어가지 말라고 했다. 두 녀석은 양푼을 다투어 대문 입구의 물독에서 풍덩 풍덩 물을 떠서 씻기 시작했다. 두 녀석은 씻으면서 이웃집의 아이에게 소리 높여 말을 걸었다. 집안은 순식간에 떠들썩해졌다. 지금 외숙모는 그저 남편이 돌아오기만을 기다리고 있었다. 남편에게 그의 조카딸이 다녀간 일을 이야기하고, 거기에다 자신의 생각을 이야기할 참이었다. 외숙모는 성미가 급한 사람이라, 당장이라도 푸핑을 데려다가 자기 조카와 대면을 시키고, 알아듣게 이야기를 잘하여 혼사를 정하고 싶었다. 그녀는 여기에서 의논하기도 전에 푸핑이 앞서 양저우로 돌아가 버리면 어쩌나 걱정스러웠다. 우연한 이유로 일이 잘못될까 봐 염려했던 것이다. 허다한 혼인이 그렇게 어그러지지 않던가.

외숙모는 터무니없는 생각을 하면서 밥상을 차려주었다. 아이들은 마파람에 게 눈 감추듯 밥그릇을 싹싹 비웠다. 큰아이에게는 설거지를 시키고 작은아이에게는 식탁과 걸상을 닦은 다음, 전등 아래에서 숙제를 하도록 했다. 자기는 바닥을 또 한 차례 쓸었다. 여덟 시가 되자 서둘러 아이들을 잠자리에 뉘었다. 자기도 침대에 올랐지만 눕지는 않은 채, 털실 부스러기로 털양말을 짜면서 남편이 돌아오기만을 기다렸다. 이곳의 밤은 대단히 고요했다. 도시의 소리는 아무것도 없었다. 기차의 덜커덕거리는 소리가 침대를 흔들 정도로 요란하지만, 잡다한 소음이 아니라 힘이 있어 오히려 한밤의 고요함을 더욱 돋보이게 해주었다. 작은아이가 낮에 미친 듯이 놀더니, 지금 막 꿈속에서 잠꼬대를 하고 이를 갈았다. 듣고 있자니 이 또한 적막감을 더해주었다. 외숙모는 얼마 지나지 않아 졸음이 몰려오는 바람에 손안의 털양말을 내려놓고 몸을 갸우뚱한 채 잠이 들었다. 문득 깨어보니, 옆에 누군가 있는 느낌이 들었다. 남편이 돌아와 있었다. 억지로 남편을 깨워 낮의 일을 들려주었다. 얼떨결에 고향 사람에 관한 아내의 이야기를 들은 남편은 생시인지 꿈인지 분간하지 못했다. 아내가 '좋으냐 어떠냐'고 다그쳐 묻는 바람에, 남편은 뭐가 뭔지도 모른 채 입에서 나오는 대로 좋다고 대답하고서는 베갯머리에 머리를 묻고 잠들어버렸다. 그런데 꿈속에서 어느덧 고향 마을에 가 있었다. 물이 넘실거리고, 붉게 아름다운 벽돌집이 몇 채 보였다. 고향을 떠나온 지 얼마나 오랜 세월이 흘렀는가!

그날 이후 며칠 동안, 외숙모는 여기저기 이웃들의 의견을 구했다. 대다수는 좋다고들 하면서, 친척끼리 혼인하는 게 뭐 어떠냐고들 했다. 그래도 생각이 깊은 축은 오랫동안 소식 한 자 없었으니, 그 속사정을 어찌 알 거냐고 했다. 성격은 어떤지, 인품은 어떤지, 그쪽의 작은아버지와 작은어머니는 어떤 태도를 취할지, 그리고 이미 혼처가 정해진 것은 아닌지? 이 정도 나이의 여자아이로 혼처가 정해지지 않은 아이가 시골 어디에 있을까. 외숙모는 이미 마음을 정했다. 누가 뭐라 하든 우선 데려와서 며칠 머물게 하면 금방 친해져

서 알게 되지 않겠어? 그런 다음에 다시 의논하면 되겠지. 외숙모는 머리를 빗고 세수를 한 뒤 외출복으로 갈아입고서 나무 손잡이가 달린 꽃무늬 핸드백을 들고 푸핑을 데리러 상하이에 갔다. 그들은 이제껏 시내 중심부를 '상하이'라고 불렀다. 마치 자신들은 다른 성(省)의 시골에 산다는 듯이. 외숙모가 이토록 점잖게 차려입은 이유는 할머니를 만나보기 위해서였다. 그녀는 생각했다. 알고 보니 '상하이'에 친척이 한 명 계셨네요! 하지만 공교롭게도 할머니를 만나지는 못했다. 외숙모는 조금은 유감스러워하면서 푸핑을 데리고 돌아왔다.

10# 쑨다량

쑨다량이 처음으로 조카딸을 만났을 때는 몹시 낯선 느낌이 들었다. 하지만 그 아이의 이야기를 듣고 있노라니, 고향의 사투리가 친근하게 느껴졌다.

쑨다량은 열두 살에 고향을 떠나 큰아버지를 따라 뱃일을 했다. 쑨(孫)씨가 살았던 그 마을은 가난하여 척박한 밭 한 뙈기 없이 모두들 대지주나 부농의 땅에 빌붙어 살았다. 물을 대주는 일, 물을 빼는 일, 논두렁을 돌보는 일 등으로 남에게 천대를 받았다. 거의 철마다 불려가 쟁기질을 해줘야 했다. 그러다 보니 외지로 나가 부두일에 뛰어드는 전통이 생겨났다. 한 명이 열 명을 데려가고, 다시 열 명이 백 명을 데려갔다. 맨 처음 사람이 상하이의 분뇨 부두에서 분뇨선을 세내어 똥 치우는 일로 생계를 꾸리자, 이후에 오는 사람들 대다수가 이 일에 종사하였다. 쑤저우허(蘇州河)를 오가는 분뇨선에서 들려오는 말투는 적잖이 이곳 시골 마을의 사투리였다. 이 마을 사람들은 천성이 너그럽고 친절했지만, 능력 있는 사람은 없었다. 상하이의 분뇨 부두마다 배후에 막후의 거물이 있는데, 그 아래로 층층이 내려가면 군소 똥두목들이 얼마나 많이 있는지 알 수 없었다. 가장 밑바닥층조차도 이 마을 사람들은 비집고 들어갈 수가 없었다. 그래서 이 분야에서 일을 한 지 몇 세대나 지났는데도, 여전히 똥두목 아래에서 갖은 착취를 당하였고, 기껏해야 자기 배 한 척을 장만하는 게 고작이었다. 하지만 이들의 손가락 틈새에서 떨어지는 콩고물이 마을 사람들 대다수를 먹여 살렸다. 쑨다량은 막 배를 탔을 때에 노도 젓지 못한 채 배를 끄는 인부 신세로, 밧줄을 등에 걸머진 채 강 언덕을 걸었다. 그러다가 순풍이 불면 돛을 달고 배에 올라탔다. 배가 어딘가에 도착하면 짐꾼노릇을 했다. 배가 상하이에서 올 때 실어오는 똥거름, 그리고 상하이로 돌아갈 때 실어가는 채소, 어느 것이든 모두 짊어져 날라야 했으니까. 자기 집 식구들로 부족하면, 일꾼을 임시로 고용해서라도 날랐다. 원래 키가 작은 데다, 배를 끌고 짐을 짊어지는 일에 짓눌려 쑨다량은 키가 자라지 못했다. 이제 나이 마흔이 되었지만, 뒤에서 보면 영락없이 어린아이와 같았다. 골목길을 걷다 보면, 길을 지나는 짐수레가 등 뒤에서 외치곤 했다. 야, 꼬마야, 비켜! 그가 몸을 돌린 후에야 사람을 잘못 보았음을 알게 된다. 그러나 그는 몸이 튼튼하고 살이 근육질인 데다 피부도 구릿빛이었다. 늘 배 위를 걸어 다녀서인지 다리는 약간 팔자걸음이었다. 팔자걸음은 길을 걸을 때 기우뚱거리기 마련인데, 그는 오히려 아주 안정감 있게 걸었다. 그의 얼굴 생김새를 찬찬히 뜯어보면, 푸핑의 통통하고 둥근 얼굴은 정말 그를 많이 닮았다. 표정이야 원래 좀 무뚝뚝한 편이었으나, 그나마 안경이 그의 그런 분위기를 바꿔놓았다.

쑨다량의 둥근 얼굴에는 하얀 테의 근시안경이 걸려 있었다. 이건 약간 이상스러워 그다지 어울리지 않았지만, 안경 덕분에 그의 얼굴은 총기 있어 보였다. 쑨다량은 그들 또래의 뱃사람 가운데 글자를 아는 드문 경우였다. 그는 아홉 달간 사숙에서 공부한 적이 있었다. 그가 큰아버지를 따라 배에 오른 그 이듬해인 열세 살 되던 해에, 큰아버지는 그를 사숙하는 먼 친척 집에 맡겨 선생님을 좇아 공부하도록 했다. 큰아버지는 내심 그를 아들로 삼을 작정이었다. 자기도 아이 여덟을 낳았지만, 여섯은 세상을 떠났다. 배 위의 아이들은 세 가지 이유, 즉 익사, 장티푸스, 그리고 디스토마로 죽었다. 그의 집 아이들은 모두 세워놓아 봐야 고작 아들 하나 딸 하나만 남았을 따름이다. 이 조카를 데리고 일 년을 지내다 보니, 그는 이 아이가 좋아졌다. 애가 고생할 줄도 알고 어른도 모실 줄 아는 데다가 총명하기까지 해서 뭐든 보기만 하면 금방 할 줄 알았다. 어느 날, 사숙에서 선생 노릇을 하는 먼 친척이 배에 놀러 왔다가 큰아버지가 들려주는 고향이야기를 듣게 되었다. 그런데 그가 가져온 『신보(申報)』를 쑨다량이 보고 있기에, 위쪽에서 한 글자를 골라 시험해보았다. 쑨다량이 '쉬(胥)'라고 읽으면서, 오자서(伍子胥)의 '쉬(胥)'라고 하였다. 그에게 이 글자를 어떻게 아느냐고 묻자, 남에게 물어 배웠다고 대답했다. 그 선생이 가장자리에 '쉬(壻)'라고 쓰고서 다시 시험해보았더니, 이번에도 '쉬(胥)'라고 읽었다. 어떻게 알았느냐고 묻자, 글자가 보태지긴 했지만 독음은 바뀌지 않고 뜻만 바뀐 것이라고 대답했다. 그렇다면 왜 '뉘(女)'라고 읽지 않지? '쉬(胥)'가 후에 보태졌을 수도 있잖아? 쑨다량은 진지한 얼굴로 잠시 생각하다가 말했다. '뉘(女)'는 한쪽에 치우쳤으니, 마땅히 주요한 것을 읽어야겠지요. 선생은 그의 말이 능란한 데다 재미있는지라 조금 더 캐물었다. 왜 '뉘(女)'가 한쪽에 치우쳤다고 생각하지? 이 질문에 쑨다량의 말문이 잠시 막혔다. 그러나 잠시 생각하더니 어렵사리 대답하였다. '뉘(女)'는 '쉬(胥)'보다도 획수가 적기 때문입니다. 어린애다운 대답에 선생은 자기도 모르게 크게 웃었지만, 제법 영리한 구석이 있다고 칭찬한 다음 큰아버지에게 말했다. 애를 몇 년 공부시키면 참으로 좋겠습니다. 큰아버지는 두말없이 쑨다량에게 물건을 챙기라 하더니, 저녁을 먹은 뒤 선생님을 따라 그의 집으로 보냈다. 학비와 하숙비용은 한 달에 배 반 척의 채소로 대신하기로 했다.

역시 성이 쑨(孫) 씨인 선생님은 난스(南市)에 살았는데, 여러 가구가 모여 사는 뜨락에 있는 두 칸의 곁채가 집이었다. 안채는 선생님과 사모님의 침실로, 젖먹이 동생도 안채에서 잠을 잤다. 바깥채에서는 두 아이가 일 미터 남짓의 침대 깔판에서 함께 잠을 잤으며, 문 맞은편에 긴 탁자가 하나 있었다. 책상 위에는 공자의 위패가 모셔져 있고, 책상 아래쪽에는 팔선교자상이 놓여 있었다. 식사와 수업, 그리고 선생님이 글을 쓰는 일은 모두 교자상에서 행해졌다. 교자상 뒤쪽에는 구식 팔걸이의자가 하나 있는데, 선생님이 앉는 의자였다. 바닥에는 둥글게 원을 그린 채 사각 걸상이 놓여져 있었다. 학생들은 이 걸상에 앉아 공부를 했고, 밤이 되면 이 걸상들을 한데 모아 쑨다량의 침대로 썼다. 학생은 쑨다량을 포함하여 일곱 명이었다. 학생들은 아침 일찍 와서 쉬는 시간 없이 연이어 4교시의 수업을 했다. 수업은 정오에 끝났으며, 오후에는 열리지 않았다. 4교시 수업 가운데, 두 시간은 국어, 한 시간은 산수, 또 한 시간은 품행 수업을 진행하였다. 국어는 사서오경을 가르친다고 하지만 사실은 글자를 배우는 것이고, 산수는 주산이었으며, 품행은 이것저것 복잡했다. 품행은 선생님과 학생들 모두가 좋아하는 수업으로, 가르치는 종류는 상당히 다양했다. 어떤 때는 노래를 가르쳤는데, 신식학교에서 공부를 한 선생님의 큰딸이 와서 가르쳤다. 가르치는 내용 중에는 리진후이(黎錦暉)의 「포도선녀(葡萄仙子)」*
나, "헤어지는 정자 너머 옛 길가에, 향기로운 풀 하늘에 닿도
록 푸르구나"**도 있었다. 어떤 때는 체조 연습을 했는데, 보
이스카우트의 체조를 본떠 스스로 터득한 것이었다. 또 어
떤 때는 선생님이 이야기를 해주셨는데, 이야기의 범위는 광
범했다. 선생님은 신학문과 구학문을 반반씩 섞으셨고, 달리
편견을 갖지 않으셨다. 공자와 제자들 간의 일화를 이야기해
주기도 하고, 『태평광기(太平廣記)』에 실린 기이한 이야기나
최근에 읽은 소설도 들려주었다. 선생님과 학생들 모두가 가
장 좋아하는 이야기는 쟝톈이(張天翼)의 동화 『다린과 샤오린
(大林和小林)』***이었다. 선생님은 아이들의 조바심을 불러일으
킬 셈인지 매일 한 소절만을 들려주었다. 아이들은 눈을 동
그랗게 뜬 채 넋을 놓고 선생님을 바라보았다. 다린의 부귀

---

* 리진후이(黎錦暉, 1891~1967)는 중국 최초로 유행가곡을 창작한 천재 음악가로
서, 192·30년대에 그가 창작한 가곡들이 전국을 휩쓸었다. 「포도선녀(葡萄仙子)」
는 그가 1926년에 어린아이를 위해 창작한 아동가무극이다.
** 원문은 "長亭外, 古道邊, 芳草碧連天". 이 시구는 홍일법사(弘一法師) 이수퉁
(李叔同)이 지은 「송별(送別)」이란 시의 한 구절이다. 5·4시기의 유명한 음악가이
자 교육가인 이수퉁이 1910년 즈음에 이 시를 지었으며, 미국의 오드웨이(John P.
Ordway)가 작곡한 「Dreaming of Home and Mother」의 곡조에 이 가사를 붙였다. 이
노래는 수십 년간 수많은 학생의 졸업식 애창곡이 되었으며, 『조춘이월(早春二
月)』이나 『성남구사(城南舊事)』와 같은 영화의 주제곡으로도 사용되었다.
*** 쟝톈이(張天翼, 1906~1985)는 중국의 현대소설가이자 아동문학작가이다. 그의
『다린과 샤오린(大林和小林)』은 20세기 중국의 최우수 동화의 하나로 손꼽히는 작
품으로, 부자 다린과 가난뱅이 샤오린의 삶을 통해 인생의 참의미를 깨우쳐주고
있다.

한 생활이든 샤오린의 가난한 생활이든, 어느 것이나 기상천외하고 이제껏 듣도 보도 못한 이야기들인 데다, 정과 이치에 들어맞아 정말 그럴듯하여 모두의 마음을 사로잡았다. 쑨다량은 선생님이 안채에서 책을 읽으면서 자기도 모르게 웃으시는 걸 여러 차례 들은 적이 있었다. 알고 보니 『다린과 샤오린』을 읽고 계셨다. 몇 차례나 마음이 동하여 자기도 찾아 읽어보려 했지만, 선생님이 책을 어찌나 깊숙이 감춰놓았는지 아무리 찾으려 해도 찾을 수 없었다. 언젠가 쌀독까지 뒤진 적도 있었지만 끝내 찾지 못했다. 고개를 돌려보니 뒤에 서 있던 선생님은 득의양양한 표정으로 그를 향해 웃고 계셨다. 그는 씩씩거리면서 쌀독 뚜껑을 덮었고, 서로 마음을 너무 잘 아는지라 아무 말 없이 각자 물러나고 말았다. 이들 스승과 학생은 마음이 대단히 잘 맞아, 마치 나이 많고 적은 형제와 같았다. 선생님은 어른이지만 무척 천진했고, 쑨다량은 아이였지만 꽤 성숙한 편이었다. 게다가 두 사람 모두 책을 좋아하고, 지식 쌓기를 즐겨했다. 책과 지식을 좋아하여 두 사람은 똑같이 유머러스한 성격을 지니게 되었다. 『다린과 샤오린』 한 소절을 읽고 남는 시간에, 선생님은 학생들을 데리고 산보를 나갔다. 이것도 품행 수업 가운데의 하나였다. 봄날이라면 선생님은 이걸 '답청(踏靑)'이라고 했을 텐데, 이 도시에는 푸른빛이라곤 아무것도 없었다. 그들이 자주 가던 곳은 강변 부두였다. 봄이 되면 불어난 물이 세차게 용솟음쳤다.

바람은 여전히 차가웠지만, 촉촉한 기운을 머금고 있어 한기를 약간 부드럽게 해주었다. 그들의 머리카락과 옷도 바람을 따라 습기를 머금은 채 나부꼈다. 정오 무렵의 태양은 강물에 비쳐 엷게 부서진 채 날카로운 빛을 되비치고 있었다. 강 위의 배는 마치 베틀의 북처럼 물속에 깊이 잠긴 채, 강물 위에 한 길 한 길 도랑을 쟁기질하는 듯했다. 하늘과 땅 사이에 엄청나게 커다란 소리가 뒤덮여 모든 소리를 압도하고, 이로 인해 아득한 정적만이 드리워졌다. 선생님과 학생들 모두 한마디도 하지 않은 채 멀리 강 위의 배를 바라보았다. 삐걱삐걱 노 젓는 소리가 맑고도 분명하게 귓가로 파고들자, 이게 현실이라곤 도무지 믿기지 않았다.

　큰아버지는 매달 하순에 채소를 보내왔다. 쑨다량은 채소를 짊어지고 와서 가지런히 정리해놓았다. 매일 먹을 것은 남겨두고 남은 것은 내가서 팔았으며, 돈은 전부 사모님께 드렸다. 선생님 집에 살면서 눈치가 빨랐던 그는 할 일이 눈에 띄면 곧바로 처리했다. 마치 가게에서 장사를 배우는 점원과 같았다. 그는 마당에서 땔감을 쪼갠 다음, 석탄 찌꺼기를 이겨 알탄을 만들었다. 선생님은 뒷짐을 진 채 머리를 흔들며 『맹자』의 한 구절을 읊조렸다. "하늘이 장차 큰 임무를 사람에게 내리려 할 적에는, 반드시 먼저 그의 마음과 뜻을 고달프게 하고, 그의 근육과 뼈를 피곤에 지치게 하며, 그의 육신과 살갗을 굶주림에 시달리게 하고, 그의 생활을 궁핍에 몰아

넣으며, 행하는 일마다 엉망으로 어지럽혀 놓는다." 그러나 그가 처음 막 갔을 때 아침에 선생님 방의 요강을 들고 나오자, 사모님은 아무 말씀이 없으셨지만 선생님은 오히려 하지 말라고 말리면서 손수 버리러 갔다. 이 일이 있은 뒤 선생님은 쑨다량에게, 사람이 고생은 할 수 있어도 모욕을 당해서는 안 된다고 말했다. 이 일은 사소한 일인 데다가 선생님에 의해 약간 과장된 면이 있었지만, 쑨다량에게 미친 영향은 상당하였다. 평생토록 그는 저속하고 비열한 일을 하지 않도록 힘썼다. 쑨다량은 스승을 대하면서 "하루의 스승도 평생의 부모로 여긴다"는 말의 참의미를 깨닫게 되었다. 선생님께 배웠던 아홉 달이 그에게는 평생의 도움이 되었다고 할 수 있다. 이 아홉 달 동안의 생활을 그는 평생 잊지 못하였다. 이후로 그는 다시는 난스(南市)에 가지 않았다. 하지만 그의 눈앞에는 언제나 한 편의 외국영화의 한 장면 같은 그림이 펼쳐졌다. 작은 남문 안쪽으로 왕 씨네 마터우로(碼頭路)를 따라가다가 더우스(豆市)거리로 접어든 다음, 다시 이름 없는 단거로(蛋硌路)를 가로지르면 골목길에 들어선다. 골목은 꼬불꼬불 구부러졌다가 마침내 우묵한 곳에 이르는데, 그곳에 볼품없는 사립문이 나타난다. 사립문을 밀치고 들어가면 큰 마당이 나오고, 마당은 다시 이리저리 꾸불거리다 동쪽으로 꺾어지면 여기가 바로 선생님 댁이다. 명색이 집이라곤 하지만, 볼품이라곤 전혀 없었다! 채소절임에서 풍기는 고약한 냄새, 갓

난애의 지린내, 알탄이 타면서 내는 유황 냄새에 밥의 시큼한 쉰내가 코를 찔렀다. 선생님은 이처럼 후끈하고 왁자지껄한 분위기 속에서 머리를 흔들어가며 책을 읽었다. 손에는 자사(紫砂)로 만든 찻주전자를 받쳐 들고 있었는데, 주전자에 끓인 것은 변변찮은 찻잎 가루였다. 매번 장면은 이 대목에 이르러 끊겼다.

쑨다량이 왔을 때, 선생님 댁은 형편이 몹시 어려운 처지였다. 그건 상하이가 점령당했던 이듬해였다. 선생님 댁의 생계는 전적으로 학생들의 수업료에 의지하였다. 당시 앞서거니 뒤서거니 두 명의 학생이 학교를 그만두었다. 이어 또 한 명의 학생이 학교를 떠났다. 얼마 지나지 않아 선생님의 큰딸도 초등학교를 그만두고 돌아왔다. 몇 달이 지나자, 네 명의 학생만이 띄엄띄엄 공부를 했다. 학비를 낸 학생도 있고 내지 못한 학생도 있었다. 쑨다량의 배 반 척의 채소는 어찌 되었을까? 쑤저우허도 태평스럽지 못했다. 중산로(中山路)에서 황두(黃渡)까지 삼십육 리 길은 서른여섯 곳이 폐쇄되었다. 왕복 일흔두 곳이 폐쇄된 셈이니, 제때에 보낼 수 없게 되었을 뿐만 아니라 한두 차례는 허탕을 치기도 했다. 생계를 유지하기가 참으로 어렵다 보니, 달관하시던 선생님도 조금은 걱정스러워하셨다. 식사 시간이 되면 선생님은 외출하셨다가 식사가 끝나면 돌아오셨다. 말씀으로는 친구 집에서 드셨노라고 했다. 이런 일이 반복되자, 쑨다량도 식사 시간을 피해 밖에 나갔다. 한 번은 식사 시간에 스승과 제자가 결국 옌마터우(鹽碼頭)거리에서 우연히 마주쳤다. 두 사람 모두 한 마디도 하지 못한 채 그저 함께 걷기만 하였다. 한참을 걷다가 손을 소매에 넣은 채 얼굴을 치켜든 선생님이 공기를 들이켜 냄새를 맡더니 입을 열었다. "가경(嘉慶) 연간의 바람이로다." 쑨다량은 무슨 뜻인지 알 수 없어 물었다. "무슨 말씀이신지요?" 선생님이 말했다. "콩 냄새가 난다 이 말이다." 쑨다량은 그래도 무슨 말인지 이해할 수 없었다. 선생님은 강희 23년에 무역항으로 개항한 이래 황푸강(黃浦江)이 온통 번화해졌다면서 이야기를 꺼냈다. 매년 겨울이 가고 봄이 와 동남풍이 불어오면, 동북 지방의 콩을 가득 실은 정크선들이 바람을 타고 다둥문(大東門) 강변에 운집하였지. 부둣가에는 콩이 산더미처럼 쌓이고, 중개업자들이 즐비하게 늘어섰어. 가경 연간에 이르러 콩 교역사업은 전성기를 맞이했단다. 예를 들면, 콩 교역소에서 사용되는 은을 쥬바더우구이인(九八豆規銀)이라고 하는데, 상하이 각 업계에서는 이것을 모든 교역에 쓰이는 통용화폐로 받들었지. 쑨다량은 그제야 선생님이 자기를 데리고 더우스(豆市)거리를 걷고 있음을 알았다. 선생님은 이어 그에게 말했다, '더우스(豆市)'거리의 '더우(豆)'는 원래 초두(草頭)가 있는 '더우(荳)'로, 아취를 지니고 있지. 이것이 바로 옛 의미인데, 지금은 사람들이 실리만 따지는 바람에 호사스런 흥취라고는 눈곱만큼도 없어. 선생님은 전시의 썰렁한 거리에서 강의를 하였던 것이다. 그의 야위어 움푹 파인 뺨에는 홍조가 돌고 눈에서는 빛이 났다. 날이 저물고, 거리 양쪽의 판잣집에서는 콩알만 한 등불이 점점이 새어 나왔다. 쑨다량은 선생님을 따라 거리 이쪽 끝까지 갔다가, 다시 되돌아 거리 저쪽 끝까지 걸었다.

하루하루 버티기가 참으로 버거워졌다. 선생님은 식구들 모두를 서둘러 고향 집 싱화(興化)로 보냈다. 쑨다량은 선생님 댁에서 세낸 배를 타고 펑빈(封濱)으로 가서 큰아버지를 만났다. 쑤저우허는 곳곳마다 일본인 천지였다. 불안하고 초조한 느낌이 이별과 변고의 슬픔을 한 켠으로 내몰았다. 선생님과 이제 헤어지면 언제 다시 만날 수 있을지 기약이 없다는 생각이 들었을 때, 선생님의 배는 벌써 그림자조차 보이지 않았다. 다시 큰아버지의 배로 돌아와 그는 한 살을 더 먹어 열네 살이 되었다. 디스토마에 감염된 것으로 보이는 사촌 형은 배가 북처럼 부풀어 오르지는 않았지만, 정신이 몹시 침울하게 가라앉아 있었다. 그는 아침부터 저녁까지 꾸벅꾸벅 졸았으며, 잠이 들면 바늘로 찔러도 깨어나지 않았다. 큰아버지는 이 해에 부쩍 늙어 보였다. 이리하여 쑨다량은 집안일을 도맡지 않으면 안 되었다. 그는 키가 작은 편이었지만, 얼굴에는 침착하고 차분하며 여유 있는 어른스러운 표정이 어려 있었다. 어두운 빛 아래에서 책을 너무 많이 읽다 보니, 그의 시력은 눈에 띄게 나빠졌다. 그래서 조금만 먼 곳을 보려 해도 실

눈을 뜨지 않을 수 없었다. 이 역시 그의 어린 티가 나는 둥글고 도톰한 얼굴에 사색하는 듯한 분위기를 더해주었다. 이렇게 하여 자연히 그는 큰아버지의 어깨에서 생계의 무거운 짐을 이어받았다. 우중충한 하늘 아래, 쑤저우허는 옅은 회색의 시멘트 건물 사이에 끼어 있었다. 쑨다량이 노를 젓자, 배는 흔들흔들 좁고도 답답한 물길을 나아갔다.

고난은 끝이 보이지 않았다. 얼마 지나지 않아, 배가 일본 사람에게 징발되었다. 배를 압수한 일본인은 홍커우(虹口)로 배를 끌어가 붉은 벽돌을 싣고서 류허커우(瀏河口)로 갔다. 붉은 벽돌은 본래 무거운 데다, 일본인이 한껏 실었기에, 물이 뱃전까지 차올랐다. 배는 천천히 나아가면서 밀치락달치락 강어귀를 빠져나갔다. 부력이 커지자 그제야 좀 나아졌다. 바람이 불면 돛을 올렸다. 강 비둘기도 날아올랐다. 선단은 약간 흩어져 차츰 드넓어지는 수면에 분산되었다. 배 위에서 일본 병사가 뭐라고 일본말로 떠들어댔다. 이웃 배의 일본인과 이야기를 나누는 것이었다. 갑자기 누군가 쑨다량의 어깨를 밀쳤다. 고개를 돌려보니, 일본 병사가 그에게 손짓을 하고 있었다. 그는 손가락으로 부근의 배를 가리키면서, 다른 한 손을 펴서 빠르게 그 손에 갖다 댔다. 그가 이 동작을 두세 번 반복하자, 쑨다량은 그의 뜻을 알아차렸다. 배를 이웃 배에 가까이 붙이고 홀로 떨어지지 말라는 뜻이었다. 쑨다량은 참으로 우습다고 생각했다. 일본인들이 사실 겁을 내고 있다는 것을 발견했던 것이다. 그래서 그는 그 병사에게 더 복잡한 동작으로 응답하였다. 그는 허리를 구부리고 팔을 늘어뜨려 세차게 젓는 동작을 한 다음, 두 손을 한데 모았다가 다시 떼었다. 물의 흐름이 빠르고 급하니, 배와 배 사이를 떼어놓아야만 한다는 뜻이었다. 자기도 잇달아 세 번 똑같은 동작을 보여주자, 그도 알아들은 모양이었다. 그는 어쩔 수 없다는 표정을 짓더니, 비틀비틀 뱃전으로 가서 멀리 떨어져 있는 배 위의 일본인에게 손을 흔들면서 소리를 질렀다. 그의 목소리는 강물 위로 흩어져 가물가물 아득하게 들렸다. 쑨다량은 저도 모르게 통쾌한 기분이 들었다. 요 며칠 마음속에 쌓인 근심 걱정이 한꺼번에 확 풀리는 듯했다. 그는 목청을 돋우어 노래를 부르기 시작했다. "헤어지는 정자 너머 옛 길가에, 향기로운 풀 하늘에 닿도록 푸르구나." 그의 노랫소리는 바람에 가로막혀 다시 목구멍으로 타고 들어와 목 메인 흐느낌으로 바뀌었다. 눈둘이 흘러내렸다.

삶은 이렇게 조금씩 조금씩 버텨나갔다. 완전히 무너져 내렸다가 다시 조금씩 조금씩 호전되었다. 일본인들이 떠난 뒤, 국민당도 떠났다. 쑤저우허에 점차 평화가 찾아왔고, 분뇨 부두는 국유로 귀속되었다. 크고 작은 똥두목들도 더 이상 큰소리를 칠 수 없게 되었다. 비록 여전히 노동을 하고 밥을 먹었지만, 그래도 이 두 가지는 항상 보장되었다. 1950년, 쑨다량은 스물두 살의 나이에 아내를 맞아들였다. 앞에서도 이야기했듯이, 여자 쪽도 뱃사람 집안으로 그와 똑같은 일로 생계를 꾸리고 있었다. 큰아버지가 세상을 뜨자, 큰어머니는 사촌 형을 데리고 고향으로 돌아가셨다. 공산당정부가 무상으로 사촌 형의 디스토마를 치료하여 주었으나, 결국 형은 건강을 되찾지는 못한 채 가벼운 일만 할 수 있었다. 큰어머니 모자는 고향에서 지내면서 오직 쑨다량이 부쳐주는 돈에 의지하여 생계를 꾸려나갔다. 큰아버지의 배를 쑨다량에게 물려주었으니, 그리하는 것이 마땅한 도리였다! 쑨다량 부부는 이 낡은 배에서 삶을 꾸려나갔다.

1956년에 합작사가 세워지자, 통일적으로 편대를 짜서 선박을 고루 배치하였다. 그들은 쓰레기 운반조에 배치되었다. 모두들 순번에 따라 공동운영자금으로 배를 대폭 수리하였다. 운송량이 많아지자, 먹고 마시는 용도 외에는 절약하여 남기게 되었다. 태평스런 나날이 이어지면, 사람이란 분에 넘치는 바람을 갖기 마련이다. 그들의 분에 넘치는 바람이란 강 언덕에 집을 한 채 사는 일이었다. 허리에 끈을 달아 돛대에 묶인 아이가 배 갑판 위를 메뚜기처럼 기어 다니는 것을 보면서, 두 사람은 강 언덕에 번듯한 집을 갖고 싶었다. 밤이 되면, 배들은 한데 정박한 채 강 가득 환히 등불을 밝혔다. 선장과 선원들은 뱃전에서 이리 뛰고 저리 뛰면서 배 사이를 뻔질나게 오갔다. 술을 마시면서 심심풀이로 하는 잡담 역시 강 언덕의 집 이야기였다. 시골의 낡은 집을 팔아 강 언덕에 집을 마련한 이가 있었다. 물 위를 떠다니는 배 위에서의 시간이 많긴 하지만, 배가 일단 정박하면 일가족이 물건을 정리해서 언덕으로 올라갔다. 각자의 배 위에서 요란하게 웃고 농담 삼아 욕하면서 그들을 멀리 전송했지만, 마음속으로는 그들도 강 언덕 위의 집을 꿈꾸었다. 일 년 내내 물 위를 떠도는 사람들의 꿈은 바로 강 언덕 위의 집이었다. 쑨다량 부부는 입을 것, 먹을 것을 알뜰살뜰 절약했다. 그의 아내는 영양 크림 한 병도 차마 사지 못했고, 그도 즐기는 술을 끊었다. 뱃사람들은 눅눅한 습기와 추위를 쫓기 위해, 그리고 적막함을 견디기 위해 모두들 술을 가까이했다. 하지만 쑨다량은 의지가 강한 사람이었기에, 마시지 않겠다고 작심하자 절대로 마시지 않았다. 이것이 바로 쑨다량이 다른 뱃사람들과 다른 점이었다. 이로 인해 그는 뱃사람들 사이에서 위신이 꽤 높은 편이었다. 그의 아내도 한창때엔 물 위에 핀 한 송이 꽃이라 부를 만했다. 그런데도 쑨다량처럼 키도 작고 외모도 보잘것없고 딸린 식구도 많은 사람이 마음에 들었는지, 그 사람 아니면 시집가지 않겠노라고 했다. 그녀 역시 안목이 있어 그의 예사롭지 않은 비범함을 간파했던 것이다.

    그들은 한 해를 건너뛰어 아이를 낳아, 식구가 한 명 늘어났다. 게다가 늘 큰일들이 생기는 바람에 생각지 않았던 추가지출이 느닷없이 발생했다. 쑨다량의 누나, 아니 이해하기 쉽게 말하자면 푸핑의 엄마가 세상을 뜨는 바람에 고향을 한 차례 다녀와야 왔다. 게다가 큰어머니가 세상을 뜨셨기에 정중하게 장례를 모셔야만 했다. 아내의 친정에도 수시로 좋은 일과 궂은일이 생겼다. 쑨다량은 도리를 중시하는 사람이라, 그런 일이 있을 때마다 정성을 다했다. 하지만 이렇게 돈이 새나가는 틈이 있었건만, 돈은 조금 조금씩 모이고 쌓였다. 머잖아 집을 살 희망이 보이는가 했더니, 뜻하지 않게 1960년에 기근이 찾아왔다. 더 이상 돈을 저축한다는 것은 불가능했다. 모든 걸 어찌할 수 없는 상황 속에서, 이미 모아놓은 것 속에서 조금씩 빼내 눈앞의 일을 처리해야만 했다. 어쨌든 입에 풀칠하여 연명하는 것이 중요했으니까. 몇 번이나 더 이상 버티지 못할 것만 같았다. 심지어 예전의 선생님처럼 가족을 데리고 고향으로 돌아갈까 생각해보기도 했다. 하지만 배를 타고 상하이를 벗어나 교외로 나가 양쪽 강 언덕 황량한 풍광을 보면, 이런 생각이 깨끗이 사라졌다. 그는 이를 악물고서 버텨냈다. 이처럼 고달프고 힘든 나날 속에서 집을 살 계획은 아득해졌지만, 완전히 꺼져버린 것은 아니었다. 오히려 더욱 자주 생각나고 떠올라 쑨다량을 비추니, 어느덧 그의 삶의 원대한 목표가 되었다. 어려운 시절이었지만, 쑨다량은 조금도 해이해지지 않았다. 저축해놓은 것을 조금 쓰기는 했지만, 대부분은 아직 손대지 않았다. 작황이 좋아지자, 곧바로 손실을 벌충하고 계속해서 불려 나갔다. 그리하여 1963년 그들의 저축액이 천백 위안에 이르자, 강 언덕에 22평방미터짜리 허름한 단칸집을 사들였다. 이 집의 주인도 뱃사람이었는데, 기근을 끝내 버티지 못하고 고향으로 돌아가면서 이태를 버텨오던 집을 내놓았던 것이다.

    쑨다량은 일가족을 이끌고 마침내 강 언덕에 올랐다. 그들은 거의 맨몸으로 이 낡은 집에 들어갔다. 집안의 진흙 바닥 위에 서니, 사면팔방에서 빛이 새어들고 거미줄이 그들 머리 위에 처져 있었다. 들보에는 제비 둥지가 지어져 있었는데, 인기척에 놀란 제비들이 지지배배 줄줄이 작은 대가리들을 내밀었다. 제비들은 조금도 겁내지 않고 새 주인을 바라보았다. 아내가 둘둘 말아놓은 이불을 바닥에 내려놓고서 호령을 내렸다. 호령 소리에 아이들은 먹이를 찾는 새끼 짐승처럼 곧장 사방으로 뛰어다녔다. 아내는 소매를 걷어붙인 채 삽질로 집안의 쓰레기를 긁어내면서 울퉁불퉁한 진흙땅을 평평하게 골랐다. 선명한 황토색의 새 흙이 거무죽죽한 진흙땅 위로 모습을 드러냈다. 아이들은 벽돌과 기왓조각, 혹은 바구니 반쯤의 모래흙을 계속 주워 날랐다. 쑨다량은 분주히 움직이는 아내의 뒷모습을 보면서, 마음속에 따스하고 감미로운 생각이 울컥 솟구쳤다. 그는 여자의 이런 모습이 마음에 들었다. 있는 힘껏 앞을 향해 분투해 나아가는 모습이! 그는 담배를 한 대 피우고서 움직이기 시작했다. 집 문에 들어선 후 제일 먼저 한 일은 보자기에서 달력을 더듬어 꺼내 벽에 거는 일이었다. 이때 문어 귀에는 자잘한 기왓조각과 벽돌 조각이 한 무더기를 이루었고, 흙도 제법 무더기져 쌓였다. 아이들이 소리를 지르면서 날듯이 왔다 갔다 뛰어다니는 바람에, 이웃 사람들이 죄다 문을 밀고 나와 이곳으로 모여들었다.

그 당시 이 일대의 판잣집은 이태 뒤의 지금처럼 빼곡하게 들어차지 않았으며, 집과 집 사이에는 꽤 널찍한 빈터가 있었다. 쑨다량은 이웃들과 인사를 나눈 뒤, 그의 집 문 어귀와 앞집 뒷담 사이의 작은 골목을 막아 뜰로 썼다. 이렇게 되자 사람들은 몇 걸음을 더 걸어 큰 골목 어귀까지 가서야 가로질러 갈 수 있었다. 그래도 이의를 제기하는 사람은 없었고, 모두들 편의를 봐주었다. 마당은 작아서 문을 나서면 코가 부딪칠 지경이었으나, 그래도 마당은 마당이었다! 그들은 벽돌 조각으로 마당의 담을 쌓고, 집의 낡아빠진 문짝을 떼어내 마당의 문으로 삼았다. 또한 누군가에게 낡은 문짝을 사다가 대패질을 한 뒤, 그 위를 붉게 칠하여 방문으로 사용했다. 쑨다량은 창틀에도 붉은 칠을 했다. 담벼락은 석회로 틈새를 메운 다음, 석회수를 한 겹 발랐다. 옥상 역시 기와를 손보고 깨진 것은 온전한 것으로 바꾸었다. 이리하여 하얀 담벼락에 검은색 지붕, 붉은 문과 창, 거기에 알록달록한 벽돌담까지, 작지만 얼마나 멋진 집인가! 방 안은 석회수로 벽을 바르고, 바닥은 삽으로 평평하게 한 다음 체로 거른 고운 흙을 한 층 뿌리고 굴밀이를 빌려 튼튼하고 윤이 나도록 꾹꾹 눌러주었다. 하얀 담벼락에는 양저우(揚州)의 지방극인 「장수가 된 백

세 노인(百歲挂帥)」의 연화(年畵)를 붙였다. 붉은 창문 가에는 쑨다량이 아이스바 막대기를 끼워 만든 여치 집이 걸려 있었는데, 아직은 텅 비어 있었다. 한 달쯤 지나고 나면, 틀림없이 찌르륵 찌르륵 소리를 내는 것이 그 안에 살게 될 것이다.

11# 샤오쥔

　앞에서 밝혔듯이, 쑨다량의 집에는 다락방이 하나 있는데, 일 년 전에 덧달아 올린 것이다. 그의 집은 안팎 두 칸인데, 이 다락방은 바깥방의 절반쯤 크기에 한 길 높이에서 달아 올렸는데, 다락방 위아래는 가까스로 반길 남짓쯤 되고, 용마루 가까이에서는 한 길 남짓이다. 용마루에서 비스듬히 내려온 곳에 창문을 하나 내어, 창틀을 만들고 유리를 끼웠다. 다락방에는 나무자재, 합판, 루핑, 목화솜, 질항아리, 아이들이 배운 낡은 교과서, 그리고 고무 타이어와 한 묶음의 폐지 등이 보관되어 있다. 이 물건들은 죄다 지금껏 살아오면서, 당시에는 별로 쓸모가 없을지 몰라도 언젠가는 쓰게 될 날이 있으리라 여겨 모아온 것들이었다. 이게 바로 집이다. 늘 만일에 대비하여 쓰지 않고 비축해두는 법이다. 지금 외숙모는 조카딸을 맞아들일 준비를 하면서, 그래도 푸핑 혼자

지내는 게 편할 거라는 생각이 들었다. 아무래도 다 큰 아가씨이니, 외숙이 좀 거치적거릴 터였다. 게다가 자기 집의 큰 아이가 열두 살인데, 집에서든 학교에서든 남녀를 가리는 편이라 역시 불편할 일이었다. 그래서 다락방을 깨끗하게 청소하여 푸핑을 이곳에 지내게 할 작정이었다. 다락방을 정리하고 있는데, 고급 초등학교를 졸업한 이웃집 샤오쥔(小君)이 달려와 물건 옮기는 일을 정성스럽게 도와주었다. 샤오쥔은 민첩한 몸놀림으로 나무사다리를 통통통 오르내리며 외숙모를 제법 잘 도왔다. 샤오쥔은 외숙모에게 이곳에 새로 오는 언니랑 함께 자게 해달라고 졸랐다. 외숙모는 흔쾌히 그러마 했다.

샤오쥔 집은 형제가 많았는데, 줄줄이 결혼을 하는 바람에 집이 비좁은지라 오늘은 이 집에서, 내일은 저 집에서 잠을 자는 형편이었다. 샤오쥔은 이런 생활을 그런대로 즐기는 편이지만, 집에 자기만이 아이인지라 늘 외롭다고 생각해왔다. 샤오쥔은 사람들과 잘 어울리는 편이었으며, 여기 아이들은 모두 사교적이라 해야 할 터였다. 그들은 어느 정도 친척 관계로 엮여 있었으며, 사실 친척이 아니더라도 고향 사람이면 다 친척뻘이 아니겠는가? 그래서 이곳은 마치 대가정 같았다. 다른 아이에 비해, 샤오쥔은 유달리 활달했다. 아마도 외동딸인 까닭에 오빠들이 뭐든지 그녀에게 양보하는지라, 자유분방한 성격을 지닌 듯했다. 샤오쥔은 초등학교를 졸업했으나 중학교에 합격하지 못해 집에서 놀고 있었다. 어떤 때는 배에 올라 놀기도 하였지만, 집에서는 샤오쥔에게 일을 시키지 않았다. 노동력도 많은 데다, 샤오쥔의 두 오빠에게 세 척의 배가 있었으니까! 이렇게 많은 사람이 샤오쥔 하나 먹여 살리지 못하겠는가. 샤오쥔도 자신이 아직 어리다고 여기지만, 사실 학교에 늦게 들어간 데다 유급까지 한 터라 벌써 열여섯이나 먹었다. 그런데도 집에서는 가장 어리지 않은가? 그래서 장래에 대한 걱정 하나 없이 그저 즐겁게 하루하루를 지냈다. 샤오쥔의 하루하루의 일상은 이웃에 마실 다니는 것이었다. 샤오쥔은 자기 집에서 게으름을 피우는 것과는 달리, 남의 집에서는 대단히 부지런하고 일도 잘했다. 남을 도와 밥도 짓고, 빨래도 하고, 아이도 돌보았다. 누구네 집에 친척이 왔다고 하면, 득달같이 구경하러 달려가 손님접대를 도왔다. 그 친척 가운데 자기와 비슷한 또래의 여자아이가 있기라도 하면, 순식간에 친구로 만들었다. 샤오쥔은 남에게 매우 열정적이었는데, 남들은 어떠했을까? 대개는 샤오쥔에게 쉽게 물들어 우호적인 감정을 보였다. 하지만 그녀에게도 친구와의 교제에 있어서 결점이 있었다. 바로 색다른 것을 보면 마음이 변해, 한결같은 마음을 갖지 못한 채 끊임없이 새로운 것에 빠져드는 점이었다. 그래서 샤오쥔은 친구가 많다고 하지만 그리 오래 사귄 친구는 없었으며, 하나를 사귀면 하나를 잃었다. 제법 깊은 우정을 쌓을 짬도 없이 다른 이에게로 관심을 돌렸던 것이다. 그녀와 다른 사람들과의 관계가 늘 이렇다 보니, 그저 표면적인 호감에 머물 뿐 우정이랄 것이 없었다. 지금, 그녀의 열정은 푸핑에게 옮겨와 있었다.

푸핑이 맨 처음 왔을 때 샤오췐은 만나지 못한 채, 남들의 이야기로만 들었다. 못내 섭섭한 마음에 틈만 나면 쑨다량의 집으로 달려가, 어른에게든 아이에게든 푸핑이 언제 오느냐고 물었다. 푸핑이 와서 한동안 머물 거라는 소식을 듣고서, 샤오췐은 가슴이 쿵쾅거렸다. 샤오췐은 푸핑에 관련된 많은 것들을 물었다. 푸핑의 외숙모도 사실 그다지 잘 알지 못했기에, 그저 푸핑이 올해 샤오췐보다 두 살 더 많은 열여덟 살이라고만 알려주었다. 샤오췐은 이처럼 푸핑이 오기를 눈이 빠지게 기다렸다. 푸핑이 오기도 전에, 마음속으로는 이미 그녀와 엄청 친해져 있었다. 그런데 막상 푸핑이 왔는데, 푸핑은 무덤덤하게 별말이 없었다. 푸핑의 이런 모습에 저도 모르게 흥이 식어버린 샤오췐은 언니라고 한 번 불렀을 뿐, 푸핑 곁에 가만히 달라붙어 있었다. 저녁에 식사를 한 뒤, 샤오췐은 일찌감치 혼자 다락방으로 기어 올라가 이불을 깔았다.

샤오췐은 집에서 새 요를 안고 와서 다락방 바닥에 깔고, 그 위에 면 모포를 덮은 뒤 침대보를 씌웠다. 이렇게 안락한 침상을 만든 다음, 자기와 푸핑의 이불을 차례대로 펼쳤다. 두 개의 이불 모두 꽃무늬가 있었는데, 하나는 대추색 바탕에 흰 꽃이고, 또 하나는 파란색 바탕에 분홍색 꽃이었다. 두 이불 모두 햇빛에 널어 말렸는지라 뽀송뽀송했다. 머리 위에는 전등이 노란 불빛을 비추고 있어 따뜻하고도 활기차 보였다. 샤오췐은 이렇게 준비해놓고서, 이부자리 발치에 앉아 푸핑이 올라오기를 기다렸다. 여기 사는 사람들은 하나같이 일찍 잠자리에 드는 것을 좋아했다. 특히나 이런 겨울날이면 해가 짧기도 하여 사람들은 이불 속에 파고드는 걸 좋아했다. 그래서 식사를 마친 뒤 씻고 양치질을 하고 나면 애어른 할 것 없이 곧바로 침대에 올랐다. 한참을 기다려도 푸핑이 올라오지 않자, 샤오췐은 자리에서 일어나 낡은 천 조각으로 전구를 한 차례 닦았다. 전등이 금세 조금 더 밝아졌다. 아래층에서 당당당 세숫대야 소리가 들리더니 물을 뿌리는 소리가 들리기에, 푸핑이 얼굴과 발을 씻고 있는 것이리라 여겼다! 어린 것들이 큰소리로 말다툼을 하다가, 부모에게 야단맞는 소리가 들렸다. 하지만 푸핑의 목소리는 들리지 않았다. 다시 자리에 앉은 샤오췐은 가져온 털실로 뜨개질을 하면서 푸핑이 올라오기를 기다렸다. 이렇게 얌전한 그녀의 모습은 마치 신랑이 신방에 들어오기를 기다리는 신부 같았다. 물론 푸핑은 그녀의 외숙모에게 붙들려 있었다. 두 사람은 안채로 들어간 것 같았다. 상자가 열리고 닫히는 소리가 들리는 걸로 보아, 외숙모가 조카딸에게 줄 물건을 찾고 있는 것이리라! 과연 한참 뒤 아이들이 모두 코를 골기 시작해서야, 푸핑은 보자기 하나를 들고 다락방으로 올라왔다.

다락방으로 기어 올라온 푸핑의 눈에 이웃집 여자아이가 보였다. 그녀는 이불에 단정하게 앉아 털실을 짜고 있다가 고개를 들더니 얼굴 가득 웃음을 지었다. 푸핑은 순간 저도 모르게 살짝 미소를 지었다. 이 미소는 샤오쥔을 흥분시켰다. 날이 차가운데도 샤오쥔은 이불에서 빠져나와 푸핑 손에 들린 물건을 받아들었다. 푸핑은 경황없이 말했다. 물건은 거기다 둬. 샤오쥔이 다락방 모퉁이의 알록달록한 천을 걷어 올렸다. 다락방 모퉁이 안쪽은 웅크려 앉을 수도 없는 사각인데, 거기에 나무 비누 상자가 놓여 있었다. 샤오쥔은 조심조심 푸핑의 물건을 상자 위에 올려놓고서 커튼을 내렸다. 그녀는 몸을 돌려, 푸핑이 벗어놓은 신발을 발뒤꿈치가 안쪽으로 오도록 가지런히 정리해 놓았다. 아울러 전등 스위치의 당김 줄을 자기 머리 쪽에 두고, 푸핑한테 밤에 일어날 일이 있으면 꼭 자신을 부르도록 했다. 푸핑이 세상천지 어디에서 이런 대접을 받아보았겠는가. 푸핑은 샤오쥔에게 어서 이불 속으로 들어가라고 재촉했다. 샤오쥔은 굳이 푸핑이 먼저 편안하게 이불에 든 다음에야 자기도 이불 속으로 들어가겠다고 했다. 두 사람은 다투듯 양보를 하다가, 주고받는 말도 이내 많아졌다. 드디어 두 사람 모두 자리에 누워 전등을 껐을 때에는 어느덧 서로 친숙해져 있었다. 샤오쥔은 푸핑에게 자기 이름이 뭔지, 올해도 나이가 몇인지, 어디에서 초등학교를 다녔는지, 집안 식구는 몇인지, 새언니의 성질은 어떤지, 오빠가 자기한테 어떻게 대하는지, 또 자기의 경제사정은 어떤지 미주알고주알 늘어놓았다. 푸핑은 기껏해야 '응' 정도로 듣고 있음을 나타낼 뿐 그녀의 얘기에 끼어들지 않았다. 드디어 주절주절 이야기를 늘어놓던 샤오쥔은 제풀에 지쳐 차츰 입을 다물더니 깊은 잠에 빠져들었다. 푸핑은 여전히 깨어 있었다. 달빛이 머리 위쪽 네모난 창문으로 들어와 푸핑의 얼굴을 비추었다. 푸핑은 할머니 생각이 났다. 겨우 한나절의 시간인데, 그녀의 삶이 고개 하나를 넘은 것 같았다. 뒤이어 무엇이 그녀를 기다리고 있을까?

이튿날 이른 아침, 외숙과 외숙모가 배를 타러 나갔다. 나가면서 외숙모가 말했다. 샤오쥔더러 배에 놀러 가자고 해라! 푸핑이 곧바로 대꾸했다. 집에서 사촌 동생들 밥이나 해줄래요. 외숙모가 말했다. 걔들도 할 줄 아니, 네가 안 해도 된다. 푸핑이 다시 대답했다. 그럼 저도 외숙이랑 외숙모 따라갈래요. 외숙모가 말했다. 우리 늙은이들과 무슨 재미가 있다구. 광밍(光明)네 배에 가봐라! 그래서 푸핑은 바로 광밍네 배에 가게 되었다.

광밍은 외숙모의 조카로, 자기 아버지의 배를 탔다. 작년에 하천 선박운송처에서 치렀던 항해사 시험에 합격해서 지금은 부선장이 되었다. 요즘 배들은 죄다 기관선으로 바뀌고, 배에 번호를 매겼다. 광밍네 배는 6005번이고, 후이안로(匯安路) 부두에서 건축폐기물 운송을 전담했다. 신이 나서 집으로 돌아간 샤오췐은 고기와 채소를 달라 해서 양푼에 담아 푸핑을 잡아끌고 광밍을 찾아갔다.

광밍, 이 청년은 상당히 세련된 옷차림새로, 배 위인데도 가죽구두를 신고 있었다. 팔목에는 손목시계를 차고 주름이 잘 잡힌 양복바지를 입었으며, 솜저고리 대신 스웨터에 오렌지색 고무 선원 조끼를 걸치고 있었다. 그는 쑤베이 사투리 대신 상하이 말을 했는데, 그의 상하이 말에는 그래도 쑤베이 말투가 남아 있었다. 가볍게 발음해도 될 것을 일률적으로 힘주어 처리하는 바람에 쑤베이 말투가 드러난 것이다. 또 말을 너무 진지하게 하는 것도 그 이유 중의 하나이다. 그는 사실 그다지 나쁜 사람은 아니지만, 이런 외모가 오히려 사람들에게 경박한 인상을 주었다. 그 동네의 여자애들은 대부분 그를 맘에 들어 하지 않았다. 그들은 '덜떨어진 녀석'이라고 욕하면서, 아무도 그에게 시집가려 하지 않았다. 다른 동네 여자들은 이러한 편견 외에도, 좀스럽다는 이유로 그를 더욱 상대도 해주지 않았다. 그런데 정작 본인은 눈이 아주 높았다. 이리하여 그는 스물세 살을 먹도록 혼사를 끌어오기만 했다. 그 나이라면 이 동네에서는 상당히 나이 든 축에 속했으며, 서둘러 결혼하지 않으면 아주 늦어지는 것이었다. 그도 조급한 마음이 들었는지 젊은 여자한테는 유독 친절하게 대했다. 이때 샤오췐과 푸핑이 다가오자, 벌쭉 웃으면서 말했다. 어서 오세요, 어서 와! 그는 희고 가지런한 이빨에 얼굴도 잘생긴 편이었다. 다만 바람 좇아 왔다가 햇빛 따라가는지라, 피부는 꽤 그을려 있었다. 검게 그을린 거야 뭐 그리 대수롭지 않았다. 문제는 포마드를 발라 앞머리를 치켜세운, 이른바 비행기 머리였다. 머릿기름 포마드를 두텁게 바른 머리카락이 그을린 얼굴을 더욱 돋보이게 하는지라, 마치 옛날 상하이 암흑가의 건달처럼 흉악해 보였다. 샤오쥔이 그를 보자마자 꾹꾹 찔러댔고, 그도 샤오쥔의 길게 땋은 머리를 잡아당겼다. 어려서부터 배에서 자라난 두 사람은 배 갑판 위를 걷는 게 평지를 걷는 것과 다를 바 없었다. 두 사람이 선실을 빙글 돌아 쫓고 쫓기는 바람에 배가 기우뚱거리며 흔들렸다. 푸핑은 하마터면 중심을 잡지 못해 넘어질 뻔했다. 광밍이 이 모습을 보고서 서둘러 샤오쥔에게 졌다고 말하자, 샤오쥔이 그의 등을 여러 번 때리는 것으로 소동은 진정되었다.

혼기를 맞은 젊은이들이란 예민한 법이다. 그의 고모, 바로 푸핑의 외숙모가 이 아가씨를 그의 배로 보냈을 때, 그는 벌써 뭔가를 눈치챘다. 샤오쥔과 이야기를 나누고 법석을 떨면서도, 그의 신경은 온통 푸핑에게만 쏠려 있었다. 이날, 푸핑은 꽃무늬 솜저고리 외투에 외숙모의 털목도리와 짤룩한 카키색 면 외투를 받쳐 입었다. 손은 주머니에 비스듬히 꽂고 있었는데, 도시 사람 같은 분위기가 약간 느껴졌다. 가르마를 탄 채 플라스틱 핀을 꽂은 단발머리는 도시 사람에게는 느낄 수 없는 아름다움이 있었다. 그동안 상하이에 살면서 뺨의 홍조도 사라진 지 오래되어 조금은 누리끼리한 기운을 띠었다. 상하이에 왔을 때처럼 눈꺼풀도 그렇게 두텁지 않고 눈의 윤곽도 분명해져 확실히 시원스러운 느낌이 들었다. 푸핑은 한쪽에 조용히 서서 두 사람의 장난을 바라보고 있었다. 때로는 시선이 옮겨져 수면에 미끄러지는데, 마치 깊은 생각에 잠겨 있는 듯했다. 광밍은 잠시 마음이 흔들렸다. 그의 속마음은 겉모습처럼 유들거리지 않았고, 연애 경험도 없는지라 동년배의 남자들보다 더 낯을 가렸다. 광밍은 갑자기 어색해졌고, 얼굴도 언뜻언뜻 붉어졌다. 샤오쿤이 계속해서 장난을 치려고 하였지만, 광밍은 장단을 맞춰주지 않았으며, 때로는 정말로 화를 내기도 했다. 광밍의 태도에 토라진 샤오쿤은 사납게 그를 한 대 치더니, 그를 더 이상 상대하지 않고 푸핑 쪽으로 돌아와 그녀의 목을 끌어안은 채 강기슭의 풍광을 바라보았다.

배는 쑤저우허를 지나고 있었다. 약간 걸쭉한 강물이 새카맣게 그들의 배를 비추고 있었다. 날씨는 청명하고, 바람도 잔잔했다. 강기슭을 따라 판잣집들의 창문에는 깨끗이 씻겨진 대걸레가 걸려 있었다. 사람들이 강가에서 빨래를 하면서 서로 마주 보며 이야기를 나누고 있었지만, 아무 소리도 들리지 않았다. 아이가 입을 크게 벌린 채 앙앙 울어댔지만, 역시 소리는 들리지 않았다. 발동기선에서 나는 모터 소리가 너무 커서, 모든 것을 집어 삼켜버렸던 것이다. 그래서 강기

늙과 상당히 가까운데도 꽤나 멀리 떨어져 있는 것만 같았다. 또한 줄곧 그들의 배를 따라오는 듯하던 몇 채의 층집은 맑은 하늘 아래 우뚝 선 채, 시멘트 건물 꼭대기가 태양 빛을 반사하고 있었다. 이에 비해 강줄기는 약간 어두운 편이라, 마치 건물의 그늘 사이로 나아가는 것만 같았다. 하지만 강물에는 바닥에서 굴절되어 올라온 그윽한 빛이 어렸다. 그 빛은 사람 얼굴에 드리워 모습을 부드럽게 해주는 반면, 강 언덕의 빛은 약간 딱딱해졌다. 강줄기에서 도시를 바라보니, 도시는 우뚝 솟은 채 엄청나게 컸지만 낯이 설었다. 이곳은 제법 멀리 떨어진 이 도시의 가장자리였다. 빽빽하게 밀집된 건물들은 그들에게서 멀어졌지만, 아직은 볼 수 있었다. 건물의 번잡한 벽면이 햇빛을 이리저리 굴절시켜 마침내 빛을 그곳으로 모았다. 그래서 살펴보니 거기에서는 마치 작은 태양이 깃든 것처럼 유난히 눈 부신 빛을 발산하고 있었다. 강줄기에 쏴쏴 실바람이 불어왔다. 얼굴과 손발 모두 얼어붙는 느낌이 들었다. 하지만 추위에 습관이 된 사람들인지라 그다지 개의치 않았다. 두 아가씨는 아무렇지도 않은데, 광밍은 오히려 흰색 가제 마스크를 썼다. 샤오쥔은 조금 전의 시큰둥했던 일은 까맣게 잊어버린 채 다시 광밍에게 말을 건넸다. 의사가 되었네? 의사가 배에 와서 뭐하는 거야? 광밍은 목덜미까지 붉힌 채, 마스크를 벗어야 좋을지 그냥 계속 쓰고 있어야 좋을지 감이 잡히지 않았다. 그는 잠시 난처해하다가 남들이 신경 쓰지 않는 틈을 타 얼른 벗어버렸다. 샤오쥔이 다시 입을 열었다. 광밍은 오늘 여자 같아. 그것도 꽃가마 탄 여자처럼 되게 수줍음을 타는데. 푸핑은 못 본 척, 못 들은 척하였다. 푸핑처럼 시골에서 자라 남녀 간의 일이 조심스럽기만 한 여자는 아주 민감한지라, 한눈에 금방 이 일의 내막을 눈치챘다. 외숙모의 의도가 몹시 궁금했던 그녀는 마음속으로 외쳤다. 그래, 그럴 줄 알았어. 어쩐지!

광밍에게 꾸중을 들은 샤오쥔은 광밍이 자기에게 별로 흥미를 보이지 않는다고 느끼자, 이번 배 나들이에 흥이 가시고 말았다. 샤오쥔은 푸핑을 잡아끌고 강 언덕으로 올라 집으로 돌아가는 길에 여기저기 재미있는 곳에 들러 놀 생각이었다. 샤오쥔이 말했다. 다스제(大世界)*에 가본 적 있어요? 없으면, 나랑 같이 가요. 그러더니 다짜고짜 광밍에게 배를 강기슭에 대라고 소리쳤다. 푸핑은 다스제 같은 곳에 놀러 갈 생각이 없었지만, 외숙모의 의도를 눈치챘기에 광밍의 배를 타고 있는 게 부자연스럽기만 했다. 샤오쥔이 강 언덕에 올라가자고 제안한 것 역시 푸핑을 궁지에서 벗어나게 하려는 의도도 다소 있었다. 배가 돈대에 기대어 멈춰 서자, 푸핑은 서둘러 샤오쥔을 따라 강 언덕으로 올라갔다. 광밍의 배는 통통통 소리

---

* 다스제(大世界)는 상하이의 시장난로(西藏南路)와 옌안둥로(延安東路)의 교차지점에 위치해 있는, 상하이 최대의 실내유락장이다. 1917년에 건축되기 시작하였으며, 주로 연극과 곡예, 서커스 등을 공연하였다.

를 내며 천천히 강 언덕을 떠나 앞으로 나아갔다. 잠깐 사이에 배가 쑹쟝(淞江)으로 들어서자, 수면이 넓어졌다. 자그마한 배는 약간의 외로움 속에 아쉬움을 남긴 채 멀어져갔다.

　이쪽 강 언덕은 텅 비고 아주 널찍한데, 겨울철에 황량함이 묻어나는 밭이었다. 땅에는 보리를 파종했는데, 마침 휴면 중이었다. 한쪽 모퉁이에는 넝쿨 종류의 작물 몇 그루가 있는데, 이파리조차 누렇게 변해 있었다. 샤오취안은 잠시 서 있더니 갑자기 신이 나서 큰소리로 외쳤다. 가요! 그녀는 푸핑의 손을 잡고 내달리기 시작했다. 푸핑은 손을 빼려고 갖은 애를 쓰다가 결국 뿌리치지 못한 채, 끌리듯 발걸음을 떼어 달렸다. 샤오취안도 푸핑과 마찬가지로 카키색 짤록한 외투를 걸치고 목에는 새빨간 목도리를 두르고 있어 상당히 눈에 띄었다. 샤오취안의 두 갈래로 길게 땋은 머리카락이 등 뒤에서 팔랑거렸다. 그녀는 흰색 런닝화를 신은 발을 높이 차올렸다. 샤오취안은 알고 보면 수상자제(水上子弟) 초등학교의 장거리 최우수선수였다! 푸핑이 어떻게 샤오취안을 따라잡을 수 있겠는가? 거의 샤오취안한테 질질 끌려가던 푸핑은 숨이 턱에 차올랐다. 샤오취안이 마침내 걸음을 멈추더니 푸핑이 뭐라고 싫은 소리를 해도 깔깔 웃어댔다. 이렇게 달리고 욕을 하다 보니 저도 모르게 활달해진 푸핑은 달려가 샤오취안의 땋은 머리를 잡아당기며 외쳤다. 옥수수 술 같은 머리카락을 뽑아버릴 테야. 샤오취안이 아무리 피해 보려 했지만, 땋은 머리카락은 푸핑의 손안에 있었다. 샤오쥔은 두 손으로 땋은 머리 아랫부분을 감싸 쥐고서 허리를 굽힌 채 푸핑과 더불어 맴을 돌았다. 태양이 저만치 높아졌다. 땅에 드리워진 두 아가씨의 그림자는 마치 춤을 추는 듯했다. 마침내 샤오쥔이 푸핑에게 잘못했다고 용서를 빌고서야 푸핑의 손에서 풀려났다. 두 사람은 함께 강 언덕을 따라 돌아가는 길에 올랐다. 쑤저우허를 떠가는 배에는 샤오쥔을 아는 이들이 끼어 있었다. 샤오쥔도 손을 흔들어 그들과 인사를 나누었다. 장난기가 발동한 어떤 사람이 물었다. 뒤에 있는 사람은 누구야? 네 새언니냐? 샤오쥔이 대답했다. 당신 형수! 그런 다음 점잖게 말했다. 쑨다량의 조카예요. 샤오쥔은 다시 두어 걸음 뒷걸음치더니, 푸핑의 어깨를 꼭 붙잡으며 말했다. 저 사람들은 신경 쓰지 말아요. 우리 새언니가 어디 언니만 하겠어요! 푸핑은 샤오쥔을 때리려는 시늉을 했다. 샤오쥔은 고개를 젖히면서도 여전히 푸핑의 어깨를 붙잡고 있었다. 두 사람은 이렇듯 사이좋게 걸어 갈림길에 이르러 강 언덕에서 벗어났다.

밭은 어느새 보이지 않고, 대신 집들이 오밀조밀 모여 있었다. 대개는 나지막한 판잣집들이었고, 길도 좁다란 돌길로 바뀌었다. 열려 있는 이 층 창문으로 내민 대나무 막대에 햇빛에 말릴 옷들이 만국기인 양 걸려 있었다. 옷들은 금방이라도 사람들 머리 위에 떨어질 것만 같았다. 손을 뻗쳐 뛰어오르면, 집의 처마가 손에 닿았다. 길가에 양철 가게가 있는데, 양은 양동이와 탕관, 알루미늄 솥을 두드리는 소리가 딩당 딩당 요란했다. 거리에는 훈제고기 냄새와 진한 기름 냄새가 코를 찔렀다. 샤오췬이 모퉁이 가게 앞에 멈춰 서더니, 나무 문지방에 발을 딛고 섰다. 신발코가 상점의 문짝을 집어넣는 홈에 미끄러지듯 들어갔다 나왔다 했다. 목재 계산대 위쪽 테두리는 투각을 한 목조(木雕)인데, 틈새에는 먼지와 기름때가 쌓여 있었다. 세월이 흐르면서 기름칠은 이미 얼룩덜룩해졌고, 처음의 올방개 색은 이젠 까매졌다. 계산대에는 주둥이가 넓은 유리병이 줄줄이 놓여 있었다. 병 주둥이는 구부러져 있고, 계산대 안쪽과 마주한 채 코르크마개로 닫혀 있었다. 병 주둥이 가까이에는 얇은 휴지로 감싼 자그마한 삼각봉지가 있다. 병 바닥에 백설탕에 절인 양매(楊梅), 새콤하고 짭짤한 무, 약재로 쓰이는 단향감람, 호두 절임, 꿀에 절인 매실, 금귤 절임 등이 있었다. 이들 간식거리에는 감초를 뿌려놓았기에 달콤한 약 냄새가 물씬 풍겼다. 샤오췬이 이곳에 정신이 홀려 있을 때, 푸핑은 오히려 자투리 천 가게에 마음이 끌렸다. 상점 판매대 위에 쌓여 있는 자투리 천들은 사람들이 마음대로 뒤적거리고 묶고 뭉쳐놓는지라 어지러이 뒤엉키고 흩어져 비단을 펼쳐놓은 듯 더욱 화려했다. 이런 자투리 천들은 대부분 품질이 떨어진 것들이지만, 옷이나 바지를 만들기에는 충분했다. 그러나 인내심을 발휘하여 고르지 않으면 안 되었다! 딱 알맞은 것을 고를 수만 있다면야 죽을 힘을 다

할 수도 있지! 교묘하게 합치면 정말 멋진 게 나올 수도 있었다. 자투리 천을 파는 이런 가게는 줄을 지어 여러 곳이 들어서 있었다. 그 가운데에 대걸레용 자투리 천을 묶어 파는 곳이 있는데, 이곳에서는 근수로 따져 팔았다. 푸핑이 자세히 들여다보니, 천 조각들을 잘만 이어 붙이면 제대로 사용할 수 있을 것 같았다. 또 단추를 파는 구멍가게들이 있는데, 백 개가 넘는 칸마다 단추가 한 종류씩 들어 있었다. 다양한 색깔은 말할 나위도 없고, 색깔마다 다양한 모양을 지니고 있었다. 가장 흔히 보이는 흰색의 작은 단추만 해도, 구멍이 네 개인 것과 두 개인 것, 구멍이 보이지 않는 것, 가장자리가 있는 것과 없는 것, 가장자리에 꽃무늬를 박은 것, 순백으로 처리한 것, 물결무늬를 박은 것, 섬광무늬를 박은 것 등이 있었다. 바늘과 실만을 전문으로 파는 가게도 있었다. 가장 작은 자수바늘에서 점점 커져 이불을 꿰매는 돗바늘에 이르기까지, 크기가 족히 수십 종은 되었다. 실은 어떠한가? 거칠고 고운 것의 구분 외에도, 명주실, 색실, 십자수실 등으로 구분되었다. 옷단의 종류도 다양했다. 베, 비단, 공단, 또 비스듬한 무늬, 평평한 무늬 등의 갖가지 옷단이 문 위쪽에 알록달록 걸려 있었다. 푸핑은 마음속으로 중얼거렸다. 샤오쥔, 그 멍청한 계집애가 거짓말하지는 않았네. 정말로 멋진 곳이야. 그들 두 사람은 각자의 취향에 따라 구경을 하다가 다시 마주쳤다.

    샤오쥔은 좋아하는 먹을거리를 사서 푸핑의 입에 집어넣

어 주었다. 엿이었다. 두 사람은 엿을 깨물면서 이 번화가를 걸어 나온 뒤 서쪽으로 갔다. 이미 정오였다. 두 사람 모두 허기가 져서 뱃속에서 꼬르륵 소리가 요란했다. 하지만 구경하는 재미에 얼굴은 온통 상기되고 이마에는 송골송골 땀이 맺혔으며, 서로 맞잡은 손에서는 흥건히 땀이 흘렀다. 푸핑과 샤오쥔이 짧은 외투의 단추를 풀고 앞섶을 열어젖히자, 안의 꽃무늬 솜저고리가 드러났다. 얼핏 보기에 친자매처럼 보였다. 거리는 탁 트이더니 아스팔트 길로 바뀌고, 무궤전차의 전선들이 머리 위에 뒤엉켜 있었다. 건물들은 높다랗고, 행인들도 많아졌다. 그녀들은 꽤 먼 길을 걸어 정안사(靜安寺)에 이르렀다. 길을 걸어 다니는 사람들은 모두들 흥겨운 모습이었다. 다만 샤오쥔은 도저히 배가 고파 견딜 수 없어, 뭘 먹자고 고집하였다. 푸핑은 처음에 먹고 싶지 않았지만, 사주겠다는 샤오쥔의 체면을 보아 결국 그러자고 하였다. 그런 다음 두 사람은 무얼 먹을지를 두고 옥신각신했다. 샤오쥔은 면을 먹자면서 훈툰면 가게로 등을 떠밀었다. 그 가게에서 남자 몇 명이 식사하는 모습을 얼핏 보고서, 푸핑은 얼른 뒷걸음쳐 나오며 아무것도 먹고 싶지 않다고 했다. 샤오쥔이 들어가자고 해도 푸핑은 꼼짝도 하지 않았다. 하는 수 없이 불 꺼진 꽈배기 튀김 좌판대에서 식어빠진 따빙(大餠) 몇 개를 사서 걸어가면서 뜯어 먹었다. 거리에 오가는 사람들 가운데에 그녀들을 힐끔힐끔 쳐다보는 짓궂은 사내들이 없을 수 없는 법이었다.

푸핑이 또 먹으려 하지 않았다. 그러자 샤오췐도 이번에는 정말로 화가 났는지 따빙을 푸핑 가슴팍에 확 쑤셔 넣고서는 따빙을 깨물면서 혼자서 앞장서 걸어갔다. 뒤따르던 푸핑은 인적이 드문 곳에 이르러서야 고개를 숙인 채 따빙을 천천히 깨물어 먹기 시작했다.

 두 사람이 드디어 다스졔에 도착했을 때, 그들의 발에는 물집이 잡히고 장딴지에는 쥐가 났다. 푸핑조차 체면이고 뭐고 샤오췐을 따라 길가에 주저앉았다. 푸핑은 가만히 생각해 보았다. 시골에서는 짐을 지고도 십 리 이십 리 길을 거뜬히 걸을 수 있었는데, 여기서는 왜 안 되는 걸까? 곰곰이 생각하다가 그 까닭을 알아냈다. 상하이의 딱딱한 땅바닥은 온통 시멘트로 깔려 있기 때문이었다. 시골은 부드러운 진흙땅이라 발이 상하지 않았다. 푸핑은 자기 생각을 샤오췐에게 말해 주었다. 샤오췐과 함께 있다 보니 푸핑도 스스럼없이 이야기하였다. 샤오췐은 이 말을 듣더니 피식 웃었다. 만두와 쌀밥도 아닌데, 땅에도 딱딱한 게 있고 부드러운 게 있어? 샤오췐과 말이 통하지 않자, 푸핑은 코웃음을 치고서 입을 다물어 버렸다. 잠시 쉰 후, 두 사람은 다스졔 앞으로 가기 위해 자리에서 몸을 일으켰다. 하지만 뜻밖에도 서 있을 수가 없었다. 발바닥의 물집이 쉬는 사이에 부풀어 올라 발을 내딛자 바늘로 찌르는 듯이 아팠다. 장딴지는 더 말할 나위도 없이 내 몸이 아닌 것만 같았다. 두 사람은 일어섰다가 잠깐도 서 있지 못한 채, 서로 붙잡은 채 주저앉고 말았다. 다시 일어서려다 또다시 주저앉은 두 사람은 서로를 껴안은 채 터져 나오는 웃음을 참을 수 없었다. 길 가던 사람들이 이상하다는 듯 그녀들을 돌아보았다. 푸핑은 남들의 시선을 전혀 아랑곳하지 않고 얼굴을 샤오쥔의 등에 묻은 채 쉬지 않고 웃었다. 다스제의 문이 바로 그녀들 뒤에 있으니, 바로 그곳 홀의 요술거울이 보일 것만 같았다. 생일케이크처럼 원형으로 만들어진 층층의 미니어처 건물들은 화려하기 그지없었다. 그것들은 약간 촌스럽고 조잡한 분위기를 지니고 있었지만, 천진난만한 모습으로 해지는 노을 속에 기쁨에 넘쳐 우뚝 서 있었다. 바닥 낮은 곳에서 조명이 비치고 있었다. 그 빛은 부드럽고도 고르게, 그리고 섬세하게 그 건물들을 마치 무대장치인 양 하늘에 펼쳐놓았다.

12# 극장

 그들이 거주하는 판자촌 남동쪽에는 수상운송대대의 소규모 문화관이 있다. 전해오는 이야기에 따르면, 예전에 이곳에는 양저우(揚州) 지방극을 공연하는 유명한 극장이 있었다고 한다. 맨 처음의 공연단은 여기에서 신의 강림을 청하는 청신희(請神戱)를 공연하였다. 노인들은 당시 극단 단장이자 아주 패기 있고 멋졌던 판시윈(潘喜雲)* 같은 유명 배우들을 아직도 기억하고 있었다. 그들의 무대의상은 웅장하고 화려했다. 똬리를 틀고 있는 새빨간 이무기, 남색과 황색과 녹색의 각종 깃발 등등. 징소리와 북소리가 우렁차게 하늘 높이 울려 퍼지고, 구대 사방에는 향불 불꽃이 하늘거렸다. 참

---

* 판시윈(潘喜雲, 1900~1965)은 쟝쑤성(江蘇省) 한쟝현(邗江縣) 사람으로 원명은 판원시(潘文禧)이다. 상하이에서 양저우 지방극이 흥성할 수 있는 기틀을 마련하였다.

으로 통쾌하기 그지없었다. 지금은 그 극장이 강당으로 바뀌었다. 이곳에서 회의를 열고 보고회도 열며, 영화를 상영하기도 하고 간혹 외지의 이름 모를 작은 극단이 공연을 하기도 한다. 평소에는 썰렁하기 짝이 없으며, 퇴직한 선원 노인 혼자서 그곳을 지키고 있다. 이곳 아이들은 대부분 이 노인을 알고 있으며, 모두들 할아버지라고 불렀다. 수업을 마친 아이들이 한달음에 이곳으로 달려와 '할아버지'라고 외쳐 부르면, 할아버지는 곧바로 아이들이 들어와 놀 수 있도록 해주었다. 들어와 봐야 사실 특별히 재미난 건 없지만, 그래도 제법 널찍한 마당은 바닥에 시멘트를 새로 깔았다. 이전에 땅바닥에 깔려 있던 석판을 들어냈는데, 그중 일부는 아직도 마당의 담장 아래에 쌓여 있다. 이 강당 역시 수리를 했고, 바깥 담벼락에는 시멘트를 새로 발랐다. 문 앞에는 두 개의 기둥이 있는데, 원래 나무였던 것을 지금은 시멘트로 바꾸었다. 땅바닥의 기둥 받침대 두 개는 아직도 목재이며, 얼룩덜룩한 붉은 칠이 그대로 남아 있다. 공연장의 바닥 역시 시멘트이고, 바닥 양쪽에 밀어놓은 기다란 걸상은 줄줄이 겹친 채로 창문 쪽에 쭉 포개져 있다. 창문은 꽤 높이 달려 있는데, 납작하게 줄지어 있는 모습이 마치 목욕탕의 환기창 같다. 무대는 너비가 대략 십여 걸음에 폭은 일여덟 걸음쯤으로, 그다지 넓은 편은 아니다. 무대 양측에는 각각 기둥이 하나씩 있는데, 둘 다 나무기둥으로 색도 엇비슷하게 바랬다. 무대의 마룻바닥은 밟으면 삐끄걱 삐끄덕 소리를 내고, 판자 틈새에서 잿가루가 삐져나왔다. 무대의 뒷담은 얄팍한 판자벽이며, 이곳이 바로 무대 뒤 분장실이다. 양쪽에 나 있는 문은 무대를 오르내릴 때에 사용되었다. 무대 뒤는 통로인데, 무대 앞과 높이 및 너비는 같으나, 폭은 두세 걸음쯤 짧아 좁고 기다랗다. 마룻바닥 중간에는 서랍이 달린 기다란 탁자가 있다. 샅샅이 뒤지기를 좋아하는 아이들은 서랍에서 누런 빛깔의 푸석푸석해진 오래된 여자장식품이나 천으로 된 여자 배역의 머리싸개장식 따위를 찾아낼 수도 있다. 판자벽 쪽에 기대어 무대의 상을 담은 상자 몇 개가 놓여 있는데, 언제 적 것인지 도무지 알 수조차 없다. 위에는 '천(陳)'이라고 써 있지만, 어느 극단이 남겨놓은 것인지 종잡을 수 없다. 나중에 온 사람들도 신경 쓰지 않았고, 그저 쥐가 그 안에다 집을 짓지 않았을까 걱정할 따름이다. 무대 뒤에는 옆문이 또 하나 있다. 옆문의 층계를 몇 계단 내려가면, 계단은 시멘트로 바뀌고, 더 내려가면 금세 뒤뜰이 나온다. 진흙땅 모퉁이에 노천 화장실이 있는데, 가로로 있는 것은 '남자'칸이고, 세로로 있는 것은 '여자'칸이다. 맞은편 모퉁이에는 박태기나무가 한 그루 서 있다. 아마도 남녀배우들이 무대에 오르기 전에 여기에서 몇 차례 목청을 가다듬고 발을 들어 벽에다 대고 몸을 풀었으리라. 이 무대는 그렇게 자주 사용한 것 같지는 않았다. 자주 사용했더라면 이렇게 낡지는 않았을 것이다. 유일하게 낡지 않은 곳은 무대 정면의 위쪽으로, 시멘트로 빚은 다섯 개의 별에 붉은 칠을 했다. 아이들이 들어와 놀 때면, 대개는 이 무대로 와서 놀기를 좋아했다.

아이들은 무대 위에서 펄쩍펄쩍 뛰어 오르내리고, 서로 쫓고 쫓기면서 소리를 질러댔다. 아이들의 고함은 천정에 울려 메아리쳤다. 맞아, 그 꼭대기에 대해 아직 말하지 않았군! 꼭대기에는 나무 들보가 가로놓여 있는데, 들보는 검게 그을려 있었다. 짐작건대, 청신희(請神戲)를 공연할 때 향불에 그을렸으리라. 새까만 들보 위쪽으로 인(人)자형의 서까래에 거미줄과 먼지 뭉텅이가 매달려 있는 게 희미하게 보였다. 들보 위에는 전선이 감겨 있고, 철판 갓을 씌운 전등이 설치되어 있었다. 그리고 들보를 따라 이 미터쯤 되는 곳마다 전등이 하나씩 있었다. 전에는 당연히 가스등이고 훨씬 전에는 촛불이었을 텐데, 이제는 전기가 있으니 전등으로 바뀐 것이리라. 이 극장의 양식은 다소 사당을 닮았는데, 정말로 사당을 개조하였는지는 알 수 없다! 그러므로 작다고 우습게 보지 말라. 그래도 나름대로 엄숙한 분위기를 지니고 있으니까. 아이들은 오후 네 시쯤까지 놀았다. 햇빛이 약간 내려앉아 문지방에 바짝 붙어 안쪽을 비추면, 수많은 먼지가 훤히 날아다니는 것이 보였다. 무대의 사방 벽은 약간 누랬는데, 아마도 유약을 한 겹 칠한 것 같았다. 이 당시, 뭔지는 모르겠지만 공포감을 안겨주는 뭔가가 있었다. 누구인지 모르겠지만, 어느 개구쟁이 녀석이 과장되게 소리를 지르면, 모두들 간이 떨어질 듯 놀라 벌떼처럼 밖으로 뛰쳐나갔다.

　이 극장에는 무서운 전설이 전해 내려왔다. 어느 날 밤, 할아버지는 무대 위가 떠들썩해진 것을 보았다. 징소리와 북소리가 크게 울려 퍼지는 가운데, 공연이 진행되고 있더란다! 바로 「양가장(楊家將)」*을 공연하고 있었다. 할아버지는 그저 이렇게 생각했다. 양저우 지방의 회양희(淮揚戲) 극단이 언제 들어왔기에 내가 모르고 있나? 할아버지는 곧장 일어나 옷을 걸치고서 자던 방을 나와 극장으로 나갔다. 극장에는 양촛불이 극장 마당을 온통 붉게 비추고 있었다. 할아버지는 이날 밤 신경이 쭈뼛 곤두선 채 아무 생각도 할 수 없었다. 지금이 어느 때인데, 전등대신 촛불을 밝혀놓았지. 몹시 흥분한 할아버지는 잰걸음으로 있는 힘을 다해 극장 안으로 달려갔다. 그런데 문이 닫혀 있었다. 할아버지는 그제야 자기가 열쇠를 놓고 왔음을 알았다. 할아버지는 내가 문을 열어주지 않았는데, 이 극단이 어떻게 들어왔을까 하는 생각은 미처 하지 못한 채, 오히려 이 모든 게 딱 들어맞는다고 생각했다. 할아버지가 문 틈새에 바짝 다가가 안을 들여다보았다. 첫눈에 수많은 촛불이 한데 어우러져 무대를 온통 붉게 비추는 모습이 보

---

* 「양가장(楊家將)」은 중국 역사의 전기적 영웅을 다룬 고사로서, 북송대의 양씨 집안 3대, 즉 양업(楊業), 양연소(楊延昭)와 양문광(楊文廣)이 요나라의 침략을 물리치고 나라에 충성을 다한 이야기를 담고 있다.

였다. 다시 들여다보는 순간, 할아버지는 온몸에 솜털이 서는 것만 같았다. 무대 위에서 달리고 뒹굴고 노래하는 것들은 모두 족제비들이었던 것이다. 그 가운데 한 마리는 등에 깃발을 꽂은 채 두 눈이 형형하게 빛났다. 아마도 무구이잉(穆桂英)의 배역인 듯한데, 가는 개미허리를 꺾었다 돌렸다 하는 것이 이미 입신의 경지에 이른 듯했다. 할아버지는 온몸에 식은땀이 흐르고 머리도 맑아졌다. 그는 허둥허둥 자신의 방으로 돌아왔다. 이번에 할아버지가 극장 마당에서 본 것은 붉은빛이 아니라 돌판 틈새의 잡초였다. 질경이와 여뀌가 반 자 넘게 자라나 있었던 것이다. 극장 마당이 너무 황량해서, 족제비가 난리를 친 것이리라고 그는 생각했다!

나중에 마당의 돌판을 모두 걷어내고, 거기에 시멘트를 부었다. 게다가 공연할 극단이 들어오면, 할아버지는 꼭 그들에게 향을 사르게 하였다. 하지만 극장 마당에는 여전히 음산한 기운이 감돌았다. 그래서 이 마을에서는 아이들이 말을 듣지 않으면, 어른들이 이렇게 말하곤 했다. 한 번만 더 소란을 피워봐라, 극장 마당에 던져버릴 테니! 이 말을 들으면 아이들은 곧바로 장난을 멈추었다. 또 밤중에 걸핏하면 우는 아이가 집안에 있으면, 어른들은 극장 뒤뜰로 가서 종이 뭉치를 불살랐다. 이렇게 하면 밤에 우는 아이도 울지 않게 되었다. 이렇다 보니 이 극장은 정말 사당 같기도 했다. 할아버지는 사당지기의 직책도 겸하였던 것이다. 양저우 사람들은 약간 미신에 빠져 있는 데다 물 위에서 생계를 꾸려 가는지라 예측할 수 없는 일이 꽤 많기에, 어쩔 수 없이 귀신에 의혹이 많기 마련이었다. 하지만 그들은 푸젠성(福建省)이나 광둥성(廣東省) 사람들과는 달랐다. 배 타는 일을 하는 이쪽 사람들은 훨씬 거센 풍랑을 겪고 숙명적인 생각을 갖고 있는지라, 종교와 비슷한 관념을 만들어내고 자기가 숭앙하는 신, 즉 바다신인 임조(林祖)를 모셨다. 그래서 연해 지방마다 임조를 받드는 사당인 천후궁(天后宮)이 있었다. 양저우 사람들의 귀신에 대한 믿음은 이 정도에 이르진 않았다. 그들의 귀신은 비교적 평범하고 민간화되어, 임조처럼 신성하거나 전능하지 않았다. 그들의 귀신은 일상생활 속에 흩어져 나타났으며, 사람은 때에 따라 다른 점이 있을 뿐이었다. 상하이의 양저우 사람들은 대부분 뼈 빠지게 일해서 먹고 살아가는 처지인지라, 재력이 든든한 푸젠성이나 광둥성 사람들처럼 여 보란 듯이 기세등등하게 신에게 제사를 올리지도 못했다. 그들은 그저 몇 명씩 와서 찔끔찔끔 상의하는 뜻으로 제사를 드렸는데, 그들의 귀신 역시 대체로 잘 상대해 주었다. 그러다 보니 이 일대에서 그들은 족제비를 꽤나 받들어 믿었다.

고향의 극단이 와서 공연을 할 때면, 이곳은 바로 회관이 되었다. 여기저기 사방에서 양저우 사람들이 몰려들었다. 그들은 극단 단원들이 수레에서 짐을 부리고, 무대를 설치하고, 아궁이를 만들어 밥을 짓는 것을 구경했다. 방금 말했다시피,

이곳은 시설이 낡고 허름한 극장이라, 극단의 배우들은 밤에 무대에서 잠을 잤다. 여배우는 무대 뒤의 분장실에서 화장대나 기다란 걸상, 의자를 한데 붙여 침대 삼아 잠을 잤다. 트렁크는 만지지 않는 것이 전통 극단의 규칙이었다. 그리고 무대의 막을 칸막이 삼아 길을 내어, 남자 배우들이 뒤뜰의 화장실에 갈 수 있도록 했다. 남자 배우들은 앞 무대 바닥에 자리를 깔았다. 그곳 생활은 고달팠지만, 주변의 양저우 사람들이 보기에는 아주 재미있고 신선했다. 공연 기간에 그들은 어디를 가든 가능한 한 길을 에돌아 극장을 거쳤으며, 들어가지는 않아도 극장 입구에 서서 안쪽을 들여다보았다. 아마도 극단 사람들이 빈 무대에서 빙빙 돌면서 허리와 다리를 푸는 모습을 구경하려는 것이리라. 그들이 더 보고 싶었던 것은 일상적인 생활 모습이었다. 예를 들면 극단의 젊은 말괄량이 배역의 여배우가 마당에 옷을 빨아 말리는 등의 일 따위였다. 그녀가 머리를 감고서 밴드로 질끈 묶으면, 머리카락은 등을 타고 내려와 허리에까지 닿았다. 걸쳐 입은 평상복은 자잘한 꽃무늬 옷으로, 약간 낡은 데다 작아 몸에 착 달라붙었다. 운이 좋을 때에는 그들이 식사를 준비하는 광경도 볼 수 있었다. 마치 군대 같은 느낌도 들었다. 밥은 할아버지 방 옆의 천막에서 짓는데, 부뚜막을 쌓고 탄으로 불을 지폈다. 탄은 무대장치의 소품과 함께 끌고 온 것이었다. 그들은 할아버지가 빌려준 탁자 하나를 마당에 펼쳐놓고, 그 위에 큰 솥 하나와 반찬 접시 몇 개를 놓았다. 그런 다음 차례대로 밥과 반찬을 찻그릇이나 도시락에 퍼 담아 여기저기 흩어져 식사를 했다. 어떤 사람은 쭈그려 앉은 채로, 어떤 사람은 선 채로, 햇빛을 받으면서 잡담을 늘어놓았다. 양철 숟가락이 알루미늄 도시락에 부딪쳐, 딩딩당당 맑고 경쾌한 소리를 냈다. 무대 위의 사람들은 모두 그림 속의 사람들이었다. 그런데 지금 그림에서 걸어 내려와 보통 사람이 되었으니, 참으로 신기한 느낌을 안겨주었다. 이때에는 부근에 사는 사람들이 밥그릇을 들고 와 그들과 함께 쭈그려 앉아 밥을 먹으면서, 그들이 들려주는 고향 이야기에 귀를 기울이기도 했다.

저녁에 공연이 시작되기 전에 할아버지는 극장 문을 굳게 잠가두었지만, 그래도 몇몇은 일찍 들어갈 수 있었다. 어떤 이는 할아버지와 잘 아는 사이라고, 또 어떤 이는 극단 사람과 어찌어찌 아는 사이라고 일찌감치 극장에 왔다. 이즈음 극장은 진즉 달라져 있었다. 벽 쪽에 쌓아놓았던 기다란 걸상은 줄지어 늘어놓고, 양쪽 가장자리와 가운데에는 통로를 냈다. 무대 위에는 자홍색 큰 막이 드리워져 있었다. 극장은 이런 것들로 더 채워졌지만, 빡빡해 보이기는커녕 가지런하고 웅장하여 더 커 보였다. 이때 등이 아직 켜지지 않아 어두컴컴한 극장은 엄숙함마저 감돌았다. 일찍 온 사람들은 저도 모르게 소리를 죽인 채 줄지어 늘어선 좌석 사이를 뚫고 오갔다. 시멘트 바닥에는 물을 뿌려 청소를 하였는지라, 군데군데 물을 뿌린 흔적이 남아 서늘한 기운마저 감돌았다. 이때 웃음소리와 이야기소리가 속닥속닥 들려왔다. 낮게 드리운 커다란 막 뒤에서 흘러나오는 듯했다. 일찍 온 사람들은 용기를 내어 막 곁의 두 층의 나무 계단을 밟고 올라선 뒤, 커다란 막을 약간 걷어 올리고서 무대 위까지 갔다. 무대 위는 훨씬 캄캄했다. 천정에는 한 줄로 늘어선 커다란 등이 나무틀에 걸려 있고, 두세 명의 그림자가 바삐 움직이고 있었다. 넓은 무대가 텅 비어 있는지라, 사람 그림자는 유난히 작아 보였다. 그런데 어둠 속에서 두 갈래 빛이 새어나왔다. 바로 무대 뒤로 통하는 두 개의 문이었다. 말하고 웃는 소리는 그곳에서 흘러나오고 있었다. 그곳으로 들어가 보니, 그곳은 별천지였다. 적어도 백 촉은 되어 보이는 전등 두 개가 켜져 있고, 불빛이 사방 벽을 환히 밝힌 채 방 안 가득한 미인들을 비추고 있었다. 미인들 가운데 어떤 이는 거울을 마주한 채 눈썹을 그리고 있고, 어떤 이들은 둘이서 서로 마주 본 채 상대에게 화장을 해주기도 하며, 등 뒤에 서서 머리 묶는 것을 도와주는 사람도 있었다. 기초화장을 한 얼굴은 마치 보름달처럼 일반 사람들보다 훨씬 커 보였다. 눈썹이나 눈도 크고 검게 칠하고, 입술은 새빨갛게 발랐으며, 두 뺨의 연지는 복사꽃처럼 어여뻤다. 그들 대부분은 무대 복장으로 반쯤 갈아입었으며, 머리를 묶기는 하였으나 머리 장식은 아직 하지 않았다. 그들은 마치 극 중의 치장하기 싫어하는 잠자는 미녀처럼 조금은 짜증이 난 기색이었다. 주변을 둘러보니, 무대복들은 그다지 깨끗하지 않고 약간 거뭇거뭇했으며, 볼연지와 입술 연지의 검붉은 자국이 묻어 있었다. 미인의 이는 눈처럼 흰 얼굴, 그리고 선홍색 입술과 어우러져 무척 노랗게 보였다. 그들 입에서 나오는 농담은 그다지 고상하지 않아, 그들의 말이라고는 믿기지 않았다. 하지만 어쨌든 이처럼 절반은 무대 배우요, 절반은 보통 사람이라는 게 무척 흥미로웠다. 무대 뒤는 화장하고 웃고 말하는 배우들을 구경하는 사람들로 차츰 에워싸였다. 화장을 끝낸 사람이 뒷문으로 나와 뒤뜰에서 '아아' 하고 목청을 가다듬더니, 손에 받쳐 든 차를 소리를 지를 때마다 한 모금씩 마셨다. 날이 어두워졌다. 화장한 얼굴이 어둠 속에 불쑥 나타났는데, 마치 미인으로 변한 악귀처럼 보였다.

이때, 극장 안은 흥성흥성해지고, 전등불도 죄다 밝혀졌다. 대단할 정도로 밝은 전등은 아니지만, 버틸 수 없을 정도로 설치된 전등이 많았다! 그래서 대단히 휘황찬란했다. 대들보 꼭대기와 검게 칠한 서까래는 전혀 눈에 띄지 않았다. 전등 아래는 바글거리는 사람들과 경쾌하면서도 구성진 양저우 사투리로 가득했다. 양저우 사람들의 대집회인 양 거의 모두가 왔으며, 매일 오는 사람도 있었다. 사람들은 서로를 부르면서 인사를 나누고, 아이들은 자리 사이를 누비고 다니며 소리를 질러댔다. 모두가 공연을 구경하러 온 것은 물론 아니었다. 대개는 그저 고향 사람이나 만나려고 몰려온 것이 었다. 그래서인지 공연이 시작되었는데도 공연장은 소란스러워 시종 조용해질 기미를 보이지 않았다. 아이들은 몇 차례나 치고박고 싸우다가 할아버지 손에 붙들려가기도 했다. 하지만 이런 일은 그들의 공연 구경에 전혀 방해되지 않았다. 새로운 배우가 무대로 나올 때마다, 그들은 뜨거운 박수갈채로 맞았다. 잘 아는 노래 대목을 한 사람이 부르면 모두가 따라 불렀다. 가장 환영을 받은 것은 무희(武戲)였다. 징과 북이 울리고 일행이 공중제비를 돌면, 지붕이 들썩였다. 한두 사람이 실수하기도 하였지만, 그게 뭐 대수이겠는가. 물러섰다가 다시 뛰어 공중제비를 돌자, 잘한다 소리가 터져 나왔다. 그러나 사람들이 여러 해에 걸쳐 칭송해온 것은 여주인공이었다. 그 여배우가 무대에 나오기만 하면, 극장 안은 일순간에 조용해졌다. 그녀의 목소리는 특이했다. 끝소리를 약간 늘여 빼면서 약간 아래로 처졌다. 대사를 할 때의 꺾임은 약간 느리지만 아주 느린 편은 아니었고, 길게 뽑기도 약간 낮았지만 역시 아주 낮은 편은 아니었다. 「도선초(盜仙草)」*라는 대목에서 주인공으로 분장한 백낭자는 간편한 옷으로 갈아입고서 격투 장면을 공연하였다. 개미허리에 가냘픈 어깨,

---

* 「도선초(盜仙草)」는 중국의 민간고사 가운데의 하나인 「백사전(白蛇傳)」의 한 대목으로, 백낭자(白娘子)가 죽을 위기에 처한 허선(許仙)을 구하기 위해 곤륜산의 선초(仙草)를 훔치는 이야기를 담고 있다.

섬세하고 보드라운 손과 발을 드러낸 채, 표정은 자연스럽고 목청은 시원스러워, 참으로 한 사람이 천의 얼굴을 지닐 만큼 변화무상하였다. 사람들은 하나같이 할아버지가 보았다던 족제비를 떠올렸다. 사람들은 숨을 죽인 채 그녀의 동작에 따라 시선을 움직였다. 그녀가 들어간 뒤, 징과 북이 울리고 새우 병사와 게 장수 등의 익살스런 군대 일행이 무대에 올라오고서야, 사람들은 한숨을 토해내면서 '와아' 환호성을 질렀다.

쑤저우허(蘇州河)는 적막에 잠겼다. 정박한 배에서 등불 몇 점이 흘러나왔다. 불빛은 마치 못처럼 시커먼 수면 위로 박혀 있었다. 먼 곳의 층집 몇 채는 아스라이 하늘에 붙어 있었다. 하늘은 칠흑처럼 어두웠지만, 어둠은 가장자리, 즉 지평선에 가까운 곳에 이르러 다시 밝아졌다. 그건 도시의 불빛이었다. 그것은 또 다른 경관으로, 첨단의 빛과 그림자요, 현대풍의 남자와 여자였다. 하지만 이곳은 그렇지 않았다. 이곳은 자그마한 세계의 떠들썩함과 화려함이었다.

올해 설 하루 전날, 극장은 또 한 차례 떠들썩해졌다. 쑤베이(蘇北) 싱화(興化)에서 온 극단이 현대극 「탈인(奪印)」[**]을 공

[**] 「탈인(奪印)」은 1960년대 쑤베이(蘇北) 지방에서 발생한 계급적 갈등과 대립을 담아내고 있는 이야기로서, 천씨마을(小陳莊)의 당지부 서기인 허원진(何文進)이 마을의 낙후분자와 반동분자의 반대와 음모를 깨트리면서 마을을 혁명적으로 변화시키는 과정을 그려내고 있다.

연했다. 극단은 소규모였지만, 무대의상과 소도구, 조명등 등은 이전 시대와는 비교되지 않았으며, 큰 트럭 몇 대에 가득 실려 있었다. 무대배경인 옆벽과 뜰의 문 등은 실물과 다름없어서, 합치면 집을 한 채 지을 수 있을 것만 같았다. 게다가 둘둘 말린 어망 같은 그물이 있는데, 몇 사람이 동원되어야 나를 수 있었다. 무대에 설치되어 매달린 그물이 '촤악' 소리와 함께 내려 놓이자, 구경하던 사람들 모두 눈이 휘둥그레졌다. 미풍에 넘실거리는 논밭이 눈앞에 펼쳐졌던 것이다. 마치 벼의 맑은 향기를 맡을 수 있을 것만 같았다. 여기에 조명등이 사방에서 비춰지자, 현실인가 환상인가 싶었다. 배우들의 복장은 현대적인 옷차림이었지만, 아주 보기 좋았다! 색상은 울긋불긋 선명하고도 아름다웠으며, 몇 줄로 늘어선 옷걸이들이 빽빽이 들어차 있었다. 신발도 몇 상자나 되었으며, 그 상자들은 사각으로 되어 있었다. 상자마다 사람의 이름이 적혀 있는데, 배우의 실명이 아니라 극 중 인물의 이름이 적혀 있으며, 각자 자기 개인의 것이 있었다. 막은 모두 새로 만든 것이었다. 비단 장막도 있었는데, 내려뜨리자 이른 아침의 안개 낀 풍광이 되었다. 악기도 새것 일색이었다. 북은 팽팽하게 당겨진 채, 한 군데도 깁거나 때운 곳이 없었다. 피리 소리는 마치 휘파람 소리 마냥 맑고 시원했다. 가사나 배우의 발성, 연극 줄거리 모두 신선하면서도 듣기 좋았다! 여배우들은 모두 눈에 띄는 미모를 지니고 있었지만, 연기만은 서로 크게 달랐다. 짧은 머리, 허리춤에 맨 가죽 띠, 남자처럼 보이는 일거수일투족에는 영웅의 기운이 어려 있었다. 이것도 보기에 좋았다! 지주의 늙은 마누라는 옛 연극에 비추어본다면 틀림없이 추악한 행위를 하겠지. 허리를 비비 꼬면서 새알심 같은 탕웬(湯圓)을 간부에게 건네는 장면은 정말 재미있었다! 이건 예전 연극에 가장 가까운 배역이었는데, 이들이 무대에 나올 때마다 극장 가득 박수갈채를 받았다. 이 현대화된 극단은 이곳에서 대단히 뜨거운 환영을 받았고, 매일 밤 좌석이 꽉 찼다. 표 없이 들어온 사람들도 있었는데, 할아버지가 몰래 들여보내 준 사람들로 통로에 서서 구경을 했다. 극장 문 앞에는 표를 사지 못해 들어가지 못한 사람들이 어두운 극장 문 앞 여기저기에 흩어져 선 채, 안에서 들려오는 징과 북 소리에 귀를 기울이곤 하였다.

극단은 싱화(興化)라는 곳에서 왔는데, 이곳은 쑨다량의 고향이다. 극단 사람들 가운데 현악기 반주자는 쑨다량과 한 마을 사람이었다. 두 사람 모두 어려서 고향을 떠났기에 얼굴을 마주친 적은 없지만, 고향 사람을 따지다 보니 피차 잘 아는 사람들도 있었다. 요즈음 쑨다량은 집에 머무는 날이면 어김없이 밤마다 극장으로 달려가, 공연이 시작되기 전에 막 옆의 악대 자리에 앉아 현악기 반주자와 잡담을 나누었다. 때로는 무대 뒤 분장실로 가서 다른 고향 사람들의 이야기를 듣기도 했다. 쑨다량을 따라간 아이는 무대 앞뒤를 여기저기 제멋대로 쏘다녔다. 샤오췬 역시 쑨다량을 따라가면서 푸핑도 함께 끌고 갔다. 푸핑은 외숙에게 몹시 낯을 가리는 데다 외숙을 무서워하는지라, 열흘 넘게 여기에서 지내면서 말도 몇 마디 나누지 않은 터였다. 하지만 샤오췬이 함께 가는 데다가 외숙모도 재촉을 하기에 이내 따라 나섰다.

극장 문 입구에 이르자, 광밍이 기다리고 있는 것이 보였다. 광밍은 미리 사둔 극장표를 손에 쥐고 서 있다가 그들과 함께 들어갔다. 푸핑은 외숙모의 속내를 알아차렸다. 사람들이 도도한 물결처럼 무리를 지어 극장 안으로 들어갔다. 그런데 외숙은 현악기 반주자와 옛날이야기를 나누느라 여념이 없고, 어린아이들은 천방지축으로 사방을 쏘다녔으며, 샤오췬은 극단 배우들의 화장을 구경하고 싶어 안달이었다. 푸핑은 어쩔 수 없이 샤오췬의 뒤를 따랐고, 광밍은 푸핑의 뒤를 바짝 따랐다. 그러다 보니 세 사람은 일찌감치 분장실 입구의 기다란 걸상에 앉은 채, 극단 단원들이 이른 저녁을 먹고 밥그릇을 씻은 뒤 법랑 찻잔에 진한 차를 우려 마시고서 느긋하게 화장하러 올 때까지 기다렸다. 광밍은 푸핑과 이야기를 나누려고 뭔가 이야깃거리를 찾아 푸핑에게 이것저것 물었다. 푸핑도 처음에는 대꾸하고 싶지 않았지만, 다시 생각해보니 외숙모의 조카라면 친척인 셈이니 한두 마디 대꾸한다고 무서울 게 뭐 있겠나 싶었다. 그러다 보니 차츰 그와도 이야기를 나누게 되었다.

이미 말했다시피, 샤오쥔은 변덕스러운 아이인지라, 극단의 새로운 사람들을 보자 푸핑을 까맣게 잊어버렸다. 샤오쥔은 금세 극단의 한 여자 강습생과 알게 되었다. 샤오쥔은 그녀를 위해 세숫물을 떠오고 차를 끓였으며, 대팻밥물*을 만들어 머리를 곱게 매만져 주었을 뿐 아니라, 집에서 음식을 가져와 그 여자에게 먹이기도 하였다. 이 여자 강습생은 극단에 들어온 지 갓 이태밖에 안 되었기에 도제 기간을 채우지도 못하였으며, 그저 병졸이나 하인 등의 엑스트라를 따라다니면서 의상을 관리하고 있을 뿐이었다. 그녀는 남자 배역을 배우고 있었는데, 생김새가 준수해서 정말 잘 생긴 청년 같았다. 하지만 성질이 괴팍해서인지 극단에서 가까이 지내는 사람이 없었고, 들고날 때에도 늘 외톨이였다. 그래서 샤오쥔이 은근히 떠받들어주자, 물리치지 않고 흔연스럽게 받아들였다. 이리하여 샤오쥔은 새 친구와 급속히 가까워진 대신, 푸핑과 광밍 두 사람을 내팽개치고 말았다. 이제 사이를 가로막던 샤오쥔이 없어지자, 광밍은 푸핑과 한 걸상에 앉게 되었다. 푸핑은 광밍의 머릿기름 냄새, 그리고 얼굴과 손에서 풍기는 크림 냄새를 맡았다. 광밍은 시도 때도 없이 소매를 걷

---

* 느릅나무를 대패질하여 나온 대팻밥에 뜨거운 물을 부으면 점성이 있는 액체를 얻을 수 있다. 이 액체를 중국에서는 포화수(刨花水)라고 하는데, 이 액체로 머리카락을 적시거나 바르면 일정한 헤어스타일로 만들 수 있을 뿐만 아니라, 머리카락을 새카맣게 윤택이 나도록 만들 수 있다. 이로 인해 극단의 여배우들이 이 액체를 즐겨 사용하였는데, 일종의 천연미발 헤어오일이라 할 수 있다.

어 올려 팔뚝의 번쩍번쩍 빛나는 손목시계를 내보이면서 푸핑에게 말했다. 지금 다섯 시 삼십구 분이네요. 지금 여섯 시 일 분이군요. 푸핑은 그가 약간 귀찮다는 생각이 들었다. 샤오쥔과 마찬가지로 그의 '덜 떨어진' 맹한 모습이 싫었던 것이다. 그렇다고 광밍이 나쁜 사람은 아니며 마음씨도 참되다는 걸 알고 있었기에 그저 꾹 참으면서, 고개도 돌아다보지 않은 채 그저 남녀 배우들이 화장하는 것을 구경하고만 있었다. 배우들은 화장을 하면서 입씨름을 했다. 싱화의 말투는 푸핑의 고향 집과 약간 떨어져 북쪽에 위치해서인지 상당히 촌스럽고, 푸핑 고향의 말투보다 딱딱하고 어색했다. 하지만 어쨌든 크게 다르지는 않아, 말하자면 외갓집 같은 친근감이 느껴졌다. 남자배우 한 사람이 여배우의 얼굴을 받쳐 들고서, 한 획 한 획 그녀의 눈썹과 눈을 그려주었다. 붉고 희게 분칠한 두 사람의 모습은 마치 두 개의 가짜 얼굴 같았으며, 코끝이 금방이라도 맞닿을 것만 같았다. 그러나 이런 거짓됨 때문에 보아도 싫증이 나기는커녕 오히려 더욱 흥미를 불러일으켰다. 눈썹과 눈이 조금씩 두드러지는데, 금방이라도 묻어나올 것만 같은 화려함이 놀라움을 안겨주었다. 푸핑이 넋을 잃고 보고 있는데, 누군가 갑자기 자기를 잡아당겼다. 고개를 돌려보니, 광밍의 얼굴이 바짝 다가와 있었다. 그의 입에서 풍기는 생선 비린내가 머릿기름 냄새, 얼굴의 크림 냄새와 뒤섞여 속이 몹시 역겨웠다. 광밍이 말했다. 벌써 여섯 시 사십

분이에요. 내려가 자리에 앉읍시다! 순간 푸핑은 자신도 모르게 거칠게 몸을 젖혀 광밍에게서 멀찍이 떨어진 채 아무 대꾸도 하지 않았다. 광밍은 초조한 낯빛으로 말했다. 극장이 너무 어지러워서 모두들 좌석 번호대로 앉지 않아요. 그는 이미 그들의 자리를 남들이 차지하고 있는 걸 보고 있었다. 이 말을 듣자 푸핑은 화가 난 듯 몸을 벌떡 일으켰다. 푸핑은 구경할 자리가 없어질까 봐 걱정하는 게 아니라, 광밍과 티격태격하고 싶지 않았다.

푸핑은 광밍을 따라 커다란 막 옆을 비집고 나와 나무 층계를 내려갔다. 귓가에는 웅웅거리는 사람들 소리로 가득했다. 밝은 분장실에서 나왔기에, 극장 안의 빛은 더욱 어두워 보였다. 십여 개의 전등 아래에서 사람들이 여기저기 떼 지어 옥신각신 다투는 모습만 보였다. 모두들 자리다툼을 벌이느라 목청을 돋우어 말하고 있는지라, 결국 아무도 상대의 말을 듣지 않았으며, 아무도 양보하려 하지 않았다. 두 사람은 마침내 그들 좌석 옆까지 비집고 들어갔지만, 그들 좌석에는 이미 다른 사람이 앉아 있었다. 이번에 광밍은 표를 네 장이나 샀다. 한 장은 자기 것이고, 또 한 장은 푸핑 것이었으며, 어린아이들 네 명이 겹쳐 앉으면 두 장으로 충분했다. 외숙은 어차피 연극 구경은 하지 않은 채 현악기 반주자와 이야기나 나눌 것이고, 샤오퀀도 연극은 보지 않고 친구 시중이나 들 테니까. 하지만 이게 어찌 된 일인가? 네 개의 좌석에는 일여덟 명이 앉아 있는데, 그 속에 우리 집 식구는 딱 한 명뿐이었다. 쑨다량의 큰아들이 몸을 잔뜩 움츠린 채 사람들 틈새에 끼어 있었던 것이다. 광밍이 다가가 그 사람들과 다투기 시작했지만, 그를 상대해주기는커녕 오히려 이렇게 반문했다. 당신 자리라면 왜 와서 앉지 않았소? 누군가가 광밍을 확 밀쳤다. 얼굴이 시뻘게진 광밍은 팔목을 걷어붙인 채 그 사람과 한 판 맞붙을 기세였다. 그때, 극장 안의 전등이 어두워지고 발밑 등이 들어오더니, 무대의 커다란 막 앞쪽이 밝아지면서 연극이 곧 시작되려 했다. 그러자 극장 안에는 긴장된 분위기가 고조되었다. 할아버지가 커다란 손전등을 휘저으며 다가왔다. 허공에 흐릿한 빛 기둥이 그어졌다. "어떤 놈이야, 나가서 싸워!" 할아버지는 고함을 지르면서 광밍과 그 사람을 함께 끄집어 내보냈다. 무대의 막이 열리고 짙푸른 못자리가 비단 휘장 뒤쪽에 펼쳐지자, 왁자지껄한 소리가 점차 잠잠해졌다. 푸핑은 그제야 자기 홀로 통로에 서 있다는 사실을 깨달았다. 하지만 들어가지도 못하고 나오지도 못한 채, 참으로 난감하기 그지없었다! 그때, 그녀 옆에서 손 하나가 쑥 뻗어 나와 그녀를 끌어당겼다. 고개를 돌려 바라보니 어떤 노부인이었다. 노부인은 몹시 여위었지만, 얼굴빛은 맑고 담백해 보였다. 노부인은 옆자리 아들에게 안쪽으로 당겨 앉으라 하고서 억지로 푸핑을 자리에 앉혔다. 아들 역시 마른 편에 안경을 쓴 젊은이었다.

13# 할머니, 연극 구경 가시지요

　외숙모가 푸핑에게 말했다. 가서 할머니를 모셔와 연극을 구경하렴! 헤아려보니 푸핑이 외숙모 집으로 온 지도 벌써 열흘이 다 되었다. 설날까지도 며칠밖에 남지 않았다. 할머니는 어찌 지내시는지, 고향은 어떤지, 또 손자 쪽은 어떤지 궁금했다. 리톈화를 떠올리자, 푸핑은 이내 고개를 떨구었다. 그날 오후, 외숙모는 푸핑에게 집에서 질그릇에 삶고 있는 돼지허벅지 조림을 잘 살피라 하고서, 자기는 할머니가 계신 화이하이로(淮海路)에 갔다.

　외숙모는 새로 지은 남색 덧옷을 걸쳐 입었다. 목둘레에 격자무늬 옷깃이 뒤집혀 있는 옷이었다. 발에는 외숙의 솜 신발을 신었다. 신발등은 검정 코르덴이고 테두리는 흰색으로 둘렀으며, 통풍구멍이 나 있고 끈을 매는 양식이었다. 어깨에는 회색의 인조가죽 지퍼가방을 걸쳤다. 이 백은 샤오쥔에게 빌렸다. 머리카락은 잘 빗어서 머리 뒤쪽으로 넘기자, 얼핏 보기에 간부처럼 보였다. 외숙모는 할머니 뵙는 일을 중요한 일로 여겨, 대단히 점잖게 처신했다. 할머니가 살고 있는 화이하이로야말로 쟈베이에 살고 있는 그들 눈에는 진짜 상하이였던 것이다. 그래서 외숙모는 판자촌의 긴 골목을 가로지르다 만난 사람들이 어디를 가느냐고 물으면 큰소리로 이렇게 말했다. 상하이에 가요! 뭐하러? 사람들이 다시 물었다. 외숙모가 대꾸했다. 아이 할머니를 모셔와 연극 구경을 시켜드리려고요! 외숙모는 판자촌을 벗어나 한길로 들어서서 정류장으로 갔다.

일요일 오후, 날씨는 참 좋았다. 정류장에는 사람이 그다지 많지 않았다. 이즈음이면, 설날 물건도 미리 준비해 놓고, 모두들 집에서 청소를 하거나 생선이나 고기를 절인다. 환기창으로 연기가 피어오르고 화로에다 물을 끓여, 어른 아이 할 것 없이 모두 목욕을 하면서 송구영신을 하는 때인 것이다. 외숙모 집도 대체로 비슷했다. 어른 아이의 설빔은 옷장에 개켜놓고, 소금에 절인 돼지족발 한쪽, 절인 돼지 다리 한쪽, 그리고 소금에 절인 닭고기까지 죄다 마당의 죽간에 매달아 놓았다. 여름에 먹다 남긴 수박씨를 햇볕에 널어 말렸다가 모아두었는데, 그저께 큰아이더러 볶으라고 했다. 수박씨 볶음에

은행 몇 알과 노란 콩 한 줌을 섞어 통조림 깡통에 봉해 놓았다. 외숙모는 할머니를 모시러 가는 길에, 화이하이로의 상점에 들러 젤리 두 근을 샀다. 올해는 부족한 것 하나도 들춰낼 수 없을 것이다. 외숙모는 생각했다. 할머니가 괜찮다고 하시면, 그믐밤 저녁 식사에 모셔야겠다. 그러면 훨씬 떠들썩할 거야. 이제는 살 만하니 친척끼리 오가고 해야지.

무궤전차가 할머니 집을 향해 한 정거장 한 정거장 가까워지자, 외숙모의 마음도 할머니와 더 가까워지는 것 같았다. 외숙모가 할머니를 만나고자 하는 것은 푸핑의 일을 상의하기 위함이었다. 외숙모가 보기에 광밍은 푸핑에게 상당히 마음이 있는 것 같은데, 다만 푸핑의 태도를 알 길이 없었다. 물론 아가씨인 푸핑이 섣불리 태도를 보일 리야 없겠지? 역시 어른된 사람이 나서야지. 외숙모는 절로 흥이 났다. 설을 쇠고 아이들의 일이 결정되면 좋으련만! 어려서부터 배에서 자란 외숙모는 열심히 일하고 밥 먹고 잠을 자는, 너무나 단순한 생활을 해왔다. 그래서인지 복잡한 일은 분간해내지 못했다. 외숙모는 쑨다량을 처음 만나본 후, 직접 어른들과 이야기를 나누었다. 어른들은 쑨다량이 키가 작아 그녀와 어울리지 않는다고 했다. 하지만 외숙모는 이렇게 대답했다. 당신들은 그 사람이 키가 작다고 싫어하시지만, 전 괜찮아요. 어른들이 또 말했다. 쑨다량은 늙은 어머니와 형님도 부양해야 한단다. 그녀가 말했다. 전 괜찮아요. 결국, 어른들은 그녀의 마음을 꺾지 못했다. 그들이 쑨다량을 찾아가 이야기를 해 보니, 그녀의 말이 구구절절 옳았다. 그들은 결혼에 골인했고, 역시 잘 살고 있다. 사는 게 고달프다지만, 고달프지 않은 사람이 누가 있겠는가? 게다가 쑨다량은 나름대로 뜻하는 바가 있는 사람이니, 고생은 했어도 나름의 성과를 거둔 셈이었다. 그렇지 않았다면, 어찌 고생에서 빠져나올 수 있었겠으며, 배에서 강 언덕으로 어찌 옮겨올 수 있었겠는가? 분명 땅바닥에서 하늘 위로 올라온 것이다. 세상사를 바라보는 외숙모의 눈은 비록 단순하지만, 빗나간 적은 결코 없었다. 그래서 이날 뒤이어 벌어졌던 일은 자기에게 뜻밖이었다. 하지만 외숙모는 꽉 막힌 사람이 아닌지라, 일을 처음부터 몇 번이고 다시 되짚어 생각해 보았다. 몇 번이고 생각하던 끝에 깨달았다. 알고 보니 그랬었구나, 어쩐지! 그러자 모든 것이 딱 맞아 떨어졌다.

이야기인즉 이러했다. 외숙모는 흥겹게 전차에서 내려 할머니가 사는 골목으로 갔다. 길가 식품점이 사람들로 붐비고 있었다. 외숙모는 어깨에 멘 가방을 가슴 쪽으로 당겨 꼬옥 감싼 채 사탕 계산대로 비집고 들어갔다. 사탕 종합세트인 스진탕(什錦糖)의 가격은 두 종류였다. 하나는 말랑말랑한 것과 딱딱한 것을 섞어 한 근에 1.2위안이고, 다른 하나는 말랑말랑한 것만으로 한 근에 1.5위안이었다. 셋째와 넷째가 더 많이 먹겠다고 다툴 것을 생각하자, 그녀는 주저 없이 시원시원하게 3위안을 꺼내 말랑말랑한 젤리를 두 근 샀다. 젤리 두 근을 가방에 담자, 가방이 제법 불룩해졌다. 식품점을 빠져나오는 외숙모의 이마에 가는 땀이 한 가닥 배어 나왔다. 거리에는 사람들로 북적이고, 대부분 손에 물건을 들고 있었다. 거리의 가게들도 사람들로 붐볐다. 차는 도심을 쌩쌩 내달리고, 마치 거미줄 같은 전선은 햇빛 속에서 반짝반짝 빛났다. 외숙모는 생각했다. 역시 '상하이'야. 이렇게 떠들썩하다니! 외숙모는 할머니가 살고 있는 그 골목 어귀를 찾아냈다. 골목 어귀 역시 사람들이 빈번히 드나들고 있었다. 시끌벅적한 사람들 틈바구니로 뜨거운 물을 짊어진 짐꾼이 길을 가로지르면서 외쳐댔다. 끓인 물이요, 끓인 물! 물통 뚜껑의 나무 틈새로 모락모락 김이 피어올랐다.

    외숙모가 할머니를 찾아왔을 때, 할머니는 마침 두 아이를 목욕시키고 자기도 씻고 있던 참이었다. 할머니는 붉어진 얼굴에 머리카락을 헝클어뜨린 채, 빈 나무통을 들고서 욕실에서 걸어 나왔다. 어린 두 아이는 스웨터만 입고서 방에서 제기를 차고 있었다. 방 안 가득 쏟아져 들어오는 환한 햇빛 속에, 두 아이의 붉은 스웨터와 초록 스웨터가 유독 선명했다. 외숙모는 아이들을 보자마자 기쁜 얼굴로 지퍼를 당겨 가방을 열어젖힌 다음, 아이들에게 젤리를 한 줌 쥐여주었다. 그러면서 자기는 푸핑의 외숙모인데, 할머니를 모시고 연극 구경을 하고 싶어 왔노라고 할머니에게 말했다. 할머니는 약간 심드렁하게 대꾸했다. 난 늙어서 요란스러운 게 싫으니, 연극 구경하고 싶은 생각이 없소. 외숙모는 할머니 기분이 썩 좋지 않다는 것을 눈치채지 못한 채, 다시 한 번 초대의 뜻을 밝혔다. 연극이 보고 싶지 않으시다면, 그저 놀러라도 오시지요. 푸핑이 집에서 돼지허벅지를 삶아 놓고 할머니를 기다리고 있어요! 할머니는 '푸핑'이라는 두 글자를 듣자 저도 모르게 한결 누그러지더니 한숨을 포옥 내쉬면서 말했다. 애가 가더니 오질 않네요. 내가 걔 시어머니에게 어떻게 설명해야 할지? 외숙모는 이 말을 듣자마자, 너무나 의아하여 두 눈이 휘둥그레졌다. 할머니는 외숙모를 힐끗 보더니, 외숙모가 뭔가 꿍꿍이가 있는 사람이 아니라는 걸 알아차렸다. 그래서 마음을 좀 더 누그러뜨리고서 자기와 푸핑의 관계를 하나하나 외숙모에게 들려주었다. 할머니의 이야기에 외숙모는 실망한 빛이 역력했지만, 그래도 광밍의 이야기를 서둘러 꺼내지 않은 게 천만다행이라고 생각했다. 외숙모는 사실 푸핑에게 시댁이 있는지 물어본 적이 있었다. 그때 푸핑이 전혀 대답을 하지 않자, 시댁이 없다고 받아들였던 것이다. 사실 말이지, 이렇게 다 큰 여자아이에게 어떻게 시댁이 없을 수 있겠는가? 자기가 정말 어리석었다. 여자아이가 부끄러워하는 것을 진짜인 줄 알았으니.

    속마음을 털어놓는 할머니의 하소연은 외숙모를 감동시켰다. 외숙모는 생각했다. 이 할머니는 정말 좋은 분이시

네. 전혀 할머니 같지 않고 너무 젊어 보이기는 하지만 말이야. 그리하여 외숙모는 다시 한 번 할머니께 연극을 보러 가자고 청하면서, 연극을 보고 나서 푸핑을 데려가라고 말했다. 이번에는 할머니도 더 이상 고집을 피우지 않았다. 다만 곧 설이 닥쳐 할 일이 많으니, 주인집의 의중을 살펴야 한다고 말했다. 외숙모는 할머니에게 주인집에 잘 말해보라고 맞장구를 쳤다. 사실 할머니야 주인집에 말하기는 하나도 어렵지 않았지만, 그저 구실을 삼아 자기 신분을 과시하고 싶었을 따름이다. 두 아이는 옆에 서서 귀를 쫑긋 세우고 있었다. 할머니가 연극을 보러 가도록 자기 엄마가 허락해주면, 그 김에 달라붙어 따라가게 해달라고 조를 참이었다. 외숙모는 물론 좋다고 하면서, 아이들 손을 붙들고 말했다. 왜 아니겠니? 너희들도 데려가야지! 그리하여 작은아이는 큰아이 손을 잡고, 큰아이는 할머니 손을 잡은 채, 네 사람이 나란히 문을 나섰다.

    네 시경, 햇빛은 판잣집 울타리에 비스듬히 걸쳐 있었다. 푸핑이 간장을 사서 돌아와 막 마당 문으로 들어서려던 참에, 할머니 일행이 도착했다. 두 아이는 멀리서부터 푸핑의 이름을 연거푸 불러댔다. 건망증이 심한 어린아이들은 푸핑이 자기들을 상대해주지도 않았던 건 까맣게 잊어버린 채, 그저 오랫동안 보지 못했던 낯익은 얼굴이 여기에 나타나자 놀라고 즐거워할 따름이었다. 푸핑의 마음도 순간 뜨거워졌다. 게

다가 할머니 얼굴을 살펴보니, 할머니도 그다지 불쾌한 기색이 없이 푸핑에게 몇 마디 말을 건네는 것이었다. 한 번 갔다고 돌아오지 않으면 안 되지. 할머니가 얼마나 걱정했는지 아니. 종일토록 마음을 졸였던 푸핑은 그제야 마음이 놓였다. 푸핑은 저도 모르는 사이에 할머니를 전보다 훨씬 은근하게 불렀다. 할머니. 푸핑은 들락날락 거리며 할머니께 설탕 녹차도 타 드리고, 땅콩도 볶아다 드렸으며, 외숙의 담배를 찾아다 할머니께 권해드렸다. 싹싹하게 대하는 푸핑을 바라보면서, 할머니는 눈자위가 촉촉해졌다. 결국은 재도 어린 것이니, 무슨 용빼는 재주가 있어 하늘로 내쳐 오르겠어? 자기가 너무 앞질러 많은 생각을 했나 싶었다. 외숙과 외숙모 두 사람 모두 진즉 할머니 맘에 들었다. 외숙모처럼 마음이 따뜻하고 열성적인 사람이야 말할 나위도 없었으며, 외숙 또한 말수는 적지만 정성껏 예의를 갖추어 차를 마시고 담배를 피우면서 자리에 앉을 때마다 할머니께 먼저 권했다. 외숙모집 아이들도 문에 들어서자마자 시키는 대로 차례차례 할머니라고 부르면서 꾸벅 머리를 조아렸다. 그런 뒤 아이들은 주인집 아이 둘을 데리고 들판으로 달려나갔다. 주인집 아이들이 평소에 이런 또래들을 본 적이나 있었겠는가? 모두들 금방 친해지더니, 한 번 나가자 감감무소식이었다. '상하이'에 사는 할머니가 온다는 걸 진즉 알고 있던 이웃들이 이때쯤 찾아왔다. 얼핏 보아도 할머니는 생각했던 것보다 훨씬 신분이 높아

보이고 기품이 있어 보이는지라, 주눅이 들면서도 약간 흥분이 되었다. 나이가 지긋하고 세상 물정을 아는 남자들 몇몇이 앉아 할머니와 이야기를 나누었고, 여자들은 그 옆에 서서 이야기에 귀를 기울이면서 손발을 부지런히 놀려 외숙모의 요리를 도왔다. 외숙모는 뚝배기에 고기완자와 배추를 넣어 끓이고 말린 두부를 잘게 썰어 삶는 등, 완전히 일상적인 가정 요리를 만들었다. 땅거미가 지자, 외숙모는 주인집 아이들을 찾아오게 하여 밥상을 차려주고, 자기 집 아이들에게는 극장에 가서 자리를 잡아놓도록 시켰다. 물론 자리다툼이 날까 봐 걱정스러웠던 것이다! 때마침 광밍이 왔다가 이 소리를 듣고, 곧바로 극장에 가려고 했다. 이제껏 분주히 움직이던 외숙모는 조카를 떠올리자 자기도 모르게 마음이 쓰라렸다. 하지만 외숙모는 활달하고 통이 큰지라 그다지 마음에 두지 않은 채, 조카에게는 나중에 설명하려니 마음먹고서 광밍을 먼저 보냈다. 사실 외숙모 자신도 광밍이 이다지도 여자 마음 하나 얻지 못하리라곤 꿈에도 생각하지 못했다.

쑨다량 집의 식탁을 보니, 마치 며칠 앞당겨 설을 쇠는 것 같았다. 상다리가 휘어지도록 쌓인 쟁반그릇은 온통 진한 기름과 붉은 장으로 번들거렸다. 주인집 아이들은 원래 고기라면 환장하는지라 이번에도 배불리 먹었다. 할머니는 아이들이 먹고 탈이 날까 봐 말렸지만, 말린다고 말려지겠는가? 모두들 다투어 아이들 밥그릇에 고기를 올려주었다. 그러다 보니 할머니도 식욕이 당겼다. 사실 언제 할머니가 남이 지어준 밥을 먹어보았겠는가? 게다가 말끝마다 '할머니, 할머니' 하면서 쉬지 않고 부르지 않는가. 술을 몇 잔이나 마셨는지 기억나지 않지만, 귀가 뜨뜻하고 심장이 쿵쾅거리면서 기분이 퍽 유쾌했다. 식탁에 앉아 먹는 사람들이나, 빙 둘러선 사람들이나 모두들 할머니가 술을 잘 드신다고 혀를 내둘렀으며, '상하이'의 두 아이도 고기를 먹을 줄 안다고 추켜세웠다. 어른들이 술잔을 내려놓고 밥을 푸자, 그 집 아이들도 그제야 식탁에 끼어 앉았다. 자리는 더욱 떠들썩해졌다. 아이들이야 손님이 오면 더 떼를 쓰기 마련이다. 아이들은 서로 다투고 빼앗으면서 평소보다 몇 곱절이나 먹어댔다. 조금 전에 놀면서 낯이 익은 아이들은 이젠 너무 편해졌는지, 누가 비계를 먹을 수 있는지 입씨름을 벌이기 시작했다. 어른들이 호통을 쳤지만, 이건 정말로 호통을 치는 게 아니라 아이들을 부추기려는 것이었다. 젓가락이 바삐 오가더니 그릇이 금세 텅 비워지고, 수북하게 놓였던 그릇이 바닥을 보인 채 하나둘 치워졌다. 사람들은 왁자지껄 떠들어댔다. 쏜다량, 설을 쉴 거야 말거야! 얼굴이 발갛게 달아오른 외숙모는 눈을 반짝이면서 대꾸했다. 쇠야지! 왜 못 쇠? 날마다 쇠야지! 이때 누군가 들어와 말을 전했다. 곧 공연이 시작되는데 사람이 너무 많으니, 할머니가 빨리 가셔야겠다고. 그러자 아이들은 주인집 두 아이를 팔에 끼고서 극장으로 달려갔다. 할머니는 그 뒤를 따랐는데, 외숙모가 한쪽을, 다른 한쪽은 샤오췐이 붙들었다. 샤오췐의 평소 버릇이 어디 가겠는가? 그녀는 말끝마다 '할머니, 할머니' 하면서 미주알고주알 이것저것 캐물었다. 할머니 귀에 걸린 귀걸이, 진짜 금이에요? 할머니가 입고 있는 솜저고리는 할머니가 직접 만든 거예요? 푸펑은 그 뒤를 따라갔고, 쑨다량은 그녀 뒤를 따라갔다. 이렇게 사람들은 서로 끌거니 밀거니 극장에 들어섰다.

오늘은 마침 극목을 바꾸어 시대극「맹려군(孟麗君)」*을 공연했다. 관중이 훨씬 더 많이 몰려드는 바람에 그야말로 북새통을 이루고 있었다. 광밍이 잡아놓은 자리는 점점 사람들한테 빼앗겨 줄어들더니, 겨우 네댓 자리만 남아 있었다. 광밍이 이리 뛰고 저리 뛰며 막아봤지만, 자칫하다간 자리를 모두 빼앗길 위기에 놓였다. 그는 할머니 일행이 들어오는 것을 보자, 저도 모르게 좌석위로 뛰어 올라가 두 손을 흔들면서 큰 소리로 불렀다. 헝클어진 그의 머리카락은 땀에 젖은 채 이마에 찰싹 달라붙어 있었다. 게다가 손발을 쩍 벌리고 있는 모습이 너무 재미있어 할머니는 웃음을 터뜨렸다. 일행이 비집고 들어가 자리에 앉고서야 일은 일단락되었다. 할머니

---

*「맹려군(孟麗君)」은 옛나라의 재녀(才女) 맹려군에 관한 전기적 극목이다. 맹려군은 간신의 모략에 빠진 약혼자 황보소화(皇甫少華)의 집안을 구하기 위해 남자로 분장하여 무과 과거에 급제한 후 승상에 오른다. 원나라 성제(成帝)는 맹려군이 여자임을 알고 아내로 맞아들이려 하지만, 맹려군은 이를 거절한다. 훗날 태후의 도움을 받아 맹려군은 간신을 제거한 후 황보소화와 혼인하게 된다.

는 외숙모 귀에 대고 해죽이 웃으며 말했다. 내가 보기에 당신 조카와는 이 애가 딱 맞는 짝일세. 할머니는 겨드랑이 속의 샤오췬의 손을 치면서 말했다. 할머니의 말은 샤오췬에게 들리지 않았다. 그녀는 푸핑에게 자기가 새로 사귄 그 여자가 오늘 밤 언제 무대에 올라오는지, 또 어떤 옷을 입는지 알려주느라 여념이 없었다. 오히려 푸핑이 할머니의 말을 들었다. 그녀는 잠시 딴생각에 잠겼다가 다시 정신을 차렸다. 외숙모는 마음속에 무언가 번쩍 스쳐 갔다. 역시 나이 드신 분이라 자기보다는 사람 보는 눈이 정확하다는 생각이 들었다. 사람들의 떠드는 소리가 잠잠해지지 않는 가운데, 징과 북소리가 공연의 시작을 알렸다. 막이 열리자, 눈에 가득 들어오는 깃털 옷과 오색 무지개 옷이 아름답고 화려하기 그지없었다. 무대 아래쪽에서 와아 하는 소리가 요란했다. 이 연극은 문희(文戱)*로, 배우들은 예쁘고 멋지게 분장하였다. 뺨은 붉고 이는 희었으며, 비녀와 귀걸이 등의 장신구가 달랑달랑 흔들렸다. 할머니와 일행은 그 광경을 뚫어져라 바라보았다. 막과 막 사이마다 외숙은 몸을 숙인 채 할머니에게 연극의 내용을 설명해드렸다. 어찌나 자세하게 설명해주는지, 앞뒤 사람들까지 고개를 기울여 들었다. 설명이 거의 끝났을 즈음,

---

* 문희(文戱)는 중국의 전통극에서 싸우는 장면이 없이, 노래 또는 동작, 표정을 위주로 하는 극을 가리킨다.

다음 막이 시작되었다.

　공연이 끝나자, 어느덧 시간은 10시가 넘었다. 사람들에게 떠밀려 극장을 나온 그들은 다시 극장 마당으로 떠밀렸다가 거리로 나왔다. 돌판 길을 밟자, 파박파박 하는 소리가 났다. 골목길이 몇 갈래로 나뉜 덕에, 인파가 뜸해졌다. 날은 쾌청하였다. 하현달이 하늘 높이 걸려 있고, 바람은 약간 쌀쌀했다. 연극을 구경하기 전에 마신 술이 이제야 깼고, 공연을 볼 때의 흥분도 차츰 가라앉았다. 사람들은 목소리를 낮춘 채 밤의 고요함을 느끼기 시작했다. 주인집 두 아이의 발은 벌써 꼬이기 시작했고, 할머니도 몸이 노곤해짐을 느꼈다. 정류장에 이르렀다. 모두들 잠시 말이 없었다. 외숙이 할머니에게 입을 열었다. 괜찮으시다면 저희를 아랫사람으로 여기시고, 일이 있을 때마다 불러주십시오. 사람이 필요하면 사람을 보내드리고, 힘이 필요하면 힘도 쓸 수 있어요. 할머니가 맞장구치면서 말했다. 우린 이미 친척이니, 당연한 일 아니겠소? 당신 조카가 내 손자며느리인데! 여기까지 말하고서 할머니는 고개를 돌려 푸핑을 보면서 말했다. 푸핑아, 너 나랑 돌아갈래 어쩔래? 푸핑이 고개를 숙인 채 대답했다. 그럼, 돌아가야지요. 잠시 기다리자 전차가 왔다. 그들이 전차에 오르고 전차가 출발하고서야, 정류장의 어른 아이 모두 걸음을 떼어 집으로 향하였다. 몇 걸음을 내딛다가 내내 입을 다물고 있던 외숙이 목청을 돋우어 노래 한 대목을 부르자, 아이들이 너도

나도 따라 불렀다. 전차가 떠난 지 얼마 후, 그들의 노랫소리가 고요한 밤하늘에 울려 퍼졌다.

전차 안은 몹시 썰렁했다. 손님은 겨우 대여섯 명밖에 되지 않았다. 할머니는 두 아이를 데리고 한쪽에 앉고, 푸핑은 혼자 따로 앉았다. 작은아이는 벌써 할머니 품에서 곤히 잠이 들었고, 큰아이도 할머니 몸에 비스듬히 기대어 있었다. 마치 두 개의 진흙더미 같았다. 이때 오히려 정신이 맑아진 할머니는 창문을 마주 보고 있었다. 차창에 어린 자신의 모습이 보이고, 눈꼬리에 귀걸이가 반짝이는 게 보였다. 푸핑의 눈은 기사의 등을 마주보고 있었다. 이번 전차가 막차여서 그런지, 핸들을 조작하는 운전사의 동작에는 조급함이 배어 있었다. 어서 이번 막차 운전을 마치고 집에 가서 푹 쉬고 싶어서이리라. 푸핑은 한 순간 이 전차의 운전사가 광밍이라는 생각이 들었다. 광밍도 이렇게 핸들을 돌릴 때 등과 허리가 한쪽으로 쏠렸다가 원위치로 되돌아오곤 하지 않던가. 그 순간 푸핑의 머리가 앞쪽으로 쏠렸다. 전차가 정류장에 멈추자, 그들은 전차에서 내렸다.

외숙모집에서 돌아온 뒤, 할머니는 이날 밤의 식사와 연극 공연, 그리고 외숙과 외숙모 일가에 대한 이야기를 뤼펑셴에게 낱낱이 들려주었다. 그리고 맨 마지막에 감탄을 발하면서 덧붙였다. 좋은 사람들이야. 사는 건 잘살던데, 집이 좀 낡았더구먼. 뤼펑셴이 돌연 말했다. 저도 그 사람들이 좋은 사람들이라는 걸 알아요. 그런데 왜 그 사람들이 그렇게 서둘러 푸핑을 데려갔는지 모르겠네요. 할머니는 변명하듯 말했다. 이제 푸핑을 돌려보내 주었잖아? 뤼펑셴은 코웃음을 치면서 말했다. 할머니는 말씀도 참 잘하셔. 그 사람들이 푸핑을 돌려보냈으니 망정이지, 만약 그렇지 않았다면요? 그 말을 듣고 보니, 할머니도 보기 좋게 속은 기분이 들었다. 그래, 푸핑과 그들 사이에 무슨 일이 있었던 걸까? 그 사람들이 갑자기 끼어든 게 무엇 때문이지? 그날 밤 가지고 돌아왔던 인정은 차츰 흐릿해졌다. 하지만 주인집 아이들은 그날의 경험을 잊을 수 없었는지, 할머니께 자주 이것저것을 물었다. 그럴 때마다 할머니는 말했다. 나도 모른다. 푸핑이 알 테니, 가서 물어보렴. 푸핑도 모른다고 하면, 할머니가 말했다. 네 외숙, 네 외숙모인데, 네가 왜 몰라? 푸핑이 말했다. 저희 아버지, 어머니는 일찍 돌아가시고, 아무도 저한테 말해주지 않았는데, 제가 어찌 알겠어요? 이건 푸핑이 외숙모집에서 돌아온 이후 달라진 점인데, 그녀는 할머니에게 꼬박꼬박 말대꾸를 했다. 화가 치민 할머니가 목청을 돋우었다. 네가 모르는 사람들이라면 어찌 그리 오랫동안 가 있었단 말이냐? 푸핑은 더 이상 말하지 않았지만, 화가 나서 얼굴이 새빨개졌다. 어쩌다가 할머니와 푸핑 모두 기분이 좋을 때, 할머니는 푸핑에게 넌지시 물었다. 외숙 집에서 뭘 하고 놀았지? 어떤 사람들을 만났고? 푸핑은 대답했다. 달리 논 것도 없고, 낯선 사람도 만난 일이 없었어요. 그러면 할머니는 곧바로 화를 벌컥 냈다. 아무도 안 만나긴 뭘 안 만나? 샤오쥔이랑 광밍은 낯선 사람이 아니란 말이냐? 푸핑도 화가 나서 말대꾸를 했다. 한 명은 이웃이고 한 명은 친척인데, 어떻게 낯선 사람이에요? 푸핑을 원래 어눌하다고 생각했는데, 푸핑의 입은 이렇게 야물어진 것이다.

설이 코앞으로 다가오는데, 할머니와 푸핑은 말다툼을 벌여 썩 즐겁지가 않았다. 두 사람 모두 마음속에 분노를 억누르고 있다가, 한 가지만 불만스러워도 이내 폭발하곤 했다. 이날 섣달 그믐날의 전날 오후, 외숙모가 신 난 표정으로 보따리 하나를 안은 채 문을 밀치고 들어왔다. 입으로 할머니를 부르면서 푸핑의 이름도 한 차례 불렀다. 푸핑과 할머니 모두 아무 대답도 없이 꿈쩍도 하지 않은 채 앉아 있었다. 외숙모는 상황을 전혀 눈치채지 못하고, 보따리를 침대가로 던지더니 풀어헤쳐 하나하나 꺼내기 시작했다. 푸핑아, 이건 외숙과 외숙모가 네 결혼을 축하하는 선물이다. 할머니, 물건이 변변치 않고 볼품이 없어 시골 사람들이나 쓰는 것이라고 나무라지 마세요. 진홍색의 내복 한 벌과 신발코가 넓고 큰 신발 한 켤레, 흰 면장갑 한 묶음 등, 모두 뱃일하는 사람들의 위문품인 것이 분명했다. 그래도 스타킹 두 세트와 솜저고리 덧옷 하나는 새로 산 것이었다. 그 속에는 샤오쥔이 보낸 손수 짠 반쪽짜리 장갑도 들어 있었는데, 일할 때 낄 수 있는 것이었다. 거기다 인민공사 식당에서 만든 흰 만두는 할머니 드시라고 가져온 것이었다. 할머니와 푸핑 모두 물건에 눈길 한 번 주지 않았다. 잠시 후에 푸핑이 뜻밖에 휑하니 집을 나가버렸다. 외숙모는 너무 놀라 말문이 막힌 채 할머니를 쳐다보았다. 할머니는 고개를 숙이고서 물을 부어가며 맷돌만 돌리고 있었다. 방 안은 무겁고 침울한 돌절구 소리로 가득 찼다. 외숙모가 말했다. 우리 조카가 제게 화가 난 모양이네요. 할머니가 말했다. 당신 조카는 내게 화가 난 거라우. 이번에는 외숙모도 금방 알아들었다. 외숙모는 손에 든 물건을 내려놓고서 말했다. 할머니, 할머닌 제게 화가 나셨지요? 할머니는 아무런 대꾸도 하지 않았다. 원래는 외숙모에게도 반감이 있었는데, 이렇게 얼굴을 마주하니 마음이 누그러졌다. 외숙모가 말했다. 할머니, 우리가 그때 푸핑을 거두지 않았던 걸 탓하고 계시지요? 하지만 그때는 정말 형편이 어려웠어요! 내 몸 하나 건사하기도 힘들었죠. 그러더니 외숙모는 당시의 어려웠던 시절을 끄집어내 이야기하기 시작했다. 외숙모의 이야기를 듣던 할머니는 넋 나간 표정으로 탄식을 토해냈다. 당신네들도 정말 고생 많았네요. 하지만 내가 그걸 탓하는 건 아니에요. 외숙모는 다시 종잡을 수가 없어 말했다. 그렇다면 할머니는 도대체 뭣 때문에 저를 탓하시는 거죠? 할머니가 말했다. 당신이 그 아이를 데려가지 말았어야 했어요. 외숙모는 푸핑이 먼저 자기들을 찾아왔기에 자기가 푸핑을 데려온 것인데, 공교롭게도 그날 할머니가 집에 계시지 않았노라고 변명할 참이었다. 하지만 할머니가 그녀의 말을 가로채더니 말했다. 애가 당신네 집에서 온 뒤로 완전히 변해버렸어요. 방금 봤지요? 언짢다고 내버려두고 달아나는걸. 외숙모는 푸핑에게 광밍을 소개해주려고 했던 일을 떠올리자, 자기도 모르게 제 발이 저려 얼굴을 돌렸다. 할머니가 이어서 말했다. 외숙모도 아시겠지만, 나는 손자가 나를 봉양해주기를 바라고 있어요. 그런데 내가 손자며느리를 버려놨으니, 무슨 면목으로 손자를 보겠어요? 이렇게 말하면서 할머니가 눈물을 떨구자, 나이 드신 분의 눈물을 보고만 있을 수 없었던 외숙모는 얼굴이 빨개지더니 눈물을 쏟을 것만 같았다. 외숙모는 할머니의 손을 붙들고 말했다. 할머니, 제가 잘못했어요. 사실 푸핑이 당신 손자며느리인 줄은 꿈에도 모르고 그저 양녀로 들였겠거니 생각했지요. 그래서 푸핑을 우리 친정집 조카에게 소개할 생각이었는데, 나중에야 알게 되었어요. 여기까지 듣더니, 할머니가 외숙모 손을 붙들고 물었다. 머리를 빗어 넘긴 총각 말이요? 외숙모는 고개를 끄덕였다. 외숙모는 할머니 눈가에 머금은 눈물이 조금씩 잦아드는 것을 보았다.

할머니는 마침내 마음이 가라앉았다. 할머니는 머리를 매만지고 나더니, 맷돌의 나무 손잡이를 쥔 채 계속 돌리기 시작했다. 방 안에는 다시 드르륵 드르륵 맷돌 돌아가는 소리만이 들렸다. 할머니가 말했다. 시골 아이들은 어쨌든 성실해요. 푸핑도 잠시 내게 투정을 부리는 것이지, 뭐 딴마음이 있지는 않을 거예요. 외숙모는 이때 자기가 엄청난 불상사에 말려들겠다는 느낌이 들어 마음속으로 되뇌었다. 할머니, 앞으로 다시는 푸핑과 접촉하지 않을게요. 외숙모는 자리에서 일어나 가겠다고 말했다. 할머니가 말했다. 물건은 가지고 돌아가세요! 가져다 쓰세요, 푸핑에게도 다 있으니까요. 푸핑을 대신해서 외숙모께 감사드려요. 외숙모는 한마디도 대꾸하지 못한 채, 물건을 정신없이 보따리에 챙겨 넣고서 돌아갔다. 외숙도의 발걸음 소리가 멀어지자, 할머니는 맷돌 돌리기를 잠시 멈추더니 넋을 놓고 말았다. 맷돌 소리가 멈추자, 바깥의 소리가 금세 전해져 왔다. 벌써 겨울방학을 맞은 아이가 골목에서 제기를 차거나 줄넘기를 하고 있었다. 발바닥이 시멘트 바닥에 리드미컬하게 부딪치는 소리에 맞추어, 아이가 숫자를 헤아리고 있었다. 서른일곱, 서른여덟, 서른아홉. 주방에서는 이웃집 아줌마가 생선 완자를 튀기는지, 기름을 두른 솥에서 타닥거리는 소리가 났다. 평온하고도 상서로운 새해가 다가오고 있었다.

 밤에 할머니는 물을 뿌려 빻은 반죽을 망사 주머니에 집어넣어 매달고, 그 아래에 솥을 받친 채 물기를 뺐다. 그리고 잘 늘어놓은 새알간두를 쪄냈다. 팥은 깨끗하게 씻어 맑은 물에 담가놓았다가, 내일 아침 일찍 삶아서 팥소를 만들 것이다. 진즉 토막토막 썰어놓았던 청어는 간장에 절여 요리를 했다. 닭이 마당 구석의 닭장에서 구구 소리를 냈다. 쌀 한 줌을 모이로 뿌려주었고, 닭 잡는 칼은 진즉 번쩍이도록 갈아놓았다. 해야 할 일을 모두 하고 나니, 어느덧 10시였다. 할머니는 문을 나서서 앞집으로 갔다. 뤼펑셴이 할머니를 위해 문빗장을 지르지 않은 채, 할머니를 기다리고 있었다. 전등이 밝게 켜진 식탁에는 종이가 펼쳐져 있고, 먹물도 놓여 있었다. 할머니는 고향의 며느리에게 편지를 한 통 쓸 작정이었다.

14# 설날

 한 해에는 바쁜 날도 있고 한가한 날도 있기 마련이다. 섣달 그믐날부터 주인집은 손님을 초대하기 시작했다. 초대받은 손님들은 모두들 할머니 솜씨를 아는지라, 문에 들어서자마자 할머니에게 물었다. 고기 완자 있지요? 돼지족발 조림 있나요? 그런 다음, 옷과 모자를 벗고서 전쟁을 치르듯 식탁 주위에 모여 앉았다. 할머니가 차례차례 음식을 올릴 때마다, 그들은 할머니를 치켜세웠다. 칭찬에 익숙지 않아서인지, 할머니는 칭찬을 듣기만 해도 피곤이 싸악 가셨다. 하루는 손님 한 분이 술에 취해 집주인과 한침대를 쓰는 바람에, 사모님은 아이들 침대에서 비좁게 자야만 했다. 이튿날 아침, 할머니는 달콤한 달걀 떡볶이와 찹쌀 단술을 내놓았다. 이렇게 하여 그는 집에서 하루를 더 지내면서 손님들과 어울리다가 저녁 식사 후에야 떠났다. 초사흘이 되어서야 좀 한가해졌다. 주인집 식구들이 다른 집의 초대를 받는 차례가 되었던 것이다. 할머니는 이날 뤼펑셴과 다스졔(大世界)에 놀러 가기로 약속을 해두었다. 하루 전에 치(戚) 사부가 바가지 수리차 왔다가, 이번 설날엔 당직이라 푸둥 고향 집에 가서 섣달 그믐날 식사만 하고 돌아왔고, 아내와 양아들 모두 푸둥에 아직 있다고 말했다. 뤼펑셴이 다스졔 같은 곳은 남자랑 함께 가야 좋다고 하기에, 치 사부랑 함께 가기로 약속했다. 떠날 즈음에는 아쥐(阿菊) 이모도 끌어들이고 푸핑까지 합쳐, 모두 다섯 명이 되었다.

이날, 할머니는 상자 깊이 보관해온 낙타 털 겹저고리를 꺼내 걸쳤다. 약간 얇아 보이기는 했지만, 날이 춥지 않아서 딱 좋았다. 할머니는 푸핑에게도 옷을 갈아입으라 하면서, 새로 산 옷 가운데 붉은 명주 솜옷을 골라주었다. 푸핑은 원래 설을 쉴 기분이 아니었지만, 연초엔 흥 깨는 소리를 하지 않는 법이란 게 마음에 걸렸다. 그래서 마지못해 새 솜옷으로 갈아입고서 저도 모르게 거울에 가만히 비춰보았다. 붉은 명주옷이 얼굴을 어여쁘게 비춰주고, 머리카락은 칠흑처럼 새까맸다. 할머니가 또 푸핑에게 억지로 비췻빛 꽃핀을 찔러주자, 정말 아리땁기 그지없었다! 푸핑은 자기도 모르게 수줍어서 거울 앞에서 얼른 비켜섰지만, 마음에는 기쁨이 솟구쳤다. 거울을 비켜서는 순간 얼굴을 반쯤 가린 푸핑의 머리카락 사이로 입가에 살짝 미소가 드리워지는 것을 보면서, 할머니는 마음을 다독였다. 푸핑을 꼭 손자의 손에 넘겨주어야지. 할머니는 둘둘 싸맨 손수건에서 5마오(毛)짜리 지폐를 꺼내 푸핑 손에 쥐여주었다. 푸핑이 싫다고 하자 할머니가 말했다. 적다고 그러냐? 그래서 푸핑은 하는 수 없이 받아들었다. 할머니와 손자며느리 두 사람은 양말을 갈아 신고서 집을 나섰다.

골목 땅바닥에는 붉은색의 폭죽 종이가 쌓여 있었다. 날이 새기 전에 한 차례 청소를 했건만, 오후가 되자 또 한 차례 쏘아댄 것이다. 걷다 보니 발아래가 푹신푹신했다. 아이들이 아직도 여기저기 흩어져 폭죽에 불을 붙이고 있었다. 여기서 풍풍, 저기서 펑펑, 폭죽 소리가 요란했다. 작은 골목길을 벗어나자, 뤼펑셴과 아쥐 이모가 보였다. 뤼펑셴은 커피색의 짧은 모직 외투를 걸치고, 목에는 짙은 초록색과 등황색, 그리고 녹회색이 섞인 알록달록한 비단 스카프를 둘렀다. 아쥐 이모는 비단 겹저고리에 일자형 양복바지 차림이었다. 두 사람은 이렇게 눈에 띄는 차림으로 오후의 햇빛 아래에 서 있었다. 그들 뒤는 여중학교 운동장의 검은색 울타리 벽이었다. 마치 한 폭의 그림 같았다. 할머니와 푸핑이 함께 걸어오자, 모두들 서로 훑어 보고 농담을 주고받으면서 함께 골목 어귀로 걸어갔다. 치 사부는 다스졔 문 입구에서 그들을 기다리고 있을 터였다. 치 사부 집인 바셴챠오(八仙橋)와 가깝고, 또한 치 사부가 먼저 가서 표 사는 줄을 서기에 편했기 때문이다.

정월 초사흘에는 흔히 친척집에 다니는지라 거리는 평소보다 한산했고, 게다가 정오가 막 지난 시간이라 조용한 편이었다. 평소 늘 바빠 지내는 것에 익숙해진 그들인지라, 지금 이렇게 따뜻한 날씨에 여유롭게 거리를 걸으니 상쾌하기 짝이 없었다. 그녀들은 쇼윈도에 진열된 것들을 꼼꼼히 살펴보고, 거리의 모던한 남녀와 영화관 앞의 포스터를 바라보다가, 영화관 로비로 들어가 영화배우의 사진을 구경했다. 그들은 이러쿵저러쿵 이야기를 늘어놓았다. 그네들 고향 사람이 가정부로 일하는 빌딩에 사진 속의 어느 배우가 살고 있다는 둥. 그러자 다른 빌라에 또 다른 영화배우가 살고 있다는 사실을 떠올리고선, 훨씬 유명하고 인기가 높아 매일 자동차로 드나든다는 둥. 그들은 마치 여학생들처럼 재잘재잘 떠들어댔다. 예전에 '파리대극장'이라 불렸던 이 영화관을 나오자, 사거리로 꺾어 전차를 타러 갔다. 그들은 서로 자기가 표를 사겠다면서 아옹다옹 다투다가, 결국 뤼펑셴을 이기지 못해 뤼펑셴더러 표를 사라고 했다. 전차에 오른 뒤에는 서로 자리를 양보하겠노라고 다투었다. 이번에는 뤼펑셴이 그들의 고집을 당해내지 못해 제일 먼저 자리에 앉았다. 두 정거장을 지나자 사람들이 계속 내린 덕에 모두들 자리를 차지하였다. 처음에는 흩어져 앉아 있었지만, 한두 정거장 뒤에 자리가 비는지라 네 사람이 한데 모여 앉았다. 그들은 몸을 틀어 창밖의 거리를 구경했다. 오후가 되자 거리에 사람들이 많아졌다.

손에 예쁜 풍선을 들고 있던 꼬마가 얼떨결에 손을 놓아 풍선이 하늘로 날아올랐다. 풍선은 허공에서 하늘하늘 흔들거리다 마침내 전선 위에 떨어졌다. 마치 채색 매듭을 지어놓은 듯했다. 아주 짙고 화려하게 화장한 여자가 입술을 붉게 칠한 채 웨이브 파마한 머리카락을 길게 늘어뜨리고 있었다. 그녀는 서양식 긴 외투 안에 치파오를 받쳐 입은 데다 뾰족한 하이힐을 신고 있어서, 인파 속에서도 단연 눈에 띄었다. 마치 무대 위의 배우가 화장을 지우지 않은 채로 내려온 것 같았다. 그녀들은 거리를 구경하면서도 정류장을 지나칠까 봐 걱정했다. 그런데 뜻밖에도 이번 정류장에서 내릴 사람이 너무 많아, 전차 승객의 거의 절반이 문 앞에 북적거렸다. 그들은 허둥대지 않고, 승객이 절반 가까이 내리고서야 천천히 자리에서 몸을 일으켰다.

이쪽의 다스졔에서는 진즉 입장권을 구입한 치 사부가 정류장에서 그들을 기다리고 있었다. 전차는 도착하자마자 한 무리의 사람들을 와르르 쏟아놓은 후 곧바로 출발했다. 하지만 그들은 그림자도 보이지 않았다. 치 사부는 목이 시큰거렸다. 이번 전차가 다가오더니 또 우르르 사람들이 내렸다. 희망이 없나 보다 하던 차에, 그들이 사뿐사뿐 내려오는 걸 본 그는 표를 꽉 치켜들고서 그들을 맞이하였다. 할머니에게 가까이 다가가면서도 그의 두 눈은 뤼펑셴을 바라보고 있었다. 안 오시는 줄 알았습니다! 할머니가 몸을 비키면서 대꾸했다. 안 올 턱이 있나요? 뤼펑셴은 치 사부에게 네 사람이 모이느라 시간이 걸렸고, 도중에 이것저것 구경하느라 시간이 지체되었으며, 또 차를 기다리느라 시간이 이렇게 늦어졌노라고 설명했다. 아쥐 이모는 치 사부와 잘 아는 사이가 아니어서 그저 웃기만 했다. 이렇게 이야기를 나누는 사이에 벌써 앞장을 섰던 할머니는 혼자 검표소 입구까지 가더니, 검표소를 등진 채 모두가 오기를 기다렸다. 치 사부는 얼른 먼저 할머니에게 표를 주려고 몇 걸음 달려가다가, 또 뒤에 처진 사람들이 생각나 몸을 돌렸다. 이렇다 보니 이러지도 저러지도 못할 난처한 형국이었다. 오늘 치 사부는 멜턴복지*의 인민복 차림이었는데, 평소답지 않게 부자연스러워 보였다. 그런 데다 할머니 비위를 맞추느라 쩔쩔매는 모습이 정말 보기에도 딱했다. 눈치 빠른 뤼펑셴은 아쥐 이모를 끌어당겨 바짝 뒤따랐으며, 푸핑도 그들 뒤를 따랐다. 그제야 치 사부는 가벼운 발걸음으로 할머니에게 달려갔다. 표를 끊고 들어간 다섯 사람은 요술거울 앞에 섰다.

모두들 요술거울 앞에 서서 웃어대는 틈을 타, 뤼펑셴이 할머니 귀에 대고 속삭였다. 오늘 내가 함께 놀자고 치 사부를 불렀으니, 내 체면을 봐서라도 성질 좀 죽이세요. 할머니

---

* 멜턴(melton)은 촉감이 부드러운 모직으로, 주로 코트나 재킷 등의 제작에 사용한다. 이 복지는 해군의 외투 옷감으로 많이 쓰이기에 중국에서는 하이쥔니(海軍呢)라고 일컫는다.

는 이 말을 듣고서야 자신이 추태를 부렸다는 걸 알았다. 다소 화를 냈던 걸 뤼펑셴이 눈치챘던 것이다. 하지만 뤼펑셴이 치 사부도 아니고 또 그녀에게 함부로 대할 수도 없는지라, 그저 꾹 참기로 했다. 다시 요술거울을 보니, 웃고 있어도 억지스러울 수부에 없었다. 푸핑은 사람 뒤에 숨어서 어쨌든 요술거울 앞으로 나서지 않으려 했다. 아마 못생긴 모습이 드러날까 봐 겁나기 때문일 것이다. 몇 차례나 도망치고 싶었지만, 아쥐 이모한테 붙들려 억지로 거울 앞에 서야 했다. 반면 아쥐 이모는 거울 앞에 한 차례 서더니, 다시 한 번 거울에 모습을 비추었다. 하는 수 없이 뤼펑셴이 와서 그녀를 끌어냈다. 치 사부는 이렇게 즐거워하는 그녀들의 모습을 빙그레 바라보면서, 수시로 할머니 얼굴을 힐끔힐끔 살폈다. 할머니에게 다가가 이야기를 나누고 싶었지만, 무슨 말을 해야 할지, 또 어떻게 말해야 할지, 혹시 할머니가 짜증을 내지 않을지 도무지 알 수 없었다. 마음이 어지러우니 발걸음도 내키지 않은 듯, 잠시 앞으로 나섰다가 뒤로 주춤 물러서곤 하였다. 그래도 눈치 빠른 뤼펑셴이 할머니 곁에 붙어 다니면서 이런저런 이야기를 나누고, 또 고개를 돌려 치 사부에게 몇 마디를 건네기도 하였다. 차츰 할머니도 안색이 밝아졌고, 치 사부도 난감함이 덜어졌다. 아쥐 이모는 푸핑을 끌어당겨 자기 뒤를 따르게 했다. 아쥐는 뭐든 흥미를 느끼면 세 번은 봐야 직성이 풀렸다. 뤼펑셴은 푸핑이 지겨워할까 봐, 그리고 할머니 눈치가 심드렁한 것 같아, 푸핑을 끌어당겨 자기랑 함께 걷게 했다.

먼저 한 번 쭉 둘러보고 난 다음에 재미있는 것을 골라 자세하게 보는 것이 어떻겠냐고 치 사부가 제안했다. 모두들 좋다고 찬성했다. 그리하여 치 사부를 따라 중앙의 광장을 둘러싸고서 한 층 한 층 빙글 돌아 올라갔다. 사방의 테라스에는 나무 난간에 기대어 아래쪽 한가운데 무대 위의 서커스공연을 구경하는 사람들로 가득 차 있었다. 사람들이 수시로 놀라 외치는 소리만 들려왔다. 간혹 사람들 틈새로 번쩍번쩍 빛나는 사람이 언뜻 보였다. 마치 날치가 뛰어올랐다가 떨어져 내리는 듯했다. 그다음에는 아마 어릿광대가 등장한 모양인 듯, 사람들 속에서 한바탕 웃음소리가 터져 나왔다. 이런 상황에 마음이 조급해진 아쥐가 푸핑을 끌고서 난간 쪽으로 비집고 들어가려고 했지만, 어디 비집고 들어갈 틈이나 있겠는가. 언저리에도 가보지 못한 채, 사람들의 눈총만 받았다. 치 사부가 와서 말했다. 이번 공연이 끝나면 사람들이 다들 흩어질 테니, 그때 먼저 자리를 맡아놨다가 다음 공연을 봅시다. 아쥐는 기필코 일찌감치 좋은 자리를, 그것도 아래쪽 무대 앞의 좋은 자리를 잡을 거라고 힘주어 말했다. 그들은 잠시 후 계속해서 계단을 올라 건물 꼭대기에 이르렀다. 건물 꼭대기의 테라스에도 사람들이 붐볐지만, 그래도 널찍하였다. 사람들은 오가면서 거리 풍경을 굽어보고, 아이들은 사방으로 뛰어다녔다. 갖가지 향료를 섞어 볶은 수박씨나 해바라기 씨, 아이스케이크와 아이스크림을 팔러 다니는 행상들의 나무 딱따기 치는 소리가 허공으로 흩어졌다. 눈 부신 태양이 환히 비추고 있었다. 바람은 거셌지만 그다지 쌀쌀하지 않았고, 봄기운을 담은 듯 유쾌하고 기분 좋게 불어왔다. 그들은 시멘트 울짱 곁에 서서 아래쪽 거리를 내려다보았다. 슬쩍 보니 도저히 바라볼 엄두가 나지 않았다. 가슴이 두근거렸다. 약간 멀리 떨어져 다시 내려다보았다. 줄줄이 이어진 지붕들과 꼭대기의 기와들이 마치 가느다란 비늘처럼 가지런히 늘어서 있었다. 열려 있는 창문들로 스며든 햇빛은 밝은 빛을 머금고 있었다. 테라스에도 햇빛이 넘실거렸다. 담 일부가 허물어져 깨진 벽돌이 모습을 드러내고, 햇빛은 벽돌 틈새의 윤곽을 선명히 그려냈다. 볕에 널어 말린 옷들은 바람에 나부껴 힘차게 펄럭이고, 대나무 장대에 꿰어 말린 물고기들이 바람에 공중제비를 돌았다. 치 사부는 그녀들이 마실 사이다를 사러 뛰어가고, 그녀들은 난간에 등을 기대어 서 있었다. 찬란하게 빛나는 태양 빛 아래에서, 그녀들 일행은 참으로 산뜻하게 아름다웠다. 그중에서도 할머니는 수수함이 돋보였다. 금귀걸이와 황백색 피부, 그리고 앞에서 보면 트레머리를 말아 올린 듯하지만 실은 뒤로 빗어 넘긴 그녀의 머리카락은 또 다른 아름다움을 간직한 채, 전혀 손색이 없었다. 그녀들 네 사람은 거기에 서서 한 집의 아이들 대여섯 명이 술래잡기 놀이를 하고 있는 것을 구경하고 있었다. 아이들은 서로 한두 살 차이밖에 나지 않아 보였으며, 모두 아버지의 홀쭉한 얼굴을 닮았다. 얼굴색은 노랬지만, 아이들 모두 활달하기 그지없었다. 제일 어린아이가 몇 번이나 그녀들 다리 뒤쪽으로 억지로 비집고 들어갔다가, 얼굴을 내밀어 자기 형과 누나들이 자기 쪽으로 오나 어쩌나를 엿보았다. 아이들 아버지도 치 사부와 마찬가지로 멜턴복지의 웃옷을 입고 있었는데, 아주 낡고 쭈글쭈글했다. 그는 바지 주머니에 두 손을 찌른 채 추위 때문에 어깨를 약간 움츠리고 있었다. 두 개의 옷깃이 마치 날개처럼 들려 있었다. 바람이 불자 그의 야윈 얼굴색이 달라지고 목에 소름이 돋았지만, 그는 시종 미소를 머금은 채 아이들이 노는 것을 지켜보고 있었다. 아이들의 엄마는? 알고 보니, 바람을 등지고 머리카락이 바람에 뒤집힌 채, 코바늘로 레이스를 뜨고 있는 여자가 바로 엄마였다. 그녀는 한 치 크기의 꽃 한 송이를 다 짜더니, 비스듬히 멘 인조가죽 가방에 집어넣었다. 이걸 마지막으로 붙여 이으면, 바로 식탁보나 소파 커버가 될 것이다. 이 부부는 자신들의 손재주와 힘으로 이 많은 아이를 기르고 있으리라! 아이들이 한바탕 놀고 나자, 부모는 아이들을 데리고 자리를 떴다. 그들 네 사람은 그제야 치 사부가 자리를 뜨더니 오랫동안 돌아오지 않았다는 걸 알게 되었다. 아쥐는 당연히 찾아 나서야 한다고 했지만, 뤼펑셴은 절대 자리를 떠서는 안 된다고 했다. 자리를 떠버리면 아무도 서로를 찾을 수 없게 된다는 것이었다. 할머니는 갈 테면 가라 하면서, 못 찾으면 그만이라고 말했다. 바로 그때 치 사부가 그녀들 앞에 나타나 그녀들을 깜짝 놀라게 했다. 치 사부는 두 손 가득 사이다 몇 병을 들고 있었다. 이 때문에 그는 이마에 흐르는 땀조차 닦아내지 못했다. 알고 보니, 치 사부는 다음 서커스공연이 언제 시작되는지 알아본 다음에 사이다를 사러 간 것이었다. 그런데 사이다 가게에서는 병을 저당해주지 않겠다면서, 무조건 가게 앞에서 마셔야 한다고 했다. 치 사부가 사정사정한 끝에 그의 공무증과 10원을 함께 맡기고서야 병을 저당해주었다. 돌아오는 길에, 치 사부는 다시 서커스공연장에 들러 둘러보느라 이렇게 늦어진 것이었다.

그녀들은 사이다를 마시면서 옥상 테라스를 내려와 나무 발코니로 돌아들었다. 이때 서커스공연이 끝나, 사람들도 흩어지고 음악도 멈춰 있었다. 그녀들은 그제야 아래쪽 무대를 볼 수 있었다. 무대는 원형의 돔 지붕과 통해 있고 사방은 발코니에 둘러싸여 있으며, 한 층 한 층 모두 4층으로 대단히 장관이었다. 지금 무대는 텅 비어 있는데, 무대 위쪽에는 전선과 철삿줄 등이 얼기설기 얽혀 있었다. 무대 앞좌석에는 벌써 몇 사람이 자리를 차지하고 앉아 끈기 있게 다음 공연을 기다리고 있었다. 사방으로 빙 둘러있는 나무 발코니에는 사람들이 한가롭게 산보하고 있는데, 발코니 안쪽에서 관현악기의 연주소리가 들려왔다. 아쥐는 음악 소리에 도취되어 서커스에 무덤덤해졌다. 아쥐가 월극(越劇)을 보겠다고 고집을 부리는 바람에 모두들 안으로 들어가 복도를 따라 한 칸 한 칸 극장을 살폈다. 한 칸은 영화 상영관으로 안이 칠흑처럼 어두웠는데, 널찍하지만 자리는 절반밖에 차지 않았다. 상영 중인 영화는 가정의 이야기였다. 한 아들이 털옷을 입고 싶어 하지만, 고생을 겪어본 부모는 절대로 허락하지 않는다. 그들은 저도 모르게 이 영화에 끌려 걸음을 멈추었다. 치 사부는 이 틈에 빈 사이다병을 거둔 다음, 그녀들에게 여기에서 영화를 보고 있으라고 했다. 병을 가져다주고 공무증과 보증금을 찾아오려는 것이었다. 그런데 털옷에 대한 이야기가 금세 지나가 버렸다. 그녀들은 도무지 이런 통속적인 구어 예술을 썩 좋아하지 않았던지라 걸어 나와 복도에서 치 사부를 기다렸다. 치 사부와 처음으로 만난 아쥐가 그들에게 말했다. 진짜 좋은 사람이네요. 남한테도 이렇게 이모저모로 세심하니, 자기 아내한테야 말할 필요도 없겠죠. 뤼펑셴은 속사정을 뻔히 알고 있던 터라 할머니가 난처해 할까 봐 맞장구칠 수 없었다. 그런데 오히려 할머니가 한마디 했다. 일없이 바쁜 게지. 잠시 후 치 사부가 돌아와 왜 보지 않느냐고 물었다. 모두들 별로 보고 싶지 않다고 하고서, 방 한 칸 한 칸을 살피면서 내려갔다. 아래 칸은 오락실로, 오목용 탁자와 트럼프 놀이용 탁자가 놓여 있었다. 방 위쪽에는 수수께끼가 적힌 색종이가 걸려 있고, 사람들이 맞추면 상품을 주었는데, 상품은 레코드 음반이나 우편엽서 등이었다. 모두들 맞추지 못한 데다 상품에도 관심 없어 그냥 지나쳤다. 더 내려가니 만담장이 나왔는데, 남녀 한 쌍이 재담을 늘어놓고 있었다. 남자는 삼현금을 뜯고, 여자는 비파를 안고 있었다. 이번에는 뤼펑셴과 아쥐가 너무나도 정감 어린 고향 사투리를 듣더니, 아예 앉아서 듣고 싶어 했다. 하지만 할머니는 지겨워하는 표정을 짓더니, 자기는 푸핑을 데리고 다른 곳을 둘러볼 테니 치 사부더러 자기들을 부르러 오라고 했다. 하지만 잠시 후에 어디로 가서 할머니와 푸핑을 찾는단 말인가? 상의한 끝에, 우선 치 사부가 할머니와 함께 가서 구경할 곳을 정한 다음에, 다시 치 사부가 돌아와 나더지 일행에게 알려주기로 했다. 이리하여, 그들은 잠시 둘로 나뉘게 되었다.

    치 사부가 할머니와 푸핑을 데리고 가는 동안 잠시 어색한 침묵이 흘렀다. 누구도 이야기를 꺼내지 않았다. 극장 하나를 지나치는데, 안에서 북과 징소리가 요란했다. 세 사람은 걸음을 멈추지 않은 채 그냥 지나쳤다. 잠시 걷다가 치 사부는 호주머니에서 붉은 봉투를 꺼내 푸핑 손에 쥐여주었다. 진즉 준비해온 걸 몇 번이나 푸핑에게 전해주고 싶었으나 건네주지 못했던 것이다. 하나는 뤼펑셴과 아쥐 이모가 마음에 걸렸기 때문이고, 또 하나는 이 아이가 내내 찡찡한 얼굴을 하고 있는지라 혹 싫다고 할까 봐 겁이 났기 때문이다. 과연 푸핑은 싫다면서 얼굴을 빨갛게 붉힌 채 몸을 피했다. 할머니도 옆에서 말했다. 애한테 뭐 하시우! 치 사부는 난감하기 짝이 없었다. 푸핑은 마치 치 사부와 싸우기라도 하듯 그의 손을 뿌리쳤으며, 눈에는 놀랍고 두려운 기색이 역력했다. 잠시 후, 치 사부가 정말로 난처해했고 눈에 눈물까지 비치자, 할머니는 그제야 이렇게 말했다. 푸핑아, 어른이 주시는 것이니 받으렴! 뜻밖에도 푸핑은 손에 쥐어진 세뱃돈 봉투를 할머니에게 떠넘기더니 몸을 돌려 멀찌감치 달려가 버렸다. 그 바람에 봉투가 할머니 옷섶에서 땅바닥으로 굴러떨어졌다. 치 사부가 고개를 돌려 못 본 척하는 사이에, 결국 할머니가 그것을 주워들었다. 그들은 어느 극장 입구에 서 있었지만, 뭘 공연하는지도 알지 못했다. 그저 잉잉 앙앙하는 노랫소리만 들려왔다. 치 사부가 우물우물 입을 열었다. 연극 보고 계세요. 난 저 사람들을 찾으러 갈테니. 말을 마치고서 그는 도망치듯 뛰어갔다.

치 사부가 왔을 때, 뤼펑셴과 아쥐 역시 개운치 않은 상태였다. 만담장의 청중들은 대부분 나이가 지긋한 어르신들로, 무대 위의 재담꾼과 아주 잘 아는 사이인 듯 무대 위아래에서 서로 말을 주고받았다. 게다가 우스운 연기나 대사를 할 때마다 은어를 쓰는 듯하여 남들은 도통 알아들을 수가 없었다. 이들 낯선 두 사람은 무슨 꿍꿍이속인지 알아듣지 못하다가, 치 사부가 오자마자 두말없이 그를 따라갔다. 치 사부가 그녀들을 데리고 방금 할머니와 헤어졌던 곳까지 에돌아오니, 할머니와 푸핑은 이미 극장 안에 앉아 있었다. 무대 위에서는 상하이 극을 공연하고 있었는데, 이름 없는 시시한 극단인 데다 현대극을 공연하고 있는지라 관중들이 형편없이 적었다. 걸어오던 사람들이 입구에서 잠시 바라보다가 그냥 지나쳐 갔다. 그녀들은 잠시 앉아 있었지만, 역시 너무 재미가 없었다. 의논한 끝에, 재미있는 연극을 찾아 처음부터 끝까지 보아야 다스제에 온 보람이 있지 않겠느냐고 의견을 모았다. 그래서 이번에도 치 사부를 보내 알아보게 하고, 그녀들은 기다리기로 했다. 무대 위에 공연되던 연극은 어느덧 끝 부분에 이르렀고, 이윽고 막이 내렸다. 이때가 대략 오후 4·5시경이었다. 대부분의 공연장은 이제 잠시 공연을 멈추었고, 사람들도 복도와 발코니로 몰려들어 시끌벅적했다. 이때까지 놀다 보니 약간 피곤해진 네 사람은 의자 등받이에 기대어 피로를 푸느라 말이 없었다. 공연장 바깥쪽으로 난 긴 창문에 네온사인관과 쇠틀의 그림자가 어렴풋이 비쳤다. 창 위가 살짝 노래졌다. 석양이 비스듬히 비치기 때문이었다. 공연장에는 형광등이 몇 개 켜져 있었다. 밝기는 했지만 오히려 약간 음산한 느낌이 들었다. 사람들은 거의 빠져나갔고, 어쩌다 고개를 들이밀고 둘러보던 사람도 물러갔다. 마침 분위기가 착 가라앉았을 때, 중앙의 광장 안에서 흥겨운 곡이 연주되기 시작했다. 작은 나팔이 울리는 '따따따' 소리에 사람들 마음은 다시 격동되었다.

치 사부가 기쁜 소식을 가져왔다. 대극장에서 7시에 월극(越劇)「유의전서(柳毅傳書)」를 공연하는데, 무슨 '팡(芳)'인가 '샹(香)'인가 하는 유명 배우가 나온다는 것이었다. 모두들 정신이 번쩍 들어, 거기 공연장으로 가서 기다리기로 했다. 저녁 식사 때가 되었으니 빵을 사러 가야 할 텐데, 역시 치 사부가 수고하는 수밖에 없었다. 이리하여 서둘러 자리를 털고 일어난 후, 자리가 없어질까 걱정하면서 대극장으로 향했다. 과연 벌써 사람들이 자리를 차지하고 있었다. 그녀들은 앞줄에 자리를 잡은 다음, 빵을 살 돈을 모으기 시작했다. 또 한바탕 다툼이 일어났음을 물론이다. 치 사부는 자기가 대접하겠다고 나섰지만, 다른 사람들은 그가 이미 입장권과 사이다를 샀으니, 자신들이 치 사부를 대접해야 마땅하다고 말했다. 뤼펑셴은 또, 푸핑은 아직 어리니 몫에 포함시키지 말자고 제안했다. 할머니는 푸핑이 어리다지만 할머니인 내가 있지 않느냐고 하면서 동의하지 않았다. 한참 동안 옥신각신하다 푸핑은 한 몫으로 치되, 치 사부는 셈에 넣지 않기로 했다. 나중에 치 사부는 자기 손을 거쳐 일을 처리할 때 자기 몫을 집어넣을 셈이었다. 이때 그녀들은 돈을 갹출하여 치 사부한테 다녀오라고 심부름을 시키고서야 마음이 놓였다. 바깥이 아무리 떠들썩하든 그녀들과는 상관없는 일이었다. 바깥은 이미 날이 저물었지만, 안쪽은 등불로 더욱 밝아졌다. 다스졔는

불야성이 아니던가! 치 사부가 카스텔라와 호두 비스킷, 팥튀김말이에 귤까지 사와 모두들 나눠 먹었다. 이제 치 사부도 자리를 잡고 앉아도 될 것 같았다. 보아하니 할머니도 많이 차분해졌다. 푸핑만은 할머니를 외면하고 있었지만, 아쥐가 닥치는 대로 푸핑한테 말을 거는 통에 그래도 좀 나아졌다. 이렇게 그들은 조용히 공연이 시작되기를 기다렸다.

  등 몇 개가 더 켜지고, 천장 위에는 커다란 기구가 나부꼈다. 사람들은 오후보다 더 많아져 두 배나 되었다. 아이들은 어른의 무등을 타고서 사람들 머리 위에서 앞쪽으로 이동했다. 극장 안 좌석은 이미 새까맣게 꽉 들어차 있었다. 막 안쪽에서는 간혹 관현악기를 조율하는 소리가 흘러나왔고, 막 아래에서는 발밑등이 깜박거렸다. 이때, 푸핑이 화장실에 가고 싶어 했다. 뤼핑셴과 아쥐는 푸핑에게 어떻게 가는지 가르쳐 주면서, 빨리 돌아와야 한다고 했다. 사람이 많아져 붐비기 시작하면 기껏 맡은 자리가 허사가 될 수도 있기 때문이다. 치 사부가 데리고 갈 수도 있었지만, 조금 전에 거절을 당한 일이 있었기에 도무지 이 아이에게 말할 용기가 나지 않았다. 할머니도 푸핑과 함께 갈까 생각했지만, 끝내 일어서지는 않았다. 창백한 얼굴로 푸핑이 밀려오는 인파 속으로 비집고 들어가는 것을 바라보면서, 할머니는 한마디 외쳤다. 얼른 돌아오너라! 할머니의 외침은 사람들의 아우성에 흩어져버렸다. 분위기는 정말로 긴장되었다.

푸핑은 이모 두 사람이 가리켜준 대로 반 층을 내려갔다가, 계단에서 모퉁이 뒤쪽으로 꺾어 돌아 화장실로 들어갔다. 화장실에는 줄이 기다랗게 늘어서 있었다. 잠시 기다리자 저쪽에서 은은한 여자 목소리가 들려오는 것 같았다. 푸핑은 다급해도 서두를 수 없는 상황이었다. 마침내 화장실로 들어가 볼일을 보았다. 사람들을 헤치고 나와 왔던 길을 따라 되돌아갔다. 그런데 뜻밖에도 조금 전의 대극장이 보이지 않았다. 복도는 회(回)자 형태로, 중앙의 광장을 빙 둘러싸고 있었다. 아마도 앞으로 쭉 나아갔으면 되었을 텐데, 푸핑이 방향을 잘못 잡았던 것이다. 그러나 푸핑은 원래 반 층을 내려가는 게 아니라 반 층을 올라가야 하는데, 자신이 층수를 잘못 기억했다고만 생각했다. 그래서 푸핑은 화장실 쪽의 계단으로 되돌아와 반 층을 내려갔다가 다시 복도를 따라 나아갔다. 하지만 역시 대극장은 보이지 않았다. 푸핑이 몸을 돌려 몇 걸음 나아가는데, 서커스공연장의 귀를 찢는 듯한 나팔소리가 얼굴을 덮쳤다. 알고 보니 발코니 위로 갔던 것이다. 나무 난간에는 오후처럼 사람들이 가득 차 있었다. 복도로 다시 들어왔지만, 조금 전의 대극장이 어디에 있었는지 정말이지 전혀 기억나지 않았다. 이때 푸핑은 마음을 가라앉히고서 가만히 지형을 살펴보았다. 복도만 따라가다 보면 틀림없이 나왔던 곳으로 되돌아갈 수 있으리라 생각했다. 하지만 푸핑은 사실 층수를 잘못 알고 있었기에, 아무리 복도를 돌고 돌아도 대극장이 나올 수가 없었던 것이다. 푸핑은 시험 삼아 한 층을 더 내려갔지만, 이번에도 한 층을 잘못 내려간 것이었다. 자기가 층수를 잘못 알았을 수도 있다는 생각이 들자 다시 위로 올라갔다. 하지만 자기가 이미 몇 층이나 내려왔는지 깡그리 잊어버린 상태였다. 푸핑은 다급하게 걸었다. 사람들은 갈수록 많아졌다. 때는 다스졔의 하루 중 피크타임이었다. 푸핑은 인파 속을 헤치다가 남의 신발을 밟고서 미안해할 줄도 몰랐다. 사람들의 욕설이 들려왔다. 푸핑은 어떤 사람이 자기 앞가슴을 더듬는 것을 느꼈다. 이제 푸핑은 완전히 자신감을 잃고 말았다. 그녀는 온몸을 벌벌 떨면서 내려가고, 또 내려갔다. 현관 홀까지 내려온 그녀는 대문을 걸어 나왔다. 거리에는 자동차들이 날듯이 달리고, 차의 헤드라이트와 가로등은 한 줄기 등불의 강을 이루고 있었다. 푸핑은 전등불의 강줄기 속을 걸었다. 그녀의 머리 위에는 휘황한 네온사인이 번쩍이고, 귓가에는 크락숀 소리가 귀를 찔렀다.

징과 북이 공연 시작을 알릴 즈음, 할머니 일행 네 사람은 줄지어 극장을 빠져나왔다. 그들은 위아래로 샅샅이 뒤졌다. 그들 네 쌍의 눈이 이 잡듯 찾아 헤맸다. 붉은 옷을 입은 젊은 여자만 보면 달려가 꼼꼼히 살펴보았다. 나중에는 붉은 옷을 입지 않았어도 젊은 아이이기만 하면 달려가 살펴보았다. 점점 무턱대고 찾아 헤맸다. 수도 없이 많은 얼굴을 몇 번이고 보고 또 보았지만, 푸핑은 그림자도 보이지 않았다. 할머니는 더 이상 버틸 수가 없었다. 아까 세뱃돈 봉투를 주었던 일이 푸핑을 몹시 화나게 해서 홧김에 도망친 것이라고 단정하고서, 할머니는 치 사부에게 불같이 화를 냈다. 우둔한 아쥐조차도 이번에는 할머니가 치 사부에게 너무한다는 걸 알아차렸지만, 감히 뭐라 입을 열지는 못했다. 마지막에 뤼펑셴이 말했다. 차라리 돌아갑시다. 아이가 벌써 집에 와 있을지도 모르잖아요.

집에 돌아오자 9시가 이미 넘어 있었다. 할머니가 문을 밀치고 들어갔다. 칠흑처럼 컴컴한 방 안에는 어린 두 아이가 곤히 잠들어 있었다. 할머니는 침대 가에 홀로 앉았다. 달빛이 할머니가 걸친 붉은 솜저고리를 비추었다. 마치 새색시 같았다. 하지만 그 그림자는 너무도 두렵고 불안하여 가쁜 숨을 진정하지 못한 채 명치가 오르락내리락했다. 할머니는 입가까지 욕이 치밀어 올랐다가 이내 거두어들였다.

15# 설을 쇤 후

정월 초닷새, 이웃의 노부인이 죽었다. 노부인은 이웃 안주인의 시어머니로, 설을 쇠어 딱 여든이다. 그래서 호상으로 장례를 치르는데, 손자와 증손자 모두가 붉은 상장을 달았다. 닝보(寧波) 사람들은 예의를 매우 중시하는데, 이렇게 장수하셨으니 장례를 대단히 성대하게 치렀다. 할머니는 그 집 일손을 도우라고 푸핑을 보냈다.

노부인은 쫑즈(粽子)* 모양의 자그마한 다리가 감싸여 묶여 있고, 남은 거라곤 손가락 굵기의 머리카락 묶음이 머리 뒤쪽으로 단정하게 틀어 올려져 있을 뿐이었다. 노부인은 매일 아침 일찍 일어나 닝보식 홍목 화장대 앞에 앉아 거울을

---

* 쫑즈(粽子)는 단오절에 먹는 음식의 하나로, 찹쌀에 대추 따위를 넣어 댓잎이나 갈잎에 싸서 쪄낸다.

마주 보고서 머리를 빗었다. 그 홍목 화장대는 오랜 세월을 함께 해온 것이라, 자개와 조각 문양 틈새에 먼지가 가득 끼어 있었다. 원래 양쪽 끝이 푹 패인 양식에, 가운데에 달걀 모양의 큰 거울이 있다. 거울 아래에는 머리끈이나 화장분 등을 넣는 조그만 서랍이 한 줄 달려 있고, 발밑에는 발판이 있다. 그런데 이제 발판은 아래로 심하게 휘었고, 양쪽 끝의 나지막한 서랍장은 가운데로 기울었으며, 거울도 흐릿해졌다. 노부인이 앉았던 걸상은 제 짝의 홍목 걸상이 아니라 보통의 사각 걸상이었다. 노부인은 아침 일찍부터 머리를 빗기 시작해서 거의 정오까지 빗질을 했다. 머리를 다 빗고 나면, 며느리가 식사를 받쳐 들고 오기를 기다렸다. 며느리는 매일 정오에 시어머니만을 위해 두 그릇의 요리를 마련했다. 나이가 많아지자 입맛도 변해서인지, 원래 짜고 비린 음식을 좋아하던 닝보 사람의 습관 대신 단 음식을 대단히 좋아했다. 치아가 없어서, 음식은 반드시 연하고 무르게 드시도록 했다. 그래서 며느리가 시어머니께 차려드리는 음식은 푹 익히고 달착지근한 것들이었다. 시어머니는 빗질을 마치고 나면 식탁에 앉아 음식 두 그릇을 비웠는데, 몹시 게걸스럽게 그릇에 바짝 다가가 직접 입안으로 떠 넣었다. 두 그릇을 다 먹고 나면, 시어머니는 낮잠을 주무셨다. 일단 주무시면 일어나지 않았다. 저녁 식사는 며느리가 침대로 받쳐 들고 가서 시어머니께 드리는지라, 비교적 간단했다. 세숫물도 침대 가로 받쳐 들고 가서 씻으시도록 했다. 발은 일주일에 한 차례 씻었으며, 낮 시간을 이용했다. 두 그릇의 음식을 다 드신 후, 며느리가 발 씻을 물을 준비해놓고 깨끗한 발수건을 옆에 놓아두면, 시어머니가 직접 씻으셨다. 하지만 어찌나 천천히 씻는지, 구경 나온 이웃집의 아이들 가운데 끝까지 버텨낸 아이는 아무도 없었다. 시어머니는 두 발을 구리대야에 담갔다. 이 대야 역시 아주 오래된 물건으로, 시어머니의 전용이었다. 이 대야는 일반 대야보다 깊고 대야 테두리는 비교적 좁아서, 손으로 들면 마치 두 손으로 받쳐 드는 듯했다. 시어머니는 발을 대야에 담그고서 미동도 하지 않은 채 앉아 있었다. 시간이 조금 지나면, 며느리가 안에다 뜨거운 물을 부어주었다. 물을 붓다가 가득 차면, 퍼내고 나서 계속 더 부었다. 시어머니가 발 씻는 것을 구경하던 아이들은 흔히 이쯤에서 물러나곤 했다.

 노부인은 정말 늙으셨다. 귀가 먹고 눈이 흐릿한 데다, 치아도 거의 빠지고 등도 낙타처럼 심하게 굽었다. 하지만 노부인에게는 위엄이 있었다. 노부인은 방 안에서 혼자 더듬더듬 움직였는데, 그 창백하고 쪼그라든 기형적인 몸에서 참으로 기이하게도 당당함이 느껴졌다. 이 집은 할머니 주인집과 나란히 남향으로 늘어서 있다. 창밖은 마당이고, 마당 문은 할머니 주인집 쪽으로 나 있다. 그리고 창문 앞쪽에는 커다란 오동나무가 심어져 있었다. 게다가 이웃집 마당에서는 이쪽 담장에 기대어 협죽도와 비파나무를 심어놓았다. 그래서 이

나무들이 빛을 가리면 방은 꽤 어두웠지만, 나뭇가지 이파리의 단아한 그림자가 어른거렸다. 방 안의 진열품들은 아주 구식이어서 신식의 집과는 약간 어울리지 않았다. 방금 이야기한 화장대 외에도, 홍목으로 만든 침대와 탁자가 있었다. 침대는 모양이 영락없이 구들장 같아, 평상이라고 불러야 마땅하리라! 침대 삼면에는 가로막이 있는데, 가로막의 양쪽 끝이 약간 낮은 반면 가운데는 조금 높아서 앉은 채로 허리를 기댈 수도 있었다. 침대 가로막 위의 자개 문양 틈새에도 마찬가지로 오랜 세월의 먼지가 켜켜이 쌓여 있었다. 요를 들추면 대껍질로 엮은 창벙(床繃)*이 깔려 있는데, 기운 흔적이 몇 군데 보였다. 기운 대껍질 줄기는 원래의 것보다 못한 데다가, 또다시 헤져 있었다. 홍목 팔선탁(八仙桌)**은 그나마 원래 모양을 유지하고 있었다. 다만 색깔이 많이 바랬고, 탁자 위 홈에 먼지가 쌓였는데, 밥알도 끼어 있었다. 팔선탁 사방에는 기다란 걸상이 몇 개 놓여 있다. 이 걸상은 원래 고향에 살 때 부엌에 놓고 쓰던 것이다. 이밖에 찬장이 하나 있는데, 홍목은 아니지만 그래도 단단한 나무로 만든 것이었다. 찬장의

---

* 창벙(床繃)은 중국식 침대에서 요 따위의 아래에 설치하여 무게를 지탱해주는 매트리스의 일종이다.
** 팔선탁(八仙桌)은 여덟 사람이 둘러앉을 만한 크기의 네모난 식탁을 가리킨다. 팔선은 중국 민간에 널리 알려진 장과로(張果老), 철괴리(鐵拐李), 여동빈(呂洞賓) 등의 여덟 선인을 의미하는데, 중국의 회화나 장식의 주요 제재로 널리 사용되었다.

제일 위쪽에는 아래로 늘어뜨린 가리개가 채워져 있었다. 그 안에는 엿이나 사탕, 캐러멜 등을 담은 각종 병과 단지들이 들어 있었다. 찬장의 아래쪽은 서랍이었다. 방 안의 다른 모퉁이에는 종려 잎으로 엮어 만든 2인용 황벙이 놓여 있었다. 이것은 며느리가 손자를 데리고 잘 때 사용했던 것이다. 방에서는 여러 가지가 뒤섞인 냄새가 났다. 나이 든 노인 몸에서 나는 쉰내, 이불에서 나는 지린내, 바닥이나 목기 틈새의 먼지 냄새, 그리고 닝보 사람 특유의 건어물 냄새가 섞여 있었다. 이것은 집안 대대로 전해오는 냄새였다.

노부인의 남편은 원래 닝보 지방에서 조세를 징수하는 말단 관리를 지냈다. 총명하고 착했지만, 단명하여 나이 서른도 넘기지 못하고 아내와 아들 하나를 남긴 채 요절하고 말았다. 부인은 주관이 아주 뚜렷한 여자였다. 그녀는 책 읽고 벼슬하는 시댁의 전통을 따르지 않고, 아들을 그저 사숙에서 몇 년 공부시킨 뒤 상하이로 보내 친척이 운영하는 전당포에서 장사를 익히도록 했다. 사람들은 모두들 여자가 팔자가 드세니 심성도 드셀 거라 수군거렸다. 하지만 그녀는 안목도 있고 박력도 있었으며, 무게를 잡을 줄도 알았다. 사람들은 찬탄을 금치 못했다. 이 아들은 독자였지만, 어려서부터 부인의 위엄 속에서 생활한지라 조금도 교만하지 않고 오히려 상당히 겸손하고 참을성이 있었으며, 어머니가 시키는 대로 충실히 했다. 홀로 상하이에 있으면서, 친척이라고는 하지만 장사를 배우는 몸인지라, 자신을 다스려가며 3년 동안 한 번도 고향 집에 돌아가지 않은 채 견뎌냈다. 다시 몇 년의 세월이 흘러, 아들은 아주 유능한 전당포 주인이 되었다. 이때 부인은 고향 집에서 이미 아들을 대신해 며느릿감을 보아두었는데, 그게 바로 지금의 며느리이다. 며느리는 평범한 집안 출신으로, 친정은 조그마한 떡 가게를 운영하여 그저 하루 벌어 하루 먹고 사는 부지런한 집안이었다. 며느리는 말수가 적은 사람으로, 조그마한 몸집에 생김새가 아주 깨끗했다. 눈썹과 눈은 약간 처졌지만 그렇다고 완전히 거꾸로 매달린 것은 아니어서, 어린애처럼 보였지만 손끝이 제법 야무졌다. 아가씨는 시루 가득 찐 떡을 두 손으로 받쳐 들고서, 허리를 살짝 낮춘 채 손을 휙 돌려 상에 뒤집어엎은 다음, 손가락으로 몹시 뜨거운 떡을 재빨리 눌러보면서 너무 쪄지지는 않았는지 살펴보았다. 노부인은 떡을 사면서 이 아가씨를 눈여겨보았고, 나중에 사람을 보내 뜻을 전했다. 며느리 집에서 마다할 이유가 있었겠는가? 신랑감의 집은 벼슬을 한 집안이고, 아들은 상하이에서 유능한 전당포 주인이었다. 새해가 되어 고향 집에 돌아올 때면 여우 털 칼라의 오버코트를 입고 금색 테두리의 안경을 썼으며, 호리호리한 몸집에 키가 크고 허연 얼굴, 동글 갸름한 머리 모양, 윗입술이 약간 튀어나온 게 영락없이 자기 아버지를 닮았다! 장사치들 속에 있으면서도 고상함을 잃지 않으니, 어쨌든 좋은 집안 출신이 아닌가. 이듬해에 혼사를 치렀다. 결혼식을 올린 뒤, 시어머니는 아들을 상하이로 돌려보내고, 며느리를 자기 곁에 두어 시어머니 노릇을 하기 시작했다. 며느리는 이미 임신한 몸인데도, 출산일이 되어서야 시어머니는 자기 세숫물을 자기가 떴다. 시어머니는 사람을 보내 산후조리를 돕도록 친정어머니를 불렀으며, 아들에게는 모자 모두 평안하니 돌아와 볼 필요도 없다고 편지를 보냈다. 새해를 맞아 갓난아이가 두 달이 되어서야, 아들은 자기 자식을 처음으로 보게 되었다. 설을 지낸 후, 아들은 상하이로 되돌아갔고, 아내는 또 아이를 가졌다. 이렇게 5년을 지내면서, 젊은 부부는 함께 지낸 세월을 합쳐봐야 두 달이 채 안 되는데도 아들을 다섯이나 낳았다. 이 역시 노부인의 안목을 보여주는 것으로, 일찍부터 딱 알아맞혔던 것이다. 며느리의 친정어머니가 며느리를 첫째로 낳은 뒤 잇달아 아들 셋을 낳았던 것이다. 낳고 기르는 면에서 딸은 친정어머니를 따르는 법이다. 그때 아들은 상하이에서 손수 밥을 지어먹었다. 하지만 부친의 병이 유전되어 결핵을 앓게 되었다. 노부인은 친히 샹샹(香香)이라는 몸종을 데리고 외아들을 집으로 데려오기 위해 상하이로 떠났다.

닝보항을 출발한 배가 드넓고 망망한 바다로 내달리자, 풍광은 이내 황량해졌다. 노부인은 삼등실의 침상용 판자 위에 앉은 채 한시도 눈을 붙이지 않았다. 선실에 들어갈 돈이 없는 게 아니라, 그저 그럴 만한 가치가 없다고 여겼기 때문이다. 당시 아들이 떠날 때에도 삼등실에 태워 보내면서 아들에게 이렇게 말했다. 너는 배우러 가는 사람이지 벼슬하러 가는 게 아니다. 나중에 학업을 마치고 일을 시작해서야 체면 때문에 아들은 선실을 탔다. 이제 노부인은 아들이 탔던 선창에 앉아 있었다. 선창 안은 발 냄새와 입 냄새로 가득 차 있었고, 시골 사람들의 광주리에 담긴 오리 오줌 냄새까지 더해졌다. 아들이 어려서 집을 떠날 때 겪었던 고초를 맛보고 있었던 것이다. 이튿날 이른 아침, 배는 부두에 닿았다. 전당포를 열었던 친척이 노부인이 오는 것을 알고 직접 마중 나와 있었다. 가는 도중에 노부인은 한마디도 묻지 않았다. 인력거가 아들이 사는 정안사 길 끄트머리의 복잡한 골목 안쪽에 당도했다. 골목은 번잡하기 그지없었고, 수많은 갈래로 뻗어 나갔다. 어떤 골목에는 그래도 번듯한 석굴문집들이 늘어서 있지만, 대개는 판잣집인 데다 여러 가구가 한데 사는 북방 민가의 형태를 띠고 있었다. 그 친척이 길을 잘못 안내하는 바람에, 어느 작은 골목으로 들어섰다가 한참을 헤맨 후에 나왔다. 골목은 너무나 비좁아 마주친 인력거 두 대가 비켜가기도 쉽지 않아 천천히 빠져나왔다. 노부인이 작은 발로 발판을 사납게 굴러대서야, 친척은 노부인의 심정이 몹시 다급함을 눈치챘다.

아들은 판잣집 2층에 살고 있었다. 나무 사다리 하나가 가파르게 2층 마루판 가장자리에 걸쳐 있었다. 노부인은 작은 다리를 들어 텅텅거리며 올라갔다. 방은 겨우 7평방미터 크기에, 달랑 침대 하나, 서랍 탁자 하나, 나무상자 하나가 있었다. 이밖에 사각 걸상이 몇 개 있는데, 하나는 석유 화로를, 또 하나는 세숫대야를 놓아두고, 다른 하나는 비어 있었다. 아들은 얄팍한 이불 아래에 누워 있었다. 어찌나 야위었는지 마치 없는 것 마냥 얄팍하였다. 침대 안쪽의 판자벽에는 못을 쭉 박아 아들의 옷가지 몇 벌이 걸려 있는데, 그 가운데에 여우 털 칼라의 오버코트, 그리고 포플린 장삼과 흰색 양복 한 벌도 끼어 있었다. 옷은 하나같이 꼼꼼하게 천으로 덮어씌워 먼지가 타지 않도록 했다. 노부인은 아들에게 절약하라고는 하였지만, 상하이에서 이렇게까지 초라하고 누추하게 지내리라고는 생각지도 못했다. 친척조차도 뜻밖이라고 느끼는 모양이었다. 노부인은 아들이 매달 집에 부쳐주던 돈, 그리고 최근에 부엌을 새로 짓기 시작했던 일을 떠올렸다. 이건 그래도 마음 아픈 일이 아니었다. 정말 가슴 아픈 일은 바로 뒷일이었다. 노부인은 사람을 보내 돌아갈 배표를 사고, 부두로 갈 인력거를 알아보라 하고서, 자기는 샹샹과 함께 물건을 정리했다. 서랍 탁자의 서랍에서 큰 아이가 어릴 때 신었던 후터우신발(虎頭鞋)* 한 켤레가 눈에 들어왔다. 노부인은

---

* 후터우신발(虎頭鞋)은 범 머리 모양의 아플리케를 붙인 사내아이용 헝겊신이다. 미신에 따르면, 이 신발을 신으면 액을 막고 용감해진다고 한다.

그제야 아들이 얼마나 외로웠는가를 깨달았다. 자식에 대한 아들의 정이 노부인의 마음을 울컥하게 하였다. 노부인은 통곡과 함께 자신의 가슴을 치면서 울부짖었다. 참으로 마음이 아프구나, 정말로 아파 죽겠어!

닝보로 돌아오자, 노부인은 아들을 며느리 방에 있도록 했다. 노부인이 보기에, 며느리는 마음이 맑고 욕심이 없는 여자여서 아들 몸을 상하게 할 리가 없다고 여겼다. 게다가 아들이 이미 이 모양이니, 아들에게 천륜의 즐거움이나 누리게 해줘야 할 게 아닌가! 이 시절이 부부가 머리를 맞대고 산 가장 긴 시간으로, 몇 년간의 날수를 더한 것과 맞먹었다. 노부인은 손자에게 전염될까 봐 그저 방문 입구에 서서 아버지를 보게 하였다. 방문 입구에 쳐놓은 절반 높이의 울타리 너머에 다섯 아이가 옹기종기 모여 있었다. 며느리는 침대에 꿇어앉아 남편의 상반신을 부축해 일으켜, 남편이 아이들을 볼 수 있도록 해주었다. 마르고 그를 닮은 애는 첫째, 키가 작고 뚱뚱한 아이가 둘째, 덜렁대고 남을 괴롭히려 드는 애가 셋째, 그 아래가 넷째와 다섯째였다. 사내는 말을 하지 못한 채, 힘겹게 미소를 지었다. 하나하나 쭉 둘러보고 나니, 온몸에 식은땀이 흘렀다. 아침저녁으로 노부인은 아이들을 울타리 너머에 서게 했고, 며느리는 베갯머리에서 첫째, 둘째 하며 일일이 헤아린 다음 아이들의 장난기 어린 이야기를 들려주었다. 이들 부부는 원래가 서로 서먹서먹한 데다, 며느리도

주변머리가 좋지는 않았다. 하지만 에미된 사람으로서 자식 이야기를 하다 보니 주절주절 말이 많아질 수밖에 없었다. 아내가 들려주는 이야기에 사내는 조용히 귀를 기울였다. 그 순간 그의 멍한 눈빛이 한데로 모아지면서 집중하는 모습을 보였다. 이렇게 닷새, 엿새가 지나자, 환자는 제법 정신을 차렸다. 부축해서 일으킬 때에도 몸이 그렇게 가라앉지 않았다. 위아래 할 것 없이 온 식구가 일말의 희망을 품었다. 하지만 사태는 이미 돌이킬 수 없는 지경에 와 있었다. 그는 다시 기력이 쇠약해졌다. 마지막 열흘 남짓 동안에는 부축해 일으킬 수도 없어서, 베개 옆으로 누워 울타리 너머의 다섯 아이를 바라볼 뿐이었다. 천성이 유약했던 이 사내는 어린 자식들을 유독 가여워했지만, 그에게는 그들을 길러낼 방법이 없었다.

아들이 죽었다. 노부인은 더 이상 울지 않았다. 하룻밤, 또 하룻밤을 잠들지 못한 채 담배만 피워대고 꽁초를 땅바닥에 버렸다. 아들이 죽은 지 일주일도 채 되기 전에, 노부인은 고리대금업을 하기 시작했다. 후에 노부인이 고향 사람들에게 '음덕을 해쳤다'는 욕을 먹었던 것은 바로 여기에서 비롯되었다. 당시 일본이 상하이, 난징, 항저우를 점령하여 육로와 수로 모두가 막혀버린 바람에, 은행조차 현금 융통이 원활하지 못했다. 소자본으로 장사를 하는 가게는 돈줄이 막혔고, 난민들은 생활비가 필요했으며, 과부들은 일자리를 잃었다. 집안에 급한 일들이 터져도 시중에는 현금이 씨가 말랐다. 그런데 노부인은 현금을 지니고 있었다. 남편이 남겨준 돈, 아들이 남겨준 돈, 그리고 아들이 매달 부쳐준 돈, 또 며느리가 가져온 혼수도 있었다. 며느리 집안은 가난했지만 좋은 집안으로 시집을 보내는 터라 딸아이가 구박을 받지 않도록 혼수 준비에 최선을 다했으며, 이 집에 들어온 후 며느리는 모든 것을 시어머니에게 맡겼다. 돈 쓸 일이야 있었겠지만, 노부인은 이모저모로 허리띠를 졸라맸다. 그 덕분에 나가는 돈보다는 들어오는 돈이 더 많았다. 당시 노부인은 머리 회전이 빨랐다. 일찍이 사숙에서 이태 동안 공부하였기에 배운 글자로 차용증을 쓰는 건 충분했다. 차용증은 시간순서대로 화장대 거울 아래의, 계수나무 기름을 놓아두는 작은 서랍에 넣었다. 꺼내볼 필요도 없이, 노부인의 기억은 틀림이 없었다. 날짜가 닥치면, 그녀는 집에서 한나절을 기다렸다. 채무자가 오지 않으면, 정오 무렵에 머리를 빗고 깨끗한 옷으로 갈아입은 뒤 집을 나섰다. 채무자에게 오후 나절 동안에 돈을 준비케 하여, 저녁에는 어찌 되든 계산을 끝냈다. 그녀에게 며칠만 기한을 연장해달라고 하면, 이렇게 말했다. 우리 여자들 집에는 과부 둘에 어린 새끼들 다섯이 밑천으로 먹고사는데, 어떻게 기한을 연장해준단 말이오? 사람들은 그녀를 결코 여자로 여기지 않았고, 남자보다 더 모질다고 여겼다. 그래도 돈을 마련해오지 않으면, 샹샹을 데리고 가서 가게와 집을 뒤엎고 샅샅이 뒤져 값어치가 있는 것들을 몽땅 챙겨 갔다. 그녀는 밥을 지어 먹는 솥까지도 스스럼없이 떼어갔다. 하녀인 샹샹 역시 그녀와 여러 해를 함께하여 단련이 되었는지 피도 눈물도 없었으며, 한 치도 봐주는 게 없었다. 그녀가 명령을 내리기만 하면 샹샹은 들어냈고, 그녀가 미처 보지 못한 물건을 알려주기도 했다. 샹샹은 이제껏 시집도 가지 않은 채 줄곧 노부인을 따랐으니, 이 집의 공신인 셈이었다. 집안의 손자뻘 되는 아이들은 샹샹을 샹아저씨라고 불렀고, 증손자뻘 되는 아이들은 샹할아버지(香外公)라고 불렀다. 하지만 어쨌든 노부인만큼 명이 드세지는 않았는지, 노부인을 앞서 세상을 떠났다.

　몇 년 동안 노부인은 유감없이 악명을 떨쳤다. 며느리의 친정집조차 딸과 왕래하지 않을 정도였다. 아이들이 길을 가다가 돌팔매질을 당하고 발에 걸려 넘어지기도 했다. 문에는 늘 저질스런 쪽지가 붙어 있었다. 어느 날 밤에는 누군가가 노부인의 방에까지 와서 창문에 대고 새총의 화약을 터뜨렸다. 이번에는 노부인도 깜짝 놀라지 않을 수 없었다. 마을 사람들이 자기에게 이렇게 깊은 원한을 갖고 있을 줄은 미처 생각하지 못했던 것이다. 노부인은 도저히 수긍할 수가 없었다. 당신네들 어려움을 해결해주었으니, 날 은인으로 모셔야 당연하지! 사람이 궁지에 몰리게 되면, 정말이지 어떻게 해볼 도리가 없는 법이다. 이즈음 일본은 이미 항복했으며, 큰손자도 제 아버지가 장사를 배우러 떠났던 나이가 되었다. 노부인은 온 가족이 상하이로 이사하기로 결단을 내렸다. 노부인은 이제껏 마음을 정하면 곧바로 실행에 옮기는 사람이었다. 이사하기로 마음을 정하자 곧바로 채무상환을 독촉하고 집을 팔아치운 다음, 이삿짐을 꾸렸다. 그리고 일주일 뒤, 바로 상하이로 가는 배에 올랐다.

상하이로 가자, 노부인은 성공한 닝보 사람과의 인간관계를 통해 신쟈로(新閘路)에 있는 석굴집 한 채를 넘겨받아 전대인(轉貸人) 노릇을 시작했다. 이치대로 말하자면, 전대인은 그저 앉아서 밥상을 받기만 해도 되었지만, 노부인은 그렇게 하려 하지 않았다. 노부인은 저쟝(浙江) 사람이 운영하는 가게를 찾아가 큰손자를 견습공으로 넣었다. 둘째 손자는 그런대로 머리가 좋은 데다 골동품 사업이 전망이 좋다는 이야기를 들은 지라, 서둘러 아는 사람을 통해 광둥로(廣東路)에 있는 골동품가게에 잔심부름꾼으로 보낼 참이었다. 그런데 둘째 손자는 큰손자처럼 고분고분 말을 듣지 않고, 굳이 공부를 하겠다고 고집을 피웠다. 밥도 먹지 않을뿐더러, 손가락을 베어 혈서로 증서도 썼다. 이십 년 뒤에는 반드시 할머니께 학비와 식비를 갚겠습니다!라고. 이렇게 야단법석을 떠는 통에 어찌해볼 수가 없었다. 노부인이 보기에 이 녀석은 성깔이 있는지라, 녀석이 하자는 대로 했다. 아무렴, 역시 그 녀석 뜻대로 하기를 잘했다. 후에 둘째는 계속 공부를 했는데, 기계를 전공하여 대륙 기기 공장의 엔지니어가 되었다. 노부인과 그의 어머니는 둘째를 따라 살면서 복을 누렸다. 둘째 녀석의 난리를 겪고 난 후, 그 밑의 아이들은 노부인이 간섭하지 않았고, 간섭하고 싶지도 않았다. 그렇지 않으면 누군 해주고 누군 해주지 않는다고 말이 많을 테니까! 노부인은 어쨌든 손자들에게는 부드러웠다. 게다가 노부인은 세상 돌아가는 시세를 잘 알고 있었다. 당시에, 그것도 상하이에서는 모든 아이가 교육을 받고 있는지라, 손자들도 교육을 받도록 한 것이다! 하지만 자기까지 한가롭게 보내고 싶지는 않아, 전화기 한 대를 설치해서 귀금속교역소의 고향 친구와 어울려 황금 투기에 뛰어들었다. 나중에는 진웬췐(金圓券)*을 사고파는 사이에, 벌어들인 돈이 나간 돈을 벌충하고도 남았다. 다른 보통사람이나 개인투자자들이 가산을 탕진한 것에 비하면, 노부인은 돈을 번 셈이다. 이때가 1949년으로, 노부인도 이제 예순다섯 살이 되었다. 헤아려보니 수중에 저축한 것만으로도 손자들한테 쓰고 노부인이 먹고살기에 충분해지자, 그제야 일을 그만두었다. 이것이 바로 노부인의 일생이다. 자기와 평생을 함께했던 샹샹이 노부인에게 말했다. 마님은 평생 위풍당당하게 사셨어요. 노부인은 겸손하게 대꾸했다. 넌 내가 정안사 길에서 통곡했던 일을 잊었느냐? 샹샹이 말했다. 그건 금강여래신이 눈물을 흘린 거였죠. 그러자 노부인은 입을 삐죽

---

* 진웬췐(金圓券)은 국민당 정부가 1948년에 발행한 지폐의 일종이다.

내밀었다.

　노부인을 조문하러 온 사람들은 대단히 많았다. 집안의 자손들과 먼 일가친척들, 또 고향 사람들까지, 집에는 온통 드세고 카랑카랑한 닝보 사투리로 가득했다. 방 안을 가득 채운 사람들은 바깥까지 여기저기 모여 있었다. 증손자들은 허리에 흰 마포를 매고, 머리에 붉은 매듭으로 장식한 두건을 쓴 채, 골목 사이를 쏘다니면서 폭죽에 불을 붙였다. 식사는 몇 팀으로 나누어야 했는데, 어린애들은 골목에 식탁 하나를 차려놓고서 푸핑더러 돌보도록 했다. 다행히 준비해둔 설날 물건이 있었기에 망정이지, 그렇지 않았더라면 닥쳐서 사려 해도 사지 못했을 뻔했다. 모두들 노부인이 복이 있어서, 열렬하게 재물신을 맞이하는 때에 가셔서 뭐든 부족한 게 없다고 입을 모았다. 진즉 장례를 치렀지만, 집에서는 예전처럼 여전히 밤을 지샜다. 아이들은 죄다 집으로 돌려보내 재우고, 손자들만 남아 탁자에 둘러앉아 카드놀이를 하면서 밤을 새웠다. 어머니는 자식들을 위해 밤참을 만들어, 밤중에 한 번, 새벽에 한 번 모두 두 차례 상을 차렸다. 새벽에 먹는 밤참은 모두들 코를 골며 자다 졸다 하는 통에, 새알심이 코로 들어갈 지경이고, 카드도 땅에 떨어져 여기저기 흩어졌다. 어머니는 크고 건장한 아들 다섯을 침대로 옮겼다. 여기저기 흩어져 자고 있는 자식을 바라보고 있노라니, 볼수록 가슴이 뿌듯했다. 아이들이 어렸을 적 모습이 눈앞에 또렷이 떠올랐다.

한 해 한 해 자라 이렇게 장성했다. 흘러간 세월이 주마등처럼 눈앞을 스쳐 갔다. 이 모두 시어머니가 일궈낸 천하 아니던가! 조금씩 날이 밝아오고, 이웃집 문에서 소리가 났다. 얼마 지나지 않아 자기 집 문에서도 소리가 나더니, 푸핑이 고개를 들이밀고서 물었다. 오늘은 뭘 할까요?

입관하는 날, 며느리 집에서는 두부수프를 세 솥이나 끓였다. 이웃들 모두 두부수프를 얻어먹으면서, 노부인의 복과 장수를 기렸다. 사람들이 분주하게 드나드는 통에, 문지방이 닳아 없어질 지경이었다. 푸핑은 주방에서 두부수프를 떠서 아이들에게 나누어 주었다. 뒷골목에서는 폭죽을 쏘았다. 그 가운데 하나가 높이 치솟더니 꽃잎 모양으로 흩어지면서 터져 내렸다. 또 화염통에서는 쓰쓰쓰 하는 소리와 함께 불꽃이 사방으로 튕겼는데, 몇 차례나 부엌유리창으로 쏟아지면서 창문을 붉게 물들였다. 푸핑은 발갛게 상기된 얼굴로 큰 솥을 지키고 있었다. 솥 안에서 증기가 불쑥 솟구치자, 푸핑의 눈에 안개가 피어올랐다. 푸핑은 아이들에게 위엄 있는 목소리로, 줄을 잘 서라, 밀치다가 그릇을 엎어 설빔을 더럽히지 말라며 야단을 쳤다. 할머니 주인집 둘째 차례가 되자 푸핑은 한 국자를 더 퍼주었다. 어떤 아이가 불평하자, 푸핑이 말했다. 애는 내가 아는 애이고, 넌 모르는 애니 적게 준 거야. 고집스럽게 아이가 푸핑에게 대들면서 말했다. 자기 것도 아니면서! 푸핑이 말했다. 그렇게 말하면, 아예 주지 않을 거야.

푸핑은 그 아이와 입씨름을 하면서도 기분은 유쾌했다. 노동을 통해 자신이 쓸모 있는 존재라는 생각이 들자, 어찌 살맛이 나지 않겠는가? 새해는 어쨌든 푸핑에게 새로운 희망을 안겨주었다. 무슨 일이 일어날 줄 그 누가 알겠는가?

    이튿날 아침, 푸핑은 일찍 일어나 뒷문 입구를 쓸었다. 어젯밤에 폭죽을 쏜 뒤라 땅바닥 가득 화약 종잇조각이 수북이 쌓여 있었다. 게다가 호박씨나 수박씨 껍질, 땅콩 껍질, 귤 껍질까지 가득했다. 푸핑은 담장 구석과 배수구까지 꼼꼼하게 쓸어 쓰레기를 한군데로 모은 다음, 부엌으로 삼태기를 가지러 갔다. 햇빛도 없는 데다 바람마저 차가워 손이 약간 얼었지만, 살을 에는 듯한 공기를 들이쉬자 상쾌한 기분이 들었다. 연초인지라 집집마다 늦게 자고 느지막이 일어나는 모양이었다. 게다가 오늘은 일요일이었던 것이다. 며느리 집에서는 어제 늦도록 일을 마치고서, 오늘은 모두들 늘어지게 자고 있었다. 골목에는 푸핑 한 사람뿐, 참으로 고요하기 그지없었다! 참새의 쩍쩍거리는 소리마저 귀에 들려왔다. 푸핑은 고개를 숙인 채 삼태기에 쓰레기를 모으고 있었다. 한 쌍의 발이 그녀의 눈에 들어왔다. 흰색 양말에 검정 신발을 신은 발이었다. 신발은 베니션(venetian) 겉면에 뾰족하면서도 둥그런 신발코에 품이 좁았다. 깜짝 놀란 푸핑은 눈을 들어 앞에 서 있는 사람을 보았다. 푸핑의 짐작이 맞았다. 바로 리톈화였다.

16# 손자

손자가 상하이에 온 것은 할머니의 부름에 따른 것이었다. 사실 할머니 편지는 별다른 내용이 없었다. 다만 손자에게 상하이에 놀러 오라고 하면서, 그를 위해 물건 몇 가지를 사놓고서 푸핑과 함께 고향에 한 번 다녀오려 하였는데 푸핑이 질질 끄는 바람에 설을 넘기게 되었으니 어쨌든 의심스럽다는 것뿐이었다. 편지의 필체가 바뀌었다는 점이 손자의 시선을 끌었다. 이전의 유치한 연필체가 아니라, 한 획 한 획 붓으로 쓴 해서체였던 것이다. 뭐 글자체야 그리 대수롭지 않지만, 어쨌든 정중한 맛이 있었다. 편지에는 무슨 일인가 감추어져 있는 듯했다. 손자는 할머니 주인집에 드릴 닭 두 마리와 소금에 절인 돼지 다리를 준비했다. 푸핑이 꽤 오랫동안 폐를 끼쳤으니, 주인집에서 좋아할 리가 없을 터였다. 밤 배를 탄 손자는 날이 뿌옇게 밝아올 즈음 부두에 닿았다. 이 도시는 아직 잠에서 깨지 않은 채 꿈속에 빠져 있었다. 시끌벅적한 부두에서 거리로 걸어 나오자, 갑자기 조용해졌다. 석판이 깔린 길은 외지 사람의 발아래에서 또랑또랑한 소리를 울렸다. 상점들은 죄다 문이 닫혀 있고, 거리를 따라 늘어선 집들은 창문이 잠겨 있었다. 우물에서 물 긷는 사람의 철통이 멜대에서 '쿠당쿠당' 소리를 냈음에도 정적은 깨지지 않았다. 방금 배에서 왁자하게 내린 사람들은 각기 방향이 다른 차를 타고 이 도시의 촘촘한 거미줄 같은 길을 따라 한순간에 흩어졌다. 부두의 시발역에서 차에 올랐던 사람들이 계속해서 내렸지만, 차를 타는 사람은 드물어 차는 점차 텅 비었다. 날이 희끄무레 밝아오는 가운데, 층 집과 거리, 사람 모두 평면으로 바뀌었다. 그다지 사실처럼 느껴지지가 않았다. 손자는 차에서 내려, 할머니가 살고 있는 골목 어귀로 들어섰다. 손자는 길을 알고 있었다. 길 어귀를 돌아들었다. 어귀에는 '사계춘(四季春)'이라는 음식점이 있었다. 몇 년 전 상하이에 왔을 때, 할머니를 따라 이 음식점에서 쫄깃한 말린 두부면을 먹어본 적이 있었다. 한길을 따라 쭉 가다가 채소시장을 지났다. 채소시장은 이 한길과 교차하고, 잇달아 두 개의 한길에 걸쳐있었다. 오늘 채소시장은 유난히 조용했다. 설을 쇨 물건을 충분히 마련해놓은 지라, 연초에는 채소를 사러 오지 않았던 것이다. 채소를 보내오는 시골 사람들도 며칠간은 느긋하게 늦잠을 잘 수 있을 것이다. 좀 더 나아가자 학교가 나왔는데, 예전에는 학교를 외국에서 운영했었다. 건물 꼭대기에는 아직도 예수와 마리아의 석상이 남아 있었다. 할머니가 사는 집에서도 훤히 내다보였다. 학교는 일찌감치 방학에 들어갔다. 울타리 철문으로 정적이 흐르는 운동장이 보였다. 학교를 지나자 아파트가 나왔다. 높다랗고 으스스한 현관 홀 양쪽에 작은 가게가 있는데, 지금은 역시 잠겨져 있었다. 뒤이어 구부러지자, 길모퉁이의 문구점이 여전히 그대로 있다. 손자는 문구점을 돌아들어 동쪽으로 걸어갔다. 여기에 석탄 연기로 검게 그을린 골목 어귀가 있고, 어귀에는 끓인 물을 파는 가게가 있다. 가게는 벌써 문이 열려 있었다. 부뚜막의 불길은 활활 타오르다가, 점차 날이 밝아오자 불씨가 연붉은 빛으로 바뀌어 차갑게 느껴지기까지 했다. 이제 손자는 할머니가 사는 골목 어귀 길 가운데의 꽃밭을 볼 수 있었다. 모든 것이 몇 년 전과 다를 바 없었고, 분위기도 이전과 똑같았다. 거리 위쪽에서는 버터 바른 빵을 굽는 향기로운 냄새와 생두유의 비린내, 그리고 여인의 머리카락과 얼굴의 비누 향기, 채소볶음 냄새가 떠돌고 있었다. 거리에는 아직 아무도 없었고, 골목에도 사람이 많지 않았다. 그런데 좁은 골목으로 들어서자 누군가가 보였다. 하늘색 바탕에 자잘한 노란 꽃이 수놓인 솜저고리를 입은 채 들어왔다 나갔다 분주한 모습이었다. 뜻밖에도 이 사람이 바로 푸핑이었다.

    푸핑은 몸을 돌려 방으로 들어갔다. 이어 할머니가 나오고 주인집 아이들도 나왔으며, 이웃집 아주머니도 따라 나왔다. 이날 손자는 사람들 틈에서 이 사람 저 사람을 만나고 인사를 나누었다. 집주인 여자가 손자에게 방 안으로 들어오라고 했지만, 손자는 그러고 싶지 않았다. 할머니도 손자가 부엌에서 자기와 함께 밥을 지으면서 쌓인 이야기를 나누길 원했다. 부엌은 세 집 식구가 함께 사용했는데, 할머니와 뤼펑셴, 이웃 아주머니 세 사람이 한쪽 모퉁이씩 차지하고 있었다. 아이들은 낯선 사람이 보이자 모두들 부엌으로 몰려들어 시끌벅적하였으며, 아무리 쫓아도 흩어지지 않았다. 손자는 수줍음을 잘 타는지라, 사람들이 모두들 쳐다보는 통에 고개조차 들지 못하고 귓불까지 새빨개졌다. 푸핑은 사람들 틈새에서 들락날락하는지라, 뒷모습조차 또렷하지 않았다. 점심 때 주인집 사모님이 손자더러 함께 먹자고 했다. 손자가 가지 않으려 하자, 주인집 아이들 둘이 손자의 손을 한쪽씩 잡아끌었다. 손자가 자리에 앉고 나자, 푸핑이 한사코 식탁에 앉으려 하지 않아 내버려두는 수밖에 없었다. 식사가 끝나고 약간 조용해졌으며, 주인집 일가는 친구 집에 갔다. 할머니가 손자에게 한숨 자겠느냐고 묻자, 손자는 아니라고 대답했다. 나가서 구경을 하겠느냐고 물어도 역시 아니라고 대답했다. 그래서 할머니와 손자는 방에 앉아 있었다. 부엌에서 식사를 마친 푸핑은 설거지를 하고서도 방으로 들어가지 않았다. 손자가 할머니 건강은 어떠시냐고 물었다. 할머니는 웬만하다고 하면서, 다만 손발 관절이 전처럼 활발스럽지 않은데, 특히 흐리거나 비 오는 날이면 무릎 여기가 살살 아픈 게 아마도 류머티즘인 것 같다고 했다. 그러자 손자는 약술을 좀 드셔 보라고 했다. 술에 뽕나무 가지, 오동잎, 정공등 등의 약재를 넣어 끓인 다음, 매일 작은 잔으로 한 잔씩 마시다 보면 틀림없이 좋아질 것이라고 했다. 할머니가 말했다. 사실 결국은 늙었으니, 이제 몇 년이나 일할 수 있겠냐? 그저 남에게 폐나 되지 말아야 할 텐데. 그러자 손자가 대꾸했다. 그럴 리가요? 할머니가 집이 없는 사람도 아니고, 또 제가 있잖습니까? 할머니가 말했다. 그래, 네가 결혼하면, 할미가 일하지 않으마. '결혼'이라는 말이 툭 튀어나오자, 할머니와 손자 모두 침묵에 잠겼다. 할머니가 얼른 화제를 돌려, 집에서 설을 쇠면서 돼지를 잡았는지 물었다. 돼지를 잡아서 절반은 팔고, 나머지 절반은 새해에 먹을 것을 빼고 소금에 절였다고 손자는 답했다. 할머니가 말했다. 네 엄마도 참, 뭐하러 너한테 이렇게 돼지 다리를 보냈다니! 손자가 대답했다. 어머니 말씀이 주인집 사모님께 여러 날 폐를 끼쳐 죄송하다구요. 할머니가 말했다. 그건 그렇지! 두 사람은 또다시 침묵에 잠겼다. 다시 화제를 바꾸어 이웃집 노부인의 장례를 꺼냈다. 손자가 하루를 늦게 오는 바람에, 장수한 노인의 두부밥을 골목 사람들 모두가 와서 얻어먹었는데 손자가 먹지 못해 아쉽다고 했다. 손자는 고개를 숙인 채 웃으며 말했다. 그게 얼마나 쑥스러운

데요! 할머니가 말했다. 뭐가 어때서, 복을 받는 일인데! 그러다가 다시 말을 이었다. 오늘 밤에 이웃집 아주머니가 너보고 자기 집에서 자기 손자랑 함께 자라고 하더라. 손자가 얼른 말했다. 그 집 손자가 괜찮다 할까요? 할머니가 말했다. 싫다고 할 게 뭐 있겠니? 우리랑 한 가족이나 마찬가지야. 노부인 일을 치를 때에 푸핑이 건너가 도왔잖니! 마침내 푸핑의 이름이 거론되었지만, 할머니와 손자는 애써 피하려 했다. 할머니는 이웃집 아주머니의 어려운 형편을 이야기하기 시작했다. 노부인의 며느리가 된 지 수십 년간, 그 세월을 하루같이 보살펴받들듯이 봉양하고 살았지. 노부인처럼 기가 센 할머니의 며느리로 산다는 것이 힘들지 않았겠어? 네 엄마는 성질이 목화솜 같으니, 니네집 며느리 될 사람은 얼마나 편해. 마치 세상의 강줄기가 바다로 통하듯이, 무슨 말이든 꺼내기만 하면 결국 푸핑에게로 귀결되는 듯했다. 푸핑에게로 모아지면, 두 사람은 이내 조심스럽게 피해 나갔다. 오후에 푸핑은 얼굴도 내비치지 않았다. 저녁 식사 때, 뤼펑셴은 억지로 손자를 자기 쪽에서 먹게 했다. 뤼펑셴은 특별히 아주 고급스런 음식 몇 가지를 만들어 부엌의 자기 쪽 사각 식탁 위에 늘어놓고, 평소와는 달리 손자와 함께 식사를 했다. 할머니가 말했다. 애야, 너 넉살 좋구나! 이때 푸핑은 또다시 방으로 들어가 버렸다.

밤에 할머니는 손자에게 부엌에서 손발을 씻으라고 한 다음, 손자를 데리고 이웃집 아주머니네로 재우러 갔다. 자기는 아주머니와 등불 아래서 바느질을 하면서 이런저런 이야기를 나누었다. 큰일도 치른 뒤 조용해진 참이라, 아주머니는 아주 개운한 터였다. 아주머니는 할머니에게 노부인의 지난 일들을 이야기해주었다. 잠시 이야기를 하다가 고개를 돌려 돌아보니, 침대에는 손자 두 녀석이 곤한 잠에 빠져 있었다. 작은손자도 벌써 열 살로, 우엉처럼 타원형의 머리에, 입술 가운데가 도톰하게 부풀었고 눈썹은 아주 가늘었다. 아이는 다정한 양팔을 손자의 목덜미에 걸치고, 손자는 아이의 작은 몸을 끌어안은 채, 얼굴과 얼굴을 맞대고서 잠들어 있었다. 할머니와 아주머니가 아이들의 자는 모습을 보니, 둘 다 온유하고 천진한 게 색시마냥 참 예뻐 보였다!

손자는 푸핑보다 한 살이 어려, 설을 쇠어 열여덟이 되었다. 상하이에 있다면 겨우 고등학생뻘이다. 그런데 지금 손자는 가정이라는 무거운 짐을 짊어지고 있다. 그는 아직 남녀 사이의 정을 이해하지 못하는지라, 푸핑이 어떤 매력을 지니고 있는지 느끼지 못하면서도 부모님의 고생스러움은 알고 있었다. 엉망진창의 노점 같은 자기 집이 자신을 의지하고 있음을 그는 잘 알고 있었다. 그는 하루빨리 색시를 맞아들여야 했다. 아내는 자기의 조력자이자 인생의 조수였다. 물론 그는 푸핑에게 어떤 반감도 없었다. 푸핑이 자기를 받아들여 주기만 한다면, 그는 그녀에게 호감을 갖게 될 것이다. 그는 자신에게 좋은 점이 뭐가 있을까 생각해보았다. 사실 수많은 인연들이 이렇게 맺어진 것이다. 푸핑이 그를 정면으로 본 적이 없듯이, 그도 푸핑을 정면으로 본 적이 없다. 이번에 와서 후문 어귀에서 뜻밖에 얼굴을 마주한 것이 두 사람이 정면으로 마주 본 첫 만남이라 해야 할 것이다. 하지만 이마저도 곧바로 비켜서고 말았다. 하지만 푸핑은 손자의 마음속에 또렷이 살아 있었다. 그건 그녀가 자신의 아내라는 기본적인 이유 때문이리라. 이 젊은이는 자신의 운명에 대해 순종적이었다. 하지만 단순히 연약하다고만 보아서는 안 된다. 그 속에는 일종의 책임 정신이 깃들어 있으며, 그것은 때로 상당히 강인하고 심지어는 반항보다도 훨씬 강력했다. 푸핑이 질질 끌며 돌아가지 않는 데 대해 마을 사람들의 의견도 분분하고 자신도 불안했다. 하지만 지금 푸핑을 보고나니, 마음이 상당히 놓였다. 푸핑은 자기가 상상했던 것보다 별로 변하지 않았으며, 도시 사람을 흉내 내지도 않았다. 심지어 여느 시골 사람들처럼 머리를 파마하지도 않았으며, 여전히 시골 옷차림을 하고 있었다. 어쩌다 귓가에 들리는 그녀의 몇 마디는 여전히 귀에 익은 고향 말투며, 고집스럽게 그를 피하는 것도 여전하였다. 하지만 그가 푸핑의 속마음을 들여다볼 수 있겠는가? 그들은 피차 아는 게 거의 없어 낯선 사람이라 해도 과언이 아니니, 겉모습도 안다고 말하기 힘든 처지에 속마음이야 말할 나위가 있겠는가!

이튿날, 어른들은 출근을 하고, 학교가 수업을 시작한 지라 아이들도 모드 학교에 갔다. 주변이 조용해지자, 손자는 조금 느긋해졌다. 푸핑도 하루를 지나면서 손자가 와 있다는 것에 조금은 익숙해져 자연스러워졌다. 심지어 점심때에 할머니와 손자가 주인집 두 아이를 데리고 식탁에서 식사를 할 때, 푸핑도 식탁에 와서 함께 식사를 했다. 식사를 마친 뒤, 할머니는 손자에게 스웨터를 벗으라 하더니, 푸핑에게 두 군데에 구멍이 난 소맷부리를 기우라고 하였다. 푸핑은 할머니의 반짇고리에서 색깔이 비슷한 남은 털실 뭉치를 집어다 작은 마당에 앉아 뜨개질을 했다. 태양이 뜨겁게 내리쪼이자, 스웨터에서 손자의 냄새가 보풀보풀 피어올랐다. 푸핑이 털실 몇 발을 끊어내자, 털실 사이에 낀 먼지가 날아오르면서 냄새도 함께 피어올랐다. 푸핑은 고개를 숙인 채, 대바늘로 한 올 한 올 끄집어내어 새 털실을 이었다. 할머니와 손자가 그녀 뒤쪽 방에서 나누는 이야기가 들려왔다. 할머니가 손자에게 침대에 잠시 누우라고 하자, 손자가 싫다고 했다. 할머니가 다시 뭐라고 말했는지 모르지만, 손자가 가볍게 웃었다. 푸핑은 고개를 돌리지 않았다. 아마도 손자는 할머니 등쌀에 침대에 누웠을 테고, 비스듬히 누운 채 띄엄띄엄 이런저런 이야기를 할머니와 나누는 듯했다. 이때 손자의 음성은 약간 느긋해지고 훨씬 부드러워졌다. 이웃집 창문에서 아주머니의 손자가 철창 난간을 기어오르며 가느다란 목소리로 불렀다. 손자, 손자! 푸핑은 목소리를 죽인 채 엄한 표정으로 말했다. 네가 '손자'라고 한 거야? 할머니가 누구랑 이야기하느냐고 묻자, 그녀는 대답했다. 아무하고도 하지 않았어요. 할머니가 말했다. 네가 말하는 걸 내가 들었는데! 푸핑이 대꾸했다. 하지 않았다니까요. 두 사람이 입씨름을 하고 있는 동안, 손자는 조용히 있었다. 푸핑은 할머니와 자기가 나누는 이야기를 손자가 듣고 있다는 걸 알았다!

사흘째 되는 날 오후, 아이들이 학교에서 돌아오더니, 손자에게 영화관에 데려가 달라고 졸랐다. 옆집 아주머니의 손자도 따라가겠다고 했다. 할머니는 푸핑에게 함께 가서 아이들을 돌보라고 했지만, 푸핑은 가지 않았다. 할머니가 푸핑을 욕했다. 망할 것, 왜 안 간다는 거야? 어서 가지 않을래! 푸핑은 그래도 가지 않았다. 손자가 아이 셋을 데리고 골목 모퉁이에 이르더니, 고개를 돌려 푸핑이 오나 어쩌나 바라보다가 걸어갔다. 손자가 가고 나서, 할머니가 푸핑에게 물었다. 내 손자가 널 잡아먹을까 봐 그러냐? 푸핑은 고개를 숙인 채 말이 없었다. 할머니가 다시 입을 열었다. 내 손자 어디가 너한테 부족해서 그러냐? 푸핑은 그래도 고개를 들지 않았다. 할머니가 또 말했다. 내일 기어이 내 손자랑 함께 영화 구경 보내고 말 거다! 푸핑은 머리를 파묻었고, 할머니는 고개를 숙여 푸핑의 얼굴을 들여다보았다. 푸핑은 웃음을 참을 수 없어, 할머니가 보지 못하도록 얼른 무릎으로 얼굴을 가렸다. 할머니가 손가락으로 몇 차례고 푸핑의 머리를 톡톡 치더니, 이를 악물고서 말했다. 네가 무슨 생각을 하고 있는지 정말 모르겠다! 잠시 말을 멈춘 후, 할머니는 한숨을 내쉬었다. 내 손자는 착실한 애이니, 그 앨 업신여기지 마라! 푸핑이 고개를 치켜들더니 빨갛게 상기된 얼굴로 말했다. 이런 할머니가 계시는데, 누가 그 사람을 깔보겠어요? 할머니가 말했다. 네가 지금 그 앨 업신여기려 들잖아. 푸핑이 대꾸했다. 그 사람도 어른인데, 제가 업신여길 수나 있겠어요? 할머니가 되받았다. 어른인데, 네가 지금 걔를 업신여기려 들잖아! 푸핑은 '흥' 하고 콧방귀를 뀌더니 일어나 뛰어가 버렸다. 할머니는 푸핑의 등판을 쏘아보며 말했다. 뛰어가라, 뛰어가! 네가 어디까지 가나 보자! 푸핑은 고개도 돌리지 않은 채, 곧장 앞방 마당으로 달려가 빨래를 거둬들였다.

저녁 무렵, 손자가 영화를 보고서 아이들을 데리고 돌아왔다. 부엌에 들어서자, 할머니는 손자에게 무슨 영화를 봤는지, 재미있었는지 물었다. 손자는 섬에서 쟝졔스(蔣介石) 일당의 간첩을 붙잡는 영화를 보았노라고 했다. 손자는 말하는 사이에, 등 뒤 우물가에서 채소를 씻고 있는 푸핑을 흘깃 바라봤다. 갑자기 자기도 모르게 제자리에서 훌쩍 뛰어 올라 농구의 레이업 슛을 하는 동작을 하다가 문틀 위쪽에 부딪혔다. 할머니가 말했다. 그렇게 좋으냐! 손자는 그저 웃었다. 오늘 그는 열여덟 소년의 천진한 모습 그대로 무척 명랑했다. 그는 거기에 선 채, 좌우로 팔을 내저으면서 할머니에게 영화의 줄거리를 이야기했다. 이웃집 손자가 건너오더니 손자에게 산수 문제를 어떻게 푸는지 묻자, 손자는 끈기 있게 설명해주었다. 아주머니 말했다. 손자에게 아이 연분이 있으니, 나중에 자기 아이가 생기면 얼마나 예뻐할지 모르겠네! 할머니가 말했다. 나중에 어찌 될지 누가 알겠수! 아주머니가 말했다. 나중에 결혼해서 아이를 낳으면, 할머니는 증조할머니가 되시는 거네요! 손자가 이 말을 듣더니, 아이를 데리고 자리를 피해버렸다. 두 할머니는 서로 눈빛을 교환하면서, 일제히 푸핑을 바라보았다. 푸핑은 여전히 등을 돌린 채, 마침 다 씻은 채소를 도마 위에 늘어놓고 채소 줄기를 가지런히 두 번 자르더니, 다시 도마에 '탕' 소리가 요란하게 나도록 거칠게 칼질을 했다.

    밤에 할머니와 손자, 푸핑 세 사람은 아주머니 방에 함께 앉아 있었다. 손자가 입고 있던 옷 주머니에서 삼십 위안을 꺼내 할머니께 건네면서 말했다. 어머니 말씀이 할머니께서 물건을 사주셨으면 하시던데요. 할머니가 말했다. 나더러 사라고? 네 색시한테 사라고 해라! 손자는 그저 말없이 빙긋 웃었다. 할머니가 말을 이었다. 네 엄마도 참, 이러지도 저러지도 못하게 해놓다니. 난 아예 안중에도 없구나! 그리고서 몸을 돌려 푸핑에게 말했다. 푸핑아, 네 시어머니가 너한테 돈을 주셨구나. 푸핑이 말했다. 싫어요. 할머니가 손자더러 직접 주라하자, 손자는 대담하게 돈을 푸핑 무릎 위의 반짇고리에 넣었다. 푸핑도 뜻밖인지라, 미처 피할 틈이 없었다. 손자가 얼굴을 붉히자, 할머니가 손자를 바라보며 말했다. 못난 놈! 손자는 부끄러워 어쩔 줄 모르다가 몸을 틀어 할머니 뒤쪽의 침대에 누워버렸다. 푸핑도 얼굴을 붉혔다. 할머니는 막 껍질을 깨고 나온 죽순 끄트머리처럼 연하기 짝이 없는 두 아이를 보면서, 자기도 모르게 가늘게 한숨을 쉬었다. 잠시 후, 주인집 아이들이 슬그머니 합류하는 바람에 떠들썩해졌다. 세 아이 가운데 손자가 먼저 이야기를 하기로 하였다. 하지만 손자는 이런 쪽으로 아는 게 없어, 할머니가 대신 이야기를 들려주었다. 예전에 몇 번이나 이야기했던 것으로, 귀신이 새색시로 변장한 이야기였다. 아주머니도 '동서가 된 부자(父子)'라는, 닝보 고향에 전해오던 이야기를 들려주었다. 어느 현숙한 아내가 남편을 여의자, 집안에 후사가 끊길까 봐 친여동생을 시아버지에게 중매했다는 이야기이다. 아이들은 듣고서도 무슨 말인지 알아듣지 못하자, 손자에게 노래를 부르라고 더들어댔다. 주인집 큰아이가 자기가 베껴 쓴 노래책을 가져와, 손자더러 위쪽의 노래를 골라 불러보라고 했다. 손자가 노래에는 취미가 있는지라 별로 부끄러워하는 기색 없이 한 페이지 한 페이지 넘기면서 노래책을 훑어보았다. 세 아이가 일제히 재촉해대자, 마침내 노래를 한 곡 부르겠다고 했다. 채 부르기도 전에, 손자는 얼굴이 빨개졌다. 저쪽의 푸핑도 바느질 땀을 잘못 놓았다. 두 사람 모두 몹시 긴장했던 것이다. 잠시 숨을 죽였다가, 손자가 마침내 노래를 시작했다. 손자는 영화 주제곡인 「변방 곳곳이 강남보다 낫네」*를 골랐다. 가락은 구성졌지만, 썩 잘 부르지는 못했다. 첫 도막은 소리가 떨리고 박자도 조금 빨랐다. 아이들은 모두 깔깔 웃어댔고, 푸핑도 머리를 무릎에 파묻었다. 손자는 아이들의 웃음소리를 듣고서도 거침없이 노래를 부르더니 이내 진정이 되었다. 다음 도막은 확실히 좋아졌다. 계속 부르다 보니 물 흐르듯 더욱 자유로워지고 목소리도 맑아졌다. 알고 보니 손자는 노래를 아주 잘 부르는 명가수였다! 방 안은 조용해졌고, 어른 아이 모두가 손자의 노래에 빠져들었다. 그의 음정은 아주 정확했고, 발음은 시골음을 짙게 지니고 있었다. 얼핏 듣기에 재담처럼 들렸지만, 그는 아주 진지하게 불렀다. 손자는 차츰 주위의 청중들을 망각한 듯 정성을 다해 노래를 불렀다. 그는 고개를 치켜들고 눈은 정면을 응시했다. 얼굴은 여전히 상기되어 있었으나, 더 이상 조금 전처럼 부끄러워 붉어진 게 아니라 일종의 흥분되고 장엄한 기색이었다.

---

* 「변방 곳곳이 강남보다 낫네(邊疆處處賽江南)」는 1960년대에 유행한 혁명가곡으로서, 영화 「군간전가(軍墾戰歌)」의 주제곡이다. 이 노래는 중국공산당과 마오쩌둥의 영도 아래 3년간의 자연재해를 이겨내고 황무지를 개간한 신장(新疆)의 건설병단을 찬양하고 있다.

노래 한 곡이 끝나자 분위기는 한껏 고조되었다. 아이들은 다투어 노래책에서 자기가 좋아하는 노래를 골라 손자한테 불러달라고 했고, 손자가 부를 때면 함께 따라 부르기도 했다. 그때 할머니가 말했다. 요즘 새 노래는 옛날 노래만 못해. 애야, 옛날 노래 한 곡 불러보렴. 손자는 한참을 생각하다 「갈대꽃을 뽑아」**라는 민가를 떠올렸다. 이 민가는 양저우 사투리로 부르는지라, 훨씬 감칠맛이 났다. 세 아이는 웃음을 터뜨리며 침대 위로 엎어졌다. 두 할머니도 따라 웃고, 푸핑도 고개를 파묻은 채 슬며시 웃었다. 이날 밤은 매우 유쾌하였다. 헤어질 때 옆집 아주머니는 내일이 정월 대보름이라는 걸 떠올렸다. 상하이는 별로 떠들썩하게 쇠지 않는 편이지만, 고향이라면 새해 첫날보다 더 떠들썩했을 것이다! 손자는 자기 집도 꽤 떠들썩하게 쇠는 편인데, 어머니는 새알심을 튀기고 생선을 조리며, 아버지는 등을 달아 동생과 누이에게 불을 붙이게 해주었다고 말했다. 할머니는 손자에게 온 지 며칠이나 되었다고 벌써 고향 생각이냐고 하였다. 손자는 그런 게 아니라면서, 잠시 말을 끊더니 다시 이었다. 어머니는 집안일로도 엄청 바쁜데, 밭에서 농사일도 해야 한다고.

이튿날, 손자는 진링로(金陵路)로 배표를 사러 갈 작정이

** 「갈대꽃을 뽑아(拔一根蘆柴花)」는 쟝쑤(江蘇) 양저우(揚州) 일대의 민가로, 곡조가 아름답고 가사가 대끄러워 널리 유행하였다. 이 민가는 영화나 드라마의 주제곡이나 배경음악으로 자주 쓰이고 있다.

었다. 할머니는 손자가 가는 게 아쉬웠다. 하지만 생각해보니 푸핑은 하루라도 빨리 돌아가야만 했다. 이번에도 돌아가지 않겠다고 하면, 어떤 뜻밖의 일이 일어날지 모를 일이었다. 푸핑은 하루를 더 끌고서야 가겠다고 했다. 할머니가 손자에게 배표 값을 쥐여주자, 손자는 싫다면서 올 때 가져왔노라고 말했다. 할머니는 한사코 주려고 실랑이를 벌이다, 결국 손자 호주머니에 밀어 넣었다. 그 다음 날, 손자는 아침 일찍 나가더니 한낮이 되어서야 돌아왔다. 손자에게 왜 이리 오래 걸렸냐고 묻자, 사람이 많아 길게 장사진을 이룬 데다 걸어 돌아오느라 늦어졌다고 대답했다. 할머니가 말했다. 뭐하러 걸어와? 차표 몇 푼 아끼겠다고! 손자가 웃었다. 오후에 할머니는 아이 둘을 데리고 이를 때우러 치과에 갔고, 푸핑과 손자는 집에 있었다. 푸핑은 방 안 탁자에서 낡은 베에 풀칠해 여러 겹으로 만들고 있었고, 손자는 바깥에서 마당을 정리하고 있었다. 손자는 잡초를 뽑고, 휴지와 마른 잎, 자잘한 돌들을 한데 모아놓았다. 그리고 할머니가 빨래를 널어놓는 틀도 다시금 꽉 묶어 놓았다. 그 사이에 푸핑에게 몇 차례 이야기를 건넸는데, 첫 번째는 푸핑한테 삼태기를 달라고 한 것이고, 두 번째는 푸핑한테 가는 끈을 달라고 했으며, 세 번째는 쓰레기를 어디에 버리느냐고 물은 것이었다. 푸핑은 놓아두면 자기가 버리겠노라고 했다. 푸핑은 마당의 앞문을 열고 쓰레기통에 다가가 쓰레기를 쏟았다. 삼태기를 비우면, 손자는 다시 삼태기에 쓸어 담았다. 서너 차례 오가고서야 쓰레기 더미는 말끔히 치워졌다. 푸핑은 세숫대야에 뜨거운 물을 반쯤 받아 손자 앞에 놓은 다음, 자기는 탁자 쪽으로 물러가 계속 낡은 베에 풀칠을 했다. 손자는 세수를 마치고서 남은 물을 버리더니, 마당 맞은편의 문어 귀에 앉아 큰아이가 베껴 온 노래책을 보면서 곡조들을 흥얼거렸다. 그는 일하느라 더워서 솜저고리를 벗은 채 색 바랜 붉은 츄리닝만 걸치고 있었는데, 훨씬 더 공부하는 학생다워 보였다. 예매한 배표는 이틀 후의 5등 칸으로 마주 보는 좌석이었으며, 밤에 출발해서 이튿날 이른 아침에 도착하는 배였다.

햇볕이 무척 좋았다. 손자는 몇 도막을 부르더니, 실눈을 뜨고서 햇빛 아래의 마당을 바라보았다. 방금 잡초를 뽑은 지라 작은 벌레들이 흙 속에서 꼼지락거렸다. 보고 있노라니 가려운 느낌이 들었다. 별안간 뒤쪽에서 푸핑이 그를 부르는 소리가 들렸다. 리텐화! 손자는 깜짝 놀라 몸을 뒤틀었다. 자신의 귀를 믿을 수가 없었다. 푸핑은 탁자 위에서 풀칠하던 낡은 베를 응시한 채 하던 일을 멈추었다. 손자에게는 푸핑의 옆얼굴만 보였다. 앞을 똑바로 응시하는 푸핑의 눈에는 엄숙한 뜻이 담겨있는 듯했다. 무슨 일인데? 손자가 물었다. 푸핑은 잠시 주저하더니, 이내 결심을 굳힌 듯 말했다. 우리 분가해서 살아요. 손자가 곧바로 물었다. 우리 부모님은 어떡하고? 마치 생각할 필요도 없다는 듯, 그의 대답은 신속했다. 그런데 그는 서면어를 사용했다. 부모님이라고. 이 역시 엄숙한 의미를 담고 있었다. 푸핑은 다시 낡은 베에 풀칠하기 시작했고, 손자도 몸을 돌려 계속 노래책을 뒤적였다. 하지만 더 이상 노래를 흥얼거리지는 않았다. 약간 침울하면서도 엄숙하기도 한 분위기가 이 두 젊은이 사이에서 자라나 점점 가득 차올랐다. 태양이 비스듬히 기울기 시작하자, 마당 땅바닥에 그림자가 드리워졌다. 이웃집 사내아이는 엄마와 향을 사르러 사당에 가더니, 아직 돌아오지 않았다. 온 집안이 어찌나 고요한지, 골목 너머의 거리가 아주 먼데도 시내의 웅웅거리는 소리가 전해지고, 간간이 전차의 '당당' 거리는 소리도 들렸다. 푸핑은 낡은 베에 풀칠을 다 하고서 몸을 일으키더니, 손자 곁을 지나 마당으로 들어가 볕에 널어 뽀송뽀송하게 마른 옷가지들을 거둬들였다. 그 가운데 두 가지는 손자의 옷인데, 한데 안아 방으로 들어갔다.

아침에 일찍 일어났기에, 손자는 이날 밤 일찍 잠자리에 들었다. 겨우 8시를 넘겼는데, 벌써 깊은 잠에 빠졌다. 푸핑은 아주머니 방에 가서 할머니에게 가는 바늘과 실을 달라고 했다. 주인집 사모님이 푸핑에게 외투 안감의 헤진 부분을 공그르기 해달라고 부탁했기 때문이다. 할머니는 반짇고리에서 같은 색깔의 실을 찾으면서 푸핑에게 공그르기를 잘하느냐고 물었다. 잘하지 못한다면 이따가 자기가 해줄 요량이었다. 할머니가 물건을 찾고 있을 때, 푸핑은 곤히 잠들어 있는 손자를 보았다. 아주머니 손자의 작은 두 손이 손자의 얼굴을 받치고 있었다. 큰 손자와 어린 손자가 코를 서로 맞댄 채로. 네 개의 눈은 감겨 있고, 낮게 드리운 눈썹은 숨을 쉴 때마다 미미하게 흔들렸다. 푸핑은 얼른 얼굴을 돌리고서, 할머니가 건네주는 바늘과 실을 받아들고 방을 나왔다.

17# 말도 없이 떠나다

손자는 결국 푸핑을 데려가지 않았다.

밤에 배를 타야겠기에, 할머니는 오후에 푸핑에게 호두 비스킷 두 근을 사오게 했다. 뭐라도 바라는 손자 집의 빚쟁이들에게 보낼 요량이었다. 그런데 푸핑이 나가더니 다시 돌아오지 않았다. 꾸려놓은 짐은 침대에 놓여 있고, 갈아입을 깨끗한 옷도 그대로 있었다. 할머니가 푸핑에게 호두 비스킷을 사오라고 준 일 위안은 반짇고리 위에 놓여 있었다. 손자가 이번에 와서 푸핑에게 준 삼십 위안은 보따리 아래에 끼워놓았다. 하지만 자기 돈은 한 푼도 남겨두지 않았다. 푸핑이 떠날 작정이었음은 분명했다. 할머니는 푸핑이 외숙댁으로 갔으리라고 짐작했다. 외숙과 외숙모는 그 아이를 데리고 있을 엄두를 못 내고, 조만간에 돌려보내리라고 생각했다. 하지만 하루, 이틀, 사흘이 지나도, 푸핑은 돌아오지 않았다. 할머니는 처음에 쟈베이로 가서 푸핑을 찾아와야겠다고 생각했다. 그런데 나중에 문득 이런 생각이 들었다. 사람이 돌아온다 한들 마음이 돌아오지 않으면 무슨 소용이 있겠는가? 손자가 떠나면서 아주 단호하게 말했다. 저희는 남에게 아쉬운 소린 하지 않습니다. 할머니가 눈물을 흘리며 말했다. 할머니가 네 색시를 잃어버렸구나. 손자는 마치 어른처럼 할머니를 위로했다. 내년에 제가 반드시 색시를 데리고 할머니를 찾아뵙겠습니다. 할머니는 얼굴을 감추는 손자의 눈자위가 몇 번이나 붉어지는 것을 보았다. 하지만 손자는 눈물을 흘리지 않았다. 할머니에게 나오지 말라 하고서, 손자는 혼자 짐을 짊어지고 골목을 돌아나갔다. 떠올릴 때마다 할머니는 괴롭기 짝이 없었다. 마음속으로 모질게 다짐했다. 푸핑, 네가 돌아와 무릎을 꿇고 용서를 빌어도, 널 받아주지 않을 거야! 하지만 푸핑은 끝내 돌아오지 않았다.

푸핑은 정말 외숙네로 달려갔다. 외숙과 외숙모 외에, 푸핑이 갈 만한 곳이 있겠는가? 외숙과 외숙모는 배를 타고 나갔고 집에는 사촌 동생들만 있었는데, 푸핑이 오는 걸 보고서도 별로 뜻밖이라 여기지 않았다. 지난번에 푸핑이 잠자던 다락방도 여전히 치우지 않았고, 이부자리만 한쪽 구석에 둘둘 말려 있었다. 푸핑은 걸레로 바닥을 닦고, 요와 이불을 안아 햇빛에 말리고 통풍을 시킨 다음 새로 깔아놓았다. 저녁을 먹고 설거지를 하고 나서 어린 애들을 잠자리에 들게 한 뒤, 자기도 바로 다락방으로 올라갔다. 아래층에서는 큰 아이들이 책을 외우고 있었는데, 한동안 외우다가 끄덕끄덕 졸더니 불을 끄고 잠자리에 들었다. 지난번에도 말했지만, 이곳은 아주 빨리 밤이 찾아온다. 사위는 몹시 고요하기 그지없고, 달빛이 작은 창문을 통해 쏟아져 들어와 휘영청 밝았다. 용마루 아래의 거미줄이 한 올 한 올 빛났다. 푸핑은 때로 믿어지지가 않았다. 내가 지금 어디에 와 있지? 때로는 이런 생각도 들었다. 배는 어디만큼 갔을까? 그러다가 푸핑은 잠이 들었다. 한참을 자다가 깨어난 기분이었다. 아래쪽 골목으로 자전거가 '츠츠' 소리를 내면서 날듯이 달렸다. 마치 그녀의 귓전을 스쳐 지나는 듯. 누군가 집의 사립문에 삐걱 소리를 내더니, 어떤 여자가 큰 소리로 이야기를 했다. 사실 밤이 된 지 얼마 되지 않았던 것이다! 푸핑은 다시 잠이 들었다가 문득 깨어났다. 외숙과 외숙모가 돌아왔으리라는 생각이 들었다. 예전에 언젠가도 그들은 밤늦게 집으로 돌아온 적이 있었다. 황뚜(黃渡)쪽에 배가 많아 정박하지 못하는 바람에, 하는 수 없이 밤을 새워 돌아왔던 것이다. 하지만 이번에는 그게 아니었다. 바람에 딱딱한 종이가 날려가면서 바스락거리는 소리를 냈다. 자다 깨다 하는 사이에, 달빛이 걷히고 어슴푸레한 빛으로 바뀌더니 차츰 사물의 윤곽이 또렷해졌다. 푸핑은 날이 밝은 걸 알고서, 일어나 옷을 입고 아래로 내려갔다. 어슴푸레한 빛 속에서 아이들은 아직 곤히 잠들어 있었다. 푸핑이 방을 지나 문을 밀치고 나갔다. 눈앞이 환히 탁 트였다. 나지막한 기와 꼭대기 위로, 회백색의 하늘은 높고 구름 한 점 없이 맑고 균일했다. 공기에는 물기가 배어있어, 금방 손발이 시렸다. 한 모금 숨을 들이켜자 폐 속까지 서늘하여, 참으로 신선하고도 상쾌했다. 푸핑은 석탄 화로의 불을 살라 밥을 지은 뒤, 양치질을 하고 세수를 했다. 아이들이 하나둘 일어나자, 방 안은 시끄러워졌고 골목도 왁자지껄해졌다. 푸핑은 공동 화장실에 가서 변기통을 비우다가 아는 사람과 마주쳤다. 그 사람은 푸핑더러 언제 돌아왔느냐면서, 돌아온 걸 왜 못 봤지라고 말했다.

이때, 하늘빛이 환해지면서 한 올 한 올 밝은 빛을 내뿜더니, 마침내 하늘가에 모여 금띠를 이루었다. 태양이 솟아올랐다. 공기 중의 물기도 사라졌고, 여전히 조금 춥긴 하지만 그리 매섭지는 않았다. 아침을 먹고 푸핑은 아이들이 갈아입은 옷을 들고 우물가로 가서 빨래를 했다. 그러다가 또 아는 사람들을 만났는데, 푸핑이 물을 긷도록 길을 터주었다. 푸핑이 대야 속의 옷들을 보니, 쑨다량네 아이들 옷인데 하나도 더럽지 않았다. 어떤 사람은 푸핑이 작은 걸상을 가져오지 않은 걸 보고서 얼른 자기 엉덩이 아래서 걸상을 꺼내 푸핑에게 주면서, 자기는 다 빨았으니 집에 돌아가 말려야겠다고 말했다. 또 어떤 사람은 푸핑더러 홑이불과 침대 시트를 비틀어 짜는 데 도와달라고 했다. 날이 좋아 빨래하러 나온 사람들은 끊이지 않았는데, 모두들 서둘러 빨고서 햇볕에 말리려고 바삐 돌아갔다. 새해를 맞는 기쁨이 아직도 사람들 얼굴에 남아 있었다. 사람들은 섣달 그믐날의 술자리를 떠올리고, 누구네 집 폭죽이 멋있었으며, 또 '상하이'로 놀러 간 샤오쥔과 몇 명의 젊은 애들을 회상하였다. 젊은 애들은 손으로 배를 저어 쑤저우허(蘇州河)를 따라 와이바이두교(外白渡橋)에 이르러 와이탄(外灘)까지 올라갔다가 한밤중에야 정신없이 놀다 돌아왔다. 푸핑한테 샤오쥔을 봤느냐고 물었다. 볼 새도 없었고, 샤오쥔이 신이 나서 어딜 갔는지 누가 알겠냐고 대꾸했다. 물어보았던 사람은 신기하다는 듯 눈을 깜빡이며 말했다. 니네들 곧 친척이 된다구. 푸핑이 그녀의 말을 의아하게 여기고 있는데, 생각지도 않게 다른 사람이 갑자기 생각난 듯 푸핑에게 말했다. 너 시골 가서 결혼한다고 하지 않았어? 푸핑은 얼굴이 홍당무가 된 채, 옷가지를 받쳐 들고서 급히 발걸음을 돌렸다. 심장이 쿵쾅거리는 가운데, 이런 생각이 들었다. 결국 알게 될 텐데! 아이들은 모두 학교에 갔고, 막내가 나가 노느라 마당 문이 열려 있었다. 푸핑은 마당으로 쏜살같이 들어와 문을 닫아건 뒤, 대나무막대를 닦아 빨래를 널었다. 해가 좁다란 마당에 비춰들려면, 아직 두 시간은 더 있어야 했다. 외숙모는 언제 돌아오시지? 푸핑은 빨래를 다 널고, 손을 솜저고리 밑으로 집어넣었다. 감각이 없던 손가락이 처음에는 아프더니 나중에는 가려워지면서 차츰 감각이 돌아왔다. 푸핑은 두 손을 빼면서 마음을 다잡았다. 될 대로 되라지, 뭐!

오후 2, 3시쯤, 집에 돌아온 외숙과 외숙모는 문을 밀치다 푸핑을 보고는 깐짝 놀랐다. 외숙은 말없이 고개를 끄덕이며 웃었다. 하지만 외숙모는 얼굴색이 바뀌었다. 푸핑은 아무래도 약간 겁이 났다. 그녀는 외숙모 손에 안겨 있던 이불을 받아들고서 햇빛 아래로 가져가 널고, 몸을 돌려 외숙께 따뜻한 세숫물을 따라드렸다. 그런 다음 점심때 남은 밥과 반찬을 한데 말아 데워 식탁에 가져다 놓았다. 이때 아이들이 학교에서 돌아와 너도나도 배고프다고 아우성을 쳤다. 푸핑은 솥에서 누룽지를 긁어 아이들에게 준 다음, 물통을 들고 물을 길으러 갔다. 골목길을 걷다가 샤오쥔과 마주쳤으나, 아는 척하지 않았다. 샤오쥔은? 한쪽으로 비켜서서 푸핑이 지나가도록 해 주었다. 한참 동안, 푸핑은 바삐 밥을 짓고 빨래를 거둬들이느라 정신없이 바빴다. 외숙모는 끼어들 틈도, 얼굴을 마주할 틈도 없었다. 푸핑의 모습만이 왔다 갔다 번뜩거려 정신이 어지러울 지경이었다. 또 아이들에게 손을 씻고 밥을 먹으라고 외치거나, 싸우지 말라고 야단칠 때, 외숙모의 목소리는 평소보다 높고 허둥댔다. 외숙모 마음에는 궁금한 게 수없이 많았으나, 미처 물어볼 기회가 없었다. 마침내 식사를 마치고 설거지를 한 후, 잠자리에 들 아이는 침대에 오르고, 책을 외울 아이는 책을 외우고, 쑨다량은 장기 둘 친구를 찾아 밖에 나갔다. 방 안이 조용해지자, 외숙모는 수없이 많은 문제를 이미 하나로 귀결지었다. 그것은 바로 네가 이곳에 온 줄을 할머니는 알고 계시냐는 것이었다.

푸핑은 처음에 침묵하다가 다시 채근을 받았다. 네가 이곳에 온 줄 할머니는 알고 계셔? 그러자 푸핑이 대꾸했다. 이렇게 다 큰 사람을 잃어버릴까 봐요? 외숙모는 두 눈을 동그랗게 떴다. 아니 그럼, 모르신다는 거잖아! 그러더니 한숨을 포옥 내쉬며 말했다. 네가 몇 번이나 이곳으로 도망치는 바람에, 할머니는 내가 너를 빼돌린 줄로 알아! 푸핑은 지지 않고 말대꾸했다. 누굴 빼돌려요, 조카딸을 빼돌린다고요? 외숙모는 저도 모르게 화가 치밀어 탁자를 치면서 목청을 높였다. 자기 손자며느리를 뺏어간다고! 푸핑이 다시 맞받았다. 누가 손자며느리래요? 외숙모는 차갑게 비웃는 투로 한마디 했다. 손자며느리가 아니면, 넌 왜 그 양반한테 할머니라고 부르는데? 그 양반이 준 여비로 상하이에 왔잖아? 그 양반 주인집에 살았고? 푸핑은 말문이 막혔다. 외숙모는 그 모습이 안쓰러워 음성을 누그러뜨렸다. 사람이 이래선 안 된다. 신의가 있어야지. 남이 너한테 잘해주고 너한테 적잖은 돈을 들였는데. 만보를 물러서서 남이 너를 시원찮게 대했더라도, 네가 승낙한 일은 말을 바꾸어서는 안 되지. 사람들에게 손가락질 당하고, 팔대 조상님까지 욕먹게 된다! 이 말을 듣더니 푸핑이 자리에서 벌떡 일어나 말했다. 저를 낳아준 어머니는 있어도 길러준 어머니는 없어요. 팔대 조상님이 절 위해 해준 게 뭐가 있어요? 말을 마치더니 몸을 휙 돌이켜 다락방으로 올라가 버렸다. 외숙모는 멍한 눈으로 입을 쩍 벌린 채, 한마디도 하지 못했다. 아이들은 푸핑과 엄마가 다투는 소리를 듣기만 할 뿐, 뭣 때문에 싸우는지 알지 못했다. 그저 분위기가 심상치 않다고 느껴 겁먹은 참새들 마냥 하나같이 고개를 빼 들고서, 엄마를 바라보다가 다시 위층의 다락방을 올려다봤다.

푸핑은 다리를 싸안고서 바닥에 앉아 있었다. 등도 켜지 않아 사위는 온통 어둠뿐이었다. 푸핑은 아래턱을 무릎에 고인 채 생각에 잠겼다. 외숙모가 나를 나가라고 하면, 어디로 가지? 기차가 지나가면서 내뿜는 요란한 소리에 집이 들썩거렸다. 그런 뒤 날카로운 기적 소리가 묵직하게 울분을 토해내는 듯했다. 푸핑은 외숙모와 다투고 나자, 오히려 마음이 가라앉았다. 그녀는 다시 한 번 스스로에게 되뇌었다. 될 대로 돼라지, 뭐! 그런 뒤 천천히 뒤쪽 이부자리로 물러나 옷을 벗고 누웠다. 샤오쥔은 왜 보이지 않지? 그런 생각이 드는 순간, 그녀는 깊은 잠에 빠져들었다.

이날 밤에는 외숙모와 외숙이 잠을 이루지 못했다. 이 조카딸을 있게 할 것인지 말 것인지? 데리고 있자니 남을 속이는 걸 도와주는 것 같아 양심에 찔렸다. 그렇다면 내보내? 방금 푸핑이 낳아준 어머니는 있어도 길러준 어머니는 없다고 하는 걸로 봐서 자기들에게 원망이 몹시 사무친 게 분명한데, 또다시 원한을 사야 한단 말인가? 오랜 세월 떨어져 지내다가 다 자란 조카딸이 그들 앞에 오자, 얼마나 켕기고 낯이 없던가. 인의를 중시하는 외숙모 부부는 오늘 참으로 골치 아픈 문제에 부딪쳤다. 밤새 이리저리 뒤척이다가, 이튿날 푸핑을 다시 보니 쑥스러웠다. 외숙은 본래 말수가 적은 사람이라 고개를 끄덕인 채 지나쳤으며, 외숙모는 거리를 두기 시작했다. 전에는 푸핑에게 이것저것 시키곤 했었는데, 이젠 푸핑이 뭔가를 집어 들면 쫓아가서 내려놓게 하였다. 아이들도 얌전해졌고, 어른이 큰 소리로 시키지 않아도 해야 할 일을 제때 했다. 일순간에 바닥은 청소되고 그릇은 씻겨졌으며, 침대 시트는 깨끗이 빨아 널렸다. 채소, 쌀, 기름, 소금은 누군가 사러 가서 필요한 만큼 채워졌다. 모두가 집을 나가고 나면, 말끔해진 집에서 푸핑 혼자 할 일이 없었다. 푸핑은 문턱에 걸터 선 채 물방울이 똑똑 떨어지는 홑이불을 바라보았다. 마당 문이 열려 있는데, 이야기로 웃음꽃을 피우는 어떤 여자가 걸어왔다. '탁탁' 하는 발걸음소리가 울려 퍼졌다. 푸핑은 귀를 기울여 들어보았다. 발걸음 소리는 이내 지나갔다. 푸핑은 잠시 있다가 마당을 걸어 나와 문을 잠그고 샤오쥔을 찾아가기로 마음먹었다.

햇빛은 전날처럼 좋았고, 발아래 땅도 부드러워졌다. 누구네 집 울타리 안의 개나리가 산뜻하고 노랗게 작은 꽃망울을 터뜨렸다. 동쪽으로 꺾었다가 다시 남쪽으로 돌아들자, 3층짜리 시멘트 집이 나왔다. 이곳이 바로 샤오쥔네 집이다.

샤오쥔의 엄마는 집 안 양달에 앉아 신문지의 묵은 쌀에서 쌀벌레를 지켜보고 있었다. 햇빛에 눈이 부셔서 순간 알아보지 못했지만, 쑨다량의 조카딸이라고 말하기 전에 푸핑을 알아보았다. 그녀가 한마디를 건넸다. 집에 가서 결혼은 했어? 푸핑은 못 들은 척 묻는 말에는 대답하지 않은 채, 샤오쥔이 집에 있는지 물었다. 샤오쥔의 엄마가 말했다. 광밍이랑 배를 타러 갔단다. 어제 아침에 물 긷는 데서, 그 여자가 했던 말이 이 순간 귓전에 메아리쳤다. 니네들 곧 친척이 된다구. 알고 보니 이런 뜻이었는데, 어제는 왜 알아듣지 못했지? 푸핑의 가슴이 좀 두근거렸다. 푸핑은 쭈그려 앉아 샤오쥔 엄마를 도와 쌀벌레 몇 마리를 골라냈다. 샤오쥔 엄마는 이런저런 이야기를 들려주었다. 샤오쥔은 지금 임시직을 신청해놓았는데, 광밍과 결혼하고 나면 바로 정식으로 한 배에서 일할 거래. 몇 년간 일해서 정해진 수치를 채우면, 정규직으로 전환될 수 있단다. 걔네 집안이 삼대째 뱃사공 일을 해왔으니, 그래도 봐주는 게 있지 않겠어? 또 이런 말도 했다. 광밍이 몇 살 더 많다지만, 샤오쥔처럼 보송보송하고 철없는 어린아이는 남자가 몇 살 더 많은 게 오히려 더 낫단다. 산다는 게 소꿉장난 아니겠어? 그래, 안그래? 그런 다음, 한마디를 덧붙였다. 우린 이제 친척이 되었구나! 푸핑이 말했다. 그런데 샤오쥔은 왜 안 와요? 샤오쥔 엄마가 말했다. 네가 올 줄 몰랐겠지. 푸핑이 말했다. 지금 샤오쥔한테 알려주려고 왔어요. 내가 왔으니, 놀러 오고 싶으면 놀러 오라고 하세요! 푸핑은 쌀벌레를 몇 마리 더 골라낸 다음, 자리에서 일어나 손에 묻은 쌀가루를 탁탁 털더니 집으로 갔다.

오후에도 역시 혼자였다. 외숙과 외숙모는 운송대에 회의하러 갔고, 아이들은 학교가 파한 뒤 돌아왔다가 석탄 덩어리를 주우러 갔다. 골목길의 움직임은 오전에 비해 분주해졌지만, 이 집 저 집 마실 다니는 사람들은 눈에 띄지 않았다. 푸핑의 일은 겨우 한나절 만에 사람들 모두에게 알려졌고, 모두들 푸핑을 피하는 기색이 역력했다! 대부분이 사람됨의 도리를 지키는 순박한 사람들이었다. 그들은 고향을 떠나왔지만, 여전히 고향에 대해 친근한 마음을 품고 있었다. 고향에서 일어나는 일은 자기들에게 일어난 것과 마찬가지였다. 이곳에서의 그들의 사회가 확대됨에 따라, 고향의 개념 역시 확대되었다. 한 마을, 한 현(縣)에 그치지 않고, 그들처럼 쑤베이 사투리를 쓰는 모든 지역이 고향이 되었던 것이다. 푸핑의 행동을 그들은 체면이 깎이는 일이라고 여겼다. 그리고 푸핑에게 농락당한 청년을 대단히 동정했다. 그들은 그 청년을 본 적은 없지만, 청년의 할머니를 본 적이 있었던 것이다! 얼마나 화기애애하고, 얼마나 우아한 할머니였던가! 세상 물정을 다 알면서도, 자기네와 고향이야기를 할 때면 또 얼마나 말이 잘 통했던가. 그들이 푸핑에 대해 의견이 분분했음은 말할 나위 없었다. 이날, 쑨다량의 아이들을 만나자 자못 비꼬듯이 물었다. 니네집에 큰누나가 산다며? 누나한텐 뭘 대접해? 아이들은 고개를 푹 숙인 채 지나갔고, 이때부터 푸핑에게 쌀쌀맞게 대했다. 푸핑은 햇빛이 드리워진 마당에 앉아 있었다. 이때 마당에는 햇빛이 가득 쏟아져 들어왔다. 그녀는 도끼 하나를 들고서 장작을 천천히 쪼개기 시작했다. 계속 쪼개다 보니 마침내 가느다란 나무토막이 되었다. 아이가 문을 밀고 들어서더니, 바구니의 석탄 덩어리를 담장발치에 뒤엎었다. 아이는 푸핑과 부딪칠까 봐 얼른 한마디 던졌다. 일요일에 아빠가 석탄 움집을 만들겠대! 그리곤 다시 문을 당겨 나갔다. 문이 '펑'하고 닫히자, 푸핑은 또다시 홀로 남겨졌다. 푸핑은 도끼를 들어 가느다란 나무토막의 가운데를 내리친 다음, 손으로 쓸어 모아 땔감더미에 던져버리고서 자리를 털고 일어나 방으로 들어갔다. 바짝 마른 홑이불이 바람에 펄럭이며 한쪽에 매달려 있었다. 푸핑은 가서 거둬들이지 않고 내버려 둔 채, 다락으로 곧장 올라가 버렸다.

저녁에 외숙이 이 층으로 올라와 푸핑더러 내려와 밥을 먹으라고 했다. 여기에는 어느 정도 격식을 갖춘 응숭함이 느껴졌다. 푸핑은 외숙에게 더 이상 고집을 피울 수 없었다. 푸핑은 외숙에게 시종 경외심을 품고 있었다. 그래서 원래 밥을 먹으려 내려가지 않을 셈이었는데, 지금은 어쩔 수 없어 내려왔다. 음식은 이미 식탁에 차려져 있었다. 아이들은 젓가락을 잡고 있다가, 푸핑이 자리에 앉자 허겁지겁 먹기 시작했다. 식탁 분위기는 무겁고 답답하기 그지없었다. 그저 젓가락이 밥그릇에 부딪치는 소리만 딸그락거릴 따름이었다. 어쩌다 외숙모가 낮은 소리로 한마디 했다. 천천히 먹어라, 체할라! 오히려 외숙이 푸핑에게 몇 마디 물었다. 상하이는 어디를 구경 다녔느냐? 영화 구경 간 적은 있느냐? 이렇게 쑥스러운 순간에는 외숙이 나서서 분위기를 부드럽게 해야 했다. 푸핑은 머리를 푹 숙인 채 밥만 입에 집어넣으면서, 그저 '네' 아니면 '아니오'로 대답하였다. 외숙은 반찬도 먹으라고 했다. 외숙모가 얼른 푸핑 밥그릇에 반찬을 떠주려 하자, 푸핑은 밥그릇을 멀리 치우면서 굳이 음식을 받지 않으려고 했다. 결국 외숙이 한마디 했다. 지가 먹게 놔두구려. 외숙모는 반찬 그릇을 푸핑 앞에다 두었다. 한 끼 식사가 간신히 끝났다. 외숙모가 막 일어나자, 아이들은 잘 훈련받은 작은 군대처럼 각자 밥그릇과 젓가락을 챙겨 들었다. 순식간에 식탁은 말끔히 치워졌다. 푸핑은 결코 자기가 하겠노라고 나서지 않았다. 그녀는 그저 손닿는 대로 사각 걸상 몇 개를 식탁 안쪽으로 밀어 넣기만 했다. 이때, 샤오쿤이 들어왔다.

샤오쿤의 모습에는 달라진 데가 있었다. 길게 땋은 머리를 짧게 자르고, 머리 끄트머리와 앞머리는 덥수룩한 공처럼 파마를 했다. 위에는 초록색 모직 외투를 걸치고, 옷깃 머리에 깔깔이 꽃무늬 천을 달고 있었다. 이치대로라면 꽤 모던하지만, 사실은 오히려 촌스러웠다. 한눈에도 광밍이 시켰음을 알 수 있었는데, 그의 심미관이 이제 샤오쥔의 치장에도 드러난 것이다. 모두들 광밍을 '덜 떨어진 녀석'이라고 말하지만, 사실 젊은이들의 마음이야 다들 개방적이고 유행을 좇는 법이다. 샤오쥔은 푸핑을 보더니, 자기도 모르게 불빛이 비치지 않은 곳에 멈춰 섰다. 푸핑이 말했다. 오늘 널 찾아갔었어. 잘 건지 자지 않을 건지 물으려고. 샤오쥔이 처음에는 자러 오겠다고 하더니, 나중에는 둘째 오빠가 '상하이'에 공부하러 가니 둘째 언니랑 자야 한다고 말했다. 말을 마치자, 두 사람은 다시 침묵이 잠겼다. 당초에 샤오쥔은 외숙모가 푸핑과 광밍을 맺어주려고 했는데, 나중에 자기와 광밍으로 바뀐 것을 알고 있었다. 자기야 어쨌든 전혀 책임이 없지만, 여하튼 부자연스러웠다. 게다가 이제 푸핑이 이렇게 혼자 돌아오자, 샤오쥔은 괜히 자기가 뭘 잘못한 것만 같았다. 샤오쥔은 나이가 어린 데다, 단순하고 선량한 사람들 사이에서 자라면서 부모형제와 새언니의 사랑을 듬뿍 받은 터라, 사실 경험이 별로 없는 편이었다. 이렇게 난감한 처지에 놓이자, 일이 이렇게 되어서는 안 되고 새롭게 다시 시작되면 좋겠다는 생각이 간절했다. 그러면서도 샤오쥔은 광밍이 워낙 살갑게 구는지라 몹시 행복했다. 물론 때로는 지나치게 자상한 바람에 겸연쩍기조차 했다. 하지만 어릴 때부터 알아왔던 사람이라 낯설지 않고 자연스러워서, 아주 기분 좋게 받아들였다. 가장 중요한 것은, 샤오쥔이 자기만의 작은 둥지를 틀고 싶어 하고, 꼭 자기만의 작은 둥지에서 생활하고 싶어한다는 점이었다. 이렇듯 샤오쥐안은 부지런하고 노심초사하며 책임감 있는, 그러면서도 약간은 수다스런 여인으로 변해 있었다. 방금 샤오쥐안이 변했다고 했는데, 복장과 헤어스타일 등의 외양만이 아니라, 진정한 변화는 바로 이것이었다. 샤오쥐안은 좀 더 성숙해졌다.

외숙모는 샤오쥐안을 끌어다 앉히고, 설을 쇠면서 먹다 남은 호박씨를 가져와 까먹으라 하면서, 광밍이 왜 오지 않느냐고 물었다. 광밍이라는 이름을 듣자마자, 샤오쥐안의 얼굴이 붉어졌다. 외숙모도 약간은 어색했는지 황망히 호박씨를 집어 푸핑에게 주었는데, 마치 방금 집에 들어선 손님을 대하듯 하였다. 오히려 차분해진 푸핑은 대범하게 샤오쥐안더러 언제 혼사를 치를 거냐고 물으면서, 자기는 샤오쥐안에게 한 쌍의 베개를 선물하려 하는데 어떠냐고 물었다. 샤오쥐안은 고개를 탁자에 파묻은 채 키득키득 웃었다. 그제야 이전의 어수룩한 모습이 드러났다. 푸핑이 정곡을 찔러 이야기하자, 외숙모도 마음 편하게 이런저런 혼사 이야기를 꺼냈다. 신방은 어떻게 꾸밀 것인지, 잔치는 어떻게 치를 것인지, 광밍이 샤오쥐안한테 뭘 선물할 것인지 등등. 샤오쥐안은 필요 없다고 하면서, 자기 집에 다 있다고 말했다. 외숙모가 말했다. 물론 그렇겠지. 니네 집의 보물처럼 귀한 딸이니 네 부모님이 얼마나 갖추어서 보내주시겠니! 이 말이 푸핑의 가슴을 찔렀고, 순간 낯빛이 변했다. 외숙모도 알아차렸지만 주워담을 수 없는지라, 애써 만회해볼 요량으로 말했다. 우리가 푸핑의 친정집이니, 시집갈 때 잘해서 보낼 거야. 그런데 이 또한 하지 말았어야 할 말이었다. 푸핑은 굳은 얼굴로 웃으며 말했다. 샤오편(小芬)에게나 잘해주세요! 샤오편은 외숙모의 막내로, 이제 여섯 살의 외동딸이었다. 조카딸에게 한 방 먹은 외숙모는 웃음을 흘리는 수밖에 없었다. 누가 외숙모로 여기기나 한담! 잠시 후 푸핑이 문득 고개를 돌려보니 창밖에 사람 그림자가 안쪽을 들여다보고 있었다. 그녀는 몸을 일으켜 문을 밀고 나갔다. 마당에 들어선 사람은 두 손을 바지 주머니에 찌른 채 왔다 갔다 하고 있었다. 한눈에 광밍임을 알아보았다. 푸핑이 말했다. 광밍, 왜 안 들어와요? 그러면서 고개를 돌려 샤오쥔에게 말했다. 널 데리러 왔어! 광밍은 고개를 숙인 채 푸핑을 지나 방으로 들어갔다. 그는 고모를 한 차례 부르더니, 바로 샤오쥔이 앉아 있는 걸상 끄트머리에 앉았다. 외숙모가 말했다. 푸핑, 거기 서서 뭐하니! 푸핑은 닭장이 잘 닫혀져 있는지 살펴보고 있다고 대답했다. 잠시 후, 푸핑도 들어와 앉았다.

광밍은 고개를 숙인 채 몸을 옆으로 틀고 앉아 있는데, 이전에 비해 한결 건장해진 것 같았다. 등불 아래 얼굴은 분명치는 않았지만, 헤어스타일이 바뀌어 이전처럼 포마드를 발라 앞머리를 치켜세운, 이른바 비행기 머리가 아니었다. 게다가 짧게 잘라 제법 시원하게 나뉜 가르마는 아마 샤오쥔이 원하는 대로 바꾼 듯했다. 보고 있자니 젊어지고 깔끔했다. 외숙모는 광밍과 운송대 업무, 이를테면 운송선의 파견이나 쓰레기 지점의 교체 등에 대해 이야기를 나누고 있었다. 샤오췬도 끼어들어 자기 생각을 늘어놓았다. 샤오췬이 말하자, 듣고 있던 광밍이 웃으면서 말했다. 당신도 이제 이해하겠어? 말이 많아지자, 샤오췬도 맞받았다. 내가 왜 이해하지 못해요? 광밍은 얼른 한 발 물러섰다. 그럼, 맞지, 맞아! 외숙모가 샤오췬의 땋은 머리를 어루만지며 말했다. 애가 왜 이해를 못해? 우리 아가씨가 얼마나 말귀를 잘 알아듣는데! 잠시 이야기를 나누다가, 광밍이 가야겠다고 말했다. 외숙모가 말했다. 샤오췬, 가지 말고 푸핑이랑 함께 자렴! 자기의 이름이 들리자 바로 고개를 들던 푸핑은 자기를 향해 바라보는 샤오췬의 눈과 마주쳤다. 두 사람의 눈이 마주치자, 저도 모르게 두 사람 모두 흠칫 놀랐다. 샤오췬은 자기를 붙드는 외숙모의 손을 뿌리친 채 광밍을 뒤따라 밖으로 나갔다. 집을 나서면서 그녀는 아주 자연스럽게 광밍의 옆구리에 한 손을 끼웠다. 두 사람은 그렇게 손을 맞잡고 걸어갔다.

    외숙모가 두 사람을 전송하고 돌아오자, 푸핑이 혼자서 탁자를 정리하고 있었다. 먹다 남은 호박씨를 쇠깡통에 모아 담고 나서, 씨껍질은 삼태기에 쓸어 담았다. 문득 푸핑에게 미안한 생각이 들었는지, 외숙모는 푸핑에게 다가가 삼태기를 빼앗았다. 푸핑은 자기도 모르게 화가 치밀어 삼태기를 외숙모 손에 넘겨주고는 몸을 휙 돌려 다락으로 올라가 버렸다. 다급해진 외숙모는 다짜고짜 푸핑에게 변명하듯 말했다. 날 탓하지 말거라. 나는 원래 너를 광밍에게 소개하려 했잖니, 그런데……. 푸핑은 계단에 올라섰다가 다시 내려와 하얗게 질린 얼굴로 말했다. 외숙모는 갈수록 말도 안 되는 소릴 하시네요. 광밍이 나랑 무슨 상관이에요? 외숙모는 내 엄마도 아닌데, 무슨 자격으로 날 그 못난 자식한테 보내려는 거예요! 외숙모는 조카딸의 타박을 받는 순간 눈물이 쏟아질 뻔했다. 푸핑의 눈에도 눈물이 그렁그렁 맺혔다. 네 개의 눈이 서로를 마주 보다 끝내 눈길을 돌렸다. 푸핑은 다락방으로 올라갔고, 외숙모는 자기 방으로 들어갔다. 저녁은 또 이렇게 지나갔다.

18# 외숙과 조카

하루하루가 견디기 어려웠다. 외숙모와 두 차례 입씨름을 벌린 후, 피차 마음이 상해 말조차 섞지 않았다. 분명한 사실은 더 이상 머물 수 없다는 것이지만, 푸핑이 어디로 간단 말인가? 성깔이 있다 한들 무슨 소용이 있겠는가? 다행히 외숙모가 집에 있는 시간은 많지 않았다. 외숙과 하루걸러 한나절씩 배를 타고 나가는데, 오가는 데에 이틀이 걸렸다. 푸핑은 대부분의 시간을 집에서 아이들을 돌봤다. 아이들은 어쨌든 아이들인지라, 푸핑과 한 며칠 서먹해졌다가 다시 스스럼없이 대했다. 특히 어른들이 집에 없을 때면 문을 열고 들어와 물었다. 누나 저녁에 뭐 먹어요? 슬쩍 게으름을 피우면서, 갈아입은 옷을 누나에게 벗어던져놓고 빨아 달라 했다. 이게 푸핑에게는 어느 정도 위안이 되었다. 자기가 그저 얻어먹는 게 아니라는 걸 느끼게 해주었으니까. 하지만 푸핑은 고집이 센 편이라, 사촌 동생들에게 여전히 차갑게 굴었고, 절대로 사촌들과 친하게 지내지 않았다. 사실, 아이들은 왕왕 어른들의 다리 역할을 한다. 아이들을 통해 푸핑은 얼마든지 외숙모와 화해할 수 있었고, 또 외숙모가 그리 고약한 사람도 아니었다. 하지만 푸핑은 이런 기회를 이용할 줄 몰랐다. 푸핑은 아이들과 이야기를 많이 하지 않았지만, 자기가 해야 할 일은 다 했다. 그래서 아이들은 푸핑을 무서워하면서도 조금은 의지하기도 했다. 외숙과 외숙모는 밖으로 배를 타러 나가면서 집을 푸핑에게 맡기고 가니, 어쨌든 안심이 되었다. 몇 번이나 푸핑과 좋게 말해 보려다가도, 푸핑의 얼굴을 보면 이내 그만두었다. 일은 이렇게 틀어져 있었다.

푸핑과 이웃과의 관계도 거북했다. 만약 푸핑이 사람들에게 자신의 고충을 털어놓고 이해를 구했더라면, 이해와 동정을 얻어낼 수도 있었을 것이다. 하지만 푸핑은 전혀 융통성이 없는 사람이었다. 그녀는 더 이상 사람들과 어울리지 않았고, 그저 혼자서 들락거렸다. 이제 푸핑이 가는 곳마다, 사람들은 자기들끼리 왁자지껄 떠들어대다가도, 순간 조용해졌다. 푸핑이 지나가고 나면 다시 이야기를 하기 시작했다. 하지만 원래 나누었던 화제를 이야기하는 게 아니라, 푸핑에 대해서 하는 이야기인지라 목소리도 상당히 낮추었다. 푸핑도 그 사람들이 지금 자기 이야기를 하고 있다는 사실을 알고 있었기에, 마음속으로 더욱 소원해지고 심지어 적의를 품기도 했다. 샤오췬은 다시 오지 않았다. 아이들이 밥을 먹다가 전해준 말에 따르면, 샤오췬과 광밍은 5월 1일 노동절 때 결혼한다고 한다. 정월이 지나면, 광밍네는 집을 뜯어낸다고 하는데, 벽돌은 이미 가져다놓았다. 샤오췬이 결혼할 나이가 아니어서 몰래 호적부를 고쳤으며, 혼인신고 후에 다시 고치기로 했다고도 한다. 푸핑은 큰아이에게 자기 엄마의 직물배급표를 빌려오라 시켰는데, 큰아이는 금세 표를 가져왔다. 푸핑은 서양식 붉은 포플린을 몇 자 사고, 갈색 색실을 배합하여 샤오췬에게 줄 한 쌍의 베개에 수를 놓기 시작했다. 이것은 뤼펑셴이 가르쳐준 무늬와 색깔이었다. 뤼펑셴을 떠올리니, 마치 전생의 일만 같았다. 푸핑은 어쨌든 할 일을 찾고 나자, 마음이 안정되었다. 그렇지 않았더라면, 이토록 기나긴 시간들을 어떻게 보냈을까?

이날은 외숙과 외숙모가 집에서 쉬는 날이었다. 외숙모는 직접 채소를 사서 씻었다. 푸핑은 자기가 하겠다고 나서지 않은 채, 다락으로 올라가 한 땀 한 땀 베개에 수를 놓았다. 갑자기 외숙이 집안에만 틀어박혀 있지 말라면서 그녀를 데리고 외출하겠다고 불렀다. 외숙의 말씀에 따르지 않을 수 없는지라, 푸핑은 자수틀을 내려놓고 아래층으로 내려가 외숙을 뒤따라 집을 나섰다. 외숙은 앞서 가고, 푸핑은 뒤를 따랐다. 골목에서 맞은편의 사람과 마주치면, 이내 물었다. 조카와 외숙 두 사람이 어딜 가시나? 그러면 외숙도 이렇게 말했다.

편한 대로 그냥 둘러보고 있습니다. 조카와 외숙은 판자촌을 벗어나 한길을 가로질러 육교에 올랐다. 여기는 바로 푸핑이 처음 외숙을 찾아 왔을 때 섰던 곳이다. 이제 보니 상당히 많이 변한 것 같다. 지붕 위의 밥 짓는 연기, 처마 아래로 햇빛에 널어 말린 옷가지, 골목을 오가는 사람들 모습 모두가 그때보다 훨씬 활기차고 생동감 넘치며 부산스러웠다. 이건 푸핑이 이들에 대해 제법 잘 알고 이해하기 때문이리라. 푸핑은 외숙을 따라 육교를 걸었지만, 외숙이 자기를 어디로 데려가는지 전혀 알지 못했다. 보아하니, 외숙도 딱히 목적지가 있는 것 같지는 않았다. 외숙은 뒷짐을 지고서 천천히 느긋하게 걸었다. 걷다가 아는 사람을 만나면 멈춰 서서 담뱃불을 빌리기도 하고 몇 마디 말을 나누기도 했다. 기차가 지나가면서, 하얀 연기가 육교 저쪽 용마루에 달라붙은 채 쭈욱 끌려갔다. 하얀 연기가 사라지자 나지막이 가지런한 지붕들이 보이고, 위로는 하늘이 툭 트여 있었다. 하늘은 참으로 넓고 훤히 트여있구나! 푸핑은 마음속의 우울함이 조금은 가시는 듯했다. 그녀는 길게 한숨을 내쉬었다.

　　외숙은 육교를 내려가 약간 좁은 한길로 올라섰다. 한길 앞쪽에 철도건널목이 있는데, 철로차단기가 내려진 채 붉은 등이 반짝반짝 빛나고 있었다. 금방 기차가 지나갈 모양이었다. 외숙은 철도건널목에서 십 미터쯤 떨어진 곳에 서더니, 뒤따라오던 푸핑에게 말했다. 화물차가 지나는구나. 들어보면 알지. 푸핑이 미처 알아들을 새도 없이 기차 기관차가 벌써 엄청난 기세로 달려왔다. 길바닥은 격렬하게 흔들렸으며, 흰 연기는 길가 양옆의 나지막한 집들을 집어삼켰다. 한 칸 한 칸 기름탱크 수송열차는 날듯이 달려갔다. 건널목 양쪽의 행인들은 이야기를 멈춘 채, 다소 놀라는 표정을 지었다. 거대한 열차바퀴는 철도궤도에 힘차게 부딪치면서 우렁찬 소리를 뿜어냈다. 기차가 지나가고 딸랑딸랑 종소리가 울리자, 사람들은 정신을 차리고서 천천히 올라가는 차단기 아래로 철로를 넘어갔다. 철로 저쪽에는 집들이 드문드문하고, 점점 밭이 띄엄띄엄 보이다가 쭉 이어졌다. 대지에는 이미 푸른 기운이 감돌고, 보리가 싹을 내밀었다. 외숙은 오솔길로 꺾어 들어 철로를 따라 느릿느릿 걸었고, 푸핑은 그 뒤를 따랐다. 하늘은 광활하기 그지없었다. 방금 육교 위에서 바라보았던 하늘의 툭 트임과는 달랐다. 이곳에서의 광활함은 완만한 오르내림을 띠고 있었다. 게다가 하늘은 정말 푸르고 맑아, 옅은 회색을 띠었던 조금 전과는 사뭇 달랐다. 요컨대, 이곳의 풍광은 비교적 부드럽고 온화하다면, 조금 전에는 딱딱함을 띠고 있었던 것이다.

못을 지났다. 못 위에는 물풀이 무성하게 덮여 있고, 언덕에는 삼판선 한 척이 엎어져 있는데, 마치 풀숲에 푹 빠져 있는 것 같았다. 외숙은 걸음을 멈추고서 푸핑이 올라올 때까지 기다렸다가, 무성한 수초를 가리키며 물었다. 니네들은 이걸 뭐라 부르지? 푸핑이 말했다. 개구리밥이오. 외숙이 말했다. 개구리밥은 물풀 중의 하나지. 이건 네 이름처럼 '푸핑(浮萍)'이라고도 부른단다. 하지만 발음은 같고 글자는 다르지. 외숙은 쪼그려 앉은 채 물풀줄기를 주워 땅바닥에 글자를 써서 보여주었다. 이건 개구리밥을 뜻하는 '푸핑(浮萍)'의 '푸(浮)'이고, 이건 네 이름인 '푸핑(富萍)'의 '푸(富)'란다. 그러면서 다시 물었다. 공부한 적이 있니? 푸핑은 고개를 흔들었다. 작은아버지 댁에 아이들이 여럿이니, 자기가 공부할 차례가 어찌 오겠냐고는 차마 말하지 않았다. 외숙은 '어, 그래'라고 한마디 하더니, 손 안의 풀줄기를 내려놓았다. 외숙과 조카 두 사람이 앞서거니 뒤서거니 한참을 걷다보니 또 철로가 나타났다. 이곳은 분기점으로, 선로 보수열차가 멈춰 서 있었다. 외숙은 길가의 콘크리트 말뚝에 앉더니, 푸핑더러 십여 미터 떨어진 다른 말뚝에 앉으라고 했다. 그런 뒤, 호주머니를 더듬어 담배를 꺼내고, 불을 붙여 천천히 빨아들였다. 태양은 이미 높이 떠올랐고, 하늘의 파란색은 옅고 연해져 투명에 가까웠다. 땅은 물기가 모조리 증발되어, 노란빛이 도는 갈색으로 바뀌었다. 나뭇가지들은 여전히 벌거벗었지만, 움을 틔우며 싹틀 기미를 보이고 있었다! 두 줄기 철로는 꽈배기처럼 뒤틀렸다가 다시 흩어져 나란히 뻗어가더니, 시선이 끝나는 지점에서 다시 합쳐졌다. 철로의 침목은 무늬가 눈에 띄게 선명하고, 침목 아래 크기와 모양이 거의 똑같은 자갈은 새하얀 태양 빛을 반사하고 있었다. 철로 침목 위에 종이 몇 조각이 나부꼈다. 아마 길 가던 어느 여행객이 버린 것이리라. 그들이 앉았던 자리에서부터 철로 양쪽에는 백양나무가 심겨져 있었다. 나무는 심은 지 얼마 되지 않은 게 분명했다. 나무 줄기는 가늘고 자그마했지만, 철로를 사이에 둔 채 아주 곧게 멀리까지 뻗어 있었다. 외숙과 조카 두 사람은 거리를 두고서 콘크리트 말뚝에 앉아 햇빛을 쪼이고 있었다. 보이지 않는 곳에서 시도 때도 없이 '당당당' 하는 소리가 들려왔다. 쇠망치로 철도 레일을 두드리는 소리로, 마침 선로보수공이 레일을 살피고 수리하는 중이었다.

외숙은 마침내 자리에서 일어서서 옷 위의 담뱃재를 탁탁 털어내더니, 푸핑에게 돌아가자는 손짓을 했다. 푸핑도 바로 자리에서 일어났다. 돌아가는 길에 외숙은 다른 길로 들어섰다. 먼저 레일을 따라 잠시 걷다가 철로를 넘어 오솔길로 들어섰다. 오솔길은 단층집 몇 채를 돌아 널찍한 한길로 굽어졌다. 한길 양쪽으로 공장들이 있는데, 높다란 굴뚝들이 우뚝 치솟아 있고 짐을 실은 트럭들이 길을 달리고 있었다. 외숙과 푸핑이 함께 걷는데, 푸핑은 본래 키가 큰 편이 아니고 중간 정도였지만, 외숙보다 억세어 보였다. 외숙이 푸핑을 슬쩍 훑어보더니, 웃으면서 말했다. 우리 집안은 모두 키가 작은데, 넌 아마 네 아빠를 닮은 모양이다. 푸핑이 말했다. 모르겠어요. 아빠에 관한 기억이 없거든요. 외숙이 또 '어, 그래' 하고 한마디 하더니, 이내 말없이 계속 걸었다. 가로로 뻗은 길에 사람들이 많아지고, 길가에 삼 층 혹은 사 층, 사각형, 연립 등의 신형 주택단지 양식의 집들이 늘어서 있었다. 줄줄이 늘어선 층집들의 빈터에는 상록수가 심겨져 있었다. 거리가 약간 비좁아지더니, 길이 위아래로 갈라져 나 있었다. 푸핑은 상록수 속의 새 주택들을 바라보면서 말했다. 외숙은 왜 이런 집에서 살지 않아요? 외숙도 새 주택들을 힐끗 쳐다보더니 말했다. 외숙은 뱃사람으로, 강 언덕에 올라온 지 겨우 이삼 년밖에 안 되었단다. 원래는 배에서 살았지! 푸핑은 '아, 그래요'라고 하더니, 세상 물정을 안다는 듯 말했다. 외숙도 어려우시군요. 외숙이 웃음을 터뜨렸다. 외숙의 웃음에 조금 쑥스러워진 푸핑 역시 꾹 참고 참다가 웃음을 터뜨렸다.

　두 사람은 판자촌으로 들어섰다. 이곳 판자촌은 그들이 사는 곳보다 규모가 작고, 집도 더 낡고 나지막했다. 심지어 흙벽돌에 띠풀 지붕의 흙집도 있고, 골목도 비좁고 구불구불했다. 외숙은 아주 익숙한 길인 듯 안쪽을 뚫고서 골목 어귀의 모퉁이로 질러갔다. 석회를 바른 흰 담장에는 '염수(鹽水)'라는 두 글자가 씌어 있었다. 문 안의 탁자 위에는 과연 쟁반 가득 소금물로 삶은 것들이 망사에 덮여 있었다. 죄다 돼지머리에서 나온 것들로, 혀와 귀, 머리 고기 등이었다. 외숙이 안쪽에 대고 소리를 지르자, 노인 한 분이 나왔다. 검은 솜저고리 차림의 그는 북방 말씨로 아주 친숙하게 외숙과 인사를 나누었다. 그는 외숙이 가리키는 대로 망사 덮개에서 돼지 혀 한 덩어리를 집어 도마 위에서 잘게 썰고 칼로 긁어모은 다음, 기름종이에 둘둘 말아 삼각 봉지에 집어넣었다. 외숙은 봉지를 푸핑의 손에 들린 다음, 주머니에서 돈을 더듬었다. 노인이 물었다. 어디서 온 아가씨요? 외숙이 말했다. 제 조카 딸입니다. 노인이 말했다. 이렇게 다 큰 조카딸이요! 외숙이 말했다. 제 누님이 저보다 여덟 살이 많지요. 거스름돈을 받아들고서 외숙과 조카는 노인과 헤어져, 계속해서 판자촌을 가로질렀다. 외숙이 푸핑에게 말했다. 노인 양반은 허난(河南) 사람인데, 노인네 염수는 고향에서 가져온 국물이란다. 듣기로 벌써 삼대 째의 역사를 지니고 있고, 이 일대에서는 자못 유명하단다. 이야기를 하다 보니, 어느덧 이쪽 판자촌지구를 빠져 나왔다. 고개를 치켜들자, 육교가 눈에 들어왔다. 알고 보니 이곳은 외숙 집과 아주 가까웠다. 골목을 가로지르자, 골목 양쪽은 공장 창고 같은 커다란 건물 두 채인데, 육교 바로 아래쪽에 닿아 있었다. 집에 들어서자, 식탁에 음식이 차려져 있고, 밥을 막 먹으려던 참이었다. 외숙모가 푸핑 손에서 염수를 받아들고 말했다. 돌아왔니? 푸핑이 한마디 대꾸했다. 다녀왔어요. 아이들은 벌써부터 기다리다 못해 식탁으로 달려들었다. 온 가족이 한데 빙 둘러앉아 식사를 했다.

 날은 또다시 흘러갔다. 외숙모는 푸핑에게 전과 다름없이 대했다. 이웃들도 점점 예전의 모습으로 돌아왔다. 이곳 사람들 모두 기억력이 그다지 좋지 않은지라, 일이 지나고 나면 이내 잊어버렸다. 심지어 어떤 어수룩한 노파는 외숙모한테 혼사를 꺼내기도 했다. 혼사를 꺼내자, 외숙모는 망쳐버렸던 일이 다시 떠올라 혼사라면 입에 올리기에도 지긋지긋하였다. 푸핑은 한 쌍의 베개에 수를 다 놓고, 연잎을 수놓아 테를 둘렀다. 그런 뒤 잘 접어서, 외숙모더러 샤오췬에게 전해 달라 부탁했다. 샤오췬이 요즘 푸핑을 피하는지라, 푸핑도 굳이 찾아가고 싶지 않았다. 외숙모는 이 결혼 축하선물을 어루만지면서 한마디 묻고 싶었다. 푸핑, 넌 어쩔 셈이냐? 몇 번이고 물으려 했지만, 끝내 입 밖에 내지 못했다. 푸핑은 이미 외숙모네 집의 한 식구가 되었고, 집안일을 도맡고 있었다. 외숙이나 외숙모가 일이 있거나 몸이 편찮으면, 여러 차례 푸핑이 배를 타고 일을 대신했다. 푸핑은 그다지 잘 하진 못했지만, 고생할 줄도 알고 일 욕심도 있기에 일을 잘 감당해냈다. 외숙과 외숙모는 그녀가 일을 대신한 품삯을 계산하여 푸핑에게 주었는데, 푸핑은 죽어도 받지 않으려 했다. 억지로 쑤셔 넣으면, 푸핑은 옷감과 실, 바늘을 사와 아이들에게 옷을 지어 입혔다. 이제 이 집에서 푸핑은 없어서는 안 될 사람이 되었다. 하지만, 푸핑은 사실 마음으로는 외숙네와 아주 멀리 거리를 두었다. 푸핑은 여전히 말수가 적었고, 저녁 식사 후에는 일찌감치 다락방으로 올라갔다. 외숙모가 푸핑더러 이웃집 여자애들과 영화 구경을 가라 해도, 푸핑은 절대로 가지 않았다. 게다가 이곳은 모두들 조혼을 하는지라, 푸핑 또래의 여자 아이들은 대부분 결혼한 터였다. 그래서 푸핑과 함께 놀아줄 사람은 그녀보다 나이 어린아이들이 대부분이었다. 여자아이들과 함께 있으면, 훨씬 쉽게 속마음을 털어놓기도 하고 자신의 미래도 생각해보기도 했을 것이다. 푸핑은 오히려 외숙과는 전보다 훨씬 가까워진 느낌이 들었다.

푸핑이 외숙모 일을 대신할 때면, 외숙과 함께 배를 띄웠다. 배가 쑤저우허(蘇州河)를 지날 때, 언덕 위의 집들은 요지경과 같았다. 마치 영화가 바뀌듯, 경관도 곳곳의 유채꽃과 짙푸른 하늘로 바뀌었다. 푸핑이나 외숙 모두 말수가 적은 편이라, 한나절동안 말 몇 마디 나누지 않은 채 자기 일만 했다. 하지만 푸핑은 오히려 그게 무척 자연스러웠다. 점심때에는 술을 몇 잔 마셨다. 이제는 생활이 나아져 외숙도 가끔 술을 몇 잔 마시곤 하였지만, 과음하지는 않았다. 외숙은 술을 몇 잔 마시면 기분이 좋아 말이 많아졌다. 외숙은 푸핑에게 지난 일도 이야기해주고, 또 책에서 읽은 이야기도 해주었다. 언젠가 외숙은 푸핑에게 「다린과 샤오린」의 이야기를 들려주었다. 외숙이 왕자의 모자가 초승달의 갈고리 위에 걸렸다고 이야기할 때, 푸핑은 외숙이 진짜 어린아이 같다는 생각이 들었다. 그런데도 외숙은 그녀를 어린아이로 여긴다. 이런 이야기는 외숙 집의 어린아이 네 명에게나 들려주어야 할 이야기였다. 그런지라 푸핑은 웃음을 참을 수 없어, 거의 밥을 뿜어낼 지경이었다. 외숙이 화를 낼까 겁나지도 않았다. 푸핑은 거의 웃는 법이 없었다. 그래서 푸핑이 웃음 짓는 모습은 다소 낯설어 보였다. 눈초리가 약간 처지고, 눈 간격이 원래 넓은 편이라, 이럴 때에는 무척 명랑해보였다. 또 입 꼬리가 찢어지면 어린아이 같기도 했다. 푸핑이 천진해 보였던 것이다.

점심 식사는 늘 펑방(封浜) 언덕에서 밥을 지어 먹었다. 펑방에는 강가에서 그리 멀지 않은 곳에 인가가 있었는데, 그 집 식구들은 모두 외숙과 외숙모의 친구였다. 그 집의 사내아이는 외숙 집 큰아이보다 두 살이 더 많았는데, 항상 군기(軍棋)* 놀이기구를 들고서 강 언덕에 선 채 외숙네 배가 오기를 기다렸다. 외숙은 밥을 먹고 나면, 그 사내아이와 군기놀이 장기 두 판을 두었다. 큰 어른과 어린아이가 언덕배기 땅바닥에 앉아 장기판을 펼치고, 장기판의 네 귀퉁이를 흙덩이로 눌러놓은 채 장기를 두기 시작했다. 그들은 장님 장기 두기를 좋아했고, 푸핑은 그들의 증인이 되어주었다. 이를 위해 그녀는 장기 알 위의 글자를 익혔다. 사령(司令), 군장(軍將), 사장(師長), 사병(士兵) 등등. 또 누가 누구보다 크고 강한지도 익혔

---

* 군기(軍棋)는 장기류 놀이의 일종으로, 네 명이 장기판의 네 구석을 각각 차지한 채 두 편으로 나뉘어 전투를 벌이는 게임이다. 육전기(陸戰棋)라고도 한다.

다. 장기를 끝내고 그들이 배에 오르면, 사내아이는 고개를 떨군 채 풀 죽은 모습으로 장기판을 접고 장기 알을 모은 다음, 멀리 면화밭으로 걸어갔다.

외숙모와 배를 타면 이처럼 재미있지는 않았다. 푸핑은 뒤끝이 없는 사람이 아니었다. 외숙모와 몇 차례 말다툼을 벌였는데, 외숙모가 아무렇지 않게 내뱉었던 말이 푸핑의 마음을 상하게 한지라 응어리를 품고 있었다. 하지만 외숙모는 성격이 호쾌하고 말도 시원시원한 사람이어서, 금방 푸핑에게 이러라고 했다가 또 금세 저러라고 하여 상당히 요란스러웠다. 특히 밤을 지낼 때, 푸핑과 외숙모는 한 이불을 덮고 잤는데, 밀치락달치락 하다가 결국 조금은 친밀한 감정이 생겼다. 밤은 또 무척 길어, 할 말이 없으면 찾아서라도 해야 했다. 한 번은 푸핑에 대한 이야기가 나왔다. 외숙모가 말했다. 너, 아예 우리랑 같이 살자. 우리도 너만큼 큰 자식이 없으니 말이다. 푸핑이 곧바로 대꾸했다. 제가 어리다면, 그런 소리 하지 않았겠지요? 이 한마디 말이 또 외숙모 말문을 막았다. 하지만 기왕에 말문을 열었으니, 안하는 것보다는 나을 것이고, 그간의 긴장도 좀 느슨해진 터였다. 잠시 후, 외숙모가 다시 용기를 내어 입을 열었다. 네가 나한테 모질게 대하는데, 네 할머니한테도 이렇게 했니? 이건 상당히 예민한 대목이었는데도, 푸핑은 대답했다. 못하죠. 난 다만 도망쳤을 뿐이에요. 말을 마치자, 몸을 뒤집어 벽으로 얼굴을 향한 채 고개를 묻고 잠들었다.

　대신 일하러 배를 타는 경우는 어쨌든 많지 않았고, 대부분 집에서 아이들을 돌보는 일을 했다. 푸핑은 어려서부터 작은아버지네 아이들이 다투는 게 무서워 아이들을 별로 좋아하지 않았다. 하지만 푸핑은 친척집에 얹혀 지내는 게 몸에 밴지라, 스스로를 잘 단속할 줄도 알았다. 그래서 외숙모보다 훨씬 빈틈없이 살림을 잘했다. 외숙 집은 작은아버지네만큼 살림이 팍팍하지 않았다. 작은아버지 집에서는 일 년 내내 양식을 구하느라 허리 펼 겨를이 없었지만, 외숙 집에는 닭, 오리, 돼지, 양 등이 부엌 위아래를 쏘다녔다. 또 외숙 집은 할머니네처럼 꼼꼼하지 않아, 바느질을 하거나 차를 끓이고 밥을 지으면서 애먹지도 않았다. 외숙 집은 밥과 옷을 걱정할 정도는 아니었으며, 까다롭게 따지지도 않았다. 공동으로 밥을 짓고 고기를 삶았으며, 입는 것도 대개는 운송대에서 지급한 작업복을 입었다. 아이들 옷은 늘 맏이가 둘째에게, 둘째는 셋째에게, 마지막에는 막내에게 물려 입혔다. 그래서 집안일은 정말 적고 바느질거리도 거의 없어 무척 한가로웠다. 푸핑은 시간을 때우기 위해 매일 샤오편의 머리를 땋아주었다. 하지만 그래도 시간은 남아돌았다. 답답할 때면, 푸핑은 거리를 쏘다녔다. 푸핑은 지난번에 외숙이 염수를 사러 데려갔던 판자촌에 자주 갔다. 이 일대에는 상점가라고 할 만한 것도 없었지만, 자기가 사는 판자촌은 이웃들에 대해 선입견을 가지고 있었다. 게다가 광밍의 집에서 한창 떠들썩하게 집을 뒤엎는 중이라, 보지 않을래야 보지 않을 수 없었다. 자기와는 전혀 상관없는 일이라고는 하지만, 그래도 마음속으로는 꺼림칙했다. 푸핑은 그래도 너무 멀리 갈 용기는 나지 않았다. 이곳은 할머니가 계시는 곳보다는 훨씬 황량했다. 그래서 그쪽 판자촌에 가는 게 안성맞춤이었다.

그쪽 판자촌은 예전에 왜 가지 않았을까? 거기는 이쪽 주택지구의 뒤편이고, 또 이쪽과의 사이에 공장 건물 몇 곳이 있었기 때문이다. 평소 이곳 주민들은 외출할 때 항상 육교를 표지로 삼았으며, 뒤쪽 구역에는 별로 신경을 쓰지 않았다. 게다가 저쪽은 이쪽보다 판자집도 훨씬 작고, 주민들도 꽤 복잡하여 쟝쑤(江蘇)의 옌청(鹽城), 서양(射陽), 롄수이(漣水) 출신도 있고 안후이(安徽), 산둥(山東), 허난(河南) 사람도 있었다. 이쪽은 대개가 양저우, 가오여우(高郵), 싱화(興化) 사람들이고, 하는 일도 수상 운송이었다. 저쪽 판자촌 사람들은 이발, 칼갈기, 채소시장에서 파나 생강 팔기, 생선비늘 긁기 등 뭐든 했다. 여기에는 큰 마을이 작은 마을을 얕잡아보는 뜻도 다소 담겨 있었다. 또한 눈에 보이기에도 그럴 만했다. 저쪽 판자촌은 좁고 길쭉하여, 골목 같기는 해도 이쪽만큼 가지런하지 않은 채 상당히 어수선했다. 집들도 한데 무더기지어 비좁게 들어차 있고, 거리도 구불구불했다. 다만 그래도 낮고 비스듬한 처마 아래에는 푸른 바탕에 검은 글씨로 주소를 적은 정식 문패가 못 박혀 있었다. 지명은 '메이쟈챠오(梅家橋)'였다. 지난날 그곳은 쓰레기장이었는데, 나중에 넝마주이들이 위쪽에 삿자리로 판잣집을 지었다. 점차 판잣집은 흙집과 벽돌집으로 바뀌었고, 마침내 시청으로부터 정식 주택으로 인가받았다. 이 때문에 그곳 주민들은 넝마주이 출신들이 많았다.

걸어 들어가견서 찬찬히 살펴보다가, 그 허름한 집집마다 살아가는 모습이 형형색색임을 발견했다. 어느 집 창문어귀에 유리병 두 개가 놓여 있었다. 병 안에는 알록달록한 눈깔사탕이 담겨 있고, 다른 병에는 갈색의 투명한 즁즈 사탕이 담겨 있었다. 바짝 붙은 이웃집 문안에서 날이 밝기도 전에 떡을 쪘다. 증기가 솟구치면서 쌀가루의 발효되는 시큼한 냄새가 온 판자촌으로 퍼져나갔다. 날이 밝으면, 낡은 유모차를 개조한 밀차에 실어서 앞쪽 한길 어귀에서 팔았다. 하루 중 그 나머지 시간에는 문 앞에 쌀을 널어 말리고 가루로 빻은 다음, 돌절구로 한 번 더 빻았다. 골목 어귀 건너편에는 이를 뽑고 의치를 만드는 이가 살았다. 그 사람의 이웃은 제사 때 태우는 지전을 종일토록 접었다. 좀 더 가면 산둥 사람이 살았다. 연말이 되면 수많은 산둥 사람들이 모여들어 그의 집 주방에서 호박씨나 콩, 밤 따위를 볶았다. 그러면 진한 버터 냄새가 사방으로 번져나갔다. 모퉁이를 돌아들면, 판금장이 집이 나왔다. 그는 내버린 양철통을 두들겨서 평평하게 편 다음, 다시 두들겨 크고 작은 키를 만들었다. 깡통 상자는 두들겨 구공탄 모양으로 만들었다. 또 세탁을 하는 이도 있었는데, 앞쪽 기계수리 공장의 홀애비들의 작업복을 수거하여 세탁해주었다. 그 작업복은 딱딱해서 소금물에 뻣뻣하게 설 지경인 데다가 차량의 기름 냄새가 진동했다. 또 낡은 헝겊에 풀칠하여 신발밑창을 만드는 집이 있었다. 주어온 낡은 천조각을 깨끗이 씻어 말린 다음, 조각조각을 풀칠하여 밑창을 지어 큰 것 한 장에 일 마오(毛)를 받았다. 생계를 꾸리는 다양한 모습은 넝마주이에서 생겨난 것임을 알 수 있는데, 심지어 이전 사람이 하던 일을 이어받아 생계를 꾸리는 사람도 있었다. 그들 집 앞 빈터에는 주워 온 잡동사니들이 가득 쌓여 있고, 어른 아이 할 것 없이 일가족이 모두 나서 쉬지 않고 쓰레기를 뒤졌다. 폐지와 낡은 천, 금속류, 가죽제품 등을 따로따로 모아놓았는데, 냄새가 아주 복잡하게 섞여 있었다. 이곳의 생계 수단은 잡다하고도 비천하였기 때문에, 사람들에게 불결한 인상을 줄 수밖에 없었다. 하지만 알고 보면 그들은 조금도 불결하지 않았다. 그들은 성실하게 일해서 의식주를 해결하였고, 땀 흘리지 않고 번 돈은 한 푼도 없었다. 그래서 이렇게 뒤죽박죽이고 구질구질한 생계 이면에는 착실하고도 건강하며, 자존적이고 자족적인 힘이 감추어져 있었다. 이러한 힘은 사소한 일을 통해 흘러나왔다.

    때로 푸핑은 외숙과 외숙모가 품삯으로 쳐준 돈을 가지고, 오래도록 우려낸 염수탕을 사러 허난 사람을 찾아가기도 했다. 허난 사람은 푸핑을 알아보고 큰조카라고 불렀으며, 그녀를 여기저기의 이웃들에게 소개해주기도 했다. 그래서 이곳 사람들도 차츰 푸핑과 친숙해졌다. 그들은 푸핑에게 아주 호의적이었다. 그들은 외부에서 온 사람들에게 한결같이 겸손하고 공손한 태도를 취하였다. 하지만 이건 자기비하와는 다른, 일종의 자애(自愛)의 성격을 띠고 있었다. 어느 날, 푸핑은 집게에 쇠못을 박으려고 메이쟈챠오(梅家橋)의 대장장이를 찾아갔다. 도중에 힘겹게 석탄재 바구니를 들고 가는 할머니 한 분을 우연히 만났다. 푸핑은 바구니를 대신 들어 할머니 집까지 날라주었다. 그 할머니는 한사코 푸핑더러 들어오라고 했지만, 푸핑은 들어가지 않았다. 문어귀에 서서 보니, 방 안 침대가에 한 젊은이가 앉아 있었다. 청년은 마르고 말끔한 얼굴을 지니고 있었으며, 할머니도 정갈한 얼굴이었다. 푸핑은 좀 낯이 익다고 생각했다. 잠시 생각해보니 떠오르는 일이 있었다. 언젠가 극장에서 연극 구경을 했을 때 자리를 빼앗긴 적이 있었다. 그때 어느 할머니가 자기를 끌어다 옆에 앉혔는데, 그 할머니 곁에 한 청년이 앉아 있었다. 바로 이 모자(母子)였다.

19# 어머니와 아들

　이 모자는 본적이 안후이(安徽)이고, 고향은 쟝쑤(江蘇) 류허(六合)이다. 아들이 어렸을 때에는 그래도 살만했다. 애 아빠는 중국은행의 말단 직원이었고, 일가족 세 식구는 만항두로(萬航渡路)에 있는 직원 숙소에서 살았다. 그와 같은 말단 직원은 방 한 칸뿐이고 화장실과 주방은 공용이었지만, 그래도 수세식 변기에 하얀 법랑 욕조, 가스관 등이 갖추어져 있었다. 방 안 바닥에는 왁스가 칠해져 있고, 금속 창틀의 통유리 창이 달려 있었다. 아들 역시 캐시미어 멜빵바지를 입고 햇빛 가리개가 달려 있는 유모차를 탄 채, 엄마의 손에 이끌려 공원 플라타너스 아래에서 햇볕을 쪼였다. 애 엄마는 무명 치파오 차림에 겉에는 가운데를 단추로 채운 양털 스웨터를 걸쳤으며, 털실을 담은 바구니를 들었다. 평안하고도 고요한 모자의 그림은 상하이 공원에서 흔히 보이던 모습이었다. 그러나 애석하게도 좋은 시절은 오래가지 못하는 법인가. 애 아빠가 장티푸스에 걸렸는데, 치료가 늦어진 바람에 너무나 일찍 세상을 뜨고 갈았던 것이다. 모자는 내팽개쳐진 채, 하룻밤 사이에 운명이 달라지고 말았다. 애 아빠는 재능이 평범한 사람으로, 승진할 희망이 전혀 없었다. 성격 또한 고지식하고 보수적이었으며, 마음을 터놓고 지낸 은행 동료조차 없었다. 상사나 동료들은 그저 인사치레로 와서 장례를 도왔다. 장례를 도우러 온 동료들이 관을 들어 후이저우(徽州)회관으로 가려고 했는데, 소나무로 만든 관이 납을 부어 넣은 듯 무거워 아무리 해도 들 수가 없었다. 그때 그들 가운데 나이 든 동료 한 명이 일어섰다. 그는 관 앞에서 지전을 태우면서 말했다. 이보게 아우, 안심하시게. 아주머니와 어린 조카는 우리가 반드시 잘 보살피겠네. 참 이상하게도, 그렇게 하고서 다시 들어보니 관이 움직여졌다. 이 광경에 평소 교분이 두텁지 않았던 동료들까지 탄식했다. 장례를 치른 후, 모두들 약간의 돈을 모아 과부가 된 여인에게 건네주었다. 죽은 자에게 맹세했던 나이 든 동료는 자신의 말에 책임을 지듯, 정말로 그들 모자를 돌보는 책임을 걸머졌다. 하지만 자기 스스로 걸머져야 하는 부담 또한 버거웠던지라, 끝내는 그들을 부양할 수 없게 되었다. 몇 달이 지나자, 은행에서도 완곡하게 숙소에 대한 이야기를 꺼냈다. 사실 은행에서 꺼냈다기보다는, 방세에 전기세, 수도세, 식비 등을 더 이상 스스로 감당하기 너무 힘이 들었다. 약간의 위로금과 동료들의 기부금이 있었지만, 하는 일 없이 놀고먹기에는 결코 충분치 않았다. 그래서 나이 든 직장 동료와 상의한 끝에, 아무래도 류허 고향으로 돌아가는 게 낫겠다 싶었다. 시댁이 부잣집은 아니지만 집도 있고 땅도 있으니, 따져보면 그들 모자의 몫도 응당 있을 터였다. 집안의 형제가 많은 것도 아니고, 게다가 이 애 또한 집안의 대를 잇는 손자가 아닌가. 그리하여 류허에 편지를 보내는 한편, 이곳의 물건 가운데 전당 잡힐 것은 전당 잡히고 팔 것은 팔아치웠으며, 팔 수도 없고 가져갈 수도 없는 것은 잠시 그 동료 집에 맡겨놨다가 나중에 처리하기로 했다. 며칠 뒤, 그 동료의 전송을 받으면서 모자 두 사람은 기차를 탔다.

고향인 류허는 현청(縣廳) 소재지였다. 고향 시골에는 전답이 조금 있었지만, 토지개혁 당시에 모두 농민에게 분배되고 말았다. 그래서 집안은 사실 전쟝(鎭江)과 추셴(滁縣)에서 일하는 아들들이 부쳐주는 돈으로 살아가고 있었다. 원래 상하이의 이 아들이 집안에서 가장 잘 된 아들로, 가족과 함께 상하이에 살면서 매달 부모님께 부양비를 부쳐드렸었다. 이러다가 들어오는 몫은 줄어든 반면, 군식구는 둘이나 늘어나게 된 것이다. 처음에는 집안에서도 물론 남편 잃은 과부와 아비 잃은 아이를 잘 보살폈지만, 나중에는 동서들 사이에서 이런저런 말이 생겨났다. 자기 남편이 밖에서 죽어라고 고생해서 남의 아내와 자식까지 거둬 먹인다고 생각하게 되었던 것이다. 게다가 시어머니는 이 상하이 며느리가 일을 할 줄 모른다고 싫어했다. 하이힐을 신고 강변에 가서 빨래를 하지 않나, 서방을 잃더니 옷까지 강에다 버리지를 않나. 또 분수에 맞지 않게 엄동설한에 아이를 목욕시키지 않나. 물이야 우물에서 퍼오는 것이니 돈들 것 없지만, 물을 끓이는 땔감과 난방용 석탄은 아들이 피땀 흘려 벌어온 돈 아닌가? 시아버지는 일에 신경도 안 쓰는 사람인 데다 아편에 중독되어 있어서 자기도 남의 눈치를 봐야 할 신세였다. 그러니 죽어버린 자식이 여러 해 동안 한 달도 거르지 않고 자기에게 효도했으니 이제 마땅히 불쌍한 것들을 긍휼히 여겨야 할 터인데, 이런 걸 마음에 새겨둘 리가 없었다. 상하이에서 달려온 모자의 하루하루는 날이 갈수록 힘들어졌다. 쌀쌀하고 가시 돋친 말은 말할 나위 없고, 때로는 밥 먹자고 부르지도 않았다. 그들은 아무도 신경 써주지 않으니, 대개는 방에 웅크리고 있다가 누가 밥 먹으라고 불러야 나왔다. 부르는 사람이 없으면, 한 끼를 굶는 수밖에 없었다. 냉대를 받으면서도, 어머니는 상자 밑바닥에 있는 약간의 돈을 떠올리면서 마음속으로 말했다. 언제고 도저히 못 견디겠으면, 상하이로 돌아가자. 그리고서 자신을 다독였다. 하루만 더 참자. 정말 참을 수 없으면 떠나자! 이렇게 하루하루를 견뎠다. 설이 되자, 큰아버지, 작은아버지가 외지에서 돌아오고, 이웃 현으로 시집간 시누이와 고모부도 왔다. 시누이는 장사를 한다지만 실은 거간꾼으로, 난징(南京)이나 쉬저우(徐州)로 다니면서 면화를 팔았다. 상하이 동생댁을 처음 본 시누이네 부부는 아주 부드러웠으며, 가져온 선물에 상하이 조카의 몫도 들어 있었다. 밤에 시누이는 동생댁 방에 와서 잡담을 나누었다. 모자의 얼어붙은 마음은 이내 따스해졌다. 노인들은 이 딸을 몹시 아끼는지라, 딸의 태도를 보고 그대로 따라 했다. 할머니도 물론 그들 모자에게 잘해주었다. 동서들이야 결국 자기 남편들의 단속을 받기 마련이라, 그리 심하게 대하지는 못했다. 남자, 특히 돈을 벌어오는 남자는 어쨌든 조금은 대범한 법이다. 조상님께 제사를 드리는 날, 그 어린 고아가 가녀린 다리로 무릎을 꿇고 절하는 모습에 사람들 모두 콧날이 시큰해졌다. 그래서 설은 제법 잘 지냈다. 밥 먹으라고 불러주는 사람도 있고, 아이도 데리고 놀아줄 사람이 있었다. 시누이와 동생댁은 늘 붙어 지냈다. 시댁으로 돌아가기 전날 밤, 시누이네 부부가 동생댁의 방으로 오더니, 동업하여 가게를 열자는 계획을 꺼냈다.

시누이는 일찌감치 이런 계획을 갖고 있었다. 길가의 상가를 임대하여 면화 가게를 열어, 겨울에는 면화를 팔고 여름에는 돗자리를 팔자는 것이었다. 길가 상가는 이미 봐둔 게 있고 가게 이름도 지어놓았으며 물건을 떼올 집과도 다 이야기가 되어 있는데, 밑천이 없었다. 이제 그들은 동생댁이 투자를 하면 철마다 이윤을 배분할 것이라고 동생댁을 설득했다. 그렇게 하면 밥값을 벌 뿐 아니라 앞으로 아이 교육비도 벌 수 있다고 했다. 이렇게 돈을 가만히 묻어놓은 채 곶감 꼬치에서 곶감 빼 먹듯 하느니, 차라리 그걸 굴리는 게 낫다는 것이었다. 그녀는 시누이의 말에도 일리가 있다고 생각했으며, 더 중요하게는 이렇게 잘 대해주는 시누이네 부부에게 진심으로 보답하고 싶었다. 그래서 그 돈의 칠, 팔 할을 꺼내 시누이의 남편에게 건네주었다. 시누이는 분명 이 일을 시어머니에게 이야기했을 것이다. 시어머니는 그녀를 설 즈음처럼 따스하게 대했고, 동서들도 마찬가지였다. 모두들 고모네 일이 잘되어 이쪽에 돈이 들어오기를 목이 빠지라 기다렸다. 하지만 들어와야 할 돈은 질질 끌면서 들어오지 않았다. 처음에는 장사가 시원치 않다고 하더니, 나중에는 장사는 되는데 물건이 부족하다고 했다. 물건을 들여올 때가 되자, 물건이 신정부에 의해 통일적으로 수매되어버렸다고 했다. 첫해는 이렇게 지나갔다. 사람들은 시누이 남편의 장사 수완이 없음을 탓했지만, 노인 양반들 체면 때문에 차마 이야기하지는 못하고, 그저 상하이 며느리에게 화풀이를 했다. 그녀가 돈이 있으면서도 일찌감치 내놓지 않은 바람에, 몇 짐의 쌀이라도 사놓았으면 좋았으리라는 거였다. 게다가 그녀가 내놓았어도 다 내놓은 게 아닐 터이니, 분명 몰래 감추어놓은 돈이 있으리라는 것이었다. 이런 이야기들이 어찌어찌 시어머니 귀에 전해지자, 시어머니는 자연스럽게 이런 생각이 들었다. 이게 무슨 돈인가? 아들의 위로금이니, 마땅히 우리 노인의 몫도 있지! 물론 노인이 며느리를 찾아가 이렇게 말할 리는 없지만, 얼굴에 이런 기색이 바로 드러났다. 그래서 모자의 처지는 다시 이전과 같아졌다. 그러다가 1950년이 되자, 면화 가게는 국유화되고, 시누이 남편은 맞은편 그릇가게의 점원으로 배정되었다. 면화 가게는 문을 연 첫날부터 손해를 보기 시작하여 자본은 완전히 바닥이 났으며, 채무를 청산하면 몇 푼 남지도 않을 지경이 되었다. 이리하여 고달픈 세월의 퇴로는 이제 사라지고 말았다.

그해, 현에서 직포 공장이 문을 열어 직공을 모집했다. 상하이 며느리는 원래 시험 삼아 가보았는데, 생각지도 않게 선발되어 거친 실을 짜는 직공이 되었다. 정말 좋았다. 고생스럽기는 했지만 월급이 나왔다. 그때 동서들도 각기 할 일을 찾았다. 아이들 가운데 큰 녀석들은 학교에 가고, 어린 녀석은 할머니한테 맡겼다. 할머니가 아이들을 관리할 수 있어 괜찮은 셈이었다. 이날 상하이에서 온 아이가 열이 났다. 할머니는 아이에게 생강탕 한 그릇을 먹이고, 이불을 뒤집어쓰고서 땀을 내게 했다. 그걸로 끝이었다. 일을 마치고 돌아온 아이 엄마도 별일 아니라고 여겨, 한 차례 더 생강탕을 먹인 후 땀을 내게 했다. 며칠 열이 나더니, 마침내 열이 떨어지기 시작했다. 이때 마침 해방군의 어느 의료대가 순회 진료차 이곳에 왔다. 그날 밤으로 보내 진료를 받게 했더니, 소아 마비증이라는 진단을 내렸다. 치료가 끝났지만, 한쪽 다리를 절게 되었고 남은 몇 푼의 돈마저 다 써버렸다. 직포 공장은 몇 달 생산하던 끝에 기술 부족으로 방직 공장으로 바뀌었으며, 상하이의 방직 공장은 거친 조방사를 난징에만 제공했다. 그녀처럼 기혼의 나이 많은 여공들은 모두 퇴직을 했다. 직장을 다시 찾고 싶었지만, 어디 그게 그렇게 쉬운 일인가. 게다가 아이가 학교 갈 나이가 되자, 집안사람들 모두 이렇게 말했다. 절름발이가 학교에 가서 뭘 한다고! 아이의 엄마는 이렇게 생각했다. 절름발이 아이이니, 학교에 다니지 않으면 더욱 안 되지! 어쨌든 도시에서 지냈던 적이 있는지라, 엄마는 아이의 미래를 위해 생각할 줄 알았다. 사면초가의 그녀는 바로 상하이의 그 나이 든 동료에게 편지를 한 통 썼다. 그 동료는 곧바로 답신을 보내면서 여비도 함께 부쳐왔다. 그녀는 그 동료의 집안 형편을 아는지라 그의 깊은 마음을 헤아릴 수 있었고, 그녀의 이번 결정의 중요성을 깨달을 수 있었다. 그녀는 눈물을 훔치고서 몸을 돌이켜 물건을 챙겼다. 고향 집 대문을 나설 때, 상하이 며느리는 이미 강인한 여자가 되어 있었다.

    옛 동료는 그들 모자를 마중하러 기차역에 나왔는데, 그들을 거의 알아보지 못하였다. 아이 엄마는 남색 무명 바지저고리를 입었고, 거리는 뒤로 넘겨 대충 묶었다. 서른 살 남짓의 얼굴에 벌써 굵은 주름이 자리를 잡았다. 아들은 훨씬 애처로웠다. 작은 두 손으로 나무 막대기를 짚은 채 바닥에 버티고 서 있었는데, 절뚝거리는 다리를 늘어뜨린 채 성한 다리로 한 걸음 내딛고 있었다. 그는 두 개의 가죽트렁크를 보고서 그들을 알아보았다. 이 가죽트렁크 두 개만으로도 그들이 지내온 생활을 충분히 알 수 있었다. 옛 동료는 가슴이 아파 앞으로 달려가 아이를 안으며 말했다. 뭐하러 아이를 걷게 해요! 어머니가 대답했다. 그럼 아이를 평생 안고 다닐 수 있나요? 그녀의 발음에는 류허의 남북 가락이 스며있고, 말투도 상당히 딱딱하게 들렸다. 모자는 우선 옛 동료 집에서 이틀간 얹혀 지냈다. 옛 동료는 쟈베이 메이쟈챠오에서 곁채 한 칸을 구했다. 집주인은 그 동료의 고향인 렌수이(漣水) 일대 사람이었다. 곁채는 원래 그의 집 주방이었는데, 이제 이 모자에게 세를 주고 아주 적은 세만을 받기로 했다. 옛 동료는 모자가 떠나기 전에 자기 집에 맡겨놓았던 가구 몇 가지를 옮기고, 또 솥과 그릇, 바가지, 국자 등의 주방기구를 모아주는 한편, 아이를 위해 다른 사람이 쓰다 남은 작은 목발도 구해주는 등, 모자 두 사람이 잘 정착하도록 보살펴주었다. 대충 정리가 이루어지자 호적을 올렸다. 당시 상하이의 호적은 들고 나기가 쉬워, 이후처럼 나가기는 쉬워도 들어가기는 어려운 때와는 달랐다. 호적을 올린 후 맨 처음 한 일은 아이를 위해 초등학교에 등록하는 것이었고, 다음은 일자리를 찾는 것이었다. 초등학교 등록은 쉽게 처리되어, 곧바로 근처의 수상운수자제 초등학교를 찾아 1학년에 들어갔다. 하지만 일자리를 찾기가 쉽지 않았다. 전혀 구할 수 없는 것은 아니지만, 적당하고도 안정적인 일자리는 아예 꿈꾸지도 말아야 했다. 그녀는 뭐든 해본 게 없지 않은가! 기차역에서 포장이나 화물 발송, 쑤저우허 준설, 선원들의 식사와 세탁, 주인을 대신해 자전거 봐주기, 주물 공장에서 거푸집 만들기, 실 끝 손질, 설거지, 쓰레기 운반, 변기 비우기 등등. 이런 일들은 기술을 익히지 않아도 되지만 고생해본 솜씨를 쌓아야 하는 일이었다. 그녀는 이제 더 이상 고생 따위는 두렵지 않았다. 이렇게 고생을 견디며 하루하루가 흘러갔다. 아이도 한 학년 한 학년 올라갔고, 성적도 괜찮아 해마다 표창을 받았다. 옛 동료는 매년 아이를 위해 목발을 바꿔주었다. 중학교 3학년이 되어 더 이상 키가 자라지 않게 되어서야, 목발은 바꿀 필요 없이 쭉 쓰게 되었다. 학년이 올라가자, 어려움도 뒤따랐다. 이런 장애아들은 고등학교에서 받아주지 않는 대신, 자기가 거주하는 지역에서 일을 배정받았던 것이다. 이치야 이러했지만 실제로 이 일대는 대부분 대공업지구라, 장애인에게 적합한 수공업 공장은 아주 드물었다. 그래서 아이는 집에 틀어박힌 채 몇 해를 보냈다.

    이 젊은이는 성품이 온화했다. 어린 시절의 좋았던 날은 전혀 기억에 없었다. 사실 몹시 고달프게 자랐던 것이다. 고생스러움은 가장 평범한 일들이었기에, 그 고통 속에서 조금이나마 느꼈던 따스함은 그에게 깊고도 풍성한 인상을 남겼다. 그래서 류허에 대한 그의 추억은 자기 어머니처럼 암담하지 않았다. 겨울이면 삼촌네 아이들은 목탄화로에 둘러앉아 노란 콩을 볶아먹었다. 그도 깡통을 받쳐 들었다. 비록 목탄화로 가까이 비집고 들어가지는 못했지만, 볶은 노란 콩이 높이 튀어 올랐다가 자기 깡통에 '탕' 소리를 내며 떨어지기도 했다. 집에서 멀지 않은 곳에 창쟝(長江)이 있었다. 강을 오가는 배가 기적을 울리곤 했다. 여름날 큰물이 지면, 아이들은 죄다 소리를 질러댔다. 물 봐라, 물 좀 봐! 너도나도 지붕 위로 올라가 물을 구경했다. 이때 물은 온통 새하얗게 끝이 없었다. 맞은 편 언덕조차 보이지 않았고, 수없이 많은 물새들만 하늘 높이 날아올랐다. 특히 설이 되어 고모가 오시면, 집안사람들의 비웃는 얼굴이 갑자기 선량해지고, 그에게 참깨 사탕, 꿀떡, 꿀에 잰 대추, 곶감 등의 먹을거리를 많이 쥐여주었다. 고모를 배웅하느라 부두에 나가면, 이즈음의 창쟝은 다시 가늘어졌지만 보이지 않는 먼 곳까지 구불구불 길었다. 세상은 참으로 어마어마하게 컸었지! 병이 들었던 건 정말 괴로운 일이었지만, 해방군 의사가 손으로 이마를 만져주면서 착하다고 칭찬해주었던 일은 아직도 또렷이 기억난다. 그 당시 모든 이들이 친절하게 대해주었다. 연민의 눈빛으로 그를 쳐다보면서 맛있는 것, 재미난 장난감을 자기의 고사리 같은 손에 쥐여주었다. 상하이에 오면서 탔던 기차 역시 그에게 강한 인상을 남겨 주었다. 객실 안은 밝고도 널찍했다. 차창 밖으로 흘러가는 풍광은 기차의 진동으로 인해 가볍게, 또 리드미컬하게 쉴 새 없이 뛰고 있었다. 역에 들어설 때마다, 깜짝 놀랄 정도로 기적 소리와 연기를 토해냈다. 기차는 멈추면서도 내키지 않는다는 듯 움찔하며 덜컹거렸다. 마치 멈추고 싶지 않다는 듯이. 그런 뒤 기차로 올라타는 사람들이 밀려들었다. '다다다' 객실의 널빤지를 내딛는 소리는 흥겨운 분위기를 띠고 있었다.

그런 다음에 메이쟈챠오에 도착했다. 아이가 작은 목발을 짚고서 한 걸음 한 걸음 힘겹게 좁은 골목길을 걷고 있었다. 그때 갑자기 나타난 두 손이 거칠지만 힘차게 아이를 들어 올리더니 목발까지 손수레나 삼륜차에 실어 끌고 갔다. 목적지에 도착하면 아이를 다시 차 아래로 내려주었다. 아이는 좀 더 자라자 지나가던 자전거를 마주치면 잽싸게 두 목발을 한데 합친 다음, 몸을 들어 자전거 뒤에 올라타기도 했다. 몇몇 집은 넝마를 주웠는데, 책 따위를 주워오면 아이한테 고르라고 주었다. 쓸 만한 교과서나 공책이 있으면 돈을 주고 사지 않아도 되었다. 아이는 유독 몇몇 집에 가서 열쇠 줍는 것을 좋아했다. 각양각색의 열쇠들을 꿰어다가 집으로 가져와 비슷한 것끼리 한데 모았다. 그런 다음 천천히 갈고 다듬었다. 열쇠 하나로는 하나의 자물쇠만을 연다고 하지 않던가. 하지만 사실 열쇠마다 차이가 나면 얼마나 나겠는가. 그는 우선 자기 집에 열쇠를 맞춰 주기 위해 모양새가 제일 비슷한 열쇠를 구하여 줄칼로 날을 잘 가다듬었다. 그랬더니 제법 쓸 만한 열쇠가 되었다. 나중에 그는 자기 또래 친구에게도 열쇠를 맞춰 주었는데, 대개 열쇠를 잃어버리고서 어른들에게 알리지 않은 채 어물쩍 넘기곤 했다. 그가 한창 이 일에 흥이 올라 있을 때, 어머니는 한사코 그의 이 취미를 말리셨다. 이제껏 아들이 모아놓은 것들을 몽땅 남에게 줘버리고, 아들이 직접 만든 줄칼 등의 공구들도 함께 줘버렸다. 아들이 아무리 울고 난리를 쳐도, 그녀는 절대 물러서지 않았다. 아들이 하도 난리를 쳐대자, 그녀는 나무라면서 말했다. 문을 열고 자물쇠를 따는 게 무슨 손재주라고? 남들에게 쫓겨나지 않도록 조심해! 아이는 그제야 아무 소리도 내지 않았다. 어머니와 아들 둘은 이렇게 조심스러웠으며, 남들에게 받아들여진 신세임을 한시라도 잊어서는 안 된다는 것을 잘 알고 있었다. 메이쟈챠오 사람들은 인정 많고 무던하였기에, 눈치껏 분별 있게 굴어야 했던 것이다. 약자의 자존자애(自尊自愛)란 자신의 처지에서 자연스럽게 길러지는 법이다.

수상운수자제 초등학교에서 공부를 하는데, 그의 친구들은 대부분 앞쪽 육교 아래의 주택지구에서 온 아이들이었다. 그들의 그쪽 집들은 크고 튼튼하며 반듯했다. 그들의 아버지들은 대부분 쑤저우허에서 뱃사공으로 일하고 있었고, 수입도 보장되어 있었다. 그들은 하나같이 쑤베이의 양저우 사투리를 사용했는데, 대대로 내려오다 보니 음을 길게 뽑는 상하이 말투가 끼어들 수밖에 없는지라 원래의 사투리보다 딱딱하고 카랑카랑했다. 그들은 신발코가 넓고 큰 작업용 신발과 방수화, 고무조끼 등을 착용하고 있었다. 그들은 다소 거만하여 이쪽 천막촌의 또래들을 안중에도 두지 않았다. 일부러 남들 앞에서 남들이 잘 모르는 일을 꺼내면서, 자신이 정통이고 남들은 외부에서 들어왔음을 드러내 보였다. 그들은 학업 성적이 그다지 좋지 않았지만, 그래도 앞날이 보장되어 있었다. 그들은 흔히 자기 아버지 배에 가서 일하다 훗날 정식으로 뱃사공이 되었다. 그들은 천막촌 아이들을 '메이쟈챠오 것들'이라고 깔보았다. 하지만 그는 그쪽 아이들 몇 명과 친구가 되었다. 막상 친구로 사귀고 보니, 그 아이들이 사실 그렇게 거만하지도 않고, 오히려 메이쟈챠오 아이들보다 더 대범하고 호방하다는 걸 알게 되었다. 그 아이들 가운데 몇몇은 종일 메이쟈챠오의 그의 집에 와서 놀았고, 그 가운데 한 아이는 열쇠를 맞춰달라고 부탁하기도 했다. 그는 한 번도 그 애들 동네에 놀러 가본 적이 없었다. 지나치다 싶을 정도의 이 자존감 속에는 어쩔 수 없이 우물 안 개구리식의 좀스런 면이 스며 있었다. 하긴 이게 이상스러운 일은 아니었다. 이처럼 빈궁한 삶 속에서는 이런 자비감을 갖는 게 무척 자연스러운 일이니까. 그가 그들을 부러워하는 것 가운데에는 그들의 쑤저우허 말투도 들어 있었다. 그들은 강 위를 자유롭게 오갔다. 마치 쑤저우허가 그들 소유인 양. 이게 그들과 사귀는 데에 걸림돌이 되는 것은 물론 아니었다. 그는 온화하고 절제할 줄 아는 사람이었으니까.

　나중에 그는 육교 아래쪽에 사는 양저우 아가씨를 알게 되었다. 아가씨는 처음에는 그저 자기 어머니를 대신해 석탄 재를 들어주었을 뿐, 집으로 들어오지는 않았다. 이후 몇 차례인가 문을 들어서서 탁자 곁에 앉더니, 그들 모자가 종이상자에 풀칠하는 일을 도와주었다. 그는 아가씨에게 배를 타고 나가 본 적이 있는지, 배는 어떤 곳을 지나는지, 하루에 몇 리나 가는지 등등을 물었다. 이제 제법 크게 자란 그는 어렸을 적처럼 내성적이지 않았으며, 많이 활달해졌다. 어머니가 열쇠 맞추는 일을 못 하게 한 뒤로, 그는 다시 지퍼나 만년필, 우산, 그리고 훨씬 정밀한 탁상시계, 라디오, 재봉틀 등을 수리하는 데 빠져들었다. 그는 이런 기계 종류를 좋아했다. 몇몇 넝마주이들은 이런 류의 낡은 물건들을 거둬 몽땅 그에게 가져다주었다. 그러면 그는 뚝딱뚝딱 분해하고 조립해서 영락없이 다시 쓸 수 있게 만들었다. 그래서 실제로 그는 이미 작은 수리공이 되어 있었다. 다만 아쉽게도 그들이 사는 이 일대에는 이런 물건들을 가지고 있는 사람들이 별로 없어서, 그의 명성이 더 멀리 퍼져나가지 못했을 뿐이다. 그런지라 이 재주만으로는 생계를 꾸릴 수 없었다. 그런데 이때, 그가 아저씨라고 부르는 아버지의 옛 동료가 그를 도와 장애인 생활 보조를 신청해주었다. 많은 돈은 아니었으나, 그래도 고정된 수입이 생긴 셈이었다. 그의 어머니는 나이가 많아 힘든 일을 할 수 없게 되었다. 다행히 이웃사람이 종이상자 공장의 일을 떼어내 작업성과에 따라 보수를 받게 해주었다. 그들 모자는 아침부터 밤까지 쉬지 않고 손을 놀려 풀칠을 하여 수입을 올렸다. 푸핑은 한 번 찾아온 뒤로 자주 찾아왔다. 푸핑은 종이상자에 풀칠하는 일을 금방 배웠다. 속도야 그들 모자를 따라오지 못했지만, 처음 배운 사람치고는 상당히 괜찮았다. 푸핑은 천장에서 빛이 새어드는 이 작은 곁채에 앉아 종이상자에 풀칠을 했다. 집에서는 눅눅한 곰팡이 냄새가 났지만, 방 밖의 진흙과 마른풀, 햇빛의 내음에 뒤덮여 꽤 정갈하고 신선하게 느껴졌다. 화로에는 감자 몇 개가 익어가고 있고, 우엉같이 푹 삶은 채소에서는 간장에 누룩이 익어가는 시큼한 냄새가 풍겼다. 이것이 이들 모자의 먹을거리였다. 푸핑은 마음이 아주 느긋했다. 이들 모자 모두 성품이 아주 안온한 데다, 이 두 사람의 처지가 자기보다 나을 게 없지만 그래도 살 만했기 때문이다.

적당한 이야깃감이라는 생각은 들지 않았지만, 푸핑은 흔쾌히 이 젊은이의 물음에 답했다. 배 타고, 일하고, 물 긷고, 밥 짓고, 강가에 배 대고, 하룻밤 묵고, 뭐 이런 것 아니겠는가? 하지만 이 젊은이는 굉장히 흥미로워했다. 푸핑은 그에게 외숙과 닮은 구석이 있다고 생각했다. 어디가 닮았지? 바로 외숙이 푸핑에게 모자가 초승달 갈고리에 걸렸다고 이야기를 할 때의 모습과 흡사했다. 그들은 어른 같지 않고, 두 명의 어린아이 같았다. 푸핑과 그들 모자 모두 그들이 사실 만난 적이 있었음을 떠올렸다. 극장에서 그 사람 어머니가 이 아가씨를 끌어다 자기들과 함께 앉혔던 사실을. 이 젊은이는 당시 그녀가 복도 가운데 서서 어찌할 바 모른 채 몹시 당황해 하던 모습을 떠올렸다! 이제 그들은 어느덧 잘 아는 사이가 되어 있었다. 이 아가씨는 언젠가 석탄재 한 바구니를 들고 오더니, 그들을 도와 석탄을 이겨 석탄 움집을 만들기도 하였다. 햇빛이 좋은 날에는 일찌감치 와서 집안의 물건을 죄다 끄집어내고 이불과 요도 싸안아 햇빛에 널어 말렸다. 또한 직접 나무사다리를 올라가 지붕의 틈새를 메웠다. 신문으로 컴컴하고 곰팡이 핀 지붕을 가리자, 한결 밝아진 방 안에는 진한 묵향과 태양을 한껏 머금은 집안 가재도구와 이부자리에서 풍겨오는 보송보송한 기운으로 충만했다. 또 어느 날, 그녀는 바구니 가득 돼지 넓적다리를 들고 왔다. 넓적다리는 깨끗이 씻어 장작 모태 위에 놓고서 도끼 등으로 팍팍팍 몇 차례 내리치자 금방 흐물흐물해졌다. 그리고서 물을 부어 파, 생강, 노란 콩을 넣고 화로에서 삶기 시작하자, 이내 구수한 냄새가 사방에 진동했다. 곁채는 넉넉한 분위기로 넘쳐 흘렀다. 이날, 젊은이의 어머니는 함께 식사를 하자고 푸핑을 붙들었고, 푸핑은 집에 가겠노라 고집을 피웠다. 어머니는 있는 힘껏 푸핑을 집안으로 끌어당겼고, 푸핑도 한사코 밖에서 버티었다. 이때 젊은이가 참다못해 말했다. 들어오라면 들어오세요! 약간은 짜증이 섞인 고압적인 말투였다. 푸핑은 잠시 어리둥절했다가 놀란 짐승마냥 몸을 빼더니 쏜살같이 달아나 버렸다. 이후로 며칠간 푸핑이 발걸음을 끊자, 그녀가 다시는 오지 않으리라고 생각했다. 그러나 그녀는 종이 상자 공장에 물건을 보내고 재료를 들여오는 날을 기억해두었다가 때맞춰 찾아왔다. 손수레를 한 대 빌려온 그녀는 풀칠한 상자를 수레에 싣고서 밀고 갔다. 돌아오자 어머니가 식사하고 가라고 붙들었고, 푸핑은 아무 말도 하지 않았다. 아들이 곁채 안에서 말했다. 남이 싫다고 하면, 억지로 붙들지 마세요. 그러자 뜻밖에 푸핑이 그의 어머니에게 말했다. 먹으라면 먹을게요! 어머니는 서둘러 음식을 더 가지러 갔고, 그녀는 판지를 집안으로 들여갔다. 대부분의 음식은 집 모퉁이의 나무상자 위에 놓여 있고, 일부는 침대 위 집기 좋은 곳에 놓여 있었다. 젊은이가 손을 내밀어 판지를 받아들더니, 숙달된 솜씨로 탁자를 정리했다. 두 사람은 말없이 자신의 일에 분주했다. 방 안은 조용하기 짝이 없었다. 화로에는 채소밥 냄비에 뜸을 들이고 있었는데, 간간이 솥뚜껑 언저리에서 '츠' 하는 소리가 났다. 푸핑은 걸어가 밥솥을 비스듬히 하고서, 천천히 화롯가를 서성거렸다. 방 안이 어둡고, 문밖이 오히려 밝았다. 푸핑의 비켜선 모습이 이쪽 밝은 빛 속에 비쳤다.

밥을 먹을 때, 그의 어머니가 푸핑에게 물었다. 식사시간에 돌아가지 않으면, 외숙네가 기다리시나? 푸핑이 말했다. 괜찮아요. 오늘 저녁에 외숙네 식구들 모두 결혼식 피로연에 가니까요. 누구의 결혼식 피로연인지 묻자, 친척이라고만 대답했다. 넌 왜 안가? 푸핑은 아무 말도 하지 않았다.

20# 홍수

　올해는 유난히 비가 많이 내렸다. 우기를 맞아 비는 예년보다 많이 내려 오래도록 장마가 끝나질 않았다. 낮은 단층집들에서는 곰팡이가 아니라 버섯이 피어났다. 옷들도 죄다 그늘에서 말렸고, 사람 몸도 습기로 꿉꿉했다. 삼복중에는 햇빛이 며칠 반짝 비쳤지만, 곰팡이 기운을 없애기에는 너무 짧은 터에 또다시 비가 내렸다. 게다가 강물이 불어나는 시기까지 겹쳤다. 쑤저우와 항저우 지역 전체는 비가 많은 데다 상류에서 물이 쏟아져 들어오는 바람에 홍수가 났다. 이걸 세 가지 상황을 한꺼번에 맞닥뜨린다는 의미에서 '산펑터우(三碰頭)' 날씨라고 일컬었다. 쑤저우허의 물이 불어나더니 시멘트 계단까지 차올라 언덕과 나란해졌다. 물 색깔이 말개지고 흙 기운이 빠지자, 물 흐르는 속도는 더욱 빨라졌다. 물은 어쨌든 우기처럼 끈적끈적 눅눅하지 않고, 제법 살을 에는 듯

차가왔다. 공기 중에 가득했던 습기도 보송보송해졌다. 비는 여전히 쏟아붓듯이 내렸고, 거리에는 금방 물이 차올랐다. 사람들은 바짓단을 말아 올리고 신발을 벗어 손에 움켜쥔 채 물속을 걸었다. 이걸 큰물을 가른다는 의미로 '화다수이(劃大水)'라 일컬었다. 가장 신 난건 아이들이었다. 어른들이 불러도 한사코 방수포 우산을 받쳐 들거나 혹은 아예 비를 흠뻑 맞으면서 '큰물 가르기'를 했다. 녀석들은 동쪽에서 서쪽으로 가르고, 다시 서쪽에서 동쪽으로 갈랐다. 주요 간선도로인 한길은 지세가 비교적 높고 배수시설도 제법 괜찮은 편이라, 물이 고이지 않았다. 사방에 물이 고인 작은 도로의 중간은 마치 물속의 육지 같았으며, 이 육지 위로 자동차들은 날듯이 달렸다. 작은 도로의 고인 물은 하수구의 오수가 섞여 몹시 더러웠고, 쓰레기가 떠다녔다. '큰물 가르기'를 하는 사내아이들이야 더러운 게 대수겠는가! 녀석들은 팔을 걷어붙이고, 짧은 팬티만 걸치고 있었다. 여름을 나면서 햇볕에 그을린 피부는 새카맣고, 깡마른 가슴에는 갈비뼈가 훤히 드러났다. 그래도 체력은 대단히 좋았으며, 몸은 민첩하기 그지없었다. 아이들은 찢어질 듯 입을 벌려 웃었는데, 이빨이 유난히 새하얗다. 이번 큰비와 다음 큰비 사이에 큰물이 순식간에 빠지더니, 금세 거리의 길바닥이 드러났다. 그러면 아이들은 실망감을 감추지 못했다. 하지만 아이들의 실망이 오래가지는 않았다. 비는 또다시 내렸으며, 전날보다 훨씬 집중적으로 내렸다.

　큰물을 일으키는 비는 바가지로 퍼붓는 듯한 호우가 아니다. 호우는 천둥과 번개를 동반한 비로, 7, 8급 정도의 거센 바람을 동반하는지라 빗줄기가 가로로 휘날린다. 집과 거리는 비바람 속에 크게 흔들리고 모양이 변한다. 이런 비는 맹렬한 기세로 왔다가 금방 사라지는 게 보통이다. 반면 큰물을 일으키는 비는 차분하게 내리며, 바람의 세기도 그다지 거세지 않다. 보기에는 별것 아닌 것 같지만, 강우량은 엄청나서, 비가 쏟아질 때마다 옹골지게, 그리고 주룩주룩 내린다. 이런 비를 보고 있노라면, 뒷심이 세서 금방 그칠 비가 아니라는 걸 한눈에 알 수 있다. 얼마 지나지 않아 하수구에서는 쿨렁쿨렁 물이 솟구친다. 신식 집에는 뒷뜰이 있고, 모든 배관은 뒷뜰로 통해 있다. 배관들은 마치 공명상자와 같은데, 그중에서도 하수구 소리가 가장 크게 울렸다. 콘크리트로 만든 하수구 덮개가 들썩들썩 오르내리기도 하였다. 뜰은 작은 못이 되어버리고, 조금 후에는 부엌에도 일 센티미터 높이로 물이 찬다. 앞뜰과 뒷뜰은 물이 고여 내를 이룬다. 이것이 세차게 내리는 비다. 얼마나 크고 두꺼운 비구름이 이 도시의 상공을 뒤덮은 채 도시를 감싸고 있는지 상상할 수 있을 것이다.

　비가 오는 날이면, 채소를 먹는 게 문제다. 채소농사를 짓는 농민은 채소실은 수레를 힘겹게 한 걸음 한 걸음 농산물시장으로 끌고 간다. 수레의 바퀴는 반절쯤 물에 잠겨 있다.

순무의 어린싹은 애벌레 천지여서, 이파리 여기저기에 구멍이 났다. 가지, 수세미, 오이, 작두콩, 토마토 모두 제 모습이 아니다. 시들고, 누레지고, 벌레 먹고, 진물이 나고, 썩어 문드러져 있다. 익힌 음식 가게나 장아찌 가게는 장사가 잘되고, 통조림을 사 먹기도 한다. 마치 전시처럼 여느 날 같지가 않다. 케이크나 빵도 굉장히 많이 팔려나가는데, 아이들 입맛에 딱 맞았기 때문이다. 아이들은 어쨌든 정상에서 벗어나는 걸 좋아하고, 비정상적일수록 더욱 신이 났다. 하지만 사실 삶은 여전히 정상적으로 영위된다. 공장의 작업장 안으로 물이 들어오자, 노동자들은 맨발로 물속에 서서 선반을 돌리고 평삭반을 운전한다. 전기공들은 전선을 검사하고 수리하고 합선을 막느라 평소보다 바쁘다. 기관들이야 별 지장 없이 정상적으로 출근한다. 일부 버스 노선이 운행을 멈추지만, 대부분의 노선은 평소대로 운행하면서 사람들을 실어 나른다. 학교는 아직 개학하지 않았지만, 교직원들은 진즉 방학을 마치고서 신입생 맞이와 개학 준비에 여념이 없다. 가게들도 평소대로 영업한다. 가게 안으로 물이 들어오면, 점원들은 물속에 선 채로 장사한다. 쌀가게가 제법 바빠진 편인데, 사람들이 너도나도 서둘러 쌀을 사러 오기 때문이다. 집에 쌀만 있으면, 아무리 큰 홍수가 지더라도 무서울 게 없다. 쌀가게 입구에는 바짓단을 말아 올린 채 우산을 받쳐 든 사람들이 줄지어 서 있다. 영화관들도 평소처럼 영화를 상영하고,

관객들도 전혀 즐지 않는다. 오히려 서둘러 일찌감치 와서 흠뻑 젖은 채 영화관 앞 홀에서 웅성웅성 전회의 영화가 끝나기를 기다린다. 결혼식을 치르는 사람들조차 있다. 신랑 신부는 사진관으로 가서 결혼사진을 찍는다. 상반신이야 깔끔하겠지만, 하반신은 아마 하천에 내려가 물고기를 잡는 양 망측한 꼴일 것이다. 요컨대, 아무리 큰물이 져도 이 도시의 생활은 아무 영향도 받지 않는다. 모든 것은 평소대로 진행되고, 발랄한 생기가 더해지기도 한다.

하지만 황푸쟝(黃浦江) 위를 오가는 운항은 어쨌든 영향을 받는다. 수위가 높이 올라가면, 배를 다루기 어려워 갑문을 닫는다. 이것을 '먼챠오(悶橋)'라 일컫는다. 벌써 몇 차례 이런 일이 일어나, 항구에서는 바지선을 보내 억지로 끌어갔다. 하지만 요 며칠 황푸쟝은 너무나 보기 좋았다. 물길이 넓어져 광활하게 탁 트였던 것이다. 홍수 방지벽에서 허리를 굽히면 수면에 닿을 수 있었다. 언덕에 정박한 배들이 아주 많아 정말 커다란 항구 같다. 우숭커우(吳淞口)에서 날아온 물새떼가 어스름한 허공 속을 날아오른다. 물새떼가 자아낸 비극적인 분위기는 이 도시를 시민들의 평범하고 일상적인 삶에서 멋지게 끌어올린다. 와이바이두교(外白渡橋)의 쇠로 만든 까만 난간은 초기 공업사회의 심미관을 잘 드러내는데, 한눈에 알 수 있는 기능과 대칭으로 균형 잡힌 구도는 황푸쟝의 경치와 유독 잘 어울린다. 이즈음 난간에는 물이 줄줄 흘렀다. 물안

개가 철강의 딱딱한 느낌을 다소나마 덜어준 덕분에, 난간은 약간 부드러워진 느낌이 들었다. 등 뒤에 쭉 늘어선 식민시기의 석조건물이 강 언덕의 휘어지는 각도에 맞추어 한 폭의 병풍을 이룬 채, 이곳 창쟝 삼각주에 자리 잡은 근대 도시는 우뚝 선 모습으로 변모하였다. 특히 탑 모양의 뾰족한 꼭대기 몇 곳은 오래도록 쌓여있는 비구름 앞에서 유럽풍의 고전적 도안을 그려냈다. 강 언덕에는 사람들이 많이 나와 큰물을 구경하고 있었다. 연락선에서 울리는 '밍밍' 소리가 아주 멀리까지 전해지자, 강 수면은 더욱 드넓어 보였다. 강 언덕 일대는 물이 별로 고이지 않는다. 근대공업의 규모와 구도에 맞추어 개척자들이 제일 먼저 깔았던 하수관이 이 도시가 발전할 수 있는 기초를 다져주었던 것이다. 강변의 한길은 대부분 관목이 우거진 숲으로, 큰 거리나 작은 골목의 오동나무처럼 비에 떨어진 나뭇잎이 길거리를 뒤덮지는 않았다. 강변의 나무들은 나지막한 편인지라 손실이랄 것이 없었으며, 오히려 비에 씻겨 눈에 띄게 푸릇푸릇해졌다.

우뚝 선 커다란 석조건물 뒤로 수없이 많은 민가의 옥상 테라스가 보인다. 테라스의 비둘기집 안에 옹기종기 모인 비둘기들은 깃털을 몸에 붙인 채 '구구구' 낮게 울음소리를 낸다. 마침 제법 보송보송 말라있는 편인 비둘기집에 쥐가 나타났다. 큰물에 하수도에서 내쫓겨 낡은 층 집의 층간에서 멋대로 뛰어다니다가, 비둘기집의 좁쌀과 기장에 유인되어 나온 것이다. 녀석들은 위험한 적이다. 비둘기 주인은 경계심을 늦추지 않는다. 주인의 때맞춘 발걸음 소리에 녀석들은 혼비백산 쫓겨난다. 그 바람에 꽃이 심어진 질화분이 땅바닥에 떨어져 산산조각이 나고, 꽃송이와 가지, 잎은 질척한 땅에 들러붙는다. 밤이 되면, 얼기설기 뒤엉킨 골목 사이로 고무 비옷을 걸친 노인이 종을 딸랑거리면서 외친다. 문단속 잘하고, 촛불 조심하시오. 그런 다음 한마디를 보탠다. 화분을 들여놓으세요, 깨지지 않게. 비 오는 날이면 해가 무척 짧아, 일찌감치 밤이 시작되었다. 퇴근하는 사람들은 귀가하여 마른 발수건으로 발을 닦고, 식사를 하자마자 잠자리에 들었다. 습한 무더위가 비에 씻겨가 밤에는 제법 쌀쌀하기까지 한지라, 타월 천을 덮어도 소용이 없어 얇은 이불을 덮어야 했다. 돗자리는 여전히 깔려 있는데, 매끈매끈하여 몸에 닿는 느낌이 쾌적했다. 밤이 되자 보슬비로 바뀐 비는 제법 감미로워 유독 사람들을 잠에 취하게 한다. 들고양이들은 모두 제집으로 숨어들었다. 비가 가늘어진 틈에, 수위가 내려간 듯하였다. 종일 큰물 가르기 놀이를 했던 아이들도 이제 모두 단꿈을 꾸고 있다! 배 속에 회충이 있는 아이가 이를 부득부득 갈아댄다. 방에 널어놓은 젖은 옷들은 따스한 콧김 속에서 한 올 한 올 말라간다. 집밖에 걸쳐진 빈 대나무막대를 따라 빗물이 모여들었다가 아래로 방울방울 떨어진다. 그런 다음에는 대빗자루가 빗물을 쓸어낸다. '솨악, 솨악, 솨악' 하는 소리가 비를 그치고 날이 개는 느낌을 준다. 다시 보니, 물을 쓸어내는 사람은 고무 비옷 차림에 몸통이 긴 고무장화를 신고 있다. 하늘에서는 가는 보슬비가 내리고 있다. 비 내리는 하루가 또 시작되었다.

이 도시의 건물들은 죄다 색깔이 짙게 바뀌었다. 붉은 벽돌, 노란 모래 자갈 담장, 까만 기와 혹은 연회색의 시멘트 지붕 모두 묵직한 듯이 보인다. 하지만 우중충한 게 아니라, 색깔이 선명하고 입자가 세밀해진 것이다. 이렇게 뿌리는 비에는 활기차게 움직이는 호쾌한 박자가 생겨난다. 고무신은 그다지 쓸모가 없어 나무 샌들을 신고서 거리로 나서는 이도 있다. 나무 샌들은 척 척 발뒤꿈치에 부딪치면서 물을 밟아 흩뿌렸다. 이 또한 호쾌했다. 삼륜차로 하는 장사는 평소보다 나아졌다. 오동기름을 바른 차량 천막을 잡아당겨 앞쪽에 발을 내려뜨리고, 빗줄기가 들이치지 않도록 꼼꼼하게 매듭을 묶었다. 그렇다면 삼륜차 운전사는? 머리에 삿갓을 쓰고 몸에는 도롱이를 걸친 게 영락없이 옛날 어부와 같다. 하지만 아주 쓸모가 있다! 비는 막아주면서도 시선을 가리지 않아, 행동하는 데에 전혀 지장을 주지 않는다. 그들은 바짓단을 무릎까지 말아 올리고, 맨발에 고무장화를 신은 채 힘차게 페달을 밟는다. 비 오는 거리를 이러한 어부 차림으로 달리는 모습은 퍽 기괴하면서도 보기 좋았다. 이즈음이면, 가게 안, 전차 속, 영화관 안 어디에서나 비옷 왁스에서 풍기는 초산 냄새가 코를 찌르지만, 역겹다기보다는 기꺼이 맡고 싶은 그런 냄새였다! 어쨌든 괴이한 냄새였다. 훈제가게에서는 소금에 절이거나 연기에 익혀 말린 고기가 산화된 게 분명한 채 진한 비린내를 거리 가득 풍기고, 배어 나온 누르스름한 기름은 번지르르 윤기를 냈다. 살 사람이 있냐고? 물론 있다! 채소는 사기가 쉽지 않고 알탄도 습기를 먹어 눅눅한지라, 밥솥에 절인 고기나 닭 다리를 찐다면 그만이지 않겠는가? 그런지라 사람들의 머리카락에서조차 산패된 기름 냄새가 났다. 맡기에 썩 좋지는 않지만, 아주 넉넉한 느낌을 주는 냄새이다. 골목길의 석탄 난로 가게에서는 불집게로 바알갛게 익은 알탄을 집어 드는 모습이 자주 보였다. 이걸 품에 넣어 우산으로 가린 채 한달음에 집으로 돌아가 꺼져가는 집 안 난로에 넣고 싶은 맘이 굴뚝같았다. 마치 원시인이 불씨를 가져온 것처럼. 어떤 곳에서는 잘 연소된 나무 땔감을 집어주기도 했다. 끓인 물을 파는 곳의 장사는 평소보다 훨씬 잘 되었다. 자기 집의 난로가 시원치 않으면 이곳에 와서 뜨거운 물을 길어갈 수밖에 없으니까. 어떤 이는 반쯤 익은 밥을 들고 와서 이곳 화덕에 올려 뜸을 들이기도 했다. 끓인 물 가게의 석탄은 화로 안에서 달궈졌다가 부뚜막 앞뒤에서 약한 불에 쪼여야 부서지지 않는다. 가게는 주인네 식구들이 모두 동원되어 일을 보았다. 주인은 화롯불을, 안주인은 석탄을 살피고, 큰아이는 물을 대는 일을 도맡고, 둘째는 물표를 받았다. 물표를 내지 않은 사람이 있으면, 셋째와 넷째가 함께 악을 쓰면서 따졌다. 그래서 이곳은 열기가 하늘을 찌를듯했다.

이상하게도 비 오는 날이면 어김없이 소방차가 삐뽀 삐뽀 소리를 내면서 날듯이 달려갔다. 알고 보니 물로 인한 재난을 도우러 가는 것이었다. 어느 곳의 물 펌프가 고장 나면, 소방차로 물을 뽑아냈다. 또 어디선가 집이 무너지면 소방대가 달려가 이내 사람을 구해냈다. 판자촌의 오두막집 가운데에는 무너지거나 금방이라도 무너질 것만 같은 집이 많았으니, 물이 들어오고 비가 새는 것쯤이야 아무것도 아닌 셈이었다. 집집마다 침대 위에 침대를 포개고 탁자 위에 탁자를 얹었다. 걸상은 탁자 위에 걸치고, 상자는 걸상 위에 걸쳤으며, 먹을거리와 요리도구는 모두 상자 위에 걸쳐놓았다. 침대는? 침대 위에 다른 침대를 포개 얹은 다음, 침대 꼭대기를 커다란 방수포로 묶어 비가 새들어오지 않도록 했다. 골목길은 베니스처럼 이미 물길이 되어버렸다. 유독 깊은 곳에는 큰 짐수레를 놓아, 사람들이 기어올라 넘어가도록 했다. 제법 넓게 물에 잠긴 곳에는 나무판자를 걸쳐놓아 임시 다리로 쓰기도 했다. 여기에서 물건이 딸릴 정도로 가장 잘 팔리는 것은 방수포였다. 능력껏 방수포 한두 개는 마련해놓아야 비가 그칠 때까지 걱정 없이 지낼 수 있다. 이럴 때 누군가를 돕고 싶다면, 방수포를 하나 보내주면 된다. 그리고 날씨에 관한 예보도 자못 환영받았다. 누구네 집의 이 빠진 노인네가 해 질 녘에 아들에게 침대를 지고서 비 오는 곳까지 내려와, 남쪽을 향해 잠시 섰다가 북쪽을 향해 잠시 서게 하더니, 함죽이는 입으로 귀한 말씀을 내뱉는다. 하늘이 노오래 비가 있을 터, 내일도 계속 오겠구먼. 이 말은 즉시 전화보다도 더 빠르게 퍼져나간다. 어른과 아이 모두들 떠들어댔다. 하늘이 노오래 비가 있을 터, 하늘이 노오래 비가 있을 터. 비 오는 날이면 기차의 기적 소리는 멀어져, 수막에 휩싸인 채 맵시 있게 미끄러졌다. 기차의 진동은 부드러워지고, 탄력을 지닌 듯 그다지 격렬하지 않았다. 어린아이들은 날이 밝자마자 골목길을 내달아 쑤저우허 강변으로 달려가 물을 구경하였다. 이곳의 아이들은 '큰물 가르기'란 말을 입에 담지 않았다. 쑤저우허 강변에서 자라난 아이들은 큰물의 물정을 너무나 많이 보아왔던 것이다.

   쑤저우허는 커다란 강으로 바뀌어버렸다. 아이들은 맨발로 강변을 따라 달렸다. 헝펑루교(恒豊路橋), 톈무루교(天目路橋), 쟝닝루교(江寧路橋), 우닝루교(武寧路橋)를 지났다. 아이들이 어쩔 수 없이 강 언덕을 내려와 교각 아래로 걸어가야만 할 때, 아이들의 벌거벗은 발가락은 시멘트 교각 아래에서 맑은 메아리 소리를 울려댔다. 다리 밑을 질러가자, 쑤저우허가 바로 코앞이었다. 물은 투명하고 맑기 그지없어, 강 언덕 아래의 이끼까지 보일 지경이었다. 강물 위로 배가 지나갔다. 마침 아이들의 아버지나 형이 모는 배도 있다. 아이들은 펄쩍펄쩍 뛰면서 목청껏 소리를 질러댄다. 발동기선의 디젤유 모터 소리는 아이들의 함성을 집어삼킨 채 앞으로 미끄러져 가고, 아이들은 계속해서 앞으로 뛰어간다. 수면에는 아이들의 그림자가 거꾸로 비치고 있다. 빗방울이 일으킨 잔물결에 물 위에 거꾸로 드리워진 그림자가 일렁거리다 사라진다. 얼마쯤 달렸을까, 아이들은 멈춰 서서 숨을 헐떡이더니 말했다. 집으로 가자! 그러더니 방향을 바꾸어 다시 달리기 시작했다. 아이들은 비에 흠뻑 젖었지만, 그런 건 아무렇지도 않았다. 비가 내리지만, 하늘빛은 어둡게 내려앉기는커녕 투명하리만큼 맑아졌다. 햇빛이 비쳤다. 아이들의 함성 널리 퍼져나갔다.

이날 아침, 쟈베이(閘北)의 육교 다리 아래의 판자촌 골목길에 네 명의 아이가 걸어가고 있었다. 두 명의 큰아이는 각자 나무 상앗대를 지고, 작은아이는 바구니를 들었으며, 막내인 계집애는 빈손으로 뒤처지지 않도록 작은 발을 바삐 놀렸다. 제일 큰아이는 수시로 고개를 돌려 막내가 뒤따라오기를 기다렸다. 아이들은 구불구불한 골목길을 걷고 있었다. 어떤 사람이 어디 가느냐고 묻자, 아이들은 대답했다. 큰누나 맞으러요! 아이들은 왼쪽으로 돌아들었다가 오른쪽으로 꺾어 골목길을 빠져나왔다. 다시 작업장 몇 곳과 창고를 지나고 거리 하나를 가로지르더니 어느 판잣집으로 들어갔다. 이곳은 지세가 눈에 띄게 낮아 고인 물이 깊은지라, 집집마다 물이 들어찼다. 아이들은 훨씬 좁고 경사진 골목길을 가로질러 담벼락에 '염수(鹽水)'라고 쓰인 집을 지났다. '염수'라는 두 글자는 비에 씻겨 희미해진 데다, 획이 아주 길게 늘어져 있었다. 조그마한 집의 문은 잠겨 있었다. 허난(河南) 사람은 아마 친척 집으로 피난 갔을 것이다. 네 명의 아이들은 모두 반바지 차림이고, 막내는 어른의 러닝셔츠를 걸쳤는데 어깨에서 쭉 흘러내려 엉덩이를 덮고 있었다. 아이들이 걷는 이 길은 그다지 낯익지는 않지만, 그렇다고 결코 낯설지도 않았다. 보다시피, 아이들은 한 치도 갈림길로 빠지지 않은 채 곧장 자그마한 곁채의 문 앞까지 왔다. 자그마한 곁채의 지붕 아래 담장에 붙어, 훨씬 더 작은 곁채 하나가 새로 지어져 있었다.

　　곁채 안에는 물건들이 차곡차곡 쌓여 있었다. 두 개의 침상이 포개져 있는데, 아래쪽 침상에 그들 모자가 앉아 있었다. 어머니는 침대 이쪽 끝에서 발을 늘어뜨린 채 풋콩을 까고 있고, 아들은 반쪽 사각 탁자에 기대어 녹음기를 만지작거리고 있었다. 반쪽 사각 탁자에는 화로가 하나 놓여 있고, 화로 위 솥에서는 오리탕을 삶고 있었다. 푸핑은 위쪽 침대에 앉아 있고, 그녀의 정수리가 천장에 닿아 있었다. 푸핑은 발치에 놓인 빨래판을 탁자 삼아 종이상자에 풀칠을 하고 있었다. 그녀는 아이들이 오는 걸 보더니 목소리를 높여 아이들더러 침대로 올라오게 했다. 하지만 침대 어디에 다 앉을 수 있겠는가. 막내 계집애가 침대 틀을 붙들고서 이 층으로 올라갔다. 서로 안부를 묻고서, 학교는 언제 개학하는지, 외숙과 외숙모는 배를 타러 가셨는지 물었다. 이런저런 한담을 나누다가, 큰아이가 오늘 찾아온 이유를 말했다. 알고 보니 아이들은 부모의 말씀을 따라 푸핑네 이사를 도와주러 온 것이었다. 수상운송대에서는 극장 마당을 개방하여 집이 무너진 직원들이 살도록 해주었다. 외숙과 외숙모는 푸핑네가 사는 곁채가 온전치 못하다는 생각이 들었다. 그래서 얼른 한 곳을 차지하여 침대 깔판 등을 가져다 놓고서, 푸핑네에게 얼른 건너오라고 한 것이었다. 집이 무너지고 나면 이미 어찌해볼 도리가 없을 테니까. 젊은이의 어머니가 처음에 극구 사양하자, 푸핑이 말했다. 이사하라면 이사합시다! 그러더니 막내 계집애를 물속에 세워놓은 뒤, 커다란 방수포로 판지와 종이상자를 꼼꼼하게 포장하여 묶어 큰아이에게 넘겨주었다. 그런 다음 침대에서 내려와 탁자 위에 서더니, 차곡차곡 쌓아놓은 상자에서 각자의 옷을 끄집어내 둘둘 말아 젊은이에게 짊어지게 했다. 쌀과 석탄, 음식은 한데 모아 자기가 직접 들었다. 할머니에게는 화로와 화로 위의 솥을 들게 했다. 푸핑은 다시 한 번 꼼꼼하게 집 안 구석구석을 둘러보더니, 창문을 닫고 대문을 걸어 잠갔다. 할머니가 머물렀던 조그마한 곁채도 자물쇠를 채우고 창문도 닫았다. 그런 뒤에 일행은 길을 나섰다.

아이들은 미리 배 한 척을 빌려 가장 가까운 강가에 정박해두었다. 하지만 그래도 거리 몇 줄기를 가로질러야만 했다. 다행히 사람이 많은 덕분에 운반할 물건은 그리 많지 않은 편이었다. 그 젊은이의 다리는 쓸모없을지 모르지만, 목발을 짚자 걷기의 빠르기는 누구에게도 뒤지지 않았다. 게다가 그는 등에 두 개의 보따리를 X자로 걸머지고 있었다. 하나는 옷 보따리이고, 다른 하나는 전기용접기와 전자시계 등의 보물단지였다. 몸이 젖는 거야 상관없었다. 비 오는 날에는 옷이 비에 젖는 법이니. 그들은 길을 걸으면서 이야기로 웃음꽃을 피웠다. 길을 가던 이가 걸음을 멈춘 채 이 기이한 행렬을 멀거니 쳐다보았다. 그들은 그 사람을 바라보며 웃음을 지었다. 그들의 웃음에 어색했는지, 그 사람은 고개를 돌려 길을 갔다. 마침내 배에 올랐다. 배는 삼판선이었다. 모두들 자리를 잡자, 배는 언덕을 떠났다. 얼마쯤 갔을까, 아이들은 배가 너무 느리게 간다면서 풍덩 풍덩 물로 뛰어들었다. 그러더니 한 아이는 뒤에서, 두 아이는 양옆에서 배를 밀며 갔다. 막내 계집애는 할머니 품에 앉아 광주리에서 만두를 꺼내 먹었다. 화로는 계속 타오르면서 오리고기 향을 풍겼다. 노를 젓고 있던 푸핑이 갑자기 몸을 홱 돌리더니 노를 놓았다. 그녀는 물을 마주하여 토하려 하였지만, 아무것도 토하지 않았다. 이 모습을 홀로 지켜보던 할머니는 은근한 웃음을 머금었다. 그 젊은이는 불어난 쑤저우허를 마냥 바라보고 있었다.

강 수면은 탁 트여 있고, 강물은 맑고 차가웠으며, 배는 높이 들려 있어 언덕과 거의 수평을 이룬 듯했다. 강 언덕을 따라 큰 창고들과 인가들이 물빛에 뒤덮인 채 마치 두루마리 그림처럼 천천히 펼쳐졌다. 하늘 역시 물빛에 뒤덮인 채 똑같이 쪽빛 색깔을 뿜어내고 있었다. 그 속에서 오가는 사람들이 비단 인형처럼 얄팍해졌다. 세 아이는 배를 밀면서 사실은 몸을 물 위로 띄운 채 물속에서 발차기로 물장난을 쳤다. 할머니는 품에 안겨 있는 막내에게 물었다. 너, 저게 뭔 줄 아니? 관음보살 곁의 연화동자인데, 아들을 보내주러 온단다. 순식간에 얼굴이 붉어진 푸핑은 고개를 떨군 채 고개를 들지 못했다.

역자후기 『푸핑』번역을 마치며……

　이 작품의 작자인 왕안이(王安憶)는 1954년 난징(南京)에서 극작가인 왕샤오핑(王嘯平)과 작가인 루즈쥐안(茹志鵑) 사이에서 3남매 가운데 둘째로 태어났다. 어머니 루즈쥐안은 저명한 작가이며, 대표작으로는 「백합화(百合花)」, 「잘못 편집된 이야기(剪輯錯了的故事)」가 있다. 왕안이는 태어난 이듬해에 부모를 따라 상하이로 이주하고, 이후 상하이에서 초등학교와 중학교에 다녔다. 1969년 중학교를 졸업한 왕안이는 이듬해에 안후이성(安徽省) 북부의 시골로 하방되었다가 1972년 쟝쑤성(江蘇省) 쉬저우(徐州)의 문예공작단에 들어갔다. 이 문예공작단에서 일하는 동안 그녀는 습작을 쓰면서 문학적 글쓰기의 기초를 다졌다. 이후 1978년 왕안이는 상하이로 다시 돌아와『아동시대』라는 잡지의 편집을 맡았으며, 이후 9년간 이 일을 하였다. 이 기간에 그녀는 아동문학에 관심을 두고서 「선생님(老師)」, 「레이펑 돌아오다(雷鋒回來了)」「화끈화끈한 내 얼굴(我的臉火辣辣的)」등 청소년을 제재로 한 소설을 발표하였으며, 1980년에는 제2회 소년아동문예창작에서 「누가 미래의 중대장일까(誰是未來的中隊長)」라는 작품으로 2등 상을 수상하기도 하였다.

왕안이는 1978년 처녀작 「들판위에서(平原上)」를 발표한 이래 수많은 작품을 창작했는데, 그녀의 초기 작품에는 문화대혁명 당시의 하방 경험이 녹아들어가 있다. '윈윈(雯雯)계열'의 작품, 이를테면 「비, 부슬부슬(雨, 沙沙沙)」과 최초의 장편소설인 『69학번 중학생(69屆初中生)』 등은 문화대혁명 시기의 어린 소녀의 내면세계를 그려낸 성장소설이라 할 수 있다. 「이번 열차 종점(本次列車終點)」은 문화대혁명 당시 하방되었던 지식 청년의 내면적 갈등을 그려낸 이른바 '지청(知靑)소설'의 대표작으로, 1981년 전국우수단편소설상을 수상하였다. 1985년에 발표한 「바오씨 마을(小鮑莊)」은 문화대혁명을 전후한 시골 마을을 배경으로 전통적 유가가치의 붕괴를 다룬 '심근(尋根)소설'이다. 이 밖의 대표작으로 인간의 성욕과 관계된 원초적 본능을 다룬 작품인 이른바 '삼련(三戀)', 즉 「작은 도시의 사랑(小城之戀)」, 「황산의 사랑(荒山之戀)」과 「금수곡의 사랑(錦繡谷之戀)」 및 「언덕 위의 세기(崗上的世紀)」 등을 들 수 있다.

왕안이는 흔히 상하이 혹은 상하이의 도시 문화를 대표하는 작가로 일컬어진다. 실제로 그녀의 작품 상당수가 상하이를 공간적 배경으로 다루고 있을 뿐만 아니라, 상하이를 구성하는 다양한 문화를 풍성하게 서술하고 있다. 바로 이러한 점으로 말미암아 컬럼비아대학의 데이비드 왕(王德威)은 그녀를 '해파 문학의 계승자'로 간주하고 "상하이의 오늘과 과거를 세밀히 서술하고 인생길의 인정세태를 깊이 헤아리고 있다"고 평하였으며, 하버드대학의 리어우판(李歐梵)은 "색다른 상하이와 중국을 창조하였으며, 장아이링(張愛玲)보다 훨씬 '전기(傳奇)'적"이라 평하였던 것이다. 상하이에 대한 왕안이의 남다른 애착과 관심은 아래의 회억에 여실히 나타나 있다.

> 상하이, 나는 어려서부터 이곳에서 살았다. 나는 상하이 골목에서, 그리고 소시민 무리 속에서 성장하였다. 사실 나의 부모님은 남하한 간부인데, 나의 상하이에 대한 인식은 꽤 풀뿌리 성격을 지니고 있어서, 남들처럼 마치 상하이는 온통 담배를 피우고 술을 마시고 외국인과 시시덕거리는 술집 속의 그런 모습인 양, 상하이를 화려하고 오색찬란하며 퇴폐적인 곳으로 보지 않는다. 내 생각에 상하이의 가장 주요한 주민은 소시민이다. 상하이는 시민 기질이 대단하다. 시민 기질은 현실생활에 대한 애착, 일상적 상하이에 대한 애착, 대단히 자잘한 일상생활에 대한 애착으로 나타나 있다.

왕안이의 작품 가운데에서 상하이의 색깔과 냄새를 가장 짙고 강하게 보고 맡을 수 있는 작품은 장편소설 『장한가(長恨歌)』와 『푸핑(富萍)』이다. 『장한가』는 1940년대로부터 1990년대까지 상하이의 상전벽해와 같은 변화 속에 살았던 한 여자의 굴곡진 삶을 펼쳐 보여주고 있다. 『장한가』의 자매편이라 일컬어지는 『푸핑』은 문화대혁명 직전인 1964년과 1965년의 상하이를 배경으로 하여 시골에서 올라온 푸핑이라는 처녀를 중심으로 상하이 시민, 특히 외지에서 상하이로 이주해온 하층민의 삶과 정서를 핍진하게 그려내고 있다. 왕안이가 『푸핑』에서 이처럼 상하이 이주민들의 삶과 정서를 핍진하게 그려낼 수 있었던 것은 그녀의 삶과 직접적인 관련이 있다. 즉 왕안이가 어렸을 적 늘 업무로 집을 비울 수밖에 없었던 부모를 대신하여 그녀를 보살펴주었던 이는 가정부 역할을 했던 보모였다. 『푸핑』에 등장하는 할머니는 실제로 그녀 어린 시절의 보모가 모델이었으며, 작품의 주인집 딸들의 모습에는 자신의 어린 시절 모습이 투영되어 있다고 할 수 있다.

『푸핑』은 할머니의 손자며느리 감인 푸핑을 중심으로 하는 씨줄, 그리고 푸핑의 눈에 들어오는 상하이의 갖가지 인물과 그들의 다양한 삶이 날줄을 이루어 엮어진 작품이다. 전체 20개의 장으로 이루어진 이 작품은 푸핑이 할머니가 더부살이하는 상하이의 주인집에 도착하는 날로부터 시작하여, 할머니의 바람을 저버린 채 소아마비 청년의 아이를 밴 몸으로 홍수를 피해 다른 곳으로 이사하는 장면으로 끝난다. 푸핑의 상하이 도착과 홍수 피난까지의 시간적 배경은 1964년과 1965년이지만, 시간적 배경은 갖가지 인물의 다양한 삶의 서사를 통해 1930년대까지 확장된다. 아울러 이 작품은 공간의 분할이라는 점에서 재미있는 구도를 보여준다. 즉 생산과 소비의 중심지인 상하이는 값싼 노동력 공급지로서의 시골과 분할되고, 동일한 상하이일지라도 번화가인 화이하이로(淮海路)와 변두리인 쟈베이(閘北)나 푸퉈(普陀)로 분할된다. 이러한 분할은 상하이 이주민의 출신 지역 및 직업과 깊은 관련을 맺고 있다. 이처럼 분할된 공간에서 본다면, 푸핑은 시골에서 상하이로, 다시 상하이의 번화가에서 변두리로 공간 이동을 계속한다. 푸핑의 이러한 공간 이동의 과정에서 작가가 우리에게 정성 들여 보여주는 것은 1950, 60년대의 상하이의 풍경이다. 이 풍경 안에는 헤어스타일로부터 신발에 이르기까지, 음식으로부터 건축양식에 이르기까지, 하층민들의 궁색한 살림살이로부터 휘황한 도시의 유락시설까지, 상하이의 속살을 하나하나 들추어 보여준다. 이러한 의미에서 『푸핑』은 가히 상하이의 풍속화라 일컬을 만하다.

왕안이는 뛰어난 문학적 역량과 왕성한 창작 활동으로 중국 소설계를 대표하는 여성작가이다. 그럼에도 우리나라에는 오래전에 중편소설 「어느 도시의 사랑」이 작품집 속에 번역·소개되고, 4, 5년 전에 장편소설 『장한가』가 번역·소개되었을 뿐, 다른 중국작가에 비하면 그다지 활발하게 소개된 편이 아니다. 이 역서의 출판이 왕안이와 그녀의 작품에 대한 관심을 불러일으키는 데에 자그마한 도움이 되기를 바란다.

  이 책을 출판하기까지 많은 이들의 도움을 받았다. 특별히 왕안이와의 연락을 도맡아 궂은일을 처리해준 이숙연 교수, 교열과 교정에 정성을 쏟아 책의 꼴을 갖추어준 편집부에 감사의 인사를 드린다. 상하이의 옛 내음과 자취가 배인 용어를 번역하느라 이모저모 골머리를 앓았다. 그럼에도 적지 않은 오역이 있으리라. 독자 여러분의 질정을 바란다.

2014년 4월
역자

폭풍

초판 1쇄 발행일 2014년 04월 30일

지은이 왕안이
옮긴이 김은희
펴낸이 박영희
편집 배정옥·유태선
디자인 김미령·박희경
인쇄·제본 태광인쇄
펴낸곳 도서출판 어문학사
　　　서울특별시 도봉구 쌍문동 523-21 나너울 카운티 1층
　　　대표전화: 02-998-0094/편집부1: 02-998-2267, 편집부2: 02-998-2269
　　　홈페이지: www.amhbook.com
　　　트위터: @with_amhbook
　　　블로그: 네이버 http://blog.naver.com/amhbook
　　　　　　 다음 http://blog.daum.net/amhbook
　　　e-mail: am@amhbook.com
　　　등록: 2004년 4월 6일 제7-276호

ISBN 978-89-6184-337-9　03820
정가 16,000원

이 도서의 국립중앙도서관 출판시도서목록(CIP)은 e-CIP홈페이지(http://www.nl.go.kr/ecip)와 국가자료공동목록시스템(http://www.nl.go.kr/kolisnet)에서 이용하실 수 있습니다. (CIP제어번호: CIP2014014197)

※잘못 만들어진 책은 교환해 드립니다.